Jackie Ivie est originaire de l'Utah et a grandi non loin de Salt Lake City. Tombée dans la romance dès son plus jeune âge, elle se passionne pour ce genre littéraire et l'envie d'écrire la démange. Elle ne tarde pas à découvrir qu'elle prend encore plus de plaisir à écrire des histoires d'amour qu'à en lire. Elle vit actuellement en Alaska avec ses deux chats et ses deux chiens. *La Dame au chevalier* est son premier roman.

CE LIVRE EST ÉGALEMENT DISPONIBLE
AU FORMAT NUMÉRIQUE

www.milady.fr

Jackie Ivie

La Dame au chevalier

Traduit de l'anglais (États-Unis) par Claire Sarradel

Milady Romance

Milady est un label des éditions Bragelonne

Titre original : *Lady of the Knight*
Copyright © 2004 by Jacquelyn Ivie Goforth

Tous droits réservés.
Publié avec l'accord de Kensington Publishing Corp.

© Bragelonne 2013, pour la présente traduction

ISBN : 978-2-8112-1037-3

Bragelonne – Milady
60-62, rue d'Hauteville – 75010 Paris

E-mail : info@milady.fr
Site Internet : www.milady.fr

À Barbara, qui était auprès de moi au fil des pages.

Chapitre premier

An 1310

V ers midi les cris s'éteignirent peu à peu, ne laissant plus entendre que les râles des mourants. Morgan jugea pourtant préférable d'attendre.

Elle devinait que le groupe disparate de jeunes garçons qui l'accompagnait était impatient et elle savait pourquoi. Elle ne donna pas le signal pour autant. Elle ne lâcha pas ses gars, même lorsqu'elle vit d'autres groupes déferler. Il était déshonorant de dépouiller un mourant. Les vautours des autres fermes pouvaient le faire. Morgan s'en garderait bien tant que la mort n'aurait pas pris le relais. Elle expédia sa natte noire par-dessus son épaule, se recroquevilla un peu plus derrière les rochers et attendit que les *skelpies* et les *poucahs* des légendes viennent prendre les âmes, ne laissant rien qui puisse l'inquiéter. Elle pourrait s'occuper des *banshees* plus tard, lorsque le brouillard masquerait l'avancée de tout le monde. Morgan ravala sa peur, regarda sa troupe et siffla pour donner le signal du départ.

Les Écossais n'avaient le droit de posséder ni épées, ni fourreaux à leurs baudriers, ni poignards, ni ces dagues appelées *sgian-dubh* ni tout autre armement et

7

un Écossais mort n'en avait aucun besoin. Elle ne les autorisait à dépouiller les cadavres que de leur plaid. Elle devait fermer les yeux, car ses gars n'avaient pas de tels principes. Le butin qui gisait sur le champ permettrait aux fermiers de passer l'hiver au chaud, avec suffisamment de gibier. Rares étaient ceux qui maniaient l'épée, sauf pour en aiguiser la lame en la retournant contre son détenteur anglais.

La tâche était pénible et à plusieurs reprises son estomac se retourna, mais Morgan tint bon, soulevant une main ici, un ceinturon par là, à la recherche de bagues, bracelets, amulettes, couteaux, tout ce qui pouvait avoir de la valeur.

La lune se leva, laissant filtrer quelques rayons à travers la brume, et Morgan frissonna dans son kilt et son tartan. Elle souleva le tissu de son *feile-breacan* qui lui battait les chevilles pour se couvrir la tête. C'était dangereux et elle le savait car des jambes aussi glabres et fines que les siennes ne pouvaient en aucun cas être celles d'un homme, quelque exercice qu'elle fît. De toute façon, elle ne pouvait pas faire autrement. Elle avait froid aux oreilles et elle ne voulait pas qu'on puisse voir à quoi était réduit ce qui restait du clan KilCreggar.

Un corps immense était allongé, face contre terre, sur ce qui avait été autrefois un massif de chardons. Le corps du guerrier avait écrasé le buisson. Morgan regarda avec insistance les jambes dont le diamètre n'avait rien à envier à celui d'un tronc d'arbre, le bassin étroit et les épaules si larges qu'elle oublia tout ce qui l'entourait, béate d'admiration.

Sa tête était noyée dans le désordre de ses cheveux châtain clair. Elle était incapable d'en évaluer la longueur. Elle pouvait à peine discerner les couleurs des vêtements qu'il portait. Elle poursuivit son examen. Tout ça n'avait été qu'une escarmouche entre clans, ni plus, ni moins. Il y avait tout au plus une cinquantaine d'hommes morts dans le champ et aucun ne portait de chemise d'aussi bonne qualité, ni de kilt d'aussi bonne facture que celui de l'homme qui gisait sous ses yeux.

Morgan le poussa de sa botte et, n'obtenant aucune réaction, s'agenouilla pour le dépouiller.

Elle n'eut pas le temps de pousser un cri que des mains saisirent ses chevilles comme des pinces de fer et la tirèrent violemment, la faisant tomber à la renverse. Complètement effarée. L'homme, à quatre pattes, la chevaucha, respirant comme aucun mort ne l'aurait fait. Morgan en avait le souffle coupé. Elle savait que ses yeux étaient écarquillés et effrayés. Elle espérait seulement que le tartan dissimulait son expression.

—On dépouille les morts, mon garçon ? Tu sais ce que tu encours ?

La faible clarté de la lune lui permit de voir un nez bien proportionné sur un visage assez beau pour faire trembler d'émotion toute jeune fille et Morgan ne fit pas exception, pendant exactement quatre battements de cœur. Puis elle se débattit, se dégageant de son emprise, rampant maladroitement sur le dos pour s'assurer la meilleure prise au sol avant d'oser pivoter sur ses pieds et se mettre à courir.

Il se rua à sa poursuite, ne semblant aucunement blessé compte tenu de la vitesse à laquelle il la rattrapait.

Des mottes de terre et des galets marquaient leur fuite loin du champ de bataille et les rapprochaient des rochers derrière lesquels elle avait l'intention de se dissimuler. Morgan courait comme une possédée pour les atteindre et il la talonna tout le long du chemin.

C'est le tartan qui la fit trébucher. Morgan se prit le pied dans un pan effiloché de l'étoffe et tomba à la renverse, se faisant de nouveaux bleus là où son corps avait été épargné la première fois. Il fondit aussitôt sur elle, son ceinturon chargé d'armes lui labourant le ventre, et ses cuisses, qu'elle savait puissantes, lui enserrant les jambes et l'immobilisant. Morgan le repoussait de ses bras que l'exercice avait endurcis mais elle savait qu'elle ne pourrait pas soutenir son poids éternellement. Il était trop massif.

Son poids commençait à faire trembler ses bras qui se mirent à faiblir dangereusement. Enfin, elle lâcha prise, le laissant s'abattre sur ses bras repliés sans qu'il n'ait eu à faire le moindre effort.

— Tu sais ce que tu risques et c'est tout ce que tu fais pour te défendre ?

À présent, elle allait mourir d'une manière indigne d'un guerrier. Morgan ferma les yeux et se prépara à accueillir la mort. L'homme était trop lourd pour lui permettre de respirer de toute façon. Soudain, quelque chose changea en lui, il cessa de ricaner. Morgan ouvrit les yeux, son regard rencontra le sien et la chose la plus étrange du monde se produisit, un peu comme si elle avait bu une rasade du meilleur whisky de Mactarvat, par une matinée glacée. Elle ne fut jamais certaine de ce qui s'était passé, même des années plus tard.

— Tu as une carcasse de bonne femme, dit-il enfin. Ça fait pitié pour un jeune gars comme toi. En sommes-nous réduits à ça ?

Morgan se mordit les lèvres. Son propre père et ses quatre frères avaient trouvé la mort sur un champ de bataille tout comme celui-ci. Ils n'avaient rien laissé à Morgan ou à sa sœur, Elspeth, son aînée de vingt et un ans et la vieille peau du village. Détrousser les morts n'était pas de son goût, mais ça rapportait suffisamment aux fermiers, et les gars avaient besoin d'un chef. Les anciens du village avaient besoin de quelqu'un en qui ils aient confiance, quelqu'un que les garçons voudraient suivre, quelqu'un qui n'avait peur ni des *poucahs*, ni des *skelpies*, ni des *banshees*. Ils avaient besoin d'une personne libre de toute attache pour se charger de cette besogne de gré ou de force. Elle était précisément celle qu'il fallait aux anciens du village. À vrai dire, on ne lui avait pas laissé le choix. Elle lança un regard noir à l'homme qui la dominait.

— Tu es maigre comme un clou. La nourriture se fait rare ? Le gibier vient à manquer ? C'est pour ça que tu détrousses les morts ?

— Ils n'ont plus rien à faire… de leurs biens, haletat-elle avec le peu de souffle qu'il lui restait.

Cette remarque lui arracha un éclat de rire toni-truant. Même avec les seins bandés, Morgan fut blessée par sa réponse, comme si des éclairs avaient transpercé sa poitrine. Ses bandages n'auraient pas pu cacher sa réaction et elle était heureuse que ses mains soient plaquées sur cette partie de son anatomie. Elle consacra toute son énergie à étouffer cette manifestation et elle n'entendit pas le début de sa phrase.

— … à prendre un écuyer là où je peux le trouver. Tu connais quelque chose aux chevaux ?

Elle secoua la tête, plutôt par incompréhension que pour répondre à sa question. Elle ne connaissait strictement rien aux chevaux. Les pauvres fermiers utilisaient leurs propres jambes.

— Eh bien, tu vas apprendre. Debout. Si je chevauche un corps, je préfère qu'il s'agisse de celui d'une jolie fille avec ce qu'il faut là où il faut, pas un garçon épais comme un sac d'os.

Sans attendre sa réponse, il se leva et, avant qu'elle ne puisse prendre une grande inspiration, passa la main dans son ceinturon et la remit sur ses pieds.

Le souffle court, Morgan vacilla à son côté puis respira profondément pendant qu'il la détaillait du regard. Elle se félicita de lui arriver à la pommette malgré la taille imposante de l'homme, qui faisait plus de six pieds de haut. Elle était vraiment grande pour une fille. En fait, elle était si grande que personne ne la prenait jamais pour une fille. Au moins, pas depuis qu'à dix ans, ayant perdu toute sa famille dans un carnage d'une extrême violence lors d'un accrochage avec le clan le plus haï de tous, elle avait changé de sexe.

La tresse noire qui lui arrivait à la taille n'était pas un signe évident de sa féminité, particulièrement aux yeux des hommes de petite taille. Morgan étouffa un éclat de rire. Cet homme faisait d'elle son écuyer ? C'était inédit et parfaitement incroyable. Il y avait certainement de jeunes garçons disponibles pour lui dans son propre clan ?

—Ce sont les couleurs des KilCreggar, dit-il d'un ton méprisant. Je les reconnaîtrais n'importe où, même portées n'importe comment et en lambeaux. Tu n'as pas le droit de les porter. Il n'y a plus un seul KilCreggar vivant sur terre. Mon clan s'en est chargé.

Morgan rougit et sa tête se vida. Ses genoux s'entrechoquèrent car elle sut immédiatement à qui elle avait affaire et pourquoi elle aurait dû se battre comme si les démons de l'enfer avaient été à ses trousses. Il appartenait à l'un des clans les plus honnis du monde : les amants des Sassenach, les traîtres, les violeurs, le clan des Highlands nommé les FitzHugh. C'était un FitzHugh. Cette prise de conscience eut l'effet le plus étrange sur elle. Ses entrailles se transformèrent en gelée, et la peur s'empara d'elle.

Puis elle se redressa et ses jambes cessèrent de se dérober sous elle. Elle sut que toutes ses prières depuis l'âge de dix ans avaient été entendues. Elle, qui avait autant de chance de venger sa famille qu'elle n'en avait de voler, venait de voir son vœu exaucé. Non, elle y était forcée. Elle était embrigadée au service des FitzHugh, ceux qu'elle méprisait le plus.

Un manteau de brume les enveloppait, donnant l'impression qu'ils s'élevaient au-dessus du brouillard sans l'aide de leurs jambes. Morgan l'examina en tentant de reprendre une contenance. Elle n'était pas plus femme que les garçons qu'elle menait. Elle avait tué toute féminité en elle depuis longtemps, si bien qu'elle était rarement ennuyée par les maux typiquement féminins comme les menstrues. Pourtant, tout ce dont elle avait cru se débarrasser il y a tant d'années bouillonnait dans son sang lorsqu'elle le regardait. Elle n'avait aucun doute sur la nature de ce qu'elle ressentait.

Il était bien trop beau avec ses pommettes saillantes, ses lèvres charnues, sa profonde fossette au menton, ses cheveux qui lui arrivaient aux épaules et des yeux sombres d'une couleur indéterminée ourlés de cils épais. Il était de bonne taille, aussi… robuste et bien musclé.

Mais c'était un FitzHugh. Même si ce n'était pas visible, il devait avoir des faiblesses et des zones sensibles dans lesquelles un poignard pouvait s'enfoncer quand il aurait le dos tourné. Il faisait aussi preuve de la célèbre stupidité des FitzHugh. Il demandait à son ennemi… non, il invitait de force dans son cercle le plus intime la personne qui avait juré de le tuer. Cette idée était trop exaltante pour y croire, et Morgan fixa le regard sur lui, muette, alors qu'il attendait, les bras croisés.

Elle déglutit, puis haussa les épaules.

—C'était chaud et c'était pratique, répondit-elle enfin en levant le menton pour le regarder droit dans les yeux.

—Tu as probablement dû prendre ça sur un cadavre il y a plus de cinq ou six ans. Tu aurais dû le remplacer depuis. Il y a mieux dans le champ là-bas.

C'était il y a huit ans et je ne le remplacerai jamais, espèce d'idiot, pensa-t-elle. Elle fronça les sourcils.

—J'aime la couleur, répondit-elle d'un ton totalement neutre, ce dont elle fut très fière.

— Gris et noir terne ? Il y a plus de couleurs dans le ciel la nuit. Viens, j'ai une tenue aux couleurs des FitzHugh dans ma tente.

Heureusement, il ne vit pas sa réaction. Il tendit simplement un bras et la poussa devant lui, vers le bas de la colline. Il ne lui donnait pas la possibilité de refuser son offre et, les deux fois où elle trébucha, il la poussa plus fort. Morgan se rattrapa maladroitement, ravala toutes ses paroles et garda la cadence.

Le champ de bataille était recouvert d'une brume qui formait une troublante et fantomatique couverture laiteuse. Morgan se signa rapidement, ce qui n'échappa pas à l'homme, même s'il s'abstint de tout commentaire. Elle baissa la tête et garda le rythme, courant à son côté.

S'il reconnut son endurance quand ils atteignirent son cheval, il se garda bien de le faire remarquer. Morgan étudia l'animal et le considéra avec terreur, se rendant compte qu'il était plus grand qu'elle à l'encolure.

Elle recula de quelques pas lorsqu'il claqua la langue, parla doucement et que le cheval hennit en retour.

— Tu n'étais pas là pour te battre, fit-elle remarquer.

Il la regarda tout en jetant la selle sur l'animal.

— Non, dit-il laconiquement.

— Alors pourquoi l'as-tu fait ?

Il l'ignora et se souleva de terre par la seule force de ses bras, s'élevant au-dessus du cheval avant de lancer sa jambe par-dessus la croupe. Morgan l'observa, regarda les muscles à l'arrière de ses bras puis ceux de ses jambes, et avala l'excès de salive dans sa bouche. Jamais de sa vie elle n'avait vu de si bel homme.

Les réactions de son corps l'irritaient autant qu'elles l'embarrassaient. Les affaires de femme ne l'intéressaient pas. Elle s'en était détournée pendant une décennie. Ce qui l'intéressait, c'était de surpasser tout le monde à la fronde, au tir à l'arc et au lancer de couteaux. Elle était particulièrement douée pour la chasse et réservait d'ordinaire quelques cadeaux à la casserole de la vieille peau. C'était l'unique raison pour laquelle Elspeth la tolérait. Morgan n'avait pas adressé plus de cinquante mots à sa sœur depuis la disparition de sa famille. Pour autant qu'elle était concernée, Elspeth n'était pas une KilCreggar. C'était une catin qui accueillait tous les hommes entre ses cuisses avant de leur voler tout ce qu'elle pouvait.

Elspeth n'était pas vraiment du genre aimable, mais elle était résolument féminine. Morgan était tout l'inverse : fière, brusque et dure. Elspeth persistait à la traiter comme un garçon, même si elle était la seule parmi les villageois à connaître la vérité. Elle avait cessé de taquiner Morgan à ce sujet il y a bien des années. Elles n'en étaient pas plus proches, car Morgan ne s'était jamais sentie féminine. Aucun homme ne l'intéressait. Elle ne se souciait certainement pas de celui-ci parce qu'il était beau, robuste et musclé, mais parce qu'il était son ennemi juré.

— Donne-moi ta main.

Il amena le cheval à son côté et se baissa vers elle.

— Pourquoi ?

— Un bon écuyer ne questionne jamais son maître.

— Je n'ai jamais dit que je serai ton écuyer, répondit Morgan.

— Je n'ai pas demandé non plus. Ta main ? Tu préférerais peut-être qu'on te la coupe pour te punir d'avoir volé les morts ?

Elle lui donna sa main. Elle dut utiliser ses propres muscles pour passer la jambe par-dessus le flanc du cheval, puisque ce FitzHugh s'était contenté de la soulever par-dessus son épaule et de commander à l'animal de se mettre en route. Morgan ne sut pas non plus comment il s'y était pris. Elle se concentra pour trouver une prise lui évitant une chute.

Elle se résolut à s'accrocher à la selle à la hauteur de ses hanches. Morgan n'avait jamais été aussi proche d'un homme, surtout pas avec un animal vivant entre les jambes. Elle chercha une solution pour empêcher le tissu de frotter de quelque façon son intimité. Elle y arriva en bandant les muscles de ses cuisses et en se soulevant au-dessus de l'animal. Ce n'était pas si facile qu'il y paraissait. Elle s'en rendit compte à mesure que la nuit tombait, que les étoiles se mettaient à scintiller et que les muscles de ses jambes devenaient douloureux.

Elle se félicitait d'être grande, car ses jambes étaient pratiquement de la taille des siennes ce qui rendait moins inconfortable d'être écartelée sur le dos d'un cheval.

— Tu devrais essayer de dormir tant que tu peux, dit-il.

— Dormir ? Où ça ?

— Allonge-toi sur mon dos. Ça marche.

— Tu ne vas pas t'arrêter ?

— J'ai des ennemis. Pourquoi leur donnerais-je une autre bonne occasion de m'attaquer ?

—Une autre?

—Je ne faisais pas une visite de courtoisie sur le champ de bataille et je ne l'ai pas quitté indemne.

—Tu n'as pas une seule écorchure, répondit Morgan. Il émit un petit rire.

—Alors… tu as regardé.

—Non, j'ai juste remarqué que tu allais trop vite pour un homme blessé, rétorqua-t-elle.

—J'ai pris un coup à la caboche. Je dois m'éclaircir les idées. Crois-moi, je n'avais pas l'intention de chevaucher toute la nuit.

—Alors pourquoi s'infliger ça?

—Les ennemis sont partout, mon garçon. Dans tous les coins.

Morgan haussa un sourcil à cette remarque et se détendit sur le cheval sans faire de façons.

Les muscles de ses cuisses, aussi douloureux que si on y avait placé des charbons ardents, la lançaient. Elle comprit qu'elle avait eu tort d'adopter cette position. Il suffisait de s'adapter à la cadence de sa monture.

Elle se raidit, s'efforça d'ignorer le mouvement et bailla. Ce n'était pas aussi difficile qu'elle l'imaginait. C'était presque agréable, à condition de faire abstraction du cavalier devant elle.

Elle bailla de nouveau.

—Je m'appelle Zander. Zander FitzHugh.

—Zander? répéta-t-elle.

—Comme Alexander. Une version raccourcie d'Alexandre le Grand. Ma mère aime l'histoire. Elle a juste un problème avec l'orthographe.

—Zander, reprit Morgan.

Il s'appelle Zander.

Elle eut du mal à réprimer un ricanement.

— Tu as un nom ?

— Oui.

— C'est quoi ?

— Pas Zander, repartit-elle en s'esclaffant.

— Tu veux que je t'en trouve un ?

— Vas-y.

— Morgan.

Elle le regarda, estomaquée.

— Comment as-tu…

— Tu t'appelles vraiment Morgan ? demanda-t-il. Ça alors ! J'ai un vassal du même nom que mon cheval. Morgan.

— J'ai jamais dit que je serai ton écuyer.

— Tu vas le devenir, je ne te laisse pas le choix. J'ai beaucoup de domestiques. J'en ai tellement que ça en devient même un problème. Rares sont ceux qui obéissent et seuls quelques-uns d'entre eux sont attentifs. On m'a dit que j'avais besoin de m'organiser. L'organisation, ce n'est pas mon fort. Ma mère ne cesse de me répéter que je devrais m'organiser.

— T'organiser pour quoi ? s'enquit-elle, perplexe.

— J'ai ma propre demeure – un vieux bâtiment dont personne ne voulait. J'ai toute une maisonnée de serfs pour faire le ménage, répandre les jonchées et allumer des feux. J'ai tout ce qu'il faut pour exercer mon droit de cuissage. J'ai aussi des serviteurs pour m'apporter tout ce dont j'ai besoin, pour me faire manger et pour me jouer de la musique. Mais je n'ai pas de serf pour s'occuper de mon cheval et de moi-même. Enfin, j'en avais un. Il est resté sur le champ de bataille, là-bas. Tu as dépouillé des cadavres, tu prends sa place.

— C'est de l'organisation, ça ?

— J'ai probablement besoin d'une femme. J'ai pas envie d'être enchaîné à une épouse. Tu sais ce que ça ferait ?

— Nan, répondit Morgan.

— Ça mettrait fin à mes jeux. Les épouses ne sont pas très tolérantes pour ce genre de distractions.

— Tu veux dire prendre de jolies servantes pour réchauffer ton lit ?

— Tu es plutôt mignon, pour un garçon. Elles viendraient réchauffer le tien aussi. Tu as déjà eu une femme ?

— Non. (À sa plus grande surprise, Morgan réussit à ne pas ricaner.) Mais je ne m'appelle pas Zander non plus.

— L'organisation, c'est la mort du jeu. Je n'ai pas besoin d'organisation. (Sa voix commença à devenir pâteuse. Morgan écarquilla les yeux. Il n'était pas difficile de trouver sa faiblesse.) Tu as besoin d'organisation, Morgan ?

— Je n'ai besoin de rien ni de personne, répliqua-t-elle.

Il tourna la tête pour la regarder.

— Il est tard. J'ai une bosse sur la tête et on parle d'organisation. Tu es un étrange écuyer, Morgan. Tu as un nom de famille ?

— Nan, répondit-elle.

— Pourquoi pas ?

— Ça n'a pas intéressé mes parents, répondit-elle.

Il émit un petit rire.

— Repose-toi sur moi, mon garçon.

— Pas besoin, répondit-elle en essayant de trouver une position confortable pour son menton dans son col.

— Je me fiche de ton confort, mais pas du mien.

— Quoi ?

Son esprit devait être aussi embrumé que le paysage car ce qu'il disait n'avait pas de sens.

Morgan plissa les yeux.

— Si tu t'appuies contre moi, ça me fera aussi un dossier. Vas-y, mon garçon.

Elle se pencha en avant et posa son front juste entre ses omoplates. Il mit tellement de poids en retour qu'elle tomba à la renverse. Il se redressa immédiatement.

— Essaie encore. Cette fois-ci, mets-y un peu de force. Je sais que tu en as, malgré ta frêle carrure de poulet. Penche-toi sur moi.

Ce coup-ci, Morgan s'arc-bouta contre son dos pour équilibrer leurs deux poids. Elle n'eut pas de problème cette fois lorsqu'il se laissa aller. Elle ferma simplement les yeux et s'endormit.

Chapitre 2

*L'*aube se manifesta par la rosée glacée qui s'accrocha au fin duvet de ses jambes. Morgan frissonna un instant puis ouvrit les yeux. Elle était raide de la nuque au bas de la colonne vertébrale, et ses cuisses étaient douloureuses. Son regard tomba sur l'endroit où son kilt était si remonté que, aurait-elle été un homme, on aurait trouvé qu'elle n'était guère pourvue. Cette vision la fit cligner des yeux. Cligner encore. Elle ferma les paupières et les frotta.

La vision ne changea pas.

Elle poussa de son front en même temps qu'elle tira le tartan sur ses genoux, le fourrant entre elle et la selle. Le grand corps masculin qui lui masquait le soleil levant balança d'avant en arrière, contre son ventre. *Il a les yeux bleus.* L'idée prit le pas sur le reste et la fit sourciller. Ses yeux n'étaient pas seulement bleus, ils étaient d'un bleu profond, aussi profond que la nuit et aussi vastes que le loch de Creggar.

—Serais-tu un *skelpie*? demanda-t-il d'une voix douce.

—J'ai bien peur que non. Je suis ton nouvel écuyer, mon seigneur, lança-t-elle d'un ton hautain.

Son froncement de sourcils s'accentua.

—Qu'est-il arrivé au précédent?

— Il a été pris dans la bataille. Il s'est bien battu, répondit-elle.

Elle vit son visage se chiffonner plus encore.

— Quelle bataille ?

Il lui serait plus simple de répondre s'il ne se penchait pas sur elle, l'écrasant sur la croupe du cheval.

— Autant que je puisse en dire, il s'agissait de pillards qui se faisaient punir.

— Des pillards ?

— Des voleurs. Des Highlanders répondant au nom de Killoren. Ils sont de ta famille ?

— Des pillards ? répéta-t-il.

— Je crois que voler du bétail n'était pas leur seul objectif. Ils devaient venger un enlèvement.

— Un enlèvement ?

— Les Killoren avaient une très jolie fille. Elle n'est plus de ce monde.

Il fronça encore les sourcils.

— Ils l'ont prise ?

— Ils l'ont prise et plus encore, si tu vois ce que je veux dire.

— Qui ?

— Les Mactarvat. Des Lowlanders. Un clan puissant. Pas vraiment riches côté terres, mais ils ont tout ce qu'il faut.

— Pourquoi ?

— Les Mactarvat distillent du whisky. Le meilleur du pays. Ils n'apprécient pas vraiment de se faire voler leur whisky. Ils ne savaient pas qu'ils prenaient la fille des Killoren.

—C'est le problème avec ce pays. Trop de clans qui se battent les uns contre les autres. Ce dont on a vraiment besoin, c'est… (Il se tut instantanément et lui jeta un regard noir.) Tu es loyaliste?

Morgan souffla de dégoût et le cheval renâcla en retour.

—J'ai l'air d'un loyaliste?

—Tu as la plus belle ossature contre laquelle je me sois appuyé et le tout parfaitement proportionné.

—Quand tu en auras fini avec les compliments, tu pourrais t'écarter un peu? Tu m'écrases les jambes.

Son regard s'aiguisa sur elle.

—Où sommes-nous?

—Sur ton cheval, répondit-elle.

—*Mon* cheval, rectifia-t-il. On est près d'une tente?

Morgan regarda autour d'elle. Ils n'étaient pas près d'une tente, ils en piétinaient une. Elle baissa son regard sur les débris de poteaux, de tissus et d'ustensiles de cuisine puis sourit avec ironie.

—Oui, répondit-elle.

—Bien, il est correctement dressé. (Elle le regarda se hisser grâce au pommeau de sa selle.) Tu mens, mon garçon. On n'est pas… près…

Sa voix s'amenuisa alors qu'il semblait se tenir prêt à plonger, avant de s'effondrer directement dans les restes de son feu de camp.

Morgan faillit laisser libre cours à sa première manifestation de gaieté depuis des années, mais elle se retint. Ils étaient bien trop proches des terres anglaises à présent et elle avait un FitzHugh à tourmenter. Il lui suffisait de le voir rouler dans la suie à ses pieds.

Morgan glissa maladroitement du cheval, lui dit de ne pas bouger et se faufila dans les arbres pour s'occuper de ses besoins. Quand elle revint, le cheval était resté là où il se trouvait, et Zander FitzHugh était toujours vautré sur le tas de cendres, un sourire sur son beau visage et une litanie de ronflements sortant de sa bouche. Morgan leva les yeux au ciel, pensa un instant le laisser là, puis soupira. Elle n'allait pas laisser passer cette chance. Elle avait perdu le compte du nombre de fois où elle avait prié pour avoir le puissant FitzHugh à sa merci. Elle n'allait pas se priver de cette occasion en prenant la fuite.

Elle allait prendre plaisir à faire de sa vie un enfer, tout comme il l'avait fait pour les KilCreggar. Elle chercha son arc, prit une flèche et partit. Quelqu'un allait devoir les nourrir et ça ne serait pas lui.

Elle alluma un nouveau foyer, fit rôtir un lièvre et se mit un bon coup de whisky derrière la ceinture lorsque Zander FitzHugh la gratifia de son regard bleu nuit. Elle ne le vit pas ; elle sentit son regard sur elle, par un déplacement des éléments, un éclat dans le feu, ou peut-être un mouvement dans les feuilles au-dessus d'eux. Elle l'observa depuis la bûche sur laquelle elle était assise, taillant un bloc de glace, puis rencontra son regard. Elle n'aurait jamais cru qu'il la réchaufferait autant que le whisky.

Morgan ne dit mot lorsqu'il cligna des yeux, les écarquilla, puis leva la tête du foyer de cendres, éternua, expulsant de la suie par le nez, puis toussa comme s'il était malade. Il dut courber le dos pour se débarrasser de la suie qui encombrait sa respiration. Morgan l'observa un instant avant de s'absorber de nouveau dans sa sculpture. Elle se mordit l'intérieur des joues pour garder son calme.

— Par tous les saints ! qu'est-ce qui m'est arrivé ?

— Tu as mangé de la cendre, constata-t-elle.

— De la cendre ?

— Oui, de la cendre, répéta-t-elle en le regardant droit dans les yeux.

Il la regarda durement, sans doute à cause du ton railleur de sa voix, et Morgan ravala son rire. Elle fit de son mieux pour ne pas réagir aux traînées noires qui dégoulinaient le long de ses joues.

— Comment suis-je arrivé là ?

— Tu es tombé.

— Tombé ?

— Du grand bestiau tout là-bas, dit-elle en le désignant de sa stalactite sculptée. Tu as dit qu'il était bien dressé. Je ne sais pas pourquoi.

L'homme jura, se mit à quatre pattes et tituba pour se remettre sur ses pieds, tentant en vain d'éliminer la suie de ses vêtements.

— Je suis tombé dans des cendres froides et tu m'as laissé là ?

— Je n'ai pas réussi à te faire bouger. Tu aurais dû te trouver un écuyer plus robuste. Ou manger moins.

Il la foudroya du regard, ses yeux illuminant son visage maculé de cendres, et Morgan éprouva un mal fou à contrôler les frissons qui la parcouraient. Elle n'allait pas se mettre à avoir peur de lui.

— Rends-toi utile et trouve-moi un autre tartan.

— Je me suis déjà rendue utile. J'ai chassé un lièvre pour ton repas, construit un nouveau foyer pour le rôtir et sculpté un jouet pour soudoyer la prochaine jolie fille que tu voudras mettre dans ton lit.

Il avait maintenant ses mains sur ses hanches et n'avait pas l'air de plaisanter. Morgan sentit ses cheveux se hérisser sur sa nuque. Elle n'y prit pas garde. Elle le regarda avec une parfaite indifférence.

— J'ai un tartan pour toi aussi.

— Le mien me va très bien, répondit-elle, et je n'ai pas l'intention me changer juste pour te faire plaisir.

— Tu vas te changer et m'aider à en faire autant. Et que ça saute !

— Sans blague, répondit-elle, feignant d'ignorer où il se trouvait et comment il y était arrivé.

Pour un homme d'une telle stature, il n'était pas facile à repérer dans ses déplacements. Morgan aiguisa son regard et le scruta attentivement. Il était entraîné à se mouvoir rapidement et sans attirer l'attention, tout comme elle. Elle ne l'avait pas vu faire.

— Va chercher de nouveaux kilts. Je ne veux pas des couleurs de KilCreggar sur mon campement. Mon propre clan me pendrait par les pouces.

— Pourquoi ?

— Tu vas aller chercher ces kilts ou va t il falloir que je te force ?

— Allons bon, comment tu penses faire ça ?

Elle souleva le morceau de glace ouvragé pour l'inspecter, le faisant tournoyer avant de lever de nouveau son regard vers lui. Elle eut la désagréable surprise de ne pas croiser le sien.

— En ayant recours à la brutalité, répliqua-t-il derrière son oreille gauche avant de l'attraper par la ceinture et de la jeter violemment au sol.

Il la traîna sur les genoux à travers la boue et la cendre dans laquelle il s'était réveillé, puis elle roula sur elle-même pour retrouver son appui et saisit les neuf poignards dissimulés dans ses chaussettes. Elle les tenait par la lame quand elle s'accroupit face à lui.

— C'est tout ce que tu as trouvé ? Des cure-dents ?

Il s'approcha des neuf lames qui jaillissaient entre ses doigts.

Elle en envoya une directement au centre de la broche des FitzHugh et il recula d'un pas, la lame oscillant dans l'œil du dragon qu'elle avait transpercé.

— Un coup de chance, railla-t-il en faisant un pas vers elle.

Elle en envoya deux autres exactement au même endroit. L'homme avait maintenant trois lames lui sortant du torse, comme d'une pelote à épingles. Elle pouvait lire dans son regard un peu plus de respect quand il s'accroupit légèrement, la dominant toujours.

— Il te faudrait une bien plus grande lame pour arrêter un FitzHugh, mon garçon. Ton précédent maître aurait dû t'apprendre ça.

Pour toute réponse, elle lança rapidement trois autres lames qui s'enfoncèrent dans la garde des poignards fixés à sa ceinture. La suivante transperça son *sporran*, d'où s'écoula un liquide sombre.

— Tu as touché du bon whisky, là, fit-il remarquer. La punition ne sera pas aussi clémente qu'un bain et un changement de vêtements. Je pourrais faire tâter de la sangle à ta carcasse maigrichonne.

— Recule, FitzHugh, le menaça-t-elle en faisant tournoyer les deux dernières lames entre les doigts de chaque main.

— Pourquoi ? Tu ne m'as donné aucune raison de le faire. Un idiot peut lancer un couteau sans même écorcher son adversaire. Il ne t'en reste que deux. Tu penses me faire la barbe pour finir ?

— Si j'avais voulu faire couler ton sang, tu serais déjà en train de te vider, rétorqua-t-elle.

— Et si les poules avaient des dents…

En retour, le couteau qu'elle lança sectionna le gland de sa chaussette. Le second coupa l'autre. Zander baissa le regard pour s'examiner et, quand il se releva, ses pupilles se dilatèrent en la voyant tirer trois autres poignards de l'arrière de sa ceinture. Elle les fit tournoyer, l'un dans sa main droite, deux dans la gauche. Il ne quittait pas ses mains des yeux.

Elle ne voulait pas le blesser. Elle ne voulait pas faire couler son sang. Pas encore. Elle savait pertinemment que des poignards n'arrêteraient pas un homme de sa stature, à moins qu'elle ne touche un organe vital ou qu'elle ait assez de temps pour le saigner à blanc. Il l'étranglerait avant que cela ne puisse arriver.

Son habileté lui avait toujours valu des compliments respectueux. Jamais elle n'avait dû recourir pour cela aux neuf poignards qu'elle gardait dans ses chaussettes. Ni même aux trois lames qu'elle conservait dans sa ceinture. Le FitzHugh et elle se mirent à tourner autour du lièvre à la broche qui les séparait. Il n'était pas aussi nonchalant qu'il semblait l'être, car une fine pellicule de sueur faisait couler la cendre sur son visage.

— Es-tu prêt à arrêter ton petit jeu et à aller me chercher mon kilt? demanda-t-il.

Le poignard fusa à travers les cheveux sous son oreille, coupant une mèche au passage. Il ne cilla même pas. Morgan était celle qui avait les mains moites.

— … et le tien? continua-t-il. J'ai très envie de te voir habillé décemment dans mes couleurs, en vert et bleu. C'est une combinaison audacieuse, pas des couleurs dont on a à se cacher. Les filles ont un faible pour celles-ci.

Elle égalisa la coupe derrière son autre oreille. La sueur perla à son front. Il ne lui restait plus qu'un poignard. Elle n'avait jamais été poussée aussi loin auparavant. La lame rendue glissante par l'humidité de sa paume était difficile à tenir mais elle n'en laissait rien paraître.

Il sourit. Son visage strié de cendres n'était pas beau à voir. Morgan déglutit.

— Je cherchais justement un bon barbier. Si tu m'avais parlé de tes petites manies, j'aurais fait rafraîchir ma coupe.

— Tu dois avoir ce qu'il faut entre les jambes, FitzHugh, pour te rire de moi en ce moment.

— Rire de toi? Tu ne vaux pas le temps que ça prendrait. Il ne te reste plus qu'une chance, mon garçon. Si j'étais toi, je ne la raterais pas. J'ai une tonne de cendres à nettoyer, un kilt propre à revêtir, un bon lapin rôti à manger et un demi, non… (Il baissa le regard vers son *sporran*, qui gouttait toujours en laissant une trace sombre sur ses vêtements couverts de cendres. Puis il la regarda de nouveau. Ses yeux étaient deux puits noirs, ne laissant filtrer aucune émotion sur son visage souillé.) Je devrais plutôt dire le tiers de *sporran* de whisky qui me reste. Pose ton couteau et aide-moi. Je ferai preuve de clémence. L'autre solution risquerait fort de ne pas te plaire. Pose ton cure-dent.

Morgan se cramponna à la lame. Elle n'allait pas abandonner aussi facilement. Elle devait choisir sa cible. Il n'y en avait qu'une seule qui le mettrait à terre sans l'achever, ce qu'elle redoutait. Si elle ne touchait pas un point vital ou qu'il était mal pourvu par la nature, elle ne donnait pas cher de sa peau.

Zander haussa un sourcil.

— Tu as du mal à te décider? Un aussi bon tireur que toi? Allons, mon garçon, pose ta lame. On va tous les deux enlever nos vêtements répugnants et en mettre des propres. Bien sûr, je ferai en sorte que ce plaid KilCreggar soit déchiré en petits morceaux, et…

La dernière lame alla directement trancher le kilt entre ses cuisses, déchirant le tissu, et fit un grand bruit quand elle vint s'enfoncer dans la bûche derrière lui. Elle entendit son rugissement. Il ne s'agissait pas d'un cri de douleur. Elle sautait déjà par-dessus les obstacles et dansait entre les arbres pour lui échapper.

Qu'il soit damné d'être aussi mal membré! pensa-t-elle.

Morgan était rapide. Elle était légère. Elle pouvait se déplacer vite et habilement même si le soleil se couchait à vue d'œil et qu'il avait planté sa tente en lambeaux sur un terrain jonché de feuilles mortes, à proximité d'une source qui apportait bientôt de la brume. Si elle arrivait à le tenir à distance, elle pourrait facilement se cacher.

Elle s'arrêta, à l'écoute des éléments qui l'entouraient dans les bois, et n'entendit plus un bruit. Elle ne sentit pas le coup venir. Tout ce qu'elle sentit, c'est le tronc de l'arbre contre lequel il lui avait plaqué le visage avant qu'il ne la saisisse par le collet. Il la souleva de terre et la secoua vigoureusement. Morgan le regarda, abasourdie, non pas parce qu'il avait la force de la soulever d'un seul bras, mais parce que le coup qu'elle avait reçu faisait bourdonner ses oreilles.

Puis elle eut l'impression de se noyer lorsqu'il lui mit la tête sous l'eau et la maintint dans le petit ruisseau à ses pieds. Juste avant qu'elle ne perde conscience et se noie, il la souleva, la tenant assez longtemps pour la secouer, puis la replongea dans le ruisseau. L'estomac de Morgan était plein d'eau et elle toussa tant et plus avant de replonger une troisième fois. FitzHugh n'était pas encore satisfait.

La cinquième fois, Morgan oublia de respirer et resta simplement au fond du cours d'eau, son visage frottant la mousse contre les galets. Elle allait mourir, et tout ça parce qu'elle était trop stupide pour infliger un coup mortel à son ennemi quand elle en avait l'occasion.

Elle distinguait une lumière vive à travers ses paupières quand il la sortit finalement du ruisseau et la tint à bout de bras en lui jetant un regard mauvais. Elle se demanda quand tout était devenu si brillant et elle vit des points noirs danser devant elle avant de retrouver une partie de sa vision. Elle n'était pas accoutumée à la haine sinistre contenue dans son regard et pensa à tous les recoins secrets dans lesquels elle ne s'était jamais cachée.

Il jura de nouveau et regagna le rivage, la traînant derrière lui. Son torse était courbé entre ses cuisses, ce qui était vraiment stupide de sa part. Toute combativité en elle avait disparu. Elle perçut le reflet d'une lame de couteau et ferma les yeux.

— Ouvre les yeux et fais face à ta punition, Morgan.

L'une de ses mains encerclait son cou, le soulevant de son torse, et de l'autre tenait un *sgian-dubh*. En comparaison, ses lames avaient effectivement l'air de cure-dents. Morgan sentit un flot de larmes jaillir et maudit sa faiblesse. Elle n'osa même pas cligner des yeux.

— Des larmes ? Tu pleures comme une bonne femme maintenant ?

— Tue-moi qu'on en finisse, grogna-t-elle.

— Ce n'est pas l'envie qui me manque, mais je ne le ferai pas. Il est difficile de trouver un bon écuyer écossais. Un Écossais qui se batte, encore plus, particulièrement un aussi doué que toi aux poignards. Je vais juste te faire goûter à ton propre penchant pour la coupe de cheveux.

— Non !

Elle cria tandis qu'il soulevait sa natte. Elle sentit le froid de la lame contre sa peau.

— Cette touffe de cheveux ?

La lame trancha les premières mèches et Morgan fut secouée de sanglots. C'était la seule chose qui lui restait de son enfance et la seule chose qui indiquait ce qu'elle était, une femme. Morgan se haït de nouveau lorsqu'elle s'en rendit compte.

—Pitié! implora-t-elle dans un souffle.

Il cessa de couper. Morgan retint son souffle.

—Ça a tant d'importance à tes yeux?

Elle hocha la tête.

—Pourquoi?

—Je ne sais pas, murmura-t-elle.

—C'est trop long. Ça va te gêner. Si ta natte se détache pendant un combat, tu ne serviras plus à rien.

—Elle ne se détache pas, insista-t-elle.

—La mienne ne dépasse pas le milieu de mon dos.

—Chacun ses goûts.

—Si je te laisse garder ta tresse, tu m'obéiras? Tu deviendras mon écuyer dans tous les sens du terme? Tu surveilleras mes arrières et tu t'occuperas de moi sans la moindre plainte?

Morgan déglutit mais sa gorge était par trop douloureuse, trop serrée et trop sèche.

—Tranche-la qu'on en finisse, répondit-elle en fermant les yeux sur tout ce qu'elle s'était caché à elle-même.

Elle attendit qu'il passe à l'acte. Ses larmes s'étaient taries. C'était la femme en elle, celle qu'elle essayait de détruire, qui pleurait. Elle songea qu'il ne s'agissait que de cheveux. Ils finiraient bien par repousser. Il était stupide de la garder simplement parce que sa mère, dans une autre vie, avait une chevelure en tous points similaire. Mais ses arguments ne suffirent malheureusement pas à la convaincre.

Il la repoussa.

—Enlève ces vêtements aux couleurs des KilCreggar. J'ai un kilt pour toi. Si tu n'es pas déshabillé et propre quand je reviendrai, je ne me contenterai pas de trancher ta tresse. Compris?

Elle entreprit aussitôt de se déshabiller.

Chapitre 3

$\mathcal{M}$organ ne perdit pas de temps à se prélasser dans l'eau. Ce n'était pas dans ses habitudes. Elle était rapide au point d'en être brutale mais, sans son long justaucorps, ses manches amovibles, son long tartan enroulé autour de son corps pour former un kilt et une cape composant le *feile-breacan*, elle avait l'air d'être exactement ce qu'elle était : une femme svelte. Elle sortit de l'eau en courant pour se réfugier derrière les arbres et l'attendre.

Elle faillit ne pas y arriver et il fut visiblement écœuré de ne pas la trouver dans le ruisseau.

— Morgan, mon garçon ! si je dois te courir après…

Il s'arrêta net lorsqu'il vit la pile de tissu aux couleurs des KilCreggar sur la rive. Morgan l'observa donner un coup de pied dedans pour l'envoyer dans le cours d'eau du bout de sa botte, comme s'il était trop répugnant pour être touché. Elle ferma les yeux sur cette profanation, avant de se précipiter au coin de la haie pour suivre des yeux la masse noire trempée emportée par le courant.

— Tu l'as usé jusqu'à la trame, mon garçon. Tu n'as pas besoin de faire le deuil d'une loque pareille.

Morgan le regarda parler par-dessus son épaule et elle sut que c'était le moment propice. Elle était aussi bonne que Zander pour se déplacer silencieusement. Elle était aussi bonne nageuse. Tout ce que pouvait faire un homme, elle le faisait mieux. Elle nagea sous l'eau et passa sous le plaid des KilCreggar avant qu'il n'ait eu le temps de dire un mot.

— … mes propres couleurs te seront plus utiles. Tu n'as pas à les fuir. Tu as intérêt à les faire tiennes.

Morgan l'entendit quand elle refit surface. Elle n'avait pas prêté attention à ses propos. Elle avait toujours Zander dans son angle de vue lorsqu'elle se propulsa sur la rive derrière lui alors qu'il parlait toujours. Elle allait être pleinement visible pendant un instant, mais elle ne pouvait faire autrement. Elle murmura une rapide prière pour qu'il continue à ignorer sa position avant de prendre son élan.

— Tu sais, pas mal de filles se pâment rien qu'en voyant le plaid des FitzHugh. Ce sont de belles couleurs, vibrantes et vivantes. Pas comme les couleurs sombres des KilCreggar, un horrible gris. D'ailleurs, les fils sont plus doux, le tissage plus serré, réalisé par des mains plus habiles. Tu ne perds pas au change.

Morgan sortit de l'eau et se dissimula derrière le rideau végétal alors qu'il parlait toujours. Elle s'agenouilla pour essorer le kilt près du sol, empêchant les gouttes de faire trop de bruit en tombant sur le sol. Elle fronça les sourcils quand elle se rendit à l'évidence. Elle n'allait pas pouvoir le garder avec elle. Pas en totalité, quoi qu'il en soit.

Pour la première fois en huit ans, elle n'allait pas pouvoir porter les couleurs de son clan.

Cette certitude la fit frémir de rage. Elle réprima cette réaction. Elle pouvait porter les couleurs de l'ennemi à l'extérieur, mais elle garderait un morceau du plaid des KilCreggar près de son cœur. Elle prétendrait être l'une des leurs. Elle pourrait même parader en peau de léopard et couverte de bijoux afin d'atteindre son but. Puis elle ferait tisser de nouveau les couleurs des KilCreggar. Ses ancêtres devraient se satisfaire de ça.

Morgan passa ses doigts le long du tissu, à la recherche d'un point faible. Elle aurait bien aimé avoir un de ses poignards. L'eau avait rendu le tissu très résistant et elle n'arrivait pas à le déchirer. Elle trouva un bout effiloché et y planta ses dents.

—De plus, avec ces couleurs, on te prendrait pour un partisan des KilCreggar. Aucun être vivant ne voudrait d'une telle étiquette. Il passerait pour un lâche.

Morgan mordit très fort le tissu pour étouffer un cri de haine. Maintenant, elle regrettait ses poignards pour d'autres raisons. La prochaine fois, elle ne manquerait pas son coup. Le bruit de déchirure fut minime, mais elle le vit tendre l'oreille dans la bonne direction. Il semblait avoir une excellente ouïe. Il fallait qu'elle s'en souvienne. Elle saisit le carré de tissu qu'elle avait déchiré et s'accroupit. C'était un maigre souvenir, mais ça ferait l'affaire. Elle utilisa les buissons pour progresser parallèlement à la rive, approchant de l'endroit où il se trouvait.

—Sors de ta cachette, mon garçon. C'est stupide. Tu as des vêtements aux couleurs des FitzHugh à enfiler et un maître à servir.

Morgan lui tira la langue.

—Pourquoi tu te caches de toute façon? Je ne vais pas te punir davantage. Ça n'est pas nécessaire.

—Je ne me cache pas, répondit-elle enfin, plantée juste derrière lui.

Il n'eut pas l'air surpris de la trouver là.

—Les bois te retiennent prisonnier alors?

—Je préserve mon intimité et il appelle ça se cacher, fit-elle remarquer comme si elle avait un public.

Cela expliquait son absence, mais aussi sa discrétion. Elle l'observa assimiler sa sortie.

—Tu es du genre timide? s'enquit-il en riant.

—De temps en temps, répondit-elle. Aujourd'hui, oui.

—Eh bien, si j'avais été doté d'un corps osseux aussi frêle que celui que t'a donné le Seigneur, je le cacherai aussi volontiers. Les filles doivent partir en courant à la vue de ton blanc derrière.

—J'en sais rien. J'ai jamais essayé.

—Trouve-toi une fille au pas lourd, alors. Elle sera plus facile à attraper.

Il rit de sa propre blague et s'assit pour retirer ses bottes. Morgan se détourna. Elle n'allait pas risquer d'être percée à jour tant qu'il n'était pas dans l'eau et elle avait une natte à défaire pour évaluer les dégâts. Elle avait vu assez d'hommes quasiment nus pour ne pas attacher d'intérêt à ce qu'il révélerait. Sauf pour évaluer son adversaire.

Elle défit sa tresse, retira une poignée de cheveux tranchés près de sa nuque et les renoua avant de l'entendre s'ébattre dans l'eau. Elle risqua un coup d'œil et vit qu'il avait plongé. Morgan sortit en courant, attrapa la plus petite pile et se retira à l'abri des arbres pour enfiler les vêtements.

—Où as-tu appris à lancer les couteaux, mon garçon ? demanda-t-il par-dessus son épaule.

—Appris ? répondit-elle. Je t'ai raté.

Elle essora ses bandes de contention en tordant la bouche à l'unisson. Elle pouvait difficilement les enfiler mouillées alors elle les noua au-dessus de ses genoux où ils pourraient mieux sécher. Elle les remettrait au matin. Elle attacha le morceau de plaid KilCreggar en dessous. Puis elle se mit debout, attrapant la fine tunique qu'il avait apportée. Elle la passa par-dessus sa tête, leva sa tresse et savoura la sensation instantanée d'un doux tissu finement tissé contre sa peau nue pour la première fois de sa vie. Morgan passa ses doigts sur l'ourlet qui lui arrivait à mi-cuisses. Même là, elle sentait les points parfaitement cousus. *Il donne de si beaux vêtements à un serf ?* s'étonna-t-elle, les yeux écarquillés.

—Je n'ai jamais vu quelqu'un viser aussi bien. Il dit qu'il a raté sa cible. J'ai des poignards enfoncés jusqu'à la garde dans les manches et les deux glands de mes chaussettes sectionnés de près. Il m'a raté.

Morgan réprima le sourire qui naissait sur ses lèvres avant que FitzHugh ne remette sa tête sous l'eau pour rincer ses cheveux, puis laissa libre cours à sa joie. Il ne lui avait témoigné aucun respect jusqu'alors. Elle aurait dû deviner qu'il s'agissait d'une façade. Cet homme était peut-être mal loti, mais il ne manquait pas de courage, présuma-t-elle. Faire face et encourager quelqu'un à lui lancer toute sa réserve de couteaux nécessitait plus de courage qu'elle ne lui en aurait supposé. Une autre information qu'elle devait garder en mémoire.

Elle enfila rapidement la chemise qu'il lui avait donnée, boutonnant la patte jusqu'au menton et admit qu'elle était faite d'un bon drap fin. Elle lui allait bien aussi, couvrant son entrejambe comme il fallait, avec une bonne longueur de tissu pour protéger la chute de reins. Morgan passa ses mains sur les poignets, les repliant.

—Alors, où as-tu appris? demanda-t-il.

Elle jeta un coup d'œil dans sa direction. La chaleur de l'eau avait fait naître une brume opaque autour de lui et elle vit une tête flottant au-dessus de l'eau. Puis elle vit un bras, l'autre et enfin les deux quand il se lava.

—Peut-être que j'ai appris tout seul, peut-être pas, répondit-elle à la forme fantomatique.

—Tu te débrouilles comment avec un arc?

Le kilt qu'il lui avait donné était le mieux tissé qu'elle ait jamais porté – du fil fin et une trame dense. Morgan le caressa de ses mains pour le sentir. La laine était si finement filée qu'elle pouvait en faire une torsade plus fine que celle de sa natte.

—Pourquoi? demanda-t-elle.

—Je m'y connais. Tu as du talent. Je veux en connaître l'étendue. Ça pourrait m'être utile à l'avenir.

Heureusement, elle ne pouvait pas voir où il était parti lorsqu'il prononça ces paroles. *Quelle arrogance !* pensa-t-elle. Puis elle se rappela qu'il appartenait au clan des FitzHugh. Leur arrogance était légendaire : pour eux, le monde n'existait que pour être foulé aux pieds et conquis. Elle ravala sa repartie. Jusqu'à ce qu'elle récupère ses poignards, ou toute autre arme, elle surveillerait ses paroles. Elle avait une aversion pour son recours à la brutalité.

— Je n'ai aucun talent avec un arc, répondit-elle.

— C'est dommage, rétorqua-t-il.

Morgan attacha la ceinture que son maître lui avait fournie. Même s'il faisait trop sombre pour en être certaine, elle sentait qu'elle était confectionnée d'un bon cuir rien qu'à son épaisseur. Elle passa ses doigts sur toute la longueur, effleurant les fils de couture. Elle n'avait aucun point faible, pas comme la sienne, en cuir brut tressé. Elle la noua autour de sa taille, secouant la tête lorsqu'elle retomba sur ses hanches. C'était probablement une bonne chose. Un garçon ne pouvait pas avoir une taille comme la sienne.

— Et à la hachette ? s'enquit-il.

— J'en ai rarement eu une entre les mains.

— Ça ne m'étonne pas. Les armes ne sont pas légales depuis très longtemps. Heureusement que nous avons notre nouveau roi. Où as-tu trouvé tes poignards ?

— Je les ai fait faire, puis je les ai payés en faisant du troc.

— Tu ne les as pas dérobés à un cadavre sur un champ de bataille ?

— Je les ai gagnés grâce à mon talent. Pas volés.

— Tu ne les as pas pris sur un cadavre ?

— Quel cadavre d'Écossais pourrait avoir une arme ? Tu ne viens pas de me dire qu'elles n'étaient légales que depuis peu de temps pour nous ?

— Ma patience a des limites et ton impertinence aussi, mon garçon. Réponds-moi franchement. Le champ de bataille devait être recouvert d'armes écossaises, légales ou non. Sinon, pourquoi y aurais-tu mené ton groupe de gars ?

Morgan ne montra pas sa surprise. Il était aussi plus intelligent qu'elle ne l'aurait cru, bien plus intelligent. Elle leva une des hautes chaussettes qu'il lui avait données, l'enfila et s'assit une fois la chose faite pour chausser les bottes qu'il avait apportées. À sa grande surprise, elles lui allaient à la perfection. Ça ne lui était jamais arrivé auparavant. Les bottes qu'elle pouvait se payer d'ordinaire étaient pleines de trous, déformées et trop étroites. Son précédent écuyer devait avoir été plutôt costaud. Elle regarda ses pieds, écarta ses doigts de pied largement et réussit à dissimuler sa joie.

— Tu as vu tout ça ? répondit-elle en fin de compte.

— Ma tête était touchée. Mes yeux fonctionnaient correctement.

— Alors tu aurais dû te rendre compte que je n'ai rien volé. Je ne vole personne, mort ou vif.

Cette remarque mit fin à la série de questions pour quelques instants et elle attendit une réponse. Elle n'entendit que le clapotis de l'eau en provenance de là où il se trouvait.

— Ça se peut, dit-il.

Morgan se raidit et se mordit la langue. Elle avait subi plus d'insultes qu'un KilCreggar n'en pouvait supporter sans réagir. Son silence lui coûtait d'autant plus que ces insultes venaient de la bouche d'un FitzHugh.

— C'est la vérité. Pourquoi mentirais-je ?

— Pour la même raison que tu me mens à propos de tes autres talents.

Morgan essaya de percer du regard le brouillard derrière lequel il se cachait. Puis elle haussa les épaules.

— Je n'ai pas menti à ce sujet non plus.

— Il manque une flèche à mon carquois et ce n'est pas le lièvre qui est en train de rôtir là-bas qui l'a reçue. En plus, ce n'est pas lui qui rassasierait ton petit corps frêle. Tu le savais et tu t'es donc fait une plus grosse cible. Tu n'as pris qu'une flèche parce que c'est tout ce dont tu avais besoin. Dis-moi que j'ai tort.

Il n'est pas seulement brillant. Il est très brillant, pensa-t-elle. Elle ferait mieux de se souvenir de ça. Elle s'éclaircit la gorge et lança une insulte pour changer de sujet.

— Tu penses rester là-dedans jusqu'à devenir fripé comme une noix ? Cela dit, tu dois être si mal loti que tu ne dois pas en être loin, non ?

— Tu te crois malin ? demanda-t-il en baissant légèrement le ton.

Elle sourit.

— Tout à fait, répondit-elle et non sans raison. J'avais bien visé avec ma dernière lame. Je n'ai rien touché. Tu ne dois pas avoir grand-chose.

Il y eut un grand éclat de rire, un bruit de vague, et Morgan attendit.

—Pense ce que tu veux, mon garçon. Aucune fille ne s'en est plainte jusqu'à présent.

Elle leva les yeux au ciel. C'était un FitzHugh. Évidemment qu'il n'y avait eu aucune plainte, surtout pas en ferrant une si riche prise ! Elle revenait sur son opinion quant à son intelligence.

—Tu devrais peut-être mettre des filles un peu plus éduquées dans ton lit, alors. Elles seraient moins faciles à contenter, je crois.

—Pourquoi ferais-je quelque chose d'aussi stupide ? Quand je mets une fille dans mon lit, c'est pour l'éduquer. Je n'ai pas envie que l'incompétence d'un autre homme vienne gâcher mon plaisir. J'aime éduquer mes propres femmes. Donne-moi une vierge et je t'en ferai une courtisane.

—Ça ne doit pas être facile de garder des domestiques pour réchauffer ton lit dans de telles conditions, rétorqua-t-elle d'un ton narquois.

—Nenni. Elles trouvent mon lit chaud et accueillant. Je n'ai jamais entendu la moindre réclamation. Je les garde jusqu'à ce qu'elles ne soient plus d'aucune utilité. Ou jusqu'à ce qu'elles accouchent d'un petit bâtard.

—Tu as engendré des bâtards ? demanda-t-elle, choquée.

—Pas encore. Je prends garde à ma semence.

Morgan ne savait pas quoi répondre. Elle ne comprenait pas bien à quoi il faisait allusion, même si elle pouvait s'en douter.

—Ne t'en fais pas, mon garçon, il y a plein de filles dans le monde. Il y en aura même pour toi, mais tu n'auras pas le droit au premier choix tant que ta voix n'aura pas mué et que ton petit torse grêle sera imberbe.

Elle s'étouffa mais, Dieu merci, n'en laissa rien paraître.

— Ça suffit. Il y a une réponse à une telle conversation et aucune femme à portée de main pour la mettre en pratique. Tu devrais tout me dire, mon garçon. Je suis à bout de patience, j'ai pratiquement perdu mon whisky, j'ai un œuf de pigeon en train de sortir de mon crâne et des échardes de chardons à retirer. Tu souhaites garder tes talents cachés ? Très bien. J'aurai la réponse tôt ou tard mais, à ta place, je ne chercherais pas à les exercer sur moi.

Ce corps, telle une apparition, semblait dépourvu de substance, mis à part la menace qui sourdait dans sa voix. Morgan déglutit.

— Le but n'était pas de te mettre à l'épreuve, répondit-elle abruptement.

Elle secoua le plaid et le passa autour de sa taille. Le tissu se plia et se drapa aussi somptueusement qu'elle l'avait imaginé. Morgan le coinça dans sa ceinture, le pliant deux fois devant, puis elle forma des plis sur tout l'arrière, avant de le ramener sur l'avant en tirant un long pan à travers sa ceinture. Il lui en restait assez pour le passer par-dessus son épaule gauche, le fixer dans le dos dans sa ceinture et en faire une courte cape qui descendait le long de ses jambes. Elle tourna la tête pour vérifier la longueur et remarqua avec satisfaction qu'il lui effleurait les mollets, conformément à l'usage.

— Tu ne me mettais pas seulement à l'épreuve, tu crânais. Sans quoi, tu m'aurais tué. Passe-moi une serviette.

Elle sourcilla, tout d'abord parce qu'il avait parfaitement raison, et à cause de l'aisance avec laquelle il lui donnait des ordres. Puis le spectacle qui s'offrit à sa vue la laissa bouche bée. Elle s'immobilisa tandis qu'il avançait vers elle dans le brouillard, à travers la végétation. Il ne ressemblait à aucun des hommes qu'elle avait vus dans sa vie.

Zander FitzHugh était viril, sain, tonique et énorme. De partout. Même au sortir de l'eau glacée et entouré de vapeur dans l'air froid, sa stature était impressionnante et la nature l'avait bien pourvu. Morgan oublia d'en avaler sa salive et s'étrangla avant de fermer la bouche puis de cligner des yeux.

— Eh bien, regarde-toi, dit-il. Vêtu des couleurs des FitzHugh et prêt à faire chavirer le cœur des demoiselles à la vue d'un si beau spectacle. Tes jambes auraient bien besoin d'un peu plus de muscles et tes bras ressemblent à des brindilles, mais tu as un joli minois. Juvénile, mais viril tout de même. Les filles vont être folles de toi. Elles ont un faible pour les petits jeunes encore tout neufs.

Il lui donna un coup de coude complice, si puissant qu'il la fit reculer de deux pas avant qu'elle rouvre les yeux en l'évitant soigneusement.

— Tu sembles prêt à devenir mon écuyer et je vois que tu as bien mis ton tartan cette fois-ci. Tu t'améliores.

— Comment diable est-ce que ça m'a échappé ? murmura-t-elle sans réfléchir.

Son rire n'était plus dissimulé par le brouillard à présent et elle sentit une chaleur inconnue lui envahir le visage. Ses joues s'empourpraient, une fois n'était pas coutume. À vrai dire, cela ne lui était jamais arrivé. Seules les jeunes filles innocentes rougissaient. Pas elle et encore moins à cause de l'homme en face d'elle.

—Je porte un pagne, répondit-il. Je le mets en premier, ou je le ferai quand je serai sec.

—Un… quoi ?

Elle ne pouvait continuer à lui parler alors qu'il était si à l'aise avec sa nudité quand elle en était troublée jusqu'au plus profond d'elle-même. Le soleil ne s'était pas couché depuis assez longtemps pour cacher son corps nu.

—Va me chercher ma serviette. Prends aussi mes habits au passage. Je vais te montrer ce qu'est un pagne. Un bon écuyer doit anticiper les besoins de son maître sans qu'on les lui rappelle, dit-il doucement.

—Je n'ai jamais dit que je serai ton écuyer, répéta-t-elle.

—Tu veux refaire un tour dans l'eau ?

Elle secoua la tête.

—Alors on a un accord. Tu vas être mon écuyer ?

—Je ne te jurerai pas fidélité, repartit-elle en levant le menton, le regard fuyant.

Il était plus sage de se concentrer sur le bouleau derrière lui.

—Pas maintenant peut-être, mais à la longue, si.

—Jamais.

Morgan ravala ses paroles et leva la tête pour scruter son visage. C'était l'une des choses les plus difficiles qu'elle ait jamais faite et elle n'osa pas se demander pourquoi. Tout ce qu'elle savait, c'est que les efforts qu'elle déployait pour soutenir son regard la faisaient trembler.

Il soupira.

— On va commencer ton apprentissage par les choses simples, alors. Sers ton maître. Il a demandé sa serviette mais, puisque tu l'as laissé tout seul debout dans l'air de la nuit, il n'en a plus besoin. Va chercher ses affaires, à présent.

— Et si je refuse ?

— Pourquoi tu penses que j'épargne tes cheveux ? (Il s'était rapproché pour poser sa question et Morgan se mit à pâlir. Elle espéra simplement que cette réaction passerait aussi inaperçue que la précédente.) Tu as toujours envie de les avoir demain, non ?

Elle se tourna et se dirigea vers sa pile de vêtements. Elle ne savait pas ce qui lui arrivait. Oui, elle voulait garder sa tresse, mais à quel prix ? Sacrifierait-elle son amour-propre ? Elle ramassa les vêtements d'un geste rageur. Elle se demanda quelle serait sa réaction si elle coupait ses cheveux pendant son sommeil, mais elle savait qu'elle ne le ferait pas.

Elle était censée le tourmenter, l'inquiéter par ses talents guerriers, et elle échouait lamentablement. Non seulement il n'était pas perturbé par ses qualités de lanceuse de couteaux, mais il retournait contre elle ses propres armes. Pour couronner le tout, il lui trouvait un air viril ! Des larmes de rage perlaient sur ses cils quand elle se retourna vers lui et lâcha la pile de vêtements à ses pieds, furieuse. Elle *voulait* qu'il lui trouve un air viril ! Quel lutin des bois avait-il semé le trouble dans son esprit ?

— Ceci est un pagne.

Il tira une longueur de tissu en lin blanc et en plaça une extrémité contre sa hanche droite. Morgan feignit de l'intérêt pour ce qu'il lui montrait plutôt que pour ce qu'il lui avait mis sous le nez. Il s'était réchauffé aussi et ça avait un effet sur… toute son anatomie. Elle se força à regarder ses mains et rien d'autre, mais, assourdie par le sang qui tambourinait dans ses tempes, elle n'entendit pas un mot de sa petite démonstration.

Il enroula la bande de tissu autour de sa taille, puis la passa devant sans serrer outre mesure, puis autour d'une jambe et dans le dos. Puis il enroula l'étoffe autour de sa hanche gauche, de l'autre jambe, et la repassa dans le dos. Il termina sa manipulation sur la hanche droite où il noua les deux extrémités. Rien de ce qu'elle aurait pu blesser de sa lame ne dépassait. Morgan considérait le résultat, estomaquée.

— Pas très écossais, tout ça, répondit-elle enfin.

— En effet. Pas très viril non plus, pour un Écossais.

— Est-ce que les autres seigneurs portent la même chose ?

— Aucune idée. À vrai dire, je m'en moque.

— Ah oui ?

Il la regarda et elle fut submergée par la tristesse. Ça n'avait aucun sens. Elle n'avait que faire des hommes. Elle n'avait que faire d'être une femme. Elle n'aurait pas de répit tant que cet homme serait en vie. Elle l'avait déjà juré. Elle allait faire tout son possible pour éliminer le chef du clan des FitzHugh, et tous les véritables Écossais la remercieraient pour son acte. Elle n'allait certainement pas rester plantée là alors qu'il lui montrait ses langes de bébé.

Cette idée la fit sourire.

—Qu'est-ce qu'il y a de drôle? demanda-t-il, les mains sur ses hanches, se penchant juste assez pour que, malgré son pagne, personne ne le trouve efféminé ou mal loti.

Morgan déglutit.

—J'ai vu des bébés dans la même tenue, FitzHugh.

—Appelle-moi Zander, sans quoi alors je te ferai donner du « monseigneur ». On est d'accord?

—Très bien, monseigneur. En tant que vassal de force, laisse-moi te dire que tu as mis ta virilité aux oubliettes.

—Peut-être.

Il haussa les épaules.

—Peut-être?

—Laisse-moi te rassurer, Morgan mon écuyer. Je ne porte un pagne que lorsque je passe nos frontières et que je parcours les champs de bataille comme celui que nous avons quitté hier au soir. Quand je suis dans ma vallée, je suis aussi Écossais que n'importe qui.

—Je ne comprends pas, répondit-elle.

—Les Anglais connaissent nos habitudes. Ils savent où frapper pour torturer un homme ou l'affaiblir, un peu comme tu l'as fait. Ils en ont l'intuition.

Elle était plus que perplexe. Les FitzHugh étaient de mèche avec les Sassenach depuis toujours. La plupart des clans qui avaient survécu en étaient réduits à prêter allégeance à la couronne d'Angleterre.

Il s'éclaircit la voix.

—Tu sais à présent pourquoi tu n'as rien touché de vital. Tout était protégé. Aide-moi avec le reste maintenant. J'ai un lapin rôti pour m'aiguiser l'appétit, puis de la venaison pour finir.

Elle fut abasourdie par ses paroles.

—Tu savais?

Ses yeux s'écarquillèrent. Elle l'avait dépecé et suspendu à une bonne distance de son campement. Puis elle l'avait caché pour la sécher. Elle ne savait pas qu'il s'était absenté assez longtemps pour le trouver.

—Je savais.

—Je n'ai pas menti quand tu as demandé. Tu m'as demandé si j'étais douée à l'arc. Je ne suis pas seulement douée avec un arc, mais aussi avec les flèches.

Il lui décocha un sourire et Morgan prit une grande inspiration en le voyant.

—J'essaierai désormais d'être plus précis quand je te pose une question. Je n'ai pas vu de marque sur la peau de ta proie. Où l'as-tu frappée?

—Dans l'œil, répondit-elle.

Il tiqua.

—Tu es aussi doué que ça?

Elle approuva.

—À quelle distance?

Elle haussa les épaules.

—Difficile à dire. Je n'ai jamais mesuré. J'abats ce que je vise. Peu importe la distance. Si c'est trop loin, je ne tire pas.

Il siffla et elle le regarda ramasser sa propre tunique qu'il n'enfila pas.

— Je commence à croire que tu es un bon écuyer, après tout. Morgan, sans nom et sans clan. Je pense aussi que tu es assez doué pour retirer ces épines de chardons de mon flanc, j'en ai vraiment assez de faire comme si elles n'existaient pas.

Il leva un bras et désigna au moins une dizaine de zones rouges où des épines étaient profondément enfoncées. Elle écarquilla les yeux devant cette blessure très douloureuse, puis scruta son visage.

Il lui adressa un clin d'œil. Sur son beau visage, ce signe familier lui parut d'autant plus redoutable.

Chapitre 4

$\mathcal{Q}$uand il réveilla Morgan, le soleil n'était pas encore levé. L'expérience n'était pas plaisante et c'était précisément ce que voulait Zander FitzHugh. Il attrapa sa natte à pleines mains et tira dessus jusqu'à ce qu'elle soit à peu près debout, sur des jambes flageolantes, complètement hébétée.

— Ma patience a des limites, écuyer. Ta fainéantise te perdra.

Elle tenta de se frotter les yeux, mais son poignet droit était ligoté. Elle fronça les sourcils et suivit la corde du regard jusqu'à son épaule. Il avait l'air furieux. Il ne lui concédait aucune liberté et elle savait pourquoi. Elle fit un pas vers lui pour y voir plus clair.

Quand elle en eut le cœur net, elle recula. La veille, il avait juré et tempêté tant et plus contre la douleur qu'elle lui avait infligée. Pourtant, il n'avait pas l'air de plus mal se porter.

— Tu as l'air fier de toi, écuyer.

— J'ai pas demandé à devenir ton écuyer, j'ai pas dit non plus que j'avais l'intention de le rester. Je te l'ai rappelé hier, si mes souvenirs sont bons.

— Tu en as dit beaucoup et promis plus encore. Tu es mon écuyer pour l'instant. Tu n'as pas le choix.

— Pas le choix ? répéta-t-elle en crachant. Je préférerais être aux ordres d'un *poucah*.

— Tu portes des vêtements aux couleurs des FitzHugh. Pour de si beaux habits, j'exige d'être payé. Ton service remboursera ta dette.

Malgré ses dents serrées, un grognement de colère s'échappa du fond de sa gorge. Elle savait que c'était en raison de sa rage. Il valait mieux pour elle qu'il ne s'en rende pas compte.

— Je ne resterai pas à te servir pour des vêtements que tu m'as forcé à porter après m'avoir dépouillé des miens !

— Je n'ai vu personne te forcer à te déshabiller hier soir. Qu'est-ce que tu insinues ?

Il savourait son impuissance. Elle le devinait dans chacune des inspirations qu'il prenait en croisant les bras, tirant le sien ce faisant sans la quitter du regard. Morgan respira profondément, retint son souffle, puis soupira.

— Tu m'as réveillée pour te servir ou pour la causette ? demanda-t-elle entre ses dents.

— Je t'ai réveillée car une longue route nous attend et la matinée n'y suffira pas. Tu as dormi bien plus longtemps que nécessaire pour un écuyer. Je ne serai pas aussi clément envers toi à l'avenir.

Les yeux de Morgan étincelaient de colère. Elle aurait dû s'échapper plus vite la veille au soir. Elle aurait dû se douter qu'il ne la laisserait pas partir quand elle avait commencé à lui percer les abcès qui s'étaient formés autour des épines de chardon. Elle aurait dû échafauder un plan avant de prendre la fuite. Il souffrait, en grande partie à cause de ce qu'elle lui

55

avait infligé à dessein à chaque coup de couteau, et il avait tout de même été assez rapide pour la rattraper. Elle se demanda encore une fois comment il avait fait.

— J'ai pas demandé à devenir ton écuyer et ce n'est pas mon intention.

Zander ignora sa saillie.

— Un bon écuyer se réveille avant son maître et veille à ce que tout soit prêt pour sa journée. On a quelques petites choses à te mettre dans le crâne, non ?

— Je vais pas rester ici à apprendre le métier avec toi.

— Tu vas rester et payer pour tes vêtements. Si tu es d'accord pour ça, tu seras un homme libre quand tu auras remboursé ta dette.

— Mais j'en ai jamais voulu de ces vêtements, répéta-t-elle.

— Alors déshabille-toi et pars. Je ne t'arrêterai pas.

Elle le foudroya du regard.

— Tu as jeté les miens d'un coup de pied dans le ruisseau. Ils doivent être dans la mer à l'heure qu'il est, rappela-t-elle.

— Il y a des chances. Alors, tu es prêt à me servir ?

— J'ai besoin de ma liberté pour ça, non ?

Elle grogna et serra le poing de sa main droite.

— Tu as ta liberté. Je regarde autour de nous et je vois de la liberté. Qu'est-ce que tu veux dire quand tu prétends que tu n'es pas libre ?

— J'ai moins de deux longueurs de bras d'espace entre toi et moi.

Il émit un petit rire.

— C'est l'étendue de ma confiance en toi.

—Si je te donne ma parole et que je promets de rester, tu me relâcheras ?

—Non, répondit-il sans hésitation.

Morgan serra les dents.

—Non ? répéta-t-elle, avant d'ajouter de nouveau, d'un ton plus incrédule : Non ?

—Je n'ai pas confiance en toi, mon garçon. Prouve-moi que je peux t'accorder ma confiance et je changerai d'avis sur la corde.

Elle ne pouvait pas rester attachée à lui jusque-là ! Morgan ne pouvait plus dissimuler la panique qui la gagnait. Elle n'avait pas encore bandé sa poitrine et, même si elle n'était pas plantureuse, la fraîcheur de l'aurore faisait dangereusement ressortir celle-ci. Il allait sûrement découvrir la vérité : il était aisé de deviner qu'elle était une femme. Une fois son secret dévoilé, elle savait pertinemment ce qu'il se passerait. Il était trop musclé pour l'affronter en combat rapproché et il lui avait déjà avoué sa préférence pour les vierges. Elle se rappela ensuite qu'il avait décelé son innocence. Si elle restait attachée à lui et qu'il découvrait la vérité, elle aurait beau se défendre, il la violerait. Cela ne faisait aucun doute. Il aurait vaincu la dernière des KilCreggar. Elle déglutit. Elle ne pouvait pas rester attachée à son poignet.

—Je ne t'ai pas tué… hier soir, répondit-elle.

Elle grimaça légèrement en percevant les tremblements dans sa voix.

Il la regarda un instant.

—Ce n'est pas faute d'avoir essayé.

— J'aurais pu viser de telle sorte que tu te serais vidé de ton sang, fit-elle remarquer.

— Et comme tu as raté ton coup, tu as décidé d'extirper chacune des épines en les tordant et de me taillader le corps pour me torturer. Je souffre encore des conséquences de ton charcutage.

Il souleva sa chemise et sa tunique, révélant une plaie en train de cicatriser sur son flanc. Les yeux rivés sur celle-ci, Morgan éprouva l'étrange espoir de ne pas lui avoir causé de cicatrice. Elle chassa rapidement cette pensée stupide. Elle avait juré de le faire payer pour l'éradication et la diffamation du clan KilCreggar. À quoi bon se soucier des imperfections de son cadavre ?

— Ça s'était infecté. Si je n'avais pas percé les abcès, tu aurais eu de la fièvre et tu serais en train de geindre de douleur.

— Et tu sentirais mes coups si tu m'avais laissé allongé dans la cendre toute la journée avec mes plaies infectées.

— Tu m'as pratiquement noyée pour ça déjà.

— Non, je t'ai mis la tête sous l'eau car tu m'as désobéi.

Morgan serra les lèvres, se redressa et regarda au loin derrière lui. Le soleil avait fini par percer pendant que Zander s'amusait de ses paroles. La chaleur dissipait les écharpes de brume, lui permettant de mieux voir. Elle dut se faire violence pour ne pas rester bouche bée devant son robuste torse poilu avant qu'il ne rentre sa chemise dans son kilt.

Elle s'éclaircit la gorge.

— Tu m'as réveillée pour que je te serve, maître ? Très bien, tes désirs sont des ordres. Par où veux-tu que je commence ? demanda-t-elle d'un ton sarcastique.

Il sourit.

—Oui, j'ai besoin de tes services. Il me faudrait une bonne rasade du whisky que contenait mon *sporran* avant que tu n'y fiches ton poignard, un bol de gruau pour me remplir l'estomac et un moment pour me soulager. Tu peux me procurer tout ça ?

Elle regarda droit devant elle aussi posément que possible.

—Je ne sais pas cuisiner, répondit-elle finalement. Et je n'ai aucune intention d'apprendre.

Il partit d'un grand éclat de rire en guise de réponse. Elle se demanda quelle était la cause de son hilarité.

—Tu es toujours aussi entêté ? Prends garde, ce n'est pas faute de t'avoir prévenu.

—Je ne vois pas où est le problème, rétorqua-t-elle.

—Si tu veux être libéré de cette corde, tu apprendras ce que je te demande d'apprendre.

Elle inspira profondément, retint son souffle puis expira doucement. Ça ne fonctionnait toujours pas. Elle ne pouvait pas le surpasser en puissance et, sans ses poignards, toute tentative serait vaine.

—Très bien, maître Zander, j'apprendrai à préparer du gruau. C'est fait avec quoi ?

Cette remarque lui valut un nouvel éclat de rire.

—Il se trouve que nous avons campé non loin de la ferme des MacPhee. Les filles savent s'y prendre avec le gruau. Elles trouveraient anormal que j'achète autre chose. J'irai le troquer contre un peu de la venaison que tu as ramenée.

—C'est à moi de troquer ce gibier, répondit-elle.

—Tu as attrapé ce gibier avec mon arc et ma flèche. Tu me sers à présent. Je suis ton maître. Tout ce qui t'appartient est à moi. Tout.

Ses paroles la firent bondir intérieurement, et elle fronça les sourcils.

—Qu'est-ce que j'ai fait pour mériter un type comme toi, à la fin ?

—Je n'en sais rien, mon garçon. Tu as été pauvre assez longtemps, c'est sûr.

—Je ne veux pas devenir écuyer.

—Tu l'as déjà été ? demanda-t-il.

—Non, répondit-elle.

—Alors comment peux-tu savoir que ça ne va pas te plaire ?

—Si c'est pour être à ton côté, j'aimerais pas.

Il soupira bruyamment, sa poitrine se soulevant et s'abaissant tel un soufflet. Elle l'observa.

—Tu avais vraiment besoin d'un travail, si j'en crois ton petit corps maigrichon, tes habits élimés et tes bottes trouées. Tu n'as pas de famille non plus ou, si tu en as une, tu n'en es pas très fier. D'ailleurs, tu ne m'as pas laissé le choix.

—Comment ça ?

Elle n'eut pas à feindre l'étonnement.

—Tu as essayé de dépouiller mon cadavre. Je me devais de réagir.

—J'ai dépouillé personne, mort ou vif.

—Tu diriges un groupe de détrousseurs, donc tu en es un.

Elle baissa la tête un instant, lui laissant la victoire. Il l'avait mérité, car elle était de son avis chaque fois qu'elle se rendait sur le champ de bataille.

— Il y a forcément des dizaines de vigoureux FitzHugh qui seraient fiers de servir leur chef. Pourquoi moi ?

— Regarde autour de toi, mon garçon. Nous sommes à des lieues des terres des FitzHugh. Il y a peu de jeunes dans mon clan, et je ne suis pas le chef. C'est mon frère qui dirige les FitzHugh.

Ces paroles l'ébranlèrent bien au-delà du choc qu'elle ressentit à cette révélation. Le désespoir brouillait sa vue. Elle ferma les yeux pour dissimuler son aveuglement. Elle avait juré de venger les KilCreggar dès l'âge de onze ans. Elle avait perfectionné ses talents au poignard, à l'épée, à la fronde, à l'arc et le maniement des armes n'avait plus de secrets pour elle. Tout ça pour atteindre son but. Elle était prête à se sacrifier pour cette cause.

Ce qui impliquait d'éliminer le chef du clan FitzHugh. Le coincer, lui trancher la gorge et le laisser se vider lentement de son sang dont chaque goutte laverait l'honneur des KilCreggar. Elle s'efforçait d'en trouver le courage et se maudissait de ne pas l'avoir supprimé la veille alors qu'il était à sa merci. Elle ne comprenait pas pourquoi elle avait renoncé à l'exécuter, même si elle commençait à en avoir une petite idée.

Pleine d'appréhension, Morgan essaya de réprimer ses émotions. Elle n'avait pas l'habitude d'être une femme et Zander était plus mâle que tous ceux qu'elle avait côtoyés. Elle combattait les réactions de son corps, qui risquaient de trahir sa féminité et se manifestaient plus intensément à chaque moment passé en sa compagnie. Elle venait pourtant de découvrir qu'il n'était pas le chef.

Il parlait quand elle rouvrit les yeux. Elle l'observa. Il n'était peut-être pas le chef, mais il était le meilleur moyen d'atteindre sa cible. Elle utiliserait Zander et se ferait violence pour réprimer toute réaction quand elle serait à son côté. Autant de raisons pour lesquelles elle ne se battrait pas pour sa liberté. Elle se demanda comment l'en convaincre.

— … dois avoir eu envie d'un peu de compagnie et tu étais ce qu'il y a de plus pratique sous la main. Maintenant que je sais que tes talents d'infirmier sont plus que limités, je me dis que j'aurais mieux fait de te couper la main pour avoir détroussé les morts et de passer mon chemin.

— Je ne détroussais pas les morts. J'en ai assez de le répéter et je suis très douée avec un couteau et pas seulement sur ton cuir.

— Ton impertinence me fatigue et ta paresse aussi. Va te soulager la vessie. Le rassemblement nous attend.

À ces mots, il ôta son kilt. Morgan détourna le regard, sentant son corps s'embraser et se maudissant de réagir ainsi.

— Je n'en ai pas besoin, répondit-elle abruptement.

Il lui jeta un regard en biais et attendit qu'elle se retourne vers lui.

— Tu as la maladie ?

— J'ai pas de fièvre, si c'est ce qui t'inquiète.

— Tu as les joues rouges et tu n'as pas besoin de faire ce dont tous les hommes ont besoin. Ce sont les deux signes de la fièvre.

Morgan baissa le regard. Il avait repéré la rougeur qu'elle voulait dissimuler à tout prix. Elle allait devoir résoudre ce problème aussi et elle n'en savait pas assez long sur la question pour savoir comment ne pas rougir, ni même si c'était possible.

C'était stupide aussi. Comme si elle n'avait pas l'habitude des hommes. Elle travaillait et vivait à leurs côtés depuis des années. Comparés à Zander FitzHugh, ils étaient insignifiants et, pour la première fois de sa vie, elle avait peur de deviner pourquoi il lui faisait une si forte impression.

— Si tu as fini de jouer avec les mots, suis-moi, dit-il en tirant violemment sur la corde sans crier gare. On a un cerf à récupérer, un petit déjeuner à acheter et du chemin à parcourir. Il y a une foire à Bannockburn. Plusieurs clans seront représentés. Je rêve d'y aller.

— Une foire ? Tu m'as réveillée à une heure pareille pour aller à une foire ?

— C'est une raison comme une autre. Depuis quand a-t-on besoin d'une bonne raison pour aller à la foire ? Dépêche-toi. (Il marchait à grands pas, la forçant à courir derrière lui, et il la tenait toujours par la corde, à faible distance.) Les filles MacPhee sont plutôt jolies, mais un peu trop corpulentes à mon goût. En revanche, avec la bonne dose de roucoulades, elles te cuisineront des œufs avec amour. Elles manquent d'hommes, aussi. Elles les ont perdus lors d'un de ces inutiles accrochages entre clans. Il faut qu'on mette fin à ça. Il faut qu'on se rassemble pour combattre le véritable ennemi.

— Les FitzHugh, demanda-t-elle ?

Il s'arrêta, se tourna et elle lui rentra dedans. Elle savait déjà à quel point il était robuste. Son visage l'apprit lorsqu'il heurta sa mâchoire. Elle se frotta le nez pour l'empêcher de saigner alors qu'il la regardait, surpris, mais sans le moindre signe de douleur.

— Tu me suis de trop près.

Elle leva les yeux au ciel.

— C'est toi qui tiens le bout de la corde, rétorqua-t-elle.

— Tu te tiens bien et je te détache.

— Oh ! je vis pour te servir, repartit-elle trop rapidement.

— Je couperai cette corde quand bon me semblera. Si tu me cherches, tu le regretteras.

— Je crois que je regrette déjà de te servir.

Il sourit.

— Tu as pas mal de choses à apprendre, mais tu as de la suite dans les idées, je te l'accorde. Baisse d'un ton à la ferme des MacPhee. Un écuyer ne lance pas de piques à son maître.

— Coupe la corde et je me tiendrai bien.

Il sortit un poignard et le tint contre le lien de cuir brut tressé à son poignet.

— J'espère ne pas regretter mon geste, Morgan, mais je n'aimerais pas que les filles MacPhee nous imaginent attachés pour une mauvaise raison.

Elle haussa les épaules.

— Tu n'as qu'à leur dire que je suis ton prisonnier. C'est la vérité.

— Un prisonnier qui porte mes couleurs ? Allons bon !

— Je ne te défierai pas.

Elle attendit qu'il lève la tête et lui décoche un nouveau regard bleu nuit. Son corps entier brûlait de douleur d'avoir marché trop vite et de ne pas avoir pu se soulager. Elle ferait tout ce qu'il faut.

— Tu me donnes ta parole ?

— Tu l'as.

Il hocha la tête, trancha la corde à son poignet, puis en fit autant pour lui. Elle se le frotta là où il était rouge et écorché avant même qu'il n'ait eu le temps de finir et d'enrouler la corde autour de sa ceinture.

— Alors suis-moi et fais attention. Une des filles, Lacy, a les mains baladeuses.

Il se remit à marcher d'un bon pas et Morgan garda le rythme jusqu'à ce qu'il s'arrête pour dépecer le cerf. Il se concentrait sur sa tâche, même si elle savait qu'il la surveillait. Elle n'alla pas très loin mais elle sut qu'il l'avait entendu répondre à l'appel de la nature. Il ne saurait pas qu'elle avait pris le temps de draper son kilt et de se bander la poitrine. Elle fut surprise de constater à quel point elle regagna confiance en elle une fois le bandeau en place. Ses seins ne ballottaient plus et ne frottaient plus sur le tissu de sa tunique. Elle n'aimait rien de ce qui lui rappelait sa féminité, et le plaisir apporté par la contention des bandages lui confirma cette idée. Elle ne voulait rien avoir à faire avec Zander FitzHugh en tant qu'homme non plus. Il la troublait simplement parce qu'elle n'avait pas l'habitude de fréquenter de beaux hommes virils. Un point c'est tout.

Elle se fichait de Zander FitzHugh comme d'une guigne, il n'était qu'un moyen d'atteindre leur chef. Elle se moquait bien qu'il la croie timide, et elle fit de son mieux pour arranger son kilt en le rejoignant, ignorant son sourire. Elle avait des préoccupations plus importantes. *Cette Lacy aime utiliser ses mains ? Qu'est-ce que cela signifie, au juste ?* se demanda-t-elle.

Si la ferme était de proportions modestes, celles des filles MacPhee ne l'étaient guère. Zander les trouvait un peu dodues ? Elles ressemblaient à des vaches ! Elles étaient quatre, quatre filles qui pesaient plus lourd que Zander. Mais jolies. Là-dessus, il n'avait pas menti. Elles semblaient être sorties du même moule, mais leur corpulence faisait oublier l'éclat de leurs yeux verts, leurs cheveux roux flamboyants et le fait qu'elles semblaient avoir toutes leurs dents. Si elle avait été un garçon et intéressée par ces choses-là, elle ne les aurait jamais considérées assez avenantes pour les culbuter.

Zander ne devait probablement pas avoir les mêmes critères. Elle regarda dans sa direction et surprit son sourire.

— On va payer pour notre petit déjeuner, mon garçon. Prépare-toi.

— Les filles ! je suis venu pour rembourser votre hospitalité et en profiter encore une fois.

La voix de Zander était forte et pleine d'admiration lorsqu'il les interpella et jeta la carcasse du cerf sur le pas de leur porte.

Cette entrée en matière les fit caqueter tel un troupeau d'oies. Morgan grimaça. Et dire qu'elle considérait comme embarrassant le comportement de la vieille peau !

L'une d'entre elles s'approcha et posa ses bras sur ceux de Zander.

— Pour toi, Zander FitzHugh, je ferai des œufs brouillés comme tu n'en as encore jamais mangé. Suis-moi. J'ai juste ce qu'il te faut.

— Oh ! Lace, je me suis à peine remis de notre dernière rencontre. Il n'y a pas de meilleure cuisinière que toi à plusieurs lieues à la ronde !

Cette remarque la fit glousser et Morgan sentit un peu de son appréhension la quitter. Zander avait eu Lacy, alors ?

— Et qui c'est, ça ? Qui est-ce que tu nous as amené, Zander ?

Les trois autres sortirent des entrailles de leur maison pour papillonner autour d'elle. De ses yeux écarquillés, Morgan chercha Zander, mais ce grand balourd avait déjà disparu à l'intérieur.

— C'est quoi ton petit nom ? demanda l'une.

— Il est terriblement jeune.

L'une d'elles lui pinça l'avant-bras et s'écarta immédiatement comme si son mouvement avait été involontaire.

— Mais il est mignon. Très mignon. Ou plutôt, il le sera avec un peu de viande sur la carcasse. Comment tu t'appelles, mon garçon ?

Morgan trébucha lorsqu'elle sentit des doigts lui triturer l'arrière-train.

— Mor… Morgan, bégaya-t-elle, tentant tant bien que mal de repousser l'assaut d'une énorme paire de seins.

—Il est un peu maigre. Viens, gamin, on rêve de te voir bien nourri et satisfait.

—Très satisfait, renchérit une autre.

Morgan haleta, puis elle se mit à courir, arrivant avant elles dans leur ferme. Elle trébucha sur les trois marches de l'escalier. La fumée de tourbe l'aveugla un instant, puis sa mâchoire se décrocha quand elle vit où la fameuse Lacy avait mis ses mains. Cette femme avait plus de poitrine que Morgan n'en avait jamais vu et Zander n'y était pas insensible. D'après la bosse sous son kilt, il appréciait aussi les mains de Lacy.

Moi qui le trouvais bien membré hier soir! fut sa première pensée. Puis elle fut projetée en avant par l'une des filles, manquant d'atterrir sur Lacy qui fit un pas de côté. Morgan tomba directement sur les genoux de Zander, le ventre plaqué sur son érection. La stupéfaction l'immobilisa quelques instants, puis elle bondit sur ses pieds comme un pilleur pris en flagrant délit, et recula, dos au mur, évitant de croiser le regard de Zander ou des filles. Elle savait que son visage s'était empourpré.

—Tiens-toi sage, Zander. Mes sœurs ne sont pas loin, objecta Lacy.

—Oui, pardonne-moi, ma petite. Mais ton joli visage et les délices de ton corps me donnent le vertige. Je ne suis qu'un homme faible, chérie.

Tout en parlant, il arrangeait son kilt pour faire disparaître la bosse qui s'était formée et Lacy rajustait son corsage. Morgan ne dit pas un mot lorsqu'ils remirent de l'ordre dans leurs vêtements. L'endroit semblait se remplir de filles qui jacassaient et ricanaient, rivalisant toutes pour attirer l'attention. Puis vinrent les sons de la cuisine, un morceau de lard grésillant avant qu'une tranche de pain noir ne vienne la rejoindre dans le poêlon, des murmures féminins à n'en plus finir. Morgan ne pouvait penser au-delà de chacun de ces bruits.

Ses yeux allèrent dans la direction de Zander. Il attendait ce geste de sa part et, du regard, il désigna les filles.

— Merci, dit-il silencieusement.

Morgan fit un geste dédaigneux de la bouche.

— Il est jeune, mais il va grandir, souffla l'une d'entre elles.

— Il est déjà assez grand, il a juste besoin de se remplumer. Je le trouve mignon.

— Tu devrais vérifier la taille de son…

Morgan avait les yeux écarquillés, son pouls s'emballait dangereusement. Son ventre étant très musclé, Zander n'avait pu deviner son sexe pendant leur bref contact, mais chacune de ses terminaisons nerveuses était éveillée et la picotait. Et les filles MacPhee parlaient d'elle ?

— Vous aimez mon nouvel écuyer, mesdames ? demanda Zander par-dessus son épaule sans la quitter des yeux,

— C'est ton nouvel écuyer ? Oh, s'il te plaît, ne me dis pas que tu vas l'emmener avec toi !

— Il s'appelle Morgan. Il faut l'excuser, il est timide. Vous savez… puceau, ajouta-t-il dans un murmure.

— Puceau ? Vraiment ?

Morgan en eut le souffle coupé. Elles le regardaient toutes. L'odeur de gruau menaçant de brûler sur le foyer la sauva. Il faisait exprès de les exciter! Elle l'avait lu dans son sourire.

—Il est très beau, Zander. Où as-tu trouvé un aussi joli garçon comme écuyer?

Il la regardait toujours et elle essaya de contrôler ses réactions. Elles la trouvaient belle? Au mieux, elle avait aperçu son visage sur la surface d'un ruisseau. Elle n'avait aucune idée de ce à quoi elle pouvait ressembler. *Mais belle?* se demanda-t-elle.

—Là où je trouve tous mes écuyers, mesdames. Un champ de bataille. N'est-ce pas, Morgan?

—Un champ de bataille? Vraiment? Que c'est excitant et courageux!

Morgan avait les yeux écarquillés et ils la regardaient tous. Elle savait qu'elle avait les joues rouges et elle haïssait l'homme qui avait provoqué cette réaction. Les filles MacPhee auraient mieux fait de s'occuper de leur cuisine, car la ferme fut bientôt complètement enfumée.

Chapitre 5

— *D*is merci aux filles, Morgan, et promets-leur de revenir. C'est le seul moyen que nous avons de pouvoir partir.

Morgan engloutit une autre bouchée de pain grillé trempé de lait et les salua d'un mouvement de tête, sans pour autant en regarder aucune. Elle n'aurait jamais cru que la nourriture puisse avoir aussi bon goût, ni qu'elle puisse en avaler autant.

— Mon écuyer vous remercie vivement, mesdames, et je suis certain qu'il vous le dirait s'il pouvait garder la bouche vide assez longtemps. Comme je l'ai déjà dit, vous êtes les meilleures cuisinières à des lieues à la ronde. Morgan ?

— Oui, dit-elle après avoir dégluti, mille mercis.

— On y va, mon garçon. On a un bon bout de chemin à parcourir.

Morgan sortit de la ferme avant lui. Elle n'allait pas rester seule avec ces femmes. Zander la rejoignit vite, une fille à chaque bras. Elle continua à reculer en saluant de la main jusqu'à ce que Zander la rattrape.

— C'était déplacé, mon garçon.

Elle s'était juré de ne plus lui adresser la parole et voilà qu'il s'avisait de lui faire la leçon ! À elle !

Elle redressa l'échine. Elle dénicha un morceau de blé avec son ongle entre ses dents de devant et le cracha par terre.

— Il te reste un de tes pagnes trucs ? demanda-t-elle.

Il haussa un sourcil en la regardant.

— Oui.

— Je vais en avoir besoin.

— Vraiment ?

— Je ne vais pas laisser des filles me tripoter là où elles ne devraient pas mettre leurs mains.

À cette remarque, il s'esclaffa. Elle fronça le nez.

— Tu aurais pu te détendre et en profiter, tu sais.

— Tu n'as pas particulièrement apprécié Lacy. Sinon, pourquoi tu m'aurais remercié quand je l'ai arrêtée ?

— La route est longue et je vais devoir parler et faire bonne impression là-bas. Je ne peux pas y arriver avec les jambes flageolantes.

Morgan regarda dans sa direction et le regretta. *Des jambes flageolantes ?* se demanda-t-elle. *Qu'est-ce que ça peut bien vouloir dire ?* Il a des jambes plus solides que l'arbre contre lequel il l'avait plaqué la veille.

Il rit de la confusion qui se lisait sur son visage. Elle n'aima pas ça. Elle n'aima pas ça du tout.

— Lacy est vraiment très femme. Ça prend pas mal d'énergie de la monter, autant que courir sur une lieue. Peut-être plus.

Elle perdit le souffle.

— Tu ne penses vraiment à rien d'autre ?

Il semblait confus à présent.

— Bien sûr que je pense à d'autres choses : le sang, la guerre, boire, manger. Mais l'amour est ce qui vient en premier, mon garçon. C'était déjà le cas pour moi quand j'avais ton âge et ça n'a pas changé. Ne me dis pas que tu n'en as pas envie, non ?

— Bien sûr que j'ai des envies… J'ai juste de meilleurs goûts en matière de femmes.

Cette phrase le fit éclater de rire derechef. Ils étaient pratiquement de retour au campement, remarqua Morgan, qui espérait que la conversation s'arrêterait quand ils atteindraient leur destination. Elle abandonna vite cet espoir. Elle s'en rendit compte quand il plongea la main dans un sac et qu'il en sortit une bande de coton blanc qu'il lui lança.

— Lacy n'est peut-être pas la plus désirable des femmes, mais elle compense par son inventivité. Tu as besoin d'aide pour nouer ça ?

Morgan lui tourna le dos, souleva son kilt et commença à enrouler le bout d'étoffe autour de ses hanches.

— Je t'appellerai si j'en ai besoin.

— Tu es timide, dit-il. Ou tu n'es pas gâté par la nature.

Ses joues s'empourprèrent une fois de plus.

— Je suis timide, répliqua-t-elle.

Cette remarque lui valut une autre salve d'éclats de rire. Elle en avait assez d'être à l'origine de son amusement.

— Pourquoi on n'irait pas à cheval, mon seigneur ? demanda-t-elle pour changer de sujet.

— Parce qu'il faut qu'on ait l'air de n'importe quel Écossais. Opprimés par les Anglais, sans rien d'autre que les vêtements que nous avons sur le poil et l'humilité de notre tête baissée.

—Je croyais que les FitzHugh s'étaient acoquinés avec les Sassenach.

—Tu parles de mon frère. Il croit mettre le clan à l'abri comme ça. Il ne veut écouter personne. Il a mis la dignité des FitzHugh aux pieds de la racaille anglaise et il se demande pourquoi personne ne le regarde plus dans les yeux.

—Tu ne partages pas son opinion ?

—Je déteste tout ce qui se rapporte aux Anglais. Particulièrement leurs lois. Mais nous, les Écossais, nous nous maudissons au lieu de maudire notre véritable ennemi. Nous versons notre propre sang plutôt que le leur. Tu portes une autre arme que cette fronde ?

Morgan leva le bras gauche, surprise qu'il ait deviné la fonction des lanières de cuir sur son avant-bras et humiliée d'avoir laissé ses manches retroussées après avoir noué le pagne.

—Tu as mes poignards, répondit-elle.

—Oui, jusqu'à ce que je sois assuré de ta loyauté, ils sont plus en sécurité avec moi.

—Non, *tu* te sens plus en sécurité comme ça.

—Tu joues avec les mots, mais le résultat est le même. Tu es prêt ?

Morgan rajusta l'avant de son kilt sur l'espèce de lange. Ça donnait l'impression qu'elle était un peu plus charnue là où elle devait l'être.

—Oui, répondit-elle.

—Bien. Suis-moi.

Il était déjà parti d'un bon pas. Morgan se mit à trottiner pour le suivre. Il mesurait à peine une tête de plus qu'elle mais avait le pas d'un homme bien plus grand. Ou bien elle n'avait pas la moindre idée de la démarche d'un homme adulte.

Il tourna la tête vers elle pour lui poser une question alors qu'ils quittaient l'abri des arbres pour marcher dans un champ où l'herbe leur montait jusqu'aux genoux.

— Alors dis-moi, mon garçon, quel genre de femme te faudrait-il pour faire de toi un homme?

Elle ferma les yeux un instant, prit une grande inspiration et regarda son dos.

— Une qui aurait une belle silhouette.

— Les filles MacPhee ont ce qu'il faut là où il faut.

— On dirait des truies, avec les mamelles qui vont avec.

— Tu ne peux pas mentir, Morgan. J'ai bien vu où tu regardais.

Vraiment? se demanda-t-elle. *Il a vu et n'a rien compris?*

— Et cette Lacy en a une grosse paire. Mûrs à point. Juste le genre…

— J'aime les filles un peu minces. J'aurais pas envie d'en dégringoler, l'interrompit Morgan avant d'avoir à entendre encore parler des charmes de Lacy.

Il ricana et tourna de nouveau la tête.

— Décris-moi la fille, dit-il.

Morgan leva les yeux au ciel. C'était manifestement une idée fixe. Les garçons qu'elle menait n'étaient pas aussi obsédés par la question ou, s'ils l'étaient, ils cachaient bien leur jeu. Mais elle ne restait pas en leur compagnie aussi longtemps qu'elle était restée avec Zander, sans pause ni rien.

— Alors? répliqua-t-il.

—Des cheveux comme ceux de la tunique que tu m'as donnée, pour qu'elle puisse en tirer un rideau autour de nous. Des lèvres douces, un joli visage. Je crois que j'aimerais des hanches fines, de très longues jambes, une taille fine. Rien à faire qu'elle soit plantureuse. C'est pas mon truc.

Il secoua la tête.

—Elle est belle, la jeunesse… !

—Pourquoi me demander mon opinion si c'est pour s'en moquer ? Ne compte plus sur moi pour jouer le jeu.

—Je ne me moque pas de toi, mon garçon. Je me demande seulement pourquoi tu te réserves pour une nymphe qui n'existe pas.

—C'est la femme que j'aurai. Quand je la rencontrerai, je saurai.

—La femme que tu auras ? Bon Dieu, mon garçon ! les femmes sont faites pour être prises, pas pour être gardées. Je vois que tu as aussi des progrès à faire en matière de connaissance des femmes. Il y a plein de femmes à prendre dans les parages. *Prendre*, mon garçon.

—Je ne prendrai pas de femme par la force, rétorquat-elle d'un air grave, observant les muscles de son dos, particulièrement ceux de son épaule découverte par le plaid.

—C'est pas ce que je voulais dire. Une femme qui doit être forcée est une corvée, pas un festin. Souviens-toi bien de ça. Une femme peut être amenée à maturité, bien mûre ou amère jusqu'au trognon et dure. Une femme comme ça, je te recommande vivement de ne pas y toucher.

— Elle est où, cette foire ?

Morgan commençait à sentir les conséquences – amplifiées par la marche – de l'énorme petit déjeuner qu'elle avait ingurgité.

Il rit encore.

— Le long de cette vallée. Ne la quitte pas des yeux, mon garçon, tu verras de la fumée puis un champ entier recouvert de tentes.

— Je ne vois rien…

Sa voix s'amenuisa quand elle s'aperçut que ce qu'elle prenait pour des blocs de roche se révéla être en fin de compte les toits de tentes en toile.

— Qu'est-ce qu'il y a, mon garçon ?

Il s'arrêta et elle le rejoignit.

— Des tentes par dizaines, pointa-t-elle.

Il plissa les yeux et se tourna vers elle.

— Tu peux les voir ?

— Oui, répondit-elle.

Il haussa les sourcils.

— Ça pourrait en partie expliquer ton don pour les poignards et la chasse. Ta vue.

Elle se tourna vers lui et le dévisagea.

— Tu peux pas les voir ? (Puis ce fut son tour de ricaner.) Toi ? le grand Zander FitzHugh… bigleux ? Pas étonnant que tu imagines que l'énorme Lacy mérite d'être culbutée.

— J'ai jamais dit que j'étais génial, ni qu'elle ferait plus que mon petit déjeuner.

— Mais tu étais… Enfin tu avais…

Son visage s'empourpra encore et son expression ne fit qu'empirer les choses.

—Si je n'avais pas eu cette réaction, ça aurait paru insultant, expliqua FitzHugh. Je t'ai remercié pour une raison. Ton secours.

—Je ne comprends pas.

Elle était déconcertée et sa voix s'en ressentait.

—Grandis un peu et je te trouverai une gueuse pour te montrer. Allez! retire cette fronde de ton bras et échauffe-la. Le cuir froid ne réagit pas bien et je veux que tu brilles.

Morgan fut de nouveau surprise.

—Tu sais ça?

—Avant que Robert Bruce se couronne lui-même roi d'Écosse et nous représente, aucun Écossais n'avait le droit de porter d'arme. Nous pouvons toujours être emprisonnés si on nous surprend à en faire usage. Tu connais les lois des Sassenach.

—Tu sais te servir d'une fronde?

—Je suis compétent, répondit-il en se remettant à marcher.

—Et qu'est-ce que tu insinues par « briller »?

Elle s'était remise à trottiner pour suivre son pas, alors sa question sortit en trois expirations.

—Il va forcément y avoir une compétition, mon garçon. J'ai envie de faire concourir mon écuyer contre leurs meilleurs tireurs.

—Je ne mettrai pas ma fronde à ton service.

—Tu es doué, ou tu la portes pour attirer le regard des filles sur tes bras maigrelets?

Des bras maigrelets? se demanda Morgan, tentant de ne pas paraître outragée. Ses bras étaient musclés et hâlés. Elle pouvait faire une centaine de pompes et battre n'importe quel garçon au bras de fer. Et Zander FitzHugh prétendait qu'ils étaient maigrelets ?

— Je suis aussi bonne qu'avec mes poignards. Peut-être meilleure.

— Je m'en doutais. Prends garde, mon garçon, nous avons été repérés.

Morgan leva le regard et vit se profiler au sommet de la colline une trentaine d'hommes qui se dirigeaient vers eux. Inconsciemment, elle s'arrêta un pas derrière Zander. Ils s'approchaient d'un attroupement d'Écossais et ils portaient les couleurs des FitzHugh ? Ils allaient être encerclés et capturés, peut-être même lapidés.

— FitzHugh ? cria l'un des leaders.

— Zander, répondit-il en s'inclinant profondément. Des FitzHugh des Highlands. Ne me prenez pas pour mon grand frère.

— On a entendu parler de toi, Zander. Tu peux approcher. Tu peux aussi garder avec toi ton garçon effarouché.

Le regard de Zander en disait long sur son dégoût. Elle respira un bon coup et sortit de sa cachette derrière lui. Elle n'avait jamais rien fait d'aussi dément auparavant. Dans son village, elle avait été la seule assez courageuse pour affronter les fantômes des morts ! Pourtant, elle avait eu une réaction totalement anormale, elle ne savait pas quoi penser.

Elle baissa un peu la tête, puis la releva. Elle s'était comportée, l'espace de quelques instants, comme du gibier pris en chasse. Cela faisait pourtant des années qu'elle n'avait pas agi de la sorte. Tout était la faute de Zander, qui conservait jalousement ses poignards.

— Bien vu, mon garçon, murmura FitzHugh. Ils ne s'attendront pas à un expert s'ils te croient peureux.

Un grand sourire illumina le visage de Morgan, puis elle s'arrêta net. Elle souriait parce que le frère de son ennemi juré lui faisait des compliments ? Elle devenait folle ! Elle retira sa fronde de son avant-bras et commença à l'étirer tout en courant pour les rattraper.

Il y avait plus de personnes à ce rassemblement que dans son village, plus même qu'elle n'avait vu d'êtres humains en un même lieu de toute sa vie. Morgan resta derrière Zander, repérant les regards intéressés des filles sur son maître d'abord, puis sur elle-même. Certains battements de cils suivis de regards francs et directs la firent détourner le regard plus d'une fois. Morgan savait que ses joues rosissaient. Impossible de s'en empêcher.

— Ouvre l'œil, mon garçon. Il y a plein de filles ici, peut-être même la fille de tes rêves.

— Ça se pourrait. J'ai remarqué qu'il y avait quelques truies pour toi aussi.

Elle n'eut la certitude qu'il avait entendu qu'en décelant sa légère grimace.

— J'ai vu leur lanceur à la fronde. Il est plutôt mince, comme toi. Très précis. Si tu le bats, je te restitue l'un de tes poignards.

— Deux ! répliqua-t-elle dans un souffle.

Il lui jeta un regard en coin.

— Soit, accorda-t-il.

Il y avait deux mannequins empaillés sur des poteaux portant les résultats des concours précédents. Morgan les observa. Depuis la zone de tir, elle pouvait sectionner n'importe quel morceau de paille dépassant de leur tête.

— C'est trop facile ! se plaignit-elle.

Zander leva le bras et se mit à parler d'une voix si tonitruante que tous le regardèrent, bouche bée.

— Mes amis ! j'ai un pari à vous proposer aujourd'hui. Je viens de faire l'acquisition de l'écuyer ici présent. Vous pensez qu'il ne vaut pas grand-chose, n'est-ce pas ? Eh bien, ce garçon peut aisément frapper dans l'œil de votre cible à cette distance. Je suggère qu'on double la distance ! Quelqu'un veut parier ?

Trois. Morgan repéra les hommes qui la jaugeaient. Trois jeunes hommes. Ils étaient moins grands qu'elle, mais leurs bras étaient bien plus robustes.

— Il n'a rien dans les bras ! En plus, on n'a pas vu la couleur de ton argent.

— Un Écossais avec de l'argent ? Les fées ont volé ton esprit. J'ai plus que de l'argent, en fait. J'ai cet écuyer. Il ferait un bon domestique et il est bien dressé. Je garantis son service pendant trois années.

— Zander ! suffoqua Morgan, levant son regard vers le sien.

Elle visait parfaitement, mais elle n'avait jamais joué sa liberté.

— Le garçon supplie de différer, cria Zander. Il vise si bien qu'il offrira ses bons et loyaux services pour cinq ans et reculera de dix pas supplémentaires !

Il tenait tellement à se débarrasser d'elle ? Morgan sentit ses entrailles se nouer, puis elle entra dans une colère noire qui fit vibrer son corps tout entier. Elle la réprima sauvagement, jusqu'à ne plus sentir les picotements de la rage que dans les mains, puis elle se calma. Zander allait regretter le jour où il l'avait mise en jeu pour un pari. Elle allait le lui faire regretter et récupérer deux de ses poignards pour le plaisir.

Elle fronça les sourcils et le foudroya du regard.

— Qu'est-ce qu'il y a en jeu ?

— L'un de vos lanceurs touche le mannequin. Si mon écuyer touche le même endroit, je gagne un nouveau serf pour une durée d'un an, soit le lanceur, soit un membre de sa famille. S'il perd, le lanceur gagne mon serviteur pour une période de cinq ans. Qui relève le défi ?

Les trois jeunes hommes s'avancèrent. Morgan les observa derechef, se pinçant les lèvres. *Qu'est-ce que Zander va pouvoir bien faire de trois nouveaux écuyers ?* se demanda Morgan.

La distance fut doublée, les deux mannequins reculés à une distance respectable des tentes. Puis dix pas furent ajoutés. Morgan ignora ses rivaux et partit chercher des pierres. C'est à ce moment-là que la nymphe qu'elle avait décrite un peu plus tôt à Zander lui tapa sur l'épaule et lui tendit sept pierres parfaitement rondes.

La jeune fille avait des yeux verts comme Morgan n'en avait jamais vu. Ce visage d'une beauté inouïe était encadré de longs cheveux auburn. Sous son bliaud, on devinait une silhouette parfaite. Morgan n'était pas un homme et elle le savait pertinemment, mais elle fut profondément troublée.

Sous le coup de l'émotion, ses yeux s'écarquillèrent et ses narines se dilatèrent. Elle serra les dents de toutes ses forces. La fille sourit.

— Pour te porter chance, murmura-t-elle en attrapant la main de Morgan pour y déposer les pierres.

Puis elle lui envoya un baiser. Les genoux de Morgan flanchèrent et elle chercha Zander du regard. La dernière chose dont elle avait besoin était une fille qui lui faisait les yeux doux. Zander ne cesserait pas de la chambrer.

— Qui souhaite être humilié en premier ? demanda Zander de sa voix forte. Mon écuyer s'impatiente et j'ai trois serfs à gagner ! Venez, mes amis ! Faites avancer votre champion !

Le plus grand fit un pas, mit une pierre dans sa fronde et la fit tournoyer. Le mouvement de rotation était trop rapide, créant plus de vitesse que de précision, ce qui n'échappa pas à Morgan. Elle ne fut pas surprise quand la pierre toucha le bras du mannequin, mais la foule poussa de grands vivats.

— À ton tour, Morgan, annonça Zander.

Morgan plaça une des pierres dans la fronde et entama un mouvement de croix à son côté, frôlant son propre corps. Puis elle la laissa voler. Son coup sectionna le bras et l'exclamation silencieuse de la foule fut plus gratifiante que tout ce qu'elle avait jamais expérimenté. Morgan haussa un sourcil et regarda Zander dans les yeux.

— Va voir, Ian.

— Oui ! Regarde un peu. Il doit y avoir un truc, suggéra l'un des badauds à côté de la cible.

Un jeune garçon courut chercher le bras et le rapporta. Ils furent consternés de ne pas trouver l'impact du caillou de Morgan. Zander expliqua le mystère avant de retirer le projectile. Elle l'avait logé exactement au même endroit que leur tireur.

La réaction de la foule fut encore plus stimulante que la précédente et Morgan sourit avant de baisser la tête.

— Un autre volontaire ?

— Qu'il gagne deux tirs sur trois ! cria l'un des lanceurs. C'était un coup de chance !

— Morgan ? demanda Zander.

Elle haussa les épaules.

— Mon écuyer va répondre à ta demande et je l'y autorise, reprit Zander. Gagne deux coups sur les trois. Toi ! À ton tour.

Cette fois-ci, il transpirait et y mit plus d'énergie. Son coup était plus rapide que le précédent mais fit aussi peu de dégâts puisqu'il effleura la hanche, laissant un demi-trou.

— Peux-tu frapper au même endroit, écuyer ? demanda-t-il à Morgan sur un ton railleur.

— Comment le prouver ? repartit-elle calmement.

— Bien vu. Il n'y a aucun moyen de le prouver à moins de remplir le trou avec quelque chose, répliqua Zander de sa grosse voix.

— Qu'il touche l'autre côté, suggéra quelqu'un.

— J'ai une meilleure idée, proposa Zander. Prends un morceau de ce biscuit et remplis le trou. Ian ? (Il se dirigea de nouveau vers le jeune garçon.) Vas-y et bourre le trou.

Il tendit une moitié du délicieux biscuit des MacPhee au jeune homme et tout le monde attendit qu'il le mette au bon endroit.

Morgan s'avança vers la ligne, choisit un autre caillou et le mit en place. Puis elle fit tournoyer sa fronde et tira en formant un arc parfait. Le biscuit ne bougea pas.

—Il a loupé, cria le lanceur.

—Vraiment? demanda-t-elle doucement.

Zander la regarda dans les yeux.

—Envoie Ian chercher le biscuit. Vas-y, mon garçon.

Ils attendirent tous son retour. Morgan savait ce qu'ils trouveraient et savoura chaque instant de leur surprise : de la stupeur, puis des applaudissements : elle avait fait un trou au beau milieu du biscuit.

—Le garçon est bon, FitzHugh. Il est même très bon. Mon fils sera honoré de vous accompagner pour devenir votre nouvel écuyer.

Zander baissa la tête, acceptant sa proposition. Puis il se dirigea vers les deux autres adversaires.

—Qui relève le défi maintenant? Alors? Allez-y, les gars! Je rêve d'une nouvelle tente et de serviteurs pour s'en occuper. C'est qui le prochain?

—Je relève pas le défi, déclara l'un d'eux en reculant.

—Il reste plus que Jaime, ajouta quelqu'un. Jaime peut pas s'y frotter non plus.

—Tais-toi, m'man, dit-il.

—Mais tu es mon seul fils, mon garçon. Je ne peux pas m'en sortir sans toi. La récolte, les bébés, tu sais, avec ton père parti…

— Tais-toi, m'man, répéta-t-il.

— Est-ce que le garçon a des frères et des sœurs ? brailla Zander. Je ne demande pas plus d'un an de service. Après, je vous rends votre fils.

— J'ai sept filles, mon seigneur, répondit-elle.

— Des filles ? T'en dis quoi, Morgan ? On peut prendre une servante avec nous ?

— C'est inconvenant, répondit-elle. Qui veillera sur sa vertu ?

— Est-ce que vous avez deux filles à nous confier, alors ?

— Deux ? Jaime ?

— Tu me vois déjà en train de perdre, m'man, protesta-t-il.

— C'est vrai, mais tu as vu ce que faisait le garçon. On l'a tous vu.

— Ça fait deux bouches de moins à nourrir, madame Hobbs. Deux de moins. Et Zander FitzHugh est un homme de parole. S'il ne les renvoie pas l'an prochain, on ira tous voir pourquoi.

Le vieil homme qui avait pris la parole avait le respect de tous ceux qui les entouraient. Morgan vit leurs têtes opiner à ses paroles.

Les murmures semblaient les entourer. Morgan entendit leur bourdonnement sans l'écouter. Elle se demanda pourquoi Zander insistait tellement pour acquérir de nouveaux serviteurs. Il disait déjà qu'il en avait trop. Elle secoua la tête.

— Je relève le défi, dit le dénommé Jaime en s'avançant.

Chapitre 6

*M*organ suivait le convoi des nouveaux domestiques de Zander FitzHugh, essayant d'ignorer les filles. Elle aurait dû se douter que, parmi les sœurs de Jaime, il y aurait la nymphe aux cheveux auburn et, pire encore, que Zander la repérerait et se mettrait à la titiller. Morgan tentait d'éviter le regard de la fille mais, chaque fois qu'elle se retournait, c'était pour chercher des yeux le premier écuyer de FitzHugh.

Morgan rougit une dernière fois et espéra que la nuit tomberait rapidement. Elle devait se soulager et ce serait encore plus difficile avec tous ces serviteurs que Zander FitzHugh semblait vouloir rassembler. Ce sentiment allait de pair avec le déplaisir de ne plus l'avoir pour elle toute seule.

Elle pouvait difficilement exercer sa vengeance avec un autre écuyer aux petits soins pour lui. Pire encore, ce nouvel écuyer semblait s'y connaître en chevaux. Zander tenait le garçon par les épaules et parlait chevaux et batailles, abordant avec lui toutes sortes de sujets de conversation typiquement masculins, alors que Morgan fermait la marche en faisant de son mieux pour éviter le regard de la jolie fille.

Elle aurait dû faire exprès de rater le mannequin, pensa-t-elle.

— Morgan !

— Oui ?

Elle leva les yeux et croisa le regard de Zander.

— Montre aux filles le foyer pour la cuisine. Pas celui dans lequel j'ai dormi, l'autre. Ensuite, va nous chercher de quoi manger. Je meurs d'envie de déguster de la perdrix. Tu peux me chasser une perdrix ?

— Je vais avoir besoin d'une flèche, répondit-elle.

— Tu entends ça, Martin ? Il n'a besoin que d'une flèche. Son arrogance ne connaît pas de limites. Tu es bon tireur toi aussi, tout de même. C'est pour ça que je te voulais. Tu imagines des écuyers aussi bons que vous deux à la fronde ? Aucun ennemi ne pourra m'approcher.

Morgan grogna de dégoût. *Aussi bons que deux quoi ?* fut-elle sur le point de demander.

— Salut, dit la fille.

Morgan écarquilla les yeux et grommela quelque chose que la fille prit pour un bonjour. Elle régla son pas sur le sien. Morgan accéléra le rythme à chaque foulée, forçant la fille à presser l'allure. Elle était encore plus belle de près. Elle était petite. Elle atteignait à peine l'épaule de Morgan, qui la détestait déjà.

— On t'appelle Morgan ? C'est un nom masculin, c'est sûr. Tu vises très bien, aussi. Je n'ai jamais vu personne tirer aussi bien. J'en ai eu la chair de poule.

— Merci, répondit Morgan.

Elle détourna le regard pour ne plus voir la fille les bras croisés sur la poitrine, mettant en valeur son décolleté à l'échancrure de sa chemise. Elle se demanda ce qu'elle dirait si elle savait que son véritable nom était Morganna. Elle décida finalement de ne pas demander.

—Elle s'appelle Sheila, Morgan.

Dans la forêt, non loin du campement, Zander s'exprimait avec la même voix tonitruante que lorsqu'il avait harangué la foule. Cette voix puissante la fit grimacer.

—Il va falloir que tu lui donnes un peu de temps, Sheila, expliqua Zander. Il est timide. Tellement timide qu'il ne peut pas te demander ton nom alors que n'importe quel gars en rut le ferait.

—J'allais demander, répliqua Morgan d'une voix forte. (Elle se tourna ensuite vers la fille.) Tu t'appelles Sheila, donc?

—Oui. (Elle croisa le regard de Morgan, baissa les yeux et rougit. Morgan faillit s'étouffer.) Et ma sœur s'appelle Amelia.

—Sheila… et Amelia? demanda Morgan en regardant la plus jeune, encore plus menue. Leurs yeux se rencontrèrent et Amelia rougit aussi.

Au moins, on ne demande pas si je suis vraiment un garçon, pensa Morgan, même si tout se mélangeait et devenait très confus. Tout avait commencé quand elle avait essayé de retourner Zander FitzHugh sur ce champ de bataille. Elle aurait dû écouter son instinct et rester dans la hutte d'Elspeth, avaler un autre exécrable dîner, dormir sur le sol en terre battue et laisser ce champ tranquille.

Morgan applaudit pratiquement quand ils arrivèrent au campement et elle ne perdit pas de temps à montrer aux filles où se trouvait le foyer. Elle se dépêcha de prendre son arc et une flèche. Elle regarda Zander et en prit une autre. Puis elle partit à grandes enjambées vers la forêt dans une telle hâte qu'elle effrayait le gibier.

Elle marcha à en mettre ses poumons en feu. Elle n'aimait pas ce poids dans sa poitrine, non plus. Elle ne savait que faire de toutes ces sensations.

Il ne lui fallut pas plus d'une flèche pour abattre sa perdrix. Sans attendre, elle visa une seconde fois et faucha un deuxième oiseau. Maintenant qu'ils étaient cinq, il allait leur falloir plus de nourriture. Elle se demandait encore pourquoi il faisait ça.

Morgan avait remis de l'ordre dans ses idées quand elle revint au campement, le retrouvant facilement grâce au boucan. Martin hachait menu des bûches, la fille qui s'appelait Amelia soupirait devant sa démonstration de force, Sheila essayait de mettre un semblant d'ordre dans les sacs répandus sur le sol et Zander érigeait une nouvelle tente, quand bien même il y en avait déjà une rayée de rouge entre deux arbres. Morgan resta à l'orée de la clairière, les pattes des perdrix dans une main, appréciant la scène.

Le campement ressemblait plus à une installation permanente qu'à un lieu transitoire. Elle se demanda ce que ça pouvait bien vouloir dire.

— Ah, te voilà ! Tu es parti une éternité pour éviter d'avoir à mettre la main à la pâte, comme d'habitude. C'est une bonne chose que tu sois bon chasseur. Donne-les aux filles pour qu'elles les plument et les embrochent, puis viens me donner un coup de main.

Morgan les jeta par terre à côté de Sheila, évita son sourire et se dépêcha de le rejoindre.

—Mets-toi au milieu, soutiens-le bien jusqu'à ce que je le fixe. Je ne pouvais demander à personne d'autre. Ils sont trop petits.

Morgan essaya de ne pas être contente d'être nécessaire, mais en vain. Elle tint la position jusqu'à ce que ses bras s'engourdissent pendant qu'il plantait des pieux, tirait des cordes et sifflotait un air sans queue ni tête, tout en flirtant outrageusement avec ses deux nouvelles servantes, ce qui donna mal au ventre à Morgan, qui restait là, impuissante, à tenir une tente.

Il avait de nouvelles servantes et elles étaient certainement pucelles… et c'est comme ça qu'il les préférait…

Et Morgan les lui avait procurées ! Elle ravala le goût amer qui lui avait envahi la bouche. Elle ne pouvait pas être malade. Elle n'était jamais malade. Ses yeux la piquèrent d'un liquide inconnu lorsqu'elle le regarda s'appuyer nonchalamment sur une jambe, la main campée sur la hanche, mettant en valeur sa ferme silhouette masculine pour Sheila et sa sœur.

Morgan lui jeta un regard mauvais, y mettant toute la haine qu'elle avait en elle. Zander leva les yeux, rencontra ceux de Morgan et sourit. Puis il montra les filles du doigt avant de se désigner lui-même.

Morgan sourit avec mépris. Si elle devait feindre la jalousie pour assurer la sécurité des filles, elle n'hésiterait pas. C'était le moins qu'elle puisse faire pour leur mère et leur frère, Jaime.

Surpris, Zander recula. Puis il désigna Sheila et reporta son geste sur Morgan.

Elle plissa les yeux et opina.

Il fit un pas en arrière et leva les deux mains en un geste de reddition avant de retourner vers elle.

— Il était temps que tu trouves, mon garçon, lui dit-il une fois à son côté.

— Retourne au purgatoire, c'est là qu'est ta place, siffla Morgan.

Il émit un petit rire.

— Je parie que les cheveux de Sheila tombent comme un rideau quand ils sont détachés. Ils doivent être aussi doux que la tunique que tu portes sous ta chemise, aussi. Tu ne crois pas ?

Morgan serra les dents de toutes ses forces.

— Tu me dois deux poignards, répondit-elle enfin.

— Eh bien, je ne suis pas certain de pouvoir te les donner.

— Serais-tu à la fois menteur et pervers, maître Zander ? demanda-t-elle d'un ton narquois.

— Tu es jaloux !

— Peut-être, répondit-elle d'un ton aussi neutre que possible.

— Il serait stupide de mettre des lames dans la main d'un rival, non ?

— Tu la touches et je grave mes initiales sur ton cœur, rétorqua-t-elle.

— Tu *es* jaloux. La fille a de la chance. Toi aussi, remarque.

— La chance n'a rien à voir là-dedans. C'est du talent. *Mon* talent.

Il haussa les épaules et croisa les bras sur son torse pour la toiser. Comme elle était toujours coincée à tenir la tente, elle ne pouvait s'échapper mais, pour une fois, elle parvint à faire refluer la rougeur qui lui montait aux joues.

—C'était une bonne journée, Morgan. Réjouis-toi plutôt que de te mettre dans tous tes états. J'ai gagné la loyauté de plus de villageois encore, car qui parmi eux irait se battre contre l'homme en possession de ses enfants ? Et puis la fille de tes rêves vient de t'être livrée sur un plateau. Penses-y seulement. Tu me décris une nymphe et, avant la fin de la journée, elle te tombe dans les bras. D'après ce que je vois, tu n'auras pas trop de mal à la mettre dans ton lit.

—Tu la touches, et je…

Son rire résonna, interrompant les paroles de Morgan, et tout le monde s'arrêta pour les dévisager. Morgan contrôlait toujours la rougeur qui tentait de la gagner, ce dont elle était très fière.

Zander leva les mains pour montrer sa soumission.

—Elle est à toi. Apprivoise-la en douceur. Tu peux lâcher le toit, ajouta-t-il en s'éloignant. C'est terminé. Depuis un bout de temps, d'ailleurs.

Morgan baissa les bras, pliant chaque articulation pour retrouver des sensations. Puis elle les balança d'avant en arrière pour se détendre les épaules. C'était agréable. Elle n'avait plus fait d'exercice depuis sa rencontre avec Zander et ses muscles étaient endoloris d'inactivité. Elle ne se rendit pas compte qu'elle était observée jusqu'à ce que FitzHugh tousse. Elle leva les yeux et croisa immédiatement le regard énamouré de Sheila. Cette fois-ci, Morgan ne put rien contrôler et elle sentit le feu lui monter au visage avant de détourner son attention.

Martin avait amassé un bon tas de petit bois ; la seconde tente fut attribuée à Zander et les filles eurent celle qui était rayée de rouge. Martin et Morgan furent les bienvenus sur le sol de la tente de Zander, mais ils pouvaient dormir dehors par terre.

Morgan opta pour la seconde solution. Elle était allongée, confortablement repue de perdrix et d'une sorte de boulette recouverte de sauce qu'elles avaient cuisinée et elle se couvrit d'un pan de son kilt. Le feu vacillait de temps en temps, illuminant les deux tentes et l'endroit où elle était allongée. Puis elle sombra dans le sommeil sans même s'en rendre compte.

Cette fois-ci, Morgan fut réveillée par deux poignards, lancés dans la terre non loin de son visage. Elle ouvrit les yeux et se leva immédiatement, une lame dans chaque main, sur la défensive. Zander avait déjà bondi en arrière, s'attendant à sa réaction. Elle plissa les yeux pour mieux apprécier la clairière au lever du soleil, là où des pans de brume flottaient encore dans l'air.

— On a du pain sur la planche aujourd'hui. Je voulais que tu sois réveillé avant les autres, murmura-t-il.

— Pourquoi ? rétorqua-t-elle sur le même ton.

Il inspira profondément, puis haussa les épaules.

— Tu n'es pas comme les autres, dit-il enfin.

Elle ne répondit pas et attendit qu'il lui fournisse des explications.

Il n'en donna aucune. Il expira simplement et fit un geste de la tête.

— Suis-moi. Je veux que tu me montres comment lancer tes poignards.

Il avait déjà installé une cible contre un arbre. Elle pouvait à peine la distinguer. Morgan la regarda, interdite. Elle n'avait pas entendu Zander se déplacer. *Quel gardien de la vertu je fais*, pensa-t-elle.

— J'ai vu lancer des couteaux et j'en ai vu certains atteindre leur cible, mais je n'ai jamais vu personne les planter aussi parfaitement. Montre-moi comment tu fais ça.

— Mes couteaux sont parfaitement équilibrés. C'est l'essentiel.

— Équilibrés? demanda-t-il.

— Sors le tien.

Il le fit.

— Mets-le à plat sur ta main. Est-ce que tu sens une différence de poids entre la base et la pointe?

— La garde est plus lourde.

— Pas dans la garde, dans la lame. Est-ce que tu sens une différence de poids?

Il secoua la tête.

Elle grogna de rage.

— Tends ton autre main.

Il plaça la seconde parallèlement à la première.

— Maintenant, ferme les yeux, lui ordonna-t-elle.

— Quoi?

— Fais-moi confiance. Utilise autre chose que ta mauvaise vue. Concentre-toi sur le poids. Ferme les yeux.

Il le fit. Morgan posa l'un de ses poignards chèrement regagnés sur la paume de Zander. L'étincelle qui se produisit lorsque ses doigts entrèrent en contact avec sa main l'effraya et elle retira brusquement la sienne. Il fronça les sourcils.

—Qu'est-ce que tu as fait ? demanda-t-il. Tu as fait jaillir une étincelle de ta lame ?

Il l'avait aussi senti ? Morgan avala l'excès de salive qui s'était accumulé dans sa bouche. Ce phénomène se produisait chaque fois qu'elle était proche de lui et ce n'était pas plaisant. Enfin, ça l'était peut-être, mais c'était dangereux.

—J'ai rien fait. C'était la lame, murmura-t-elle.

—Ta lame pèse comme un marteau de forgeron, alors. Comment as-tu fait ça ?

—Tu vas te taire et te concentrer comme je te l'ai demandé ?

—Me concentrer sur quoi ?

Morgan leva les yeux au ciel.

—Le poids ! Tu sens la différence ?

—Ma lame fait exactement le même poids sur toute la longueur du manche. Aucune extrémité n'est plus lourde ou légère que l'autre. Tu le sens ?

—Le manche ?

Il caressait la lame avec la pulpe de son pouce, prenant soin de ne pas se couper.

Morgan se sentit elle-même rougir mais ne détourna pas le regard.

—Tu as fini de jouer avec moi ? demanda-t-elle.

—Jouer ?

—Tu orientes chaque sujet de conversation vers le badinage et tu ne fais que jouer. Si tu veux apprendre, il faut de la discipline.

— C'est pas du badinage… mais de l'amour, répondit-il d'une voix si douce qu'elle pouvait à peine l'entendre.

Morgan lui arracha la lame avant qu'il ne puisse reprendre son souffle, se retourna et lança les deux couteaux en plein milieu de la cible, où ils tremblèrent tant les lames s'entrechoquèrent bruyamment. Elle se retourna vers lui.

— Je peux mettre mes douze poignards exactement là où je veux. Je n'ai pas appris à faire ça en badinant ou en m'adonnant à des jeux amoureux.

— Tu dis ça comme si le mot était répugnant.

— Il l'est, répliqua-t-elle.

— Qui t'a blessé comme ça, mon garçon ?

La chose la plus horrible du monde était en train de se produire et Morgan se retourna avant que Zander ne le remarque. Ses paroles d'amour lui avaient fait monter les larmes aux yeux. Elle les réprima si violemment qu'elle put entendre le sang battre dans ses tempes. Les larmes étaient réservées aux femmes ; Morganna KilCreggar valait mieux que ça. Il semblait qu'elle n'avait vécu que pour tuer le chef du clan des FitzHugh. Ensuite, elle était disposée à mourir. Son plan ne laissait pas la moindre place à la faiblesse féminine.

Elle marcha prestement vers l'arbre pour en retirer les couteaux.

— Quand tu seras prêt à apprendre, je t'enseignerai ce que je sais, répondit-elle.

— C'est d'accord. Je pourrais même t'offrir un autre de tes précieux poignards bien équilibrés. Tu as fait preuve de la même concentration quand tu as appris à manier la fronde ?

— J'ai appris par moi-même. J'ai découvert qu'il était bien plus facile d'amorcer un mouvement latéral que de décrire un arc. Ça peut paraître bizarre, mais c'est plus précis.

— Dis donc, Morgan, est-ce que tu t'amuses de temps en temps ?

— Je suis si redoutable à l'arc que personne ne me met jamais au défi. Je peux envoyer ma flèche dans l'œil d'un animal à n'importe quelle distance, à n'importe quelle saison.

— Je suppose que je dois me contenter de cette réponse ? demanda-t-il.

— Un jour, tu m'as demandé comment je me débrouillais avec une hachette. Je n'ai pas dit la vérité. Enfin si, mais je n'ai pas été précis.

— Tu joues, Morgan ? tenta-t-il de nouveau.

— J'ai dit que j'en avais rarement tenu une dans mes mains. C'est vrai. Je n'ai pas eu souvent l'occasion d'en utiliser. Ce n'est pas très pratique pour chasser. Ça met du sang partout, un peu moins qu'une claymore tout de même.

— Morgan…, insista-t-il d'un ton qu'il pensait menaçant.

— Je suis mortellement dangereuse à la hachette. Je suis capable de me battre en duel à la façon des Anglais. Ils appellent ça de « l'escrime », mais j'utilise mes talents avec une épée plus pour finir un combat que pour se tourner autour et traînailler comme eux. Du spectacle. C'est tout ce qu'ils veulent. Ça et du sang.

Il soupira bruyamment cette fois-ci.

—J'ai compris, Morgan. Tu ne sais pas jouer. Tu as passé ta vie entière à te transformer en machine à tuer et ça ne laisse pas beaucoup de place pour la bagatelle, la raillerie et le jeu. Je commence à comprendre pourquoi je t'ai choisi comme écuyer.

—Tu as eu beaucoup d'écuyers, j'ai l'impression. J'ai été le premier sur ta route cette fois-ci, voilà tout. Martin le deuxième. J'imagine qu'on va en trouver encore beaucoup d'autres avant de revenir dans ta maison désorganisée.

—Tu n'as pas encore compris? demanda-t-il.

Elle poussa un grognement de mépris.

—Bien sûr que j'ai compris! Tu gagnes, tu prends ou tu forces les enfants des pauvres fermiers à t'accompagner, te servir, intégrer ton foyer et ta vie. Ce faisant, tu gagnes des partisans dans tout le pays.

—Très bien, répondit-il.

—Est-ce que tu leur rends leur liberté comme tu le promets?

—La plupart du temps, ils refusent qu'on la leur restitue. Je le jure.

—Ils ne veulent pas partir? demanda-t-elle.

—N'aie pas l'air si surpris, Morgan. Je ne suis pas un ogre. Je suis un maître très clément. J'ai une grande maison, bien chauffée, bien approvisionnée et avec tout le confort qu'il faut, des tapisseries et des meubles. La plupart de ceux qui me servent trouvent que c'est un mode de vie bien plus confortable que ce que leur réserve leur village. Je n'arrive pas à les faire partir. J'envoie des messages à leur famille. Quand les familles font le déplacement pour venir les récupérer, elles finissent par rester, elles aussi. Ce qui me fait encore plus de domestiques.

— Pas étonnant que ta mère te reproche ton manque d'organisation.

— Je manquais plutôt de quelqu'un comme toi, Morgan.

Son cœur s'arrêta. Si le soleil avait dispensé un rayon de lumière, tout ce à quoi elle se forçait à ne pas penser aurait été visible sur son visage. Elle ne pouvait même pas parler.

— Enfin, ça vient juste de me traverser l'esprit. Je ne sais pas pourquoi. Tu es très différent et je ne comprends pas d'où ça vient. Je te veux à mon côté, Morgan. Je t'ai forcé à rester parce que je sais que j'ai besoin de toi. J'en ai eu la certitude au moment où tu m'as touché sur ce champ de bataille et je le sens encore maintenant. Plus étrange encore, je ne suis pas le seul. Tu as aussi besoin de moi, ne serait-ce que pour apprendre à t'amuser un peu.

Elle s'étouffa presque en essayant de déglutir. Puis elle se mit à tousser. Il lui assena un grand coup du plat de la main dans le dos et l'expédia pratiquement à quatre pattes par terre sous la force de ses coups.

Tout ce raffut amena l'ensemble de sa troupe dans la clairière. À l'apparition de Sheila à peine vêtue, Morgan tenta de réagir comme un homme : elle partit en courant.

Chapitre 7

Moins de deux semaines plus tard, la troupe de Zander s'était agrémentée de six filles et neuf garçons de plus, et Morgan dut utiliser plus d'une flèche et par conséquent plus de temps pour ramener le gibier nécessaire pour les nourrir et garder assez de restes à troquer. Cette fois-ci, elle prit quatre flèches, fit un signe de tête au groupe de jeunes hommes à la mine renfrognée et se mit en route. Elle s'arrêta quand l'un d'entre eux s'avança vers elle et se retourna vers les autres.

—Tu vas avoir du mal avec celui-là, dit-elle à Zander, car il l'avait accompagnée et marchait assez bruyamment pour faire fuir tout gibier.

—Tu vois dans l'avenir, aussi ? demanda-t-il.

Morgan lui jeta un regard en coin. Il portait un kilt aujourd'hui, pas de grande écharpe, pas de *feile-breacan*. Son torse était couvert d'une fine étoffe de lin tissé et, avec la pluie de plus en plus drue, elle collait à chaque parcelle de son corps. Elle leva les yeux et croisa son regard.

—Il est en rogne à cause de mon talent et aussi parce que Sheila l'a rejeté hier soir, répondit-elle.

— Elle rejette tout le monde, Morgan. Elle n'a d'yeux que pour toi. Quand vas-tu faire quelque chose pour arranger ça ?

Morgan s'arrêta et leva la main.

— Tu chasses ou tu papotes. Tu peux pas faire les deux.

Zander se mit à chuchoter.

— Sheila s'est offerte à moi il y a deux nuits de ça. Tu savais ?

Les yeux de Morgan s'embrasèrent avant qu'elle ne puisse réprimer sa réaction et elle devina son amusement.

— Tu l'as pas prise ? demanda-t-elle.

— Je lui ai dit que tu l'avais déclarée chasse gardée.

Morgan fronça les sourcils.

— Ce qui explique mes petits gâteaux, dit-elle en fin de compte.

— Elle essaie la plus vieille méthode du monde, mon garçon.

— Les petits gâteaux ?

— Non, la nourriture. Aucun garçon de ton âge ne peut résister à un bon petit plat. Je ne suis pas le seul à l'avoir remarqué. Tu as pris du poids depuis qu'on s'est rencontrés. Ça te va bien, même si tu as le visage plus rond et que je ne vais pas pouvoir te sauver de Bonnie la gueuse.

Il parlait de la dernière servante, nommée ainsi avec optimisme car son visage avait tout d'une crêpe épaisse avec une grosse cerise en guise de nez. Morgan sourit d'un air suffisant.

— Bonnie ? demanda-t-elle.

—Oui, Bonnie. Toutes les filles t'accueilleraient dans leur lit et comment tu récompenses leur désir ardent? Tu les ignores. Rien n'aiguise plus l'appétit. Si tu faisais une entorse à ta morale et que tu en mettais une dans ta couche, tu aurais droit à une chevauchée fantastique, j'en suis sûr.

Morgan décida de l'ignorer. C'était plus facile que d'entrer dans son jeu et de badiner sur ce qu'il appelait «les jeux de l'amour». Elle dressa l'oreille. Elle avait une laie et ses deux marcassins en vue mais, si Zander continuait à la titiller, ils n'allaient pas prendre racine et attendre leur mort.

Elle leva la main.

—Tu veux du sanglier ou de l'élan aujourd'hui? demanda-t-elle calmement.

Il la regarda.

—Tu es sérieux? murmura-t-il.

—Choisis, rétorqua Morgan.

—Les deux.

Il sourit.

Morgan disposait de quatre flèches. Il y avait un immense élan derrière eux sur la crête. Elle l'avait senti plus qu'elle ne l'avait vu, à cause du comportement de la laie. Elle mit une flèche en place et la pointa sur les sangliers. Zander suivit son regard, plissant les yeux.

Morgan se retourna d'un mouvement fluide et toucha l'élan avant même d'avoir eu le temps de souffler. Elle avait positionné une autre flèche et la lança sur la laie en se retournant. La réaction fut immédiate, l'animal tomba sur le flanc, grognant et couinant, puis ses petits déguerpirent dans la direction opposée. Morgan visa et abattit le plus éloigné. À côté d'elle, Zander se crispa et c'était précisément l'effet recherché. Elle avait gardé le sanglier pour la fin. En effet, comme il était susceptible de les charger, elle n'utilisa pas de flèche. Elle tenait dans ses mains les six poignards fraîchement restitués. Méthodiquement, elle les envoya dans son museau et ses yeux, jusqu'à ce que son couinement devienne déchirant et qu'il s'arrête à deux pas de Zander.

Morgan le chevaucha, retira ses poignards et lui trancha la gorge avant que ses sabots n'aient fini de ruer. Puis elle s'occupa de la laie. Les affres de la mort avaient déjà accompli leur œuvre et Morgan l'égorgea tout de même pour la saigner. Enfin, elle s'occupa du plus éloigné.

Elle claqua la langue lorsqu'elle vit que le fût de la flèche était brisé. D'ordinaire, elle n'était pas aussi négligente. En principe, elle lui rapportait toutes ses flèches intactes. Elle tendit la main pour la casser. Zander l'arrêta et le fit lui-même. Puis il la fit tournoyer entre ses doigts.

— Tu as cassé une flèche, dit-il en secouant la tête.

— J'ai été négligent en visant, répondit-elle en haussant les épaules.

— Je commençais à croire que tu étais parfait, Morgan.

Il lui adressa un sourire coquin et elle déglutit bruyamment. Elle avait tranché la gorge du sanglier plus profondément que nécessaire et un jet de sang se déversa sur son torse, dégoulinant sur ses bottes.

—C'est pas plus mal qu'il pleuve, commenta Zander. J'aimerais pas te forcer une fois de plus à prendre un bain.

—Il n'y a que les fous pour croire qu'un ruisseau est plus humide qu'une bonne journée écossaise, répondit-elle. La pluie me lave suffisamment. En plus, je me suis baignée hier au soir.

—Je sais.

—Tu… sais ?

Sa voix s'étrangla et elle espéra qu'il ne le remarque pas, ou, si c'était le cas, qu'il n'épilogue pas sur la question.

Elle s'était laissée aller sur tous les plans, mais la nuit avait été sans lune et la pluie abondante ; elle pouvait bien se baigner nue, dénouer ses cheveux, les laisser flotter autour d'elle et prétendre être une nymphe comme on le disait de Sheila. Elle pouvait aussi barboter gentiment à la surface, expérimentant les sensations que lui procuraient ses seins lorsqu'ils flottaient sur l'eau et se demandant pourquoi les tétons grossissaient et devenaient plus sensibles.

Elle pouvait aussi se contracter de peur lorsqu'il annonça qu'il savait. Sa respiration se fit si courte qu'elle en devint douloureuse.

—Tout le monde sait très bien quand tu pars, Morgan, même si aucun d'entre nous n'est assez courageux pour partir à ta recherche. J'ai compris le motif de ton absence quand tu es revenu avec les cheveux mouillés.

—Personne ne sait rien sur moi, protesta-t-elle, sentant la peur glisser le long de sa colonne vertébrale, la laissant tremblante.

Il haussa les épaules.

— En effet. Dis-moi quelque chose pour y remédier. Dis-moi ton nom de famille, à quel clan tu appartiens, qui sont tes parents et pourquoi tu es aussi doué dans tout ce que tu entreprends. Parle-moi.

— Je sais vraiment pas cuisiner, répondit-elle.

Il rit.

— C'est vrai, mais j'ai plein de filles très douées pour ça et qui ne demandent qu'à faire leurs preuves.

— Elles veulent attirer ton attention, fit remarquer Morgan.

Elle savait très bien pourquoi. Toutes les filles faisaient les yeux doux à Zander, à tel point que c'en était embarrassant. Il le savait aussi, d'ailleurs ; il portait de moins en moins de vêtements lorsqu'il s'exerçait à la lutte avec les garçons. C'était un signe.

— Non, mon garçon, c'est ton attention qu'elles cherchent à attirer.

— Comment ? demanda-t-elle.

— Tu m'as battu au concours de pompes hier au soir. J'aurais jamais cru qu'un homme puisse en faire plus de deux cent cinquante, et encore, je suis sûr qu'il te restait de la réserve. Et dire que je t'ai surnommé «le maigrichon»…

Morgan ne put réprimer un sourire radieux.

— Je ne vais pas supporter ça longtemps. Si mes frères l'apprennent, ils ne cesseront plus de me chambrer.

— Tes frères ? demanda-t-elle en dissimulant soigneusement toute émotion dans sa voix. *Il a plus d'un frère.*

106

— Oui, mes frères. Une joyeuse bande qui te harcèlera aussi.

— Tu en as beaucoup, hein ?

— Oui, cinq.

Il a cinq frères ? Morgan ferma les yeux. Elle décida qu'elle avait bien fait de ne pas jurer de tuer tous les FitzHugh.

— Dis-moi quelque chose, mon garçon. Comment fais-tu pour avoir assez de forces pour me battre dans de si petits bras ?

Pour démontrer son propos, il roula sa manche, lui procurant une bonne vision de son muscle épais, sinueux et dur comme un roc. Sa force était évidente. Elle détourna le regard. Il s'était bien débrouillé. La veille, ses propres bras avaient tremblé pendant des heures parce qu'il n'avait pas voulu s'arrêter avant d'avoir atteint les deux cent vingt pompes.

— Les apparences sont parfois trompeuses, répliqua-t-elle dans un murmure.

— Je suis d'accord avec toi. Regarde cette fille, Sophie, que nous avons récupérée il y a moins de deux jours.

— On n'a rien récupéré. Je l'ai gagnée. Tu la touches et…

Elle laissa sa menace inachevée et nettoya son poignard en le frottant contre l'herbe humide. Puis elle se redressa, à côté du sanglier, et le foudroya du regard pour appuyer sa pensée.

Zander déroulait sa manche pour la remettre en place. Ses cheveux étaient plaqués sur son crâne et son regard bleu nuit étincelait comme la surface d'un lac au clair de lune. Morgan détourna le regard.

—Et tu te demandes pourquoi tu provoques le chaos? remarqua-t-il.

Elle grogna d'incrédulité.

—Je ne fais rien de tel.

—Tu m'empêches d'approcher les filles et tu les laisses en plan? Tu n'appelles pas ça créer le chaos?

—J'appelle ça du viol.

Zander essayait de retenir un sourire mais il n'y parvenait pas très bien.

—Les filles ressentent aussi l'appel de la chair, précisa-t-il en passant un bras autour de ses épaules, comme il l'avait fait pour Martin.

Morgan se dégagea de cette étreinte. Elle avait les joues en feu.

—J'ai pas dit que c'était pas le cas et je n'ai empêché aucune d'entre elles de faire ce qu'elles voulaient.

Il scruta son visage. Son sourire l'avait quitté et ses sourcils froncés révélaient des rides sur son front.

—C'est vrai. Tu n'as menacé aucun des garçons. Tu donnerais probablement l'autorisation à n'importe lequel de mes serviteurs de mettre dans leur lit n'importe quelle fille à part Sheila. Je suis le seul à subir tes menaces. Pourquoi ça?

—Je les menacerais tous. C'est juste que les autres n'ont pas poussé le bouchon aussi loin que toi.

—Et tu dors trop profondément, rétorqua-t-il.

Morgan le dévisagea. À chaque campement, elle avait choisi de dormir en plein milieu, à côté du feu, en s'érigeant en garant de la vertu si nécessaire, et maintenant il lui disait que ça n'avait servi à rien?

Ensuite, il rit et lui tapa dans le dos.

—Tu es toujours si sérieux, mon garçon! Mon cheval a plus d'humour que toi.

Morgan lui jeta un regard noir.

—On ferait mieux de rentrer. Le campement a besoin de son chef.

—Chef? Toi?

—Je t'ai battu hier, non?

—Seulement au bras de fer et juste parce que je venais d'achever Martin. Je peux te battre sur n'importe quel concours, déclara-t-elle.

—Et si je lançais un concours amoureux?

Morgan en eut le souffle coupé.

—Je ne prendrai pas part à cette compétition, répondit-elle enfin.

—Tu manques de courage?

—Non, répondit-elle en faisant un pas en arrière alors qu'il s'approchait d'elle. Aucune expérience. Je ne saurais pas par où commencer.

—Tu en sais un peu plus que ce que tu veux bien dire, Morgan. Je suis même d'avis que tu as l'étoffe d'un expert.

Elle suffoqua.

—J'ai horreur que tu te moques de moi.

—Je suis sérieux, Morgan, et si tu voulais me mettre au défi je le relèverai.

—Je ne peux pas accepter un pareil concours.

—Pourquoi pas? Tu te défiles?

— Non. Je trouve ça stupide. Et tu as la mémoire courte. Tu as déjà gagné un point. Je ne peux pas te battre au bras de fer. Tu l'as prouvé hier soir.

— Seulement parce que, comme tu l'as déjà dit, tu venais juste d'affronter Martin et avant lui Seth, Dugan et même le grand Ira. Tu as changé la donne volontairement.

— Volontairement ?

Elle suffoqua une nouvelle fois.

— Je devais gagner, mon garçon. Tu as battu tous les autres gars. Tu avais les chevilles qui enflaient et tu semais le chaos dans mon campement.

— S'il y a du chaos dans ton campement, c'est pas ma faute, mais la tienne. J'ai rien à voir là-dedans.

Le chaos auquel il faisait allusion ne résultait que du rassemblement de jeunes hommes et de jeunes femmes libidineux et sans discipline. Pas étonnant que sa mère s'en plaigne. Ils avaient besoin d'un chef et ces jeunes gens étaient livrés à eux-mêmes. Voilà d'où venait le chaos.

— Tu bats tous les autres garçons et ensuite tu refuses de t'occuper des filles qui se jettent à tes pieds. C'est le pire des chaos. C'est un chaos né de la lubricité. J'en ai souffert moi-même.

Morgan rosit de la même couleur que le sang dilué par la pluie sur sa chemise et le pan de son plaid sur sa poitrine. Elle n'avait pas demandé à Sophie de s'asseoir sur ses genoux ni de lui coller un baiser humide sur la joue, pas plus qu'elle n'avait voulu sentir sa poitrine lui effleurer l'épaule. C'était la dernière chose qu'elle souhaitait. Morgan en était mortifiée en y repensant. Sophie n'avait peur de rien. Elle alliait une solide expérience à des mains très baladeuses. Morgan avait juste terminé de battre Zander au concours de pompes et avait dû trouver la force nécessaire pour la repousser, ce qui ne l'avait pas amusée le moins du monde. Aucun des autres non plus, d'ailleurs. À présent, Zander l'accusait d'avoir fait naître un esprit de luxure dont il pâtissait lui aussi ? C'était ridicule. Leur conversation l'était tout autant.

— J'ai rien fait, répliqua-t-elle en fin de compte.

— Les filles n'ont d'yeux que pour toi. Elles me tolèrent à peine. Elles veulent toutes que le jeune, beau, magnifique « dieu de la chasse » répondant au nom de Morgan les regarde. Et, comme il ne le fait pas, elles en sont à se demander pourquoi et essaient de se rendre plus jolies les unes que les autres. Et ça, c'est juste pour les filles.

— Le magnifique dieu de quoi ? s'étrangla-t-elle.

— Tu n'as aucune idée de la manière dont tu es perçu ?

— Je suis rien ni personne.

Il leva les yeux au ciel.

— Tu réussis tout ce que tu entreprends. Si tu te mettais à cuisiner, tous les palais et tous les estomacs de la région succomberaient. Il n'est pas facile d'être ton rival.

— Je ne tiens pas à me mesurer aux autres. C'est toi qui m'y forces pour récupérer mes poignards.

— Je ne te parle pas des foires. Je te parle du campement. Le campement de Zander FitzHugh et le chaos que Morgan sans nom et sans clan y a semé.

Elle ne rougissait plus à présent. Elle était pâle. Elle n'avait jamais été entourée de jeunes de son âge et ce qu'il décrivait du comportement des filles ressemblait vraiment à la réalité.

—Et les gars? demanda-t-elle.

—Ils vont probablement te tendre un piège. Un seul ne pourra rien contre toi, mais à plusieurs ils viendront à bout de toi.

—Ils vont tous se liguer contre moi? Pourquoi?

—Parce que personne n'aime la perfection. Tu ne devrais pas essayer d'être parfait.

Morgan baissa les yeux vers ses bottes maculées de sang et le plaid des FitzHugh.

—Alors je vais partir, dit-elle.

Il poussa un grognement de mépris à ces paroles.

—Je préférerais les envoyer tous chez moi avant nous. Tu as une dette envers moi pour le plaid. Tu t'en souviens?

—Combien tu veux pour ça? Combien de cerfs? Combien de sangliers? Quelle quantité de gibier?

—Si je te donne un chiffre, tu l'atteindras?

Elle opina.

—Et si j'avais besoin d'être fourni en permanence et pas tout d'un coup?

—Combien par saison? Je te les obtiendrai.

—Tu laisses filtrer si peu d'émotions, Morgan. C'est intéressant, mais embarrassant aussi, je dois bien l'admettre. Je ne devrais pas me demander pourquoi, mais c'est le cas.

—Tu réduis tout à l'état d'émotion, FitzHugh. Ton campement pue le sentiment et tu voudrais que j'en fasse étalage?

—Non, je veux juste que tu en montres un peu. Juste une parcelle. Ça suffirait. Ça pourrait te rendre un peu plus humain.

—Je montre certaines émotions, contra-t-elle. Je rougis. Tu l'as constaté toi-même.

Il croisa ses bras et la regarda comme s'ils n'avaient rien d'autre à faire que de discuter de son état émotionnel. Elle le vit lever un pied pour le poser sur le dos du sanglier et son kilt se releva, dévoilant son genou. Morgan jeta un coup d'œil dans cette direction et fronça les sourcils.

—Tu viens d'abattre trois sangliers, de leur trancher la gorge alors que l'un d'eux agonisait et tu n'as rien laissé paraître. Pas même l'euphorie de la chasse, ou de la mise à mort. C'est inquiétant.

—J'ai abattu trois sangliers et un élan, répondit-elle avec raideur.

—La mort a si peu d'importance à tes yeux ? La vie aussi ?

—Tout ce qui vit meurt. Tu veux t'épancher là-dessus ?

—Tu n'as pas peur de la mort, alors ?

Elle haussa les épaules.

—Quand elle viendra pour moi, je l'accueillerai.

—Tu ne te soucies pas de la douleur qui l'accompagne ?

—La douleur n'a pas d'importance.

—Alors tu n'as jamais souffert. Un coup d'épée par exemple. Tu as déjà reçu un coup d'épée ?

Morgan roula sa manche de chemise, révélant une cicatrice déchiquetée.

—J'ai souffert.

— Est-ce que tu t'es fait ça en apprenant à manier les armes ?

— Non. Je l'ai reçu en me battant.

— C'est ça qui t'a fait perdre ?

— Qui parle de perdre ? répliqua Morgan. J'ai deux bras.

— Aucune quantité de gibier ne me convaincra de te rendre ta liberté, Morgan sans nom et sans clan. Aucune.

— Pourquoi ?

— Tu es inhumain et je vais changer ça. Je ne sais ni comment ni pourquoi, mais j'en fais une affaire personnelle.

— Je changerai pas pour toi.

— Vantard !

— Un vantard ? Moi ? Je ne me vante jamais.

— Tu as dit que j'avais le choix entre les sangliers et l'élan. Je vois pas d'élan.

Morgan le regarda puis fit un mouvement de tête dans l'autre direction.

— T'as pas bien vu alors et tu bouges trop lentement. Suis-moi.

Quand ils approchèrent de l'animal, il siffla d'appréciation à sa taille. Il n'était pas mort sur le coup, même si Morgan l'avait frappé dans l'œil, comme elle en avait l'habitude. L'élan s'était débattu et avait labouré la terre de ses sabots. Morgan l'observa un instant, détachée, puis elle s'agenouilla à côté de lui et lui trancha la gorge. Elle sentit le regard de Zander sur elle pendant toute l'opération.

Et elle rougit.

Chapitre 8

Zander l'aida à dépecer l'élan avant de partir chercher son cheval. Morgan le regarda s'éloigner d'un pas allègre, un marcassin sur les épaules et le kilt flottant. Il avait les muscles fessiers bien développés si l'on en jugeait par le mouvement de son kilt et elle connaissait l'étendue de sa virilité côté face.

Le visage de Morgan s'embrasa. C'était un homme viril, séduisant, et il n'avait couché avec aucune femme depuis qu'elle l'avait rencontré. Ça ne pouvait pas être normal et, pour une raison qui lui échappait, cela lui semblait aussi gênant. Elle n'osait pas se demander pourquoi.

Étendue sur le ventre au milieu des entrailles des animaux qu'elle venait d'évider, Morgan attendait son retour. L'odeur de sang se mêlait à l'air gorgé de pluie, mais elle n'était pas assez prégnante pour la détourner de ses pensées. C'était la même que celle d'un champ de bataille jonché de cadavres. Les choses vivaient… et mouraient. Si ce grand élan n'avait pas été mis sur terre pour atteindre sa maturité, être en rut, procréer et mourir pour nourrir un homme, à quoi servait-il ?

Elle regarda l'œil sans vie duquel Zander avait retiré la flèche. L'andouiller de l'élan était plus grand que tous

115

ceux des animaux qu'elle avait jamais abattus, avec de nombreux cors et de grands bois en forme de bols. Il y avait assez de viande pour les nourrir pendant près d'un mois. C'était un bel animal. À présent, c'était un bel animal mort.

Elle se retourna sur le dos, leva le regard vers le ciel gris gorgé de pluie et plissa les yeux chaque fois qu'une goutte tombait dedans. Elle n'avait jamais voulu attirer l'attention. Si elle avait su, elle aurait fait le nécessaire pour que ça n'arrive pas. Elle ne voulait pas que les filles lui fassent les yeux doux, ni que les garçons se liguent contre elle. Elle voulait accomplir sa destinée, s'allonger sur le sol, fermer les yeux et attendre l'oubli d'une bonne mort. C'est tout ce qu'elle avait jamais désiré.

Alors, pourquoi les paroles de Zander l'ennuyaient-elles ? Pourquoi était-il si bavard ? Qu'est-ce que ça pouvait bien lui faire que Morgan, sans nom et sans clan, ait quelque chose à faire de la vie ; ou de la mort ? Elle n'arrivait pas à le comprendre. Il occupait aussi trop de place dans ses pensées. Pire encore, il s'insinuait dans ses rêves. Elle se demanda quelle conclusion en tirer.

Il avait des mains puissantes. Des mains qui avaient agrippé les siennes la veille au soir, ne laissant aucun doute sur l'issue de leur bras de fer. Il avait également des traits splendides. Elle l'avait remarqué dès leur première rencontre et n'avait pas changé d'avis. Il utilisait sans cesse ses poignards pour gratter sa barbe naissante, mettant en valeur sa fossette au menton, sa mâchoire puissante et ses pommettes saillantes. Si elle avait été sensible à ça, son cœur aurait chaviré depuis longtemps.

Elle soupira.

—Alors, on rêvasse dans un bain de sang? C'est comme ça que je t'imaginais aussi. Oh! Morgan, que vais-je bien pouvoir faire de toi, mon garçon?

Elle fut sur ses pieds avant qu'il n'ait fini de prononcer sa phrase, laissant la pluie chasser les viscères de l'animal et l'observant avec soin. Elle ne l'avait pas entendu approcher et il était venu avec son cheval. Morgan jeta un coup d'œil à l'animal et s'émerveilla de cette toute récente discrétion.

—Ou alors tu étais endormi, peut-être? demanda-t-il jovialement.

—Ni l'un, ni l'autre. Ton étalon parcourt la bruyère sur la pointe des sabots et tu es arrivé à pas de loup.

Il secoua la tête.

—On a effrayé tous les oiseaux aux alentours. Regarde les choses en face, mon garçon. Tu rattrapes ton sommeil.

—Quel sommeil?

—Celui que tu as perdu en essayant de protéger la vertu des filles? C'est ma meilleure option. L'autre option, c'est que tu as peur.

Ses yeux s'écarquillèrent.

—Peur de quoi? demanda-t-elle.

—De rêver.

Elle dut détourner le regard, puis le baissa. Ensuite, elle ravala sa peur en prenant conscience qu'elle était victime de la malédiction de toutes les femmes. Morgan s'agenouilla dans l'herbe mêlée de sang et enfouit sa tête entre ses mains. Elle avait ses menstrues? Maintenant?

— Trouve un ruisseau et lave-toi. Je vais charger mon cheval. Il est habitué à l'odeur, mais il ne l'aimera pas sur toi.

Morgan prit la fuite. Elle tremblait avant de plonger dans le ruisseau, se trempant plus que ne l'aurait fait la pluie. Elle déchira un morceau de sa tunique pour en utiliser le tissu. Le pagne que Zander lui avait donné fut un don du ciel. Elle n'avait pas été ennuyée avec ce fléau féminin depuis près d'un an et il revenait maintenant ? Elle se demanda pourquoi. Elle n'avait rien fait de différent, à part manger et dormir plus que d'habitude.

Elle se demanda si c'était la raison, mais elle n'avait personne à qui poser la question. Si une des filles de la troupe avait souffert son temps, elle l'avait gardé secret. Ça devait rester secret. C'était encore quelque chose qu'elle devait garder pour elle et elle n'arrivait même plus à se souvenir combien de temps ça allait durer. Ça ne devrait pas arriver. La dernière chose qu'elle souhaitait, c'était bien un rappel de sa féminité. Elle n'allait pas s'autoriser à être femme. Elle n'en avait ni le temps ni l'envie. Elle était exactement ce que Zander avait décrété : une machine à tuer.

Lorsqu'elle le rejoignit, elle avait redressé l'échine et un rictus lui barrait le visage.

— Eh bien, tu n'as pas l'air plus mal après un bain. Peut-être un peu plus humide, un peu moins couverte de sang. Qu'est-ce que tu as ?

— Rien, répondit-elle méchamment.

Il haussa un sourcil mais ne dit mot. Toute la viande était chargée sur le cheval et il tenait les rênes à la main.

Comme il le soulignait toujours, elle avait manqué la période de labeur et était revenue pour en profiter.

Elle continua à le suivre, essayant de garder ses yeux partout, sauf sur ses larges épaules, ou sur les muscles de son dos sur lesquels sa chemise était plaquée, ou sur ses jambes, ou sur l'endroit où l'arrière de son kilt le caressait à chaque pas et particulièrement l'arrière de sa tête, où des boucles humides s'enroulaient avant de cascader le long de ses larges épaules… atteignant le milieu de son dos…

Morgan avala l'excès de salive dans sa bouche et leva les yeux au ciel, interrompant l'inventaire de ses attributs. Comme s'il avait percé à jour sa nervosité, il se mit à siffloter un air sans mélodie particulière, comme à son habitude. Puis elle essaya d'oublier son imposante carrure et le bruit qu'il faisait aussi.

Tout ça pour tuer le chef du clan, se dit-elle. *Espérons qu'il en vaille la peine.*

Tout le monde était éveillé au campement et bien trop calme. Zander s'arrêta et Morgan lui rentra dans le dos avant de pouvoir s'en empêcher. Il plaça sa main sur son flanc pour la stopper, mais elle avait déjà fait un pas de côté et appréciait la scène. Deux des nouveaux garçons qu'il avait gagnés étaient face à face, un poignard dans chaque main, et se battaient en position accroupie.

La présence de Sophie, en tenue débraillée et arborant un sourire satisfait, leur raconta tout ce qu'il y avait à savoir. Il était évident qu'ils se battaient pour elle, quoique, s'ils avaient utilisé leur tête pour réfléchir et non leurs attributs masculins, ils auraient su que

Sophie n'était disponible pour aucun d'entre eux. Morgan embrassa la scène d'un coup d'œil et sortit ses six poignards avant même qu'ils bougent.

—Pose ça, ordonna calmement Zander.

L'un des hommes leva les yeux, l'autre grogna et en profita pour taillader l'avant-bras de son adversaire. Morgan lança ses propres lames et désarma les garçons, les faisant lâcher leurs quatre poignards sans qu'ils aient eu le temps de reprendre leur souffle. La foule entière retint le sien. Morgan s'avança devant Zander, tenant ses deux derniers poignards par la lame dans chaque main, entre le pouce et l'index. L'un des garçons, Collin, frotta son bras ensanglanté de sa main valide et la regarda bouche bée.

—Les deux dernières se planteront là où vous ne voulez vraiment pas qu'elles aillent, annonça-t-elle.

Entendant cette déclaration, quatre mains se levèrent et encore plus de regards admiratifs s'élevèrent provenant des femmes dont Zander avait peuplé le camp. Morgan fit un pas de côté, permettant à Zander de prononcer le jugement final et de se poser des questions sur sa propre bêtise. Si les garçons voulaient se liguer contre elle, comme Zander l'avait prédit, alors elle venait de signer son arrêt de mort.

Elle regarda Zander de côté. Il lui retourna son regard, puis dirigea son attention sur les deux combattants, tout comme Morgan.

—Nous avons bien des lieues à parcourir avant d'atteindre les terres FitzHugh, annonça Zander. Martin ?

—Oui ? dit le garçon qu'ils avaient trouvé lors de leur première foire.

—Je veux que tu conduises les gars jusque chez moi. Je t'ai expliqué la route ?

—Oui, confirma Martin.

Morgan se rapprocha de Zander et croisa son regard, lui signifiant qu'il devait lui parler en privé.

—Tu as une meilleure idée ? demanda-t-il doucement.

—Tu as assez de domestiques, non ?

Il opina.

—Je les donnerai aux filles MacPhee, alors. Elles gagneront de la bonne main-d'œuvre et de bons… euh… hommes, et toi tu gagneras la paix de la part de gars qui te seront reconnaissants et qui n'auront plus assez de temps pour des bêtises, comme s'entre-tuer.

Elle observa un sourire se dessiner sur ses lèvres. Puis il s'épanouit pour devenir triomphant. Enfin, il explosa de rire. Morgan se recula et essaya de se fondre dans le décor en se rapprochant des arbres. Elle pouvait lire de la haine dans le regard des garçons. Elle n'avait pas besoin de poser de questions pour comprendre leur expression. Elle savait.

—Tu sais écrire ?

Zander la regardait.

—Seulement avec une lame, monseigneur, lui répondit-elle d'un ton égal.

Zander eut l'air incrédule l'espace d'un instant, puis se tourna vers le reste de la troupe.

—Est-ce que l'un d'entre vous sait écrire, alors ?

—Oui, acquiesça Martin. Je sais écrire si vous avez de l'encre et un parchemin.

—J'ai ce qu'il faut. Martin ? rédige-moi une note que je puisse la signer. J'ai pris une décision à propos de votre punition, les garçons.

—Qu'est-ce qui nous attend ? demanda Collin.

—Ouais, il a décidé quoi pour nous, Morgan ?

Zander fronça les sourcils.

—C'est Morgan qui a eu l'idée, mais ça ne devrait pas être trop pénible. À moins que vous n'ayez rien entre les jambes. N'écris pas ça, Martin.

—Qu'est-ce que ça veut dire ?

Morgan reconnu le ton bravache typiquement masculin derrière la saillie de Martin et elle rougit lorsqu'il lui jeta un regard assassin.

—Seulement que Morgan s'est rappelé où habitaient quatre femmes lubriques. Elles sont bonnes cuisinières aussi, peut-être meilleures que mes filles ici sur le campement. Les filles MacPhee ont besoin d'hommes pour les labours, pour leur fournir du gibier et réchauffer leurs lits. J'ai décidé de leur offrir votre année de servitude. Tu peux écrire ça, Martin.

Les deux garçons semblèrent ébahis un instant. Puis ils se mirent à sourire aussi.

—Ne pensez pas qu'il s'agit d'une punition, les gars. Je doute sincèrement que vous puissiez marcher de nouveau une fois que vous aurez rencontré les filles MacPhee. En fait, je vous le garantis. Martin ?

—Oui ?

—Tu connais les MacPhee ?

—Tout le monde les connaît, répondit-il dans un grand sourire.

— Fais en sorte que nos amis Collin et Seth ici présents arrivent chez elles entiers et rejoins-moi. Je serai près de la carrière de Chidester. Tu sais où c'est ?

— Oui, acquiesça-t-il derechef.

— En route, alors. Il y a trois jours de marche, peut-être quatre. Morgan ! suis-moi.

Il se dirigea vers le milieu du groupe, ramassa les poignards emmêlés et continua à avancer, Morgan sur ses talons. Quand ils atteignirent sa tente, il ouvrit l'auvent et lui fit signe d'entrer à l'intérieur.

Dès que le rabat se referma, le brouhaha du camp reprit. Morgan put l'entendre à travers la toile de tente.

— Est-ce que tu as la moindre idée de ta stupidité ?

Il retira ses lames des manches des autres poignards et les lui rendit avec emportement. Les muscles de ses bras ondulaient à chaque mouvement, tout comme ses épaules et…

Morgan se mit pratiquement à grogner en se rendant compte que ses pensées lui échappaient, tout en répondant machinalement à son geste lorsqu'il lui tendit ses poignards. Elle ne cilla même pas.

— Maintenant, il n'y a aucun moyen de les arrêter. Tu n'as jamais pensé à rater ta cible ?

— Rater ma cible ? répéta-t-elle, incrédule, en récupérant la dernière lame. Rater ma cible ?

— Oui, rater ta cible. Est-ce vraiment impensable ?

— Je devrais viser quoi, alors ?

Il leva les yeux au ciel.

— Tu ne devrais pas viser quoi que ce soit ! Tu devrais te contenter de rater ta cible.

—Mais j'ai jamais rien lancé sans viser! Si je ne vise pas, je pourrais envoyer ma lame dans un endroit vital.

—Alors vise un caillou, un brin d'herbe, un rayon de soleil sur le sol!

Morgan le regardait toujours, interdite.

—Mon talent vient d'ailleurs, murmura-t-elle. J'ai rien demandé, je l'ai pas mérité et ça me fait certainement pas plaisir, mais c'est un don de Dieu. Je ne peux pas y renoncer.

—Dieu ne donne pas de talent pour la mort.

—J'ai encore tué personne…, répliqua-t-elle.

—C'est ça alors. Tu es une machine à tuer, sans scrupules. C'est à la fois inhumain et effrayant. Partout où tu vas, ce don t'a élevé au rang de demi-dieu. Les gars te haïssent pour ça. Les filles sont à tes pieds. Je ne sais même pas quoi faire de toi.

Sa voix parlait à tout ce qui était féminin en elle et Morgan combattit ce sentiment avant de se rendre compte qu'elle n'aurait pas le dessus. Elle aurait dû se douter qu'elle perdrait.

—J'ai des remords, murmura-t-elle.

Il leva le regard en entendant ces mots. Les yeux de Morgan étaient emplis de larmes et elle l'observa tandis qu'il la dévisageait. Elle n'osa même pas cligner des paupières.

Quelque chose se passait entre eux, et elle écarquilla les yeux lorsqu'elle sentit le malaise s'installer.

—Tu dormiras ici. Avec moi. C'est un ordre.

Il était encore plus en colère qu'auparavant à en croire son ton pincé.

—Je refuse, protesta-t-elle.

—Ce n'est pas une option. Je ne peux pas assurer ta sécurité autrement, et je ne tiens pas à te retrouver égorgé demain matin.

—Je peux me défendre, répondit-elle, battant les cils pour laisser ses larmes rouler sur ses joues.

—Non, tu ne peux pas. Tu dors trop profondément. Et tu fais trop de rêves si j'en crois tes mouvements quand tu dors.

Elle leva les mains et s'en couvrit le visage pour essuyer ses larmes.

—C'est pas vrai, repartit-elle enfin avant de baisser les bras.

—Si, c'est vrai. Je t'ai observé.

Il m'a observée ? se demanda-t-elle, retenant si fort sa respiration que ses poumons la brûlèrent.

—Quand je peux pas dormir, j'aime bien regarder le feu. Tu dors si près du foyer que tu devrais être brûlée. Mais c'est pas le cas, n'est-ce pas, Morgan, sans clan ni nom ? Tu ne te brûles jamais. Seulement les gens qui t'entourent.

—Personne ne m'entoure, répliqua-t-elle.

—C'est probablement vrai. Tu les laisserais pas. Ils se brûlent quand même. Crois-moi.

Morgan fronça les sourcils. Il disait n'importe quoi.

—Je peux pas dormir ici, même si tu l'ordonnes.

—Tu vas cesser de répondre immédiatement, ou je t'attache à mon lit. Tu crois que tes admiratrices aimeraient ça ?

—J'ai pas d'admiratrices, protesta Morgan.

—Si tu en donnais l'ordre, il n'y a pas une fille du groupe qui ne te suivrait pas. N'importe où. N'importe quand. La plupart des garçons aussi. Pas d'admirateurs, tu dis, comme si c'était parole de prophète, dit-il en inspectant ses ongles tandis que Morgan ne le quittait pas des yeux. Si j'avais ton don pour viser, j'aurais des légions d'admirateurs, tous à viser le cœur de tous ces bâtards de Sassenach qui foulent cette terre. Mais puisque c'est pas le cas… je dois faire avec le tien, ajouta-t-il en soupirant.

— Je coucherai toujours pas avec toi ici.

— Pourquoi tu ergotes comme ça alors qu'il s'agit d'un ordre ? Je n'accepterai aucun argument et j'utiliserai la force si nécessaire. Ne m'y oblige pas. Aucun d'entre nous n'apprécierait ça.

— Mais je dors par terre. C'est comme ça que je fais. Une tente, c'est trop bon pour les gens comme moi.

— Il y a de la terre sous les tapis. Tu peux dormir sur le sol. Je te donnerai aussi volontiers ta liberté que mon lit de camp. Tu me prends pour quoi ? Un idiot ?

— Non, répondit-elle. Tu es mon maître, sûrement pas un idiot.

— Tu te trompes, mon garçon, maintenant que j'y pense.

Il avait cessé de regarder ses mains et posé sur elle son regard bleu nuit. Morgan n'y était pas préparée et eut du mal à dissimuler son trouble.

— Je suis le plus vil des idiots, reprit Zander. J'espère simplement ne pas être encore plus brûlé. Il y a un enfer pour ce dont j'ai envie et besoin maintenant. Tu vois ce que je veux dire ?

Morgan plissa les yeux avant de hausser les épaules. Elle n'avait pas la moindre idée de ce à quoi il faisait allusion.

—Je peux partir maintenant? J'ai une peau à tanner et un sanglier à préparer pour ta prochaine foire.

—Oui. Prépare-la comme il faut et attendris-la jusqu'au point de non-retour. C'est ça que j'aime chez toi, Morgan. Tu ligotes tes victimes et tu les prépares pour l'abattoir sans qu'elles aient la moindre idée de ce qui les attend.

—Je comprends pas ce que tu veux dire.

—Dieu merci, répondit-il. J'ai réfléchi, moi aussi, à propos de ce que tu disais.

Morgan attendit. Elle en avait tant dit que ça pouvait être n'importe quoi.

—J'ai déjà trop de serviteurs et aucune envie de les dresser pour qu'ils obéissent. On va demander autre chose cette fois-ci.

—Tu ne peux pas, répondit-elle.

—Pourquoi pas?

—Rien ne te garantira plus de loyauté que de prendre leurs enfants. Tu l'as dit toi-même et c'est la vérité. J'ai observé. Tout ce que tu dis est vrai.

—Qu'est-ce que je devrais faire, alors?

Morgan haussa les épaules.

—Tu as des frères et des parents? Offre-leur tes serfs après t'être assuré de leur loyauté.

—Mes frères sont tous loyaux.

Morgan fit abstraction de son amusement en soufflant bruyamment.

—Assure-toi de la loyauté des serfs, pas de tes frères.

— On aurait besoin de plus de tissu, tout de même, et de plus de beurre, aussi.

— Des fleurs ? Pour quoi faire ? demanda Morgan, complètement abasourdie.

— Pas des fleurs, du beurre. Du beurre doux. Tu sais avec quoi on cuisine ? De l'air ?

— Troque le sanglier, c'est ce que tu as fait la dernière fois.

— Tu as réponse à tout, n'est-ce pas, Morgan ?

— Tu as des petits problèmes, c'est facile à résoudre, répliqua-t-elle.

Il fit un pas vers elle et la perça de son regard bleu nuit. Morgan eut peur de respirer.

— Si seulement c'était vrai, murmura-t-il en faisant un pas de plus dans sa direction.

Morgan commença à reculer. Puis, inconsciemment, elle saisit ses poignards. Il ne baissa pas son regard dans cette direction, il continua à la regarder fixement, droit dans les yeux.

— Il y a comme un goût d'interdit qui t'entoure.

Il murmurait les mots si doucement que Morgan ne fut pas certaine d'avoir bien entendu.

Adossée au poteau au milieu de la tente, elle avait les yeux écarquillés et le souffle court. Elle était terrifiée. Il grogna et se détourna d'elle. Il atteignit l'autre côté de la tente en deux enjambées.

— Tu peux partir, déclara-t-il.

Morgan déglutit, puis se dirigea à petits pas vers le rabat de la tente. Elle n'en revenait pas : cet homme faisait chanter chaque parcelle de son corps, lui faisant ressentir l'excitation qu'elle éprouvait devant tout nouveau défi, une excitation qui la faisait vibrer autant que la jubilation qu'elle ressentait lorsqu'elle atteignait sa cible. Elle ne se sentait pas à la hauteur.

— Je vais te dire autre chose, mon garçon.

Quand elle fut à deux doigts de la sortie, il ajouta :

— Tes rêves sont horribles.

Chapitre 9

Les quatre journées et les quatre nuits suivantes furent les pires de la vie de Morgan. Ce fut la même chose pour toute personne à proximité de Zander FitzHugh et tout commença le matin qui suivit sa première nuit dans sa tente.

Avant que le soleil n'apparaisse au firmament ce jour-là, Zander la réveilla d'une manière inédite. Il plaça simplement son pied sous sa cage thoracique et l'envoya valser directement de l'autre côté du rabat de fermeture de la tente. Morgan roula sur ses pieds, s'épousseta et eut le souffle coupé en goûtant la température. Son *feile-breacan* était de travers aussi et il lui grogna après à ce propos avant de la montrer du doigt.

— Je n'écouterai pas tes ronflements une minute de plus. Je vais trouver un moyen de te fatiguer ! Maintenant, bouge !

À ces mots, il la poussa dans un pré et lui fit subir toute une série d'exercices si rigoureux qu'ils suèrent tous deux abondamment. Il la suivit pompe après pompe et, quand ils arrivèrent à la deux centième, il la fit se remettre debout et enchaîner sur d'autres mouvements sur une jambe, puis sur l'autre. Comme il n'était pas satisfait, ils s'agenouillèrent et s'exercèrent à sauter sur leurs pieds, encore et encore. Puis il la fit soulever des pierres. Pas de petites pierres, non, de gros rochers qu'il lui demandait de soulever au-dessus de sa tête. Il fallait tantôt qu'elle garde la position et reste immobile, tantôt qu'elle se balance avec. Le premier qu'il choisit était si lourd que, lorsqu'elle amorça la rotation, son corps suivit le mouvement, et Zander entra dans une colère noire.

Il ne relâcha pas son effort lorsqu'elle le supplia de lui accorder un instant pour se soulager. Il se contenta de lui jeter un regard assassin, fit un geste de la main et compta jusqu'à dix. Il ne lui laisserait pas plus de temps dans les buissons.

Puis il la jeta dans un petit lac lorsqu'elle refusa de se déshabiller pour lui et alors qu'elle nageait, supportant le poids de la laine de ses habits, ses bottes, il se dévêtit lui-même avant de plonger dans l'eau. Morgan sortit de l'eau avant qu'il n'ait eu le temps de refaire surface. Elle torsada son plaid, puis sa chemise et enfin sa natte.

— Ça te pose un problème de me servir, écuyer ? gronda-t-il.

Elle l'ignora superbement. Morgan se mit sur ses pieds et lui tendit ses vêtements un par un, faisant de son mieux pour ne pas regarder son corps magnifié par les rayons jaune orangé du soleil levant.

Ce geste aussi le mit en colère et il lui dit de se trouver une fille à mater. Elle en rougit. Puis il partit d'un pas rageur vers le campement. Il était d'une humeur de dogue et son état empirait. Il déversa sa colère sur toute personne qui croisa son chemin. Il demanda à Sheila de cesser d'utiliser de la bonne avoine pour le tourmenter et en faire du gruau, il jeta à terre un des biscuits d'Amelia, prétendant qu'il était dur comme la pierre. Finalement, il appela les gars et lança un marathon.

Morgan était de plus affligée d'une crampe dans le ventre quand elle revint au campement, mais elle fut l'une des deux seules à rester auprès de lui. Les autres avaient depuis longtemps perdu le rythme et étaient restés en arrière.

Zander promena son regard bleu nuit sur le campement et fit savoir aux filles que leur fainéantise avait assez duré. Il attrapa une épaisse tranche de sanglier rôti et appela Heather, l'une des filles, pour qu'elle vienne le servir dans sa tente.

Les yeux de Morgan étaient aussi écarquillés que ceux de tous les autres lorsque Heather le suivit sous la tente. Elle en sortit un instant plus tard, la mine contrariée. Personne ne dit mot. Puis Zander ouvrit le rabat de la tente et cria pour appeler Morgan. Sa voix de stentor n'avait pas perdu de sa puissance. La forêt entière sursauta lorsqu'il hurla son nom, pas seulement elle.

Un rictus déformait sa bouche lorsqu'il lui dit de cesser de l'irriter et de retourner dormir. Sinon, elle le paierait le lendemain lors des séries d'exercices. Morgan avait à peine fermé les yeux qu'il la souleva par le ceinturon et la jeta dehors, la faisant atterrir sur une bûche devant tout le monde.

—Va manger d'abord, grogna-t-il avant de retourner dans ses pénates.

Il lui laissa suffisamment de temps pour planter son poignard dans un morceau de viande et de commencer à le couper avant qu'il ne se remette à bramer son nom. Morgan attrapa ce qu'elle put et en engouffra le plus possible dans sa bouche lorsqu'elle retourna sous la tente.

Le deuxième, le troisième et le quatrième jour furent du même acabit, même si, pour autant qu'elle le sache, il ne dormait même pas. Il la maudissait, maudissait la tente, maudissait chaque satané Sassenach qui foulait les terres d'Écosse et il buvait beaucoup. Elle essaya de mettre ses mains sur ses oreilles sous son kilt, mais ce geste semblait le mettre encore plus en colère lorsqu'il la réveilla le second matin qu'il la surprit dans cette position.

Elle en paya le prix avec une nouvelle série d'exercices, une autre course violente, puis elle dut s'adonner à l'escrime avec lui jusqu'à ce qu'elle ait l'impression que les bras lui en tombaient. Tout se précipita avant la quatrième nuit.

Jetée de la tente à coups de pied pour la deuxième fois, elle frottait les bleus sur son derrière douloureux lorsqu'il lui cria encore de cesser de paresser et de le suivre. Morgan le talonna et, là encore, il fut en colère. Il se retourna, lui aboya après, lui reprochant d'être son ombre, puis il la maudit d'être aussi lente à le servir.

Il voulait que le cheval soit sellé pour aller au village. Il accorda à peine quelques instants à son écuyer pour le faire, même si ce dernier lui soutint que c'était impossible.

— Quand j'aurais besoin de ton opinion, je te la demanderai, Morgan. Le temps s'est écoulé, Martin.

Morgan croisa le regard de Martin, y devina un sentiment d'empathie, puis elle fut jetée sur le dos du cheval par une main calleuse. Elle se pencha en avant sur la selle et eut à peine le temps de relever la tête lorsque Zander se planta en selle devant elle.

— Cramponne-toi ou tombe, Morgan. On est déjà en retard.

En retard pour quoi ? demanda-t-elle, puis elle cessa de penser lorsque le cheval se mit à galoper assez vite pour la faire tomber. Elle ne tenait pas la selle non plus, elle avait noué ses bras autour de la taille de Zander. Il avait plus de muscles à cet endroit que tout homme qu'elle avait jamais vu et ils semblaient si solides sous la peau de ses bras et de ses poignets. Morgan posa sa joue contre son dos et tenta d'ignorer les sensations qui la submergeaient.

Lorsqu'ils approchèrent le village de maisons en torchis, FitzHugh repoussa ses bras comme s'ils étaient répugnants. Morgan baissa la tête mais s'empressa de s'agripper à la selle. Il mit son cheval au pas derrière les fermes et fit demi-tour au bout d'une rue. Puis il les conduisit dans une allée sombre et pleine de déchets, derrière une ferme inhospitalière.

Il descendit du cheval, l'attrapa par le col et marcha d'un pas décidé vers la porte avant que Morgan ne touche le sol. Elle courut à son côté sur la pointe des pieds jusqu'à ce qu'ils atteignent le perron, puis il la lâcha un instant. Il leva ensuite son poing crispé et tremblant, et inspira profondément avant de frapper doucement.

— Qui est-ce ?

La voix mélodieuse appartenait à une femme qui ressemblait tant à la sœur de Morgan, la catin, qu'elle en eut le souffle coupé. Cette femme avait des seins généreux et son corsage en laissait deviner les tétons. Elle avait attaché sa ceinture très haut sur son ventre pour produire cet effet. Ses yeux étaient sertis de traits noirs, ses cheveux hirsutes formaient un nuage vaporeux autour de sa tête et jamais Morgan n'avait vu une femme aux lèvres aussi rouges.

Morgan la regarda, bouche bée.

— Je m'occupe d'un homme à la fois, mon lapin, dit-elle en allant vers Morgan.

Zander lâcha son col et Morgan tangua sous l'effet de la grande tape qu'il lui administra à cet instant. À présent, elle savait ce qu'il était venu faire ici. Il n'allait pas utiliser une femme sur le campement pour se soulager. Il allait le faire avec une femme qui se donnait à tous les hommes. Il allait donner du plaisir à une prostituée ou, plutôt, elle allait lui en donner. Morgan ne savait rien à ce sujet, mais elle en eut la gorge nouée.

— Si tu bouges, je te poursuis jusqu'au bout du monde pour te raser le crâne. Tu me comprends, mon garçon ? ajouta-t-il dans un murmure.

Elle opina et s'assit.

La porte se ferma à côté d'elle, expulsant une odeur lourde, chargée de parfum, et Morgan ferma les yeux pour contenir ses larmes. Qu'est-ce que ça pouvait bien lui faire que Zander prenne une femme ? C'était un homme et il lui avait dit que les femmes étaient faites pour être prises. À quoi bon se préoccuper de cela ? Elle ne voulait rien avoir à faire avec lui. Il était son seul moyen d'entrer en contact avec le chef du clan des FitzHugh, voilà tout. À ses yeux, il ne serait jamais davantage.

Un éclat de rire se fit entendre, suivi d'un murmure admiratif de la femme. Morgan plaça ses mains sur ses oreilles. La boule qui s'était nouée dans sa gorge ne lui laissa pas de répit. Elle se muait en une sensation d'agonie brûlante. Elle entendit les vêtements tomber sur le sol.

La catin aurait dû mieux concevoir sa ferme. Morgan n'aurait pas eu à rester assise sur le perron à entendre tout ce qui se passait à l'intérieur. Elle aurait dû faire construire ses murs en brique et non pas en torchis.

— Oh, mon lapin ! bien des femmes donneraient leur fortune pour voir ou peut-être même toucher ça. Je sais juste où…

Morgan respira profondément, frappa ses tempes de ses poings, mais rien ne l'empêchait de sangloter. Elle était déchirée et les sanglots la parcouraient, remontant des tréfonds de son âme, et ses yeux s'emplissaient de larmes stupides, tout ça parce qu'un homme qu'elle haïssait avait des relations avec une autre femme ?

Quelle forme d'aliénation était-ce là ?

— Essaie encore, catin, et cette fois-ci avec les mains !

Les mains de Morgan allèrent de ses tempes à sa bouche pour s'empêcher de crier. Si elle pleurait toutes les larmes de son cœur sur le perron d'une prostituée, autant le garder pour elle.

— C'est dur de faire renaître un truc tout mort comme ça, mon chou.

À ces mots, la prostituée partit d'un grand éclat de rire et Morgan aurait donné n'importe quoi pour ne pas l'entendre. Elle était prête à prendre la fuite – tant pis pour ses cheveux –, lorsque la voix de Zander retentit de nouveau, avec plus de force qu'au cours de la semaine passée.

— J'ai peut-être un penchant pour les filles avec un peu moins de chair et un peu moins d'expérience. Essaie encore. Avec ta bouche, cette fois-ci.

Autour de Morgan, tout s'arrêta ; elle sut qu'elle était dans un état second. Elle entendit des bruits de succion, d'aspiration, comme un bruit de baiser, et elle ne savait même pas quel type de bruit pouvait bien faire un baiser. Puis elle n'entendit plus rien pendant un si long moment qu'elle retint son souffle. Elle avait peur d'interpréter à tort quoi que ce soit. Elle avait peur de ses émotions – à juste titre. Jusqu'à présent, elle s'était comportée comme une femme jalouse. Elle n'en revenait pas. Zander FitzHugh n'était qu'un homme lubrique et libidineux qui ordonnait à une femme de faire quelque chose de si horrible qu'il devait la payer pour qu'elle s'exécute. Il ne valait pas le temps que Morganna KilCreggar passait à sangloter sur son compte, puis elle parvint à se convaincre qu'elle ne pleurait pas.

Elle ne pleurait jamais, encore moins pour ce satané FitzHugh. Elle n'allait certainement pas se lamenter sur son plaisir. Il était libre de le prendre où bon lui semblait, avec qui il voulait, du moment que ça n'était pas avec elle.

Elle retira ses mains de sa bouche et essuya les larmes qui avaient commencé à ruisseler le long de ses bras. Elle épongea son visage avec un pan de son kilt et essaya de se comporter comme si de rien n'était.

— Va au diable, femme! Cesse de t'acharner. J'ai mieux à faire que de t'attendre.

— M'attendre, qu'il dit! répéta la prostituée, qui se sentait insultée. J'ai chevauché pendant des jours des hommes avec tout ce qu'il faut là où il faut. La prochaine fois, viens me voir avant qu'une fille te vole ton désir et le retourne contre toi.

— C'était pas une fille, grommela Zander. Lève-toi et prends ton argent. Je suis encore plus furieux qu'à mon arrivée, je ne te dis pas merci.

La femme rit encore. Morgan entendit d'autres sons qui pouvaient bien être ceux de vêtements manipulés, puis de la lumière filtra par la porte. Elle détourna le visage. Elle voulait éviter à tout prix que Zander se rende compte qu'elle avait pleuré.

— Par tous les saints! qu'est-ce que tu fais ici?

— Tu m'as ordonné de…

— Tais-toi!

Il mit fin à ses explications en poussant un cri de rage. Il se saisit si brutalement de son bras qu'elle sut que les bleus ne l'épargneraient pas. Puis il la ramena de force au cheval et la jeta si méchamment qu'elle faillit passer par-dessus la tête du cheval avant de s'asseoir.

— Et cesse de te comporter comme une petite chose fragile. Accroche-toi à la selle, cette fois-ci. Si tu me touches, je ne réponds plus de rien.

Morgan s'agrippa à la selle et enserra de toutes ses forces les flancs de l'animal. Elle pourrirait en enfer plutôt que de toucher Zander. Il pouvait garder ses menaces pour ceux qui s'en souciaient. Ce n'était pas son cas. Elle renifla, huma l'air frais de la bruyère gorgée de pluie et tenta de réprimer ses émotions. Elle préférait être une machine à tuer.

À leur retour, ils s'étonnèrent de trouver le campement désert. Elle n'avait pas eu l'impression qu'ils étaient partis très longtemps. Elle vit le feu de camp, les silhouettes de deux des garçons qui dormaient à côté et elle comprit. La nuit était avancée et, si Zander avait l'intention de lui imposer l'entraînement physique au petit matin, elle ferait mieux d'aller se coucher le plus rapidement possible.

Zander n'avait pas dit un mot. Il fit marcher son cheval au pas autour des tentes, au milieu des cordages.

—Va-t'en, dit-il.

Elle glissa du côté droit, vacillant légèrement en touchant le sol.

—Desselle et panse mon cheval, dit-il après être descendu de l'animal de l'autre côté en lui jetant un regard mauvais par-dessus son dos.

Elle hocha la tête, déboucla la lanière de la selle et tira dessus.

—Plus vite, exigea-t-il.

Morgan la jeta sur un tronc d'arbre et retira la brosse de son crochet. Elle commença à l'encolure du cheval, puis s'attaqua à ses flancs couverts d'écume. Elle ne s'était pas rendu compte qu'ils l'avaient fait galoper si vite. De la vapeur s'élevait de l'animal lorsqu'elle le pansait et elle frissonna.

— J'ai pas toute la nuit, lança Zander en reprenant la parole.

Sa voix était aussi dure et inhumaine que la nuit.

Morgan redoubla d'efforts, couvrant l'autre flanc du cheval aussi rapidement que possible. Puis elle pendit la brosse à son crochet et attendit l'ordre suivant.

— Tu dors avec moi. Compris ?

Son regard se tourna vers l'endroit où il se trouvait mais elle ne pouvait discerner qu'un peu de peau et deux trous noirs à l'emplacement de ses yeux. Elle hocha la tête.

— Alors cesse de lambiner et va à la tente. Retourne mon matelas et aide-moi avec mon kilt. Sois un bon écuyer pour changer. C'est pour ça que je te garde.

Que je l'aide ? se demanda-t-elle, sentant la panique monter en elle. *Maintenant ?*

Il tendit le bras pour attraper son épaule et Morgan grimaça en sentant la pression qu'il exerçait sur sa clavicule. Il la fit se rapprocher d'un pas, puis d'un autre, jusqu'à ce qu'elle soit assez proche pour sentir son souffle sur son nez.

— Tu es mon écuyer, Morgan ? demanda-t-il doucement.

Elle opina.

— Tu aimes les hommes ?

Morgan se raidit, se hissa sur la pointe des pieds et laissa échapper un grognement.

— Quelle question dégoûtante ! Je déteste les hommes ! Tous les hommes.

— Tu me détestes ?

— T'es un homme, non ? Maintenant, lâche-moi et laisse-moi te servir, monseigneur. Il me reste plus beaucoup à dormir si tu comptes me faire faire des exercices au petit matin. Je peux pas me reposer tant que je t'ai pas mis au lit, c'est ça ?

Il grogna et leva le bras.

— Merci, Morgan, murmura-t-il avant de la retourner pour qu'elle soit face à la tente.

Il ne la suivit pas quand elle y entra et, après l'avoir attendu pendant ce qui lui sembla être une éternité, elle s'allongea sur le sol et s'endormit.

Chapitre 10

*I*l la réveilla d'une autre manière cette fois-ci. Morgan le vit assis par terre à l'observer quand elle s'éveilla, le visage baigné de larmes et le cœur battant la chamade. Elle cligna des yeux et le vit esquisser un sourire, puis elle s'effondra sur le sol de terre battue. La deuxième fois, il était assis au même endroit, les jambes croisées, comme s'il n'avait pas bougé de la nuit.

—Tu es prêt pour quelques exercices ? demanda-t-il alors qu'elle se frottait les yeux des deux poings et qu'elle battait des paupières.

—Des exercices ?

Il haussa les épaules.

—En quelque sorte. Prends tes poignards. Je t'ai empêché de me montrer comment les utiliser. J'aurais bien besoin d'une autre leçon, je crois.

Morgan ne sut que penser de sa nouvelle humeur, alors elle n'en pensa rien et se contenta de lui répondre sur le même ton. Elle se leva simplement, secoua son *feile-breacan*, rentra sa natte dans sa chemise, enfila ses bottes et le suivit.

Le soleil n'était pas encore levé, mais ce n'était pas quelque chose d'étrange pour Zander FitzHugh.

Cet homme était un esclavagiste avec son régiment. C'était toutefois surprenant qu'il n'embrigade que Morgan cette fois-ci. Elle aurait pu se demander pourquoi, mais elle s'intima l'ordre de ne pas penser et, de toute façon, son esprit était encore bien trop embué pour y réfléchir sérieusement.

Ils étaient restés tard dehors et, alors que tous les muscles de son corps réagissaient par la colère contre elle, il sembla ne rien remarquer. Toutefois, des plis s'étaient formés sur son visage à des endroits jusqu'à présent lisses, sur son front et ses joues. Elle se demanda s'il avait dormi dans une position particulière pour qu'ils se forment, puis elle se dit de ne pas y prêter attention. Elle n'allait penser à rien. Elle allait simplement endurer ce qu'elle devait endurer jusqu'au jour de sa vengeance. Puis elle cesserait d'exister. Penser à Zander FitzHugh était une perte de temps.

Malheureusement, il était trop immense et trop plein de vie pour qu'elle puisse l'oublier. Ce furent ses mains qui le lui rappelèrent, lorsqu'il s'arrêta à côté d'un bosquet et lui désigna une cible qu'il avait taillée. Morgan la regarda. Elle n'était qu'à dix, peut-être douze pas de distance. C'était un jeu d'enfant.

—Tu peux l'atteindre ? demanda-t-il.

—Même les yeux fermés, répliqua-t-elle en attrapant un de ses poignards.

Elle se mit en position et, sans prendre un moment, elle le ficha en plein centre.

—Comment fais-tu ? Avec cette précision et cette absence totale d'émotion ? Je donnerais n'importe quoi pour ça.

— Tu lances ? demanda-t-elle à la place.

Il haussa les épaules.

— Je me suis débrouillé pour gagner quelques serfs avant de te rencontrer. Je me débrouille pas trop mal.

— Lance ta lame, répondit-elle.

Il se mit en position, fit deux mouvements avec ses épaules et lança son propre poignard. Il arriva juste à côté de celui de Morgan.

Elle haussa un sourcil avant qu'il ne se tourne vers elle et son sourire fut dévastateur, juste avant de disparaître.

— Tu peux faire ça à tous les coups ? demanda-t-elle en rompant le silence inconfortable qui s'était installé.

— Plus souvent oui que non.

— Tu sais pourquoi tu échoues ?

Il secoua la tête.

— L'équilibre, murmura-t-elle. Prends un autre couteau et fais comme ça.

Elle se pencha pour attraper un autre poignard, se retourna et le lança d'une autre position, avec un genou à terre. Il se planta précisément entre les deux autres, et le tremblement qu'il provoqua les emporta dans son mouvement.

— Excellent, lança Zander, stupéfait, dans un souffle.

— Vise et essaie.

— Pas à genoux, répondit-il.

— Ah, ça ! dit-elle en souriant. J'étais plutôt jeune quand j'ai commencé à lancer des couteaux. Mon champ de vision n'était pas plus haut que ça. C'est une bonne hauteur pour viser à tous les niveaux.

— Tu as commencé à faire ça à quel âge ?

—Dès l'enfance, répondit-elle évasivement. Lance ton couteau. Laisse-moi regarder comment tu t'y prends.

Il refit les mêmes mouvements avec ses épaules avant de le laisser s'envoler. Il n'était pas mauvais. C'est ce qu'elle pouvait en dire quand son couteau se planta à un doigt sous les trois autres. Elle haussa de nouveau les sourcils.

—Merde !

—C'est pas si mal. Vraiment.

Il lui adressa un regard de dégoût complet.

—Mais tu es un maître à cet art. Pourquoi ? Qu'est-ce qui te rend si différent ?

Morgan retira deux autres poignards de ses chaussettes.

—Quand est-ce que tu m'autoriseras à récupérer tous mes poignards ? demanda-t-elle.

—Quand j'aurai une autre prise sur toi, répondit-il.

Elle croisa son regard et tenta de faire abstraction de la soudaine sensation de chute qui s'empara d'elle, comme si tous ses organes s'enroulaient sur eux-mêmes.

—Tu as mes cheveux, dit-elle enfin en se relevant.

—C'est vrai, souligna-t-il, et tu as déjà six de tes couteaux. Finissons la leçon.

—Regarde ça.

Elle se mit à marcher à reculons, continuant à viser la cible, jusqu'à ce qu'elle se réduise à la taille d'un ongle. Zander était resté là où elle l'avait quitté et il plissait les yeux.

—Regarde la cible, lui rappela-t-elle.

Elle éprouva une pointe d'euphorie lorsque son poignard se ficha dans le tronc, rejoignant les quatre autres, et la sixième lame suivit. Elle savait pertinemment pourquoi elle crânait ainsi. Pourquoi était-ce si important à ses yeux ? Mieux valait ne pas y penser.

Zander s'avança vers la cible et en retira les couteaux. Il la rejoignit ; l'admiration se lisait sur son visage et c'était précisément ce qu'elle souhaitait. Il s'émerveillait de son talent et c'était aussi gratifiant que stimulant – entre autres effets sur lesquels elle n'avait pas l'intention de mettre un nom. Zander se planta devant elle et lui tendit ses couteaux.

— Parle-moi de l'équilibre, dit-il.

— Ça ne s'apprend pas vraiment, ça se sent. C'est la coordination parfaite de la lame vers la main puis vers la cible, comme si elle était une extension du corps.

Les yeux de FitzHugh étaient d'un bleu trop intense et son visage bien trop beau pour qu'il reste aussi près d'elle sans lui couper le souffle. Morgan recula pour se tenir à une distance respectable. Zander s'abstint de tout commentaire, même s'il haussa un sourcil, dans l'expectative.

— Donne-moi les poignards, demanda-t-elle en tendant les mains.

Il les déposa un à un, comme si elle pouvait être blessée et, étrangement, elle crut sentir une coupure au contact de chaque lame déposée dans sa paume, sentant la chaleur de la peau de FitzHugh se communiquer à la sienne. Morgan scruta son visage jusqu'à ce qu'il lui restitue tous les couteaux. Il ne la regardait pas ; il se concentrait sur ses paumes dans lesquelles il déposait les lames l'une après l'autre. Puis il leva les yeux et leurs regards se rencontrèrent.

La terre se déroba sous ses pieds, elle se sentit propulsée vers le ciel avant de retomber dans la réalité, exactement au même endroit. Peut-être venait-il de vivre la même expérience, c'est du moins ce que ses yeux semblaient indiquer. Ceux de Morgan s'écarquillèrent et ses lèvres s'entrouvrirent.

Elle dévora sa bouche du regard avant de replonger les yeux dans les siens. Il en fit autant. Puis il se mordit les lèvres. Morgan ferma les yeux pour réprimer un spasme. Elle se crispa et les lames cliquetèrent dans ses paumes. Sa réaction n'échappa pas à FitzHugh. Quand elle rouvrit les yeux, il n'avait pas bougé d'un pouce.

— Maintenant ferme les yeux et montre-moi ta main la plus sensible, murmura-t-elle.

— Tu es sûr que c'est une bonne idée ? demanda-t-il.

— C'est la seule manière de t'apprendre l'équilibre.

— Il n'est pas un peu tard pour ça, Morgan ?

Il ferma tout de même les yeux et avança les deux mains.

— Trop tard pour quoi ?

— Pour trouver un équilibre.

— À qui est ce poignard ? demanda-t-elle d'une voix douce, posant l'un de ses couteaux sur sa paume gauche.

Il inclina sa main dans un sens, puis dans l'autre, le front plissé. Puis son visage s'illumina.

— C'est l'un des tiens, fanfaronna-t-il.

Morgan le reprit.

— À qui appartient celui-là, alors ?

Elle posa le même sur sa paume droite. Le pli revint sur son front et y resta lorsqu'il inclina sa main plusieurs fois de droite à gauche sans pouvoir apporter de réponse précise.

—Impossible à dire.

—Tu sais pourquoi ? demanda-t-elle.

Il secoua la tête.

—Tu es gaucher. C'est ta main gauche la plus sensible, pas la droite.

Il ouvrit les yeux et la dévisagea. L'espace d'un instant, Morgan oublia qui ils étaient l'un et l'autre. Absorbée par ses yeux bleu nuit, elle sentit son estomac se nouer.

—C'est vrai ?

Elle s'éclaircit la gorge pour retrouver sa voix.

—Essaie de lancer ton couteau de la main gauche la prochaine fois.

—Tu crois que j'obtiendrai de meilleurs résultats ?

—Ferme les yeux encore une fois.

Son expression traduisait l'impatience, mais il obtempéra tout de même. Morgan se baissa et attrapa quelques aigrettes de pissenlits. Elle les déposa sur sa main gauche, qu'il ferma immédiatement.

—Qu'est-ce que tu fabriques encore ? demanda-t-il en ouvrant les yeux et en jetant un regard mauvais à sa main.

Il ouvrit le poing et tourna sa paume, face contre sol. Ils regardèrent tous les deux les aigrettes s'envoler lentement.

—Je te montre juste à quel point ta main gauche est sensible par rapport à la droite.

—Quelle différence ça fait ? Un guerrier attaque par la droite. Une claymore arrive toujours par la droite.

148

Une épée vient toujours de la droite. La main gauche a toujours été faite pour tenir le bouclier. Toujours.

Elle hocha la tête.

—C'est vrai, renchérit-elle.

—Dans ce cas, pourquoi mets-tu des fleurs sur ma main ?

Elle rit à gorge déployée et ne remarqua pas la surprise qui se lisait sur le visage de Zander.

—Parfois, plus c'est improbable, mieux ça marche, répondit-elle enfin.

—Alors tu ris vraiment ? J'aurais jamais cru ça de toi…

Morgan se mordit la lèvre inférieure.

—Tu es prêt à t'y remettre, là ?

Il la regarda, ferma les yeux et tendit de nouveau ses paumes.

—Pourquoi tu me fais perdre mon temps avec ta main droite ? demanda-t-elle. On sait déjà qu'elle n'a pas la sensibilité nécessaire pour sentir la différence. Baisse-la.

Il bougea la tête comme s'il souhaitait en discuter mais finit par obtempérer.

—À qui appartient cette lame ?

Elle posa l'une des lames de Zander sur sa main et le regarda tandis qu'il la manipulait.

—À moi, répondit-il rapidement.

Elle recommença, éloignant le poignard de sa peau puis le remit en place quelques instants plus tard.

—À moi, répéta-t-il sans se tromper.

—Et là ?

Elle souleva le poignard de FitzHugh et posa deux des siens à la place. Il les soupesa avant d'esquisser un sourire.

—À toi. Les deux.

—Très bien. Très, très bien. Tu es un excellent élève.

Il rouvrit ses yeux et Morgan se détourna avant de se noyer dans l'immensité bleue de son regard et de perdre le sens des réalités. Zander FitzHugh se tenait face à elle, souriant comme un petit garçon. Il appartenait au clan FitzHugh. C'était un homme.

Rien ne fonctionnait.

Morgan leva les yeux vers lui. Son sourire s'estompa. Elle s'éclaircit la gorge.

—Bon, concentrons-nous sur les cibles et essayons encore.

—Avec tes poignards ?

—Et ta main gauche.

Il la regarda.

—La gauche ?

—C'est écrit quelque part qu'on ne doit lancer ses couteaux qu'avec la main droite ?

Il se pencha sur la question un instant et lui adressa un sourire.

—Aucune idée, répondit-il. Je sais pas lire.

Morgan se mit à rire et s'arrêta. Ils étaient de retour dans la clairière et l'aurore la rendait magique. La rosée perlait sur l'herbe et la lumière dansait dans l'air, alors que la brume s'accrochait quelques instants encore avant de se retirer silencieusement.

— Au milieu ? demanda Zander en tenant ses lames par-dessus son épaule droite en répétant ses deux petits mouvements rituels.

La scène fantasmée de Morgan se dissipa et elle tourna son regard vers l'endroit où il se trouvait. Elle lui adressa un regard lourd de déception.

— Quoi, dit-il en baissant le bras.

— La main gauche ? lui rappela-t-elle.

Il changea son poignard de main.

— C'est ridicule, se plaignit-il.

— Lance-le. Cesse de bouger des épaules comme ça, dit-elle en l'imitant. Regarde simplement la cible, imagine-toi en train de planter un couteau dedans et vas-y. Maintenant.

Il lança le poignard. Il manqua lamentablement sa cible. Ravie, Morgan partit d'un grand éclat de rire. Zander, quant à lui, jura copieusement.

— Tu mets trop de force dans ton geste.

— Si tu me fais perdre toutes mes capacités à lancer, mon garçon, je te coupe la main.

— Alors je vais t'aider à les retrouver. Regarde. Je vais le faire très doucement. Observe bien.

Comme il regardait, sa main se mit à trembler mais elle se força à ignorer cette réaction en positionnant trois couteaux entre les doigts de sa main droite, les lames sorties en avant. Puis elle saisit la garde de l'une d'entre elles entre le pouce et l'index.

— Je vais utiliser une manœuvre de traître. L'inverse de tout ce qu'on t'a enseigné. Ça marche mieux et c'est plus précis. Il ne faut pas passer par en dessous en essayant de deviner la vitesse de vent, l'effet de la pluie ou d'imaginer les conditions d'un combat, il faut passer par au-dessus, où il y a moins de risques d'interférence. Regarde. (Elle se tourna vers la cible et lança une lame. Avant qu'elle ne frappe la cible, elle en avait déjà saisi une deuxième entre le pouce et l'index.) Regarde pas la cible ! C'est trop tard pour y changer quoi que ce soit. Regarde ma main !

Elle lui montra comment positionner le couteau dans sa main avant de le retourner et de le lancer. Il l'observa accomplir la manœuvre pour la troisième fois. Quand elle leva les yeux, les trois armes étaient fichées en plein centre de la cible.

Elle s'avança vers celle-ci pour les en retirer, ignorant le fait qu'il l'observait peut-être, et elle rougit car, lorsqu'elle se retourna, c'est effectivement ce qu'il était en train de faire.

Elle retourna près de lui, essayant de retenir toute ondulation de son corps en marchant, et lui tendit les poignards.

— À toi d'essayer maintenant.

— Quoi ?

Il arracha ses yeux de là où ils se trouvaient, sur ses jambes nues, visibles sous son kilt, et la regarda, l'air confus. Morgan se passa la langue sur ses incisives et acheva son mouvement par un petit bruit de succion tout en levant ses couteaux sous son menton.

— Prends les poignards et mets-les dans la cible, répéta-t-elle.

FitzHugh se mit à rougir, ce qui donna à son regard une teinte bleue plus intense encore quand il le monta vers sa main.

—Je suis pas assez doué pour ça.

Morgan leva les yeux au ciel.

—Je vais recommencer mais, cette fois-ci, prends ma main et suis le mouvement quand je lâche prise. Là.

Elle se retourna et recula jusqu'à ce qu'elle sente son torse et tende le bras.

—Mets ton bras à l'extérieur du mien. Zander ?

Elle attendit jusqu'à ce qu'il s'exécute, même si ses tremblements rendaient leur contact difficile. Morgan n'osa pas se retourner pour en examiner la cause. Elle avait peur de ce qui se pressait contre ses fesses. Zander FitzHugh était un vrai homme, il tenait une femme dans ses bras et il ne s'en rendait même pas compte ? Avec un peu de recul, l'idée serait amusante.

Mais ce n'était pas le cas.

—Mets ta main sur la mienne, Zander, reprit-elle. Colle tes doigts aux miens.

—Oh, doux Jésus ! murmura-t-il dans ses cheveux.

Il fit cependant ce qu'elle demanda, sa paume couvrant facilement sa main, et il mêla ses doigts aux siens.

Les genoux de Morgan s'entrechoquèrent, et son souffle s'accéléra et devint plus court. Elle déglutit et se concentra.

—Maintenant, tu dois percevoir la position de nos doigts pour tenir la lame.

Elle ne put déchiffrer sa réponse car elle était trop embrouillée, elle décida de l'ignorer et de continuer à parler. C'était la seule chose qu'elle pouvait concevoir.

— On va la lancer, maintenant, reprit-elle. Le mouvement n'est pas plus ample qu'une ou deux longueurs de doigt. Prêt ?

Elle n'attendit pas sa réponse. Alors qu'il était à son côté, elle bougea simplement sa main comme elle le faisait depuis des années. La lame se planta au beau milieu de la cible. Elle positionna un deuxième poignard et sentit ses doigts se mouvoir en même temps que les siens. Elle sentait son corps se liquéfier et elle avait la gorge si nouée qu'elle ne pouvait même plus déglutir.

— On va lancer la deuxième lame.

Quelques instants plus tard, elle l'entendit se planter dans le bois. Elle se concentra sur son geste et lança la dernière en tentant de faire abstraction de chacune des terminaisons nerveuses en contact avec son corps.

C'était perdu d'avance.

— Tu es prêt, Zander ? murmura-t-elle.

Il grogna la réponse dans sa nuque. Morgan n'eut d'autre choix que de lancer la dernière lame et elle l'entendit se cogner contre les autres avant que son monde ne soit complètement bouleversé. À jamais.

Zander la fit pivoter entre ses bras, prit son visage entre ses mains et plaqua sa bouche sur la sienne. Morgan n'eut pas le temps de se soustraire à ce geste qu'il se mettait déjà à parcourir ses lèvres, comme s'il cherchait à se nourrir d'elle, caressant sa langue et lui donnant des frissons. Il la propulsa et la maintint aux portes du paradis. Les mains de Morgan s'agrippèrent à sa ceinture pour s'empêcher de tomber alors que la terre sous ses pieds se transformait en marécage. Ses genoux menaçaient de se dérober à chaque instant, ses chevilles étaient trop éloignées pour être d'une quelconque utilité et les muscles de ses cuisses tremblaient, parcourus par d'étranges vagues de feu et de glace.

Son souffle envahit ses narines, son goût emplit tous ses sens, et elle ne put résister à ce baiser. L'esprit de Morgan se mit en suspens, son cœur cessa de battre et elle en eut le souffle coupé. Elle ne pouvait plus rien entendre d'autre que sa respiration haletante.

Puis il leva la tête et son regard rencontra le sien. L'émerveillement se refléta dans son regard bleu nuit, mais une expression d'horreur indicible s'y substitua et il ouvrit des yeux ronds comme des soucoupes.

—Non!

Le cri rauque qu'il poussa jaillit des tréfonds de son être. Il envoya Morgan valser, cracha et s'essuya la bouche du revers de la main, comme s'il aurait préféré qu'un poignard lui tranche la langue. Sa chute fut violente et elle se réceptionna sur les genoux et les coudes. Elle sentit l'onde de choc lui parcourir la colonne vertébrale pour remonter jusqu'à sa nuque. Elle aurait voulu voir son visage mais, au moment où elle tenta de se retourner, une douleur fulgurante lui traversa le cou et lui coupa le souffle.

Il fit quelques pas pour lui faire face et la releva sans ménagement. Morgan ne put réprimer son cri de souffrance lorsque sa nuque craqua une nouvelle fois.

—Sois maudit! Que ton âme aille au diable!

—Oui, murmura-t-elle.

Le mal qui avait envahi sa nuque gagnait son dos et la douleur était si intense qu'elle en eut la nausée. Peut-être était-ce à cause de la façon dont il la portait. Ses mains enserraient ses bras et ses doigts de pied touchaient à peine le sol, comme la veille lorsqu'il l'avait secouée. Tout bien considéré, elle aurait préféré retourner dans la ferme de la prostituée et avoir une chance d'échapper à ce qui s'était produit l'instant d'avant.

— Je pars, Morgan sans clan et sans famille, cracha-t-il.

Il attendit qu'elle pose les yeux sur lui.

— Je vais chercher un prêtre pour gagner son absolution, ajouta-t-il. Ne parle de ça à personne en mon absence.

— Je ne serai pas là à ton retour, murmura-t-elle.

— Oh si, tu seras là ! Si tu pars, je te pourchasserai, je te massacrerai et je me délecterai de chaque instant. Tu vois ce que je veux dire ?

Il la secoua de nouveau et elle n'arriva pas à faire taire son cri lorsque sa nuque craqua pour la troisième fois.

Chapitre 11

Zander partit six jours et, pendant ce laps de temps, Morgan réussit à cacher sa blessure. Elle continua à chasser et calma les ardeurs de ceux qui menaçaient de se sauter à la gorge. Mais, pour la blessure qu'il lui avait infligée à l'âme, il n'y avait rien à faire. Elle, qui haïssait les FitzHugh au point de sacrifier sa vie pour assassiner leur chef, avait trahi sa propre cause.

Tout ça pour voler un baiser à l'un d'entre eux.

Elle dormait toujours sur le sol de sa tente parce qu'il n'y avait pas d'autre place pour elle. Elle caressa l'idée de s'enfuir, mais elle n'avait nulle part où aller. Elle ne connaissait pas le chemin pour rentrer chez elle. Elle portait des vêtements aux couleurs des FitzHugh et était grièvement blessée.

Pourtant, elle se gardait bien de le laisser paraître. Pour s'allonger, Morgan se laissait tomber tout d'abord à genoux, puis sur son séant et achevait le mouvement en se mettant sur le côté, suffoquant de douleur. Ses lèvres ne laissaient pas échapper le moindre cri. Personne ne remarquait qu'elle ne s'asseyait jamais. Nul ne semblait se rendre compte de son état, mais on lui apportait les meilleurs morceaux de viande et les biscuits les plus savoureux.

Zander s'était trompé. Amelia savait parfaitement cuire les biscuits. Morgan le lui rappela souvent et reçut en retour un sourire ourlé de fossettes.

Au sixième jour, de nombreux chevaux déboulèrent au grand galop dans un vacarme étourdissant. Morgan cessa de s'apitoyer sur son sort, roula sur le ventre, se mit à genoux en s'aidant de ses mains et s'apprêta à se lever. Si elle parvenait à se mettre debout, elle pourrait avoir l'air normale.

—FitzHugh !

Il semblait que Martin les interpellait et les autres se joignirent à son cri de bienvenue. Il ne s'agissait donc pas de l'attaque d'un clan ennemi. Elle s'en félicitait, car elle n'était toujours pas parvenue à se relever et, jusqu'à ce qu'elle y arrive, sa mobilité était plus que limitée.

—On lève le camp !

La voix de Zander résonna, forte et claire.

—À cette heure tardive ? demanda quelqu'un.

—Nous avons dix lieues à parcourir pour atteindre le château d'Argylle et le devoir m'y appelle. Où est Morgan, mon écuyer ?

Morgan était à genoux et tentait tant bien que mal de se mettre debout quand le rabat de la tente s'ouvrit. En signe de défaite, elle baissa la tête sous l'effet de la douleur lancinante qui parcourut son dos.

—Lève-toi, ordonna-t-il.

Morgan essaya. Elle bascula sur ses genoux et mobilisa toute la force de ses cuisses. Elle réussit à se mettre en position accroupie avant de retomber à quatre pattes sous les yeux de l'assistance. La douleur lui donna des haut-le-cœur.

—Qu'est-ce que tu lui as fait ?

Quelqu'un était à son côté. Ce n'était pas Zander, mais un des membres de sa famille proche. Morgan ferma les yeux pour faire abstraction de la douleur, se mordit la joue et essaya de bouger la tête, grimaçant sous l'effort.

—Il est blessé, décréta l'homme près d'elle. Le dos ? Le cou ?

—Oui, murmura Morgan.

—Depuis quand est-il blessé ? s'enquit Zander de sa voix d'orateur. Lequel d'entre vous lui a infligé cela ?

Un murmure parcourut l'assemblée et Zander rentra dans la tente. Elle devina son mouvement et sut qu'il était accompagné par de nombreux membres de son clan. Son champ de vision se réduisait à leurs jambes.

—Qui t'a fait ça ?

Zander avait posé un genou à terre et leva sa tête pour qu'elle le regarde. Son geste eut pour effet de redoubler sa douleur et Morgan ne put réprimer un cri.

—Tu ne dois pas bouger sa tête, Zander. Quelqu'un l'a blessé au dos et tu risques d'aggraver son état.

—Oh !

Il s'étendit sur le dos pour la regarder. Morgan ferma les yeux. Quand elle les rouvrit, il était toujours là. Les larmes avaient beau lui brouiller la vue, elle constata qu'il était toujours d'une beauté époustouflante.

—Qui t'a fait ça ?

—Toi.

Il fronça les sourcils et un pli lui barra le front.

—La semaine dernière ?

Elle aurait bien hoché la tête, mais la douleur était trop intense. Elle se contenta d'acquiescer dans un souffle.

—Alors lève-toi et marche. On s'en va. Arrête ton cirque et va chercher tes poignards. J'ai parlé de tes talents à mes frères et, aussi longtemps que tu seras doué, je t'épargnerai. C'est un pilleur de cadavres, enturbanné dans les couleurs des KilCreggar. J'ai pris cet effronté à mon service pour en faire mon écuyer. Ma bonté me perdra.

Il s'éloigna d'elle et Morgan ferma les yeux pour dissimuler son émotion.

L'autre FitzHugh revint à son côté. Il était plus âgé et plus robuste que Zander, mais il n'était pas aussi beau. Cependant, contrairement aux frères de Morgan, il était encore en vie. Sa vue lui arracha un grognement étouffé qui provoqua des spasmes de douleur dans son dos.

Des larmes lui brouillèrent la vue. Quand elle put le voir de nouveau, elle ne décela sur son visage que de la compassion. Elle se tenait déjà droite comme un i, et l'expression qu'il affichait donnait envie à Morgan de redoubler de dignité. Aucun KilCreggar n'acceptait de pitié de la part d'un FitzHugh. Plutôt mourir.

—Zander prétend que tu es un garçon, dit-il doucement. Serait-il aveugle ?

Morgan referma les yeux et réprima le goût amer de la défaite. Elle le reconnut sans peine.

—Allez, je vais tâcher de te remettre debout sans te blesser davantage. Respire un bon coup.

Il se mit au-dessus d'elle et noua ses mains sous son ventre.

—Bas les pattes, grogna-t-elle.

Il ôta immédiatement ses mains.

—La fierté au prix de la douleur. Bien. Voilà une qualité que j'apprécie chez un écuyer. Je commence à comprendre pourquoi Zander t'a gardée. Allez, lève-toi toute seule, alors.

Morgan prit deux grandes inspirations, retint la troisième et s'accroupit de nouveau. Ses cuisses tremblèrent un instant, puis elle les stabilisa. C'était plus facile sans public, mais elle y parvint malgré tout. Elle se releva et croisa le regard des autres membres du clan FitzHugh. Elle lut son étonnement quand elle le domina de toute sa hauteur.

—J'ai fait fausse route, constata-t-il. C'est sans doute moi qui suis aveugle, pas Zander.

—Les apparences… peuvent être trompeuses, répondit-elle avant de se tourner et de se diriger avec raideur vers la sortie de la tente.

Il la talonna.

—Te voilà! héla Zander. Dieu merci. Là. Prends tes poignards et crible mon frère Phineas de tes coups.

Un de ses frères s'appelle Phineas? se demanda-t-elle alors qu'une vive douleur la parcourait rien qu'à l'idée d'en ricaner. Elle retint son souffle.

—Je peux pas attraper mes poignards, répondit-elle enfin.

—Tiens. Prends ceux-ci.

Il ouvrit son sac et lui donna les six autres couteaux. Morgan en prit trois dans chaque main.

— Maintenant, regarde ça, reprit Zander.

Morgan plissa les yeux. Il y avait plus de deux FitzHugh dans l'enclos à en juger par les vêtements qu'ils portaient.

— Lequel d'entre eux est Phineas ? demanda-t-elle enfin.

Zander s'approcha de l'intéressé. Juché sur sa monture, celui-ci jetait un regard dédaigneux sur le campement. Ce FitzHugh-là n'avait pas de fossette au menton, ni de chevelure abondante, ni d'yeux bleu nuit, constata-t-elle lorsqu'il la toisa. Les siens étaient d'un bleu très pâle, presque glacial.

Morgan lança ses lames et atteignit la filière de son faucon, les rênes de son cheval, la broche de son bouclier, le manche de son *sgian-dubh* et le large bracelet de cuir qui enserrait son autre bras.

Cet exploit fut ovationné par tout le campement.

— Ça alors, dit le dénommé Phineas d'un air impassible en se penchant pour retirer les poignards. Il est doué, très doué. Comment se débrouille-t-il à l'arc ?

— Pas terrible, répondit Zander. En revanche, il est imbattable avec les flèches.

Morgan ferma les yeux et vacilla. Elle espérait que Phineas était le chef du clan. S'il l'était, elle aurait pratiquement atteint le but de sa vie, elle pourrait ensuite se laisser choir dans sa tombe et la douleur qu'elle endurait ne serait plus qu'un lointain souvenir.

— Allez, Morgan, va chercher tes poignards. Tu les as tous récupérés maintenant. Ne suis-je pas un bon maître avec mon écuyer, même quand il est désobéissant ?

Elle tourna son regard vers lui.

—Oui, répondit-elle, atone. Ça, c'est sûr.

Son sourire s'évanouit et elle alla récupérer ses poignards auprès de Phineas. Quand elle tendit le bras pour s'en saisir, il les mit hors de sa portée et sourit. Il avait perdu ses incisives, ce qui le rendait encore plus laid.

—Donne-moi un baiser d'abord, ordonna-t-il.

Elle baissa le regard et recula. Elle ne savait pas ce que Zander leur avait raconté et ne tenait pas à le savoir, mais un autre de ses frères l'avait percée à jour, l'espace d'un instant.

Elle en déduisit que celui-ci pourrait peut-être la préférer homme.

—Alors donne-les à Zander, rétorqua-t-elle en rejoignant son maître.

L'un de ses couteaux atterrit à sa droite, les cinq autres en rang à sa gauche. Elle les regarda et se retourna pour observer Phineas.

—Je suis sûr que nous allons passer de très bons moments ensemble, déclara-t-il.

Morgan ne put réprimer le grognement qui s'échappa de sa gorge lorsqu'elle bloqua sa mâchoire et s'apprêta à s'agenouiller. Elle s'était préparée à affronter la douleur insoutenable. Le choc de ses genoux sur le sol se répercuta jusque dans ses épaules, puis sa nuque et même son crâne accusèrent le coup. Elle lutta courageusement contre la douleur qui s'était emparée d'elle et arracha les poignards du sol. Ce n'était pas pire que ce qu'elle avait enduré lorsqu'elle avait abattu un cerf pour pouvoir assurer la subsistance du campement trois jours auparavant. À la différence près qu'elle n'avait pas eu de public pour le faire.

—Allez, Morgan. Tu lambines et on a de la marche à faire.

—De la marche? répéta-t-elle sur un ton maussade, se demandant comment elle allait pouvoir se remettre sur pied sans se mettre à sangloter.

—Tu crois quand même pas que je vais te prendre sur mon cheval, Morgan? demanda Zander calmement.

Morgan se concentra sur la garde de ses poignards, puis sur le mouvement à opérer pour les replacer dans sa ceinture et enfin dans ses chaussettes. Elle était soulagée de les avoir de nouveau en sa possession. Alors, elle inspira profondément et prit son courage à deux mains pour se relever. Le seul qui continuait à l'observer était le dernier des FitzHugh, auquel elle n'avait pas été présentée.

Elle l'ignora.

Zander, ses frères et le reste du clan qu'il avait emmené avec lui les firent marcher nuit et jour, résolus à franchir une bonne distance plus que d'utiliser des subterfuges. Les filles n'avaient pas fait vingt pas qu'on leur offrit de chevaucher à l'avant de la selle des hommes. Morgan leur souhaita bien du bonheur. Elle préférait marcher à distance respectable plutôt que d'être à proximité de Zander FitzHugh.

—Que dirais-tu d'une chevauchée, jeune Morgan?

La question venait du mystérieux FitzHugh, qui la regardait du haut de sa monture. Morgan l'ignora, les yeux rivés droit devant elle, sur la croupe du cheval de son maître. Cette réaction s'imposa d'elle-même car de toute façon elle n'était pas capable de tourner la tête vers lui.

—Propose plutôt à Martin. Il a pas mis le maître en rogne, contrairement à moi.

—Comment tu t'y es pris ?

Morgan aurait bien haussé les épaules, mais ça n'aurait fait qu'accentuer son supplice.

—Il a pas aimé ma méthode pour lancer le poignard. Quand j'ai essayé de lui montrer, ça l'a rendu fou.

—Zander est un monde à lui tout seul. Tu es la plus étranges des créatures, Morgan. Tu le sais ?

—Je suis rien, répliqua-t-elle.

—Je ne suis pas de ton avis. Je crois que tu es soit un très joli garçon soit une très jolie fille. C'est particulièrement troublant. De quoi as-tu l'air, en robe ?

Morgan essaya de l'ignorer, mais le FitzHugh fit ralentir sa monture et attendit.

—J'en ai jamais porté, monseigneur. Je sais à peine à quoi je ressemble déjà maintenant. Comment je pourrais savoir à quoi je ressemblerais dans des habits de femme ? En plus, je vois pas où je cacherais mes poignards ?

—Je commence à croire que ma première impression était la bonne. Tu es une fille. Je pense que mon frère est aveugle, après tout.

—Rien ne t'interdit de le penser, répondit-elle.

—Zander a hâte de sceller son destin. Il dit que sa maison lui manque. Je ne sais pas pourquoi. C'est un véritable désastre. Aucun de ses domestiques ne lui obéit. Ce n'est pas confortable.

—J'ai entendu ça.

— Pourquoi lui as-tu juré fidélité ?

— J'ai rien juré à personne. Je suis lié à lui à cause d'une dette. Il m'a menacé de m'arracher mes vêtements si je ne les enlevais pas moi-même. Quand j'ai fini par le faire, il les a jetés dans le ruisseau. J'ai donc été forcé de porter les couleurs des FitzHugh. C'est ça que je lui dois.

— Il te fait payer pour des vêtements que tu as été obligée de porter ? Je vais lui en parler.

— N'en fais rien.

— Il faut bien que quelqu'un s'en charge. On ne peut pas compter sur sa fiancée pour ça, c'est une vraie poule mouillée.

Morgan trébucha et tomba sur les genoux. Cette fois-ci, elle eut du mal à dissimuler sa douleur. Elle s'assit, droite comme un i, les mains sur les cuisses, et se mit à haleter. Aucun des chevaux ne ralentit l'allure.

Puis elle remarqua que le cavalier s'était arrêté à son côté et se penchait vers elle.

— Tu as trébuché. Attends, je vais t'aider.

— Bas les pattes ! siffla-t-elle.

— Je sais que tu me planteras probablement une bonne dizaine de couteaux dans le ventre si je n'en fais qu'à ma tête. Pas de problème. Fouette-moi. J'en ai assez de cette farce, de toute façon. Monte avec moi. Allez, viens. Eh ben ! tu pèses plus lourd que tu n'en as l'air.

Il la prit dans ses bras, puis la mit en selle devant lui et Morgan fut incapable de l'en empêcher. Elle serrait les lèvres pour ne pas hurler de douleur après cette manœuvre brutale. Puis il s'installa derrière elle, l'attira contre son torse et lui murmura des paroles qui lui firent monter les larmes aux yeux.

—Zander est un idiot, déclara-t-il. Cet idiot est parti et s'est retrouvé fiancé il n'y a pas deux jours, sans se soucier des dégâts qu'il cause. Je ne sais pas pourquoi. Avant, il aurait préféré mourir plutôt que d'accepter une épouse. On n'y peut plus rien maintenant. Je ne peux rien y changer. Toi non plus, d'ailleurs. Si tu penches de ce côté-là, penses-y. Il est perdu pour toi. En revanche, je suis toujours disponible. Je m'appelle Platon. Platon FitzHugh. À ton service, ma chère Morgan.

Elle rit mais s'arrêta avant que la douleur ne devienne trop intense. Un autre FitzHugh affligé d'un nom ridicule. Leur mère devait être une truie pour imposer ce choix et leur père un lapin. Platon. Elle avait toujours le sourire aux lèvres lorsque Zander se retourna pour voir comment elle allait.

Son sourire se mua en expression de consternation lorsqu'il donna le signal de la pause puis chevaucha vers Morgan, confortablement installée dans les bras de Platon. Les frères se jaugèrent du regard.

—C'est mon écuyer que tu as là, Platon. Je n'aime pas ta façon de traiter mes serfs.

—Laisse-moi payer sa dette. Quelle longueur d'étoffe lui as-tu donné? À quel prix?

—À quel prix? explosa Zander. Descends de ce cheval, Morgan, et ne plante pas tes griffes dans mon frère. C'est un ordre.

—Je vais acheter son servage, Zander. Ton prix sera le mien. Je t'enverrai même ma domestique, Roberta, pour adoucir la transaction.

Zander regarda Morgan et ses yeux bleu nuit lui parurent aussi froids que ceux de Phineas.

— Sa liberté n'est pas à vendre. Elle ne le sera jamais. Je te le promets. Maintenant, descends de ce cheval, Morgan. Maintenant.

Elle s'éloigna de Platon et trembla en faisant pivoter son corps pour faciliter sa descente. Platon l'aida en l'attrapant par les avant-bras et en la soutenant pendant qu'elle descendait. Ce faisant, il caressa sa poitrine du bout des doigts. Morgan en eut le souffle coupé mais l'expression de Platon ne laissa deviner aucun trouble. Il se contentait de foudroyer son frère du regard.

— Si tu la maltraites, tu auras affaire à moi.

— Quoi ?

Zander regarda son frère avant de reporter son attention sur l'endroit où Morgan tentait de rester debout, les deux mains agrippées au pommeau de la selle de Platon, puis revint à son frère. S'il y avait la moindre parcelle de douceur en lui, elle était impossible à déceler.

— Marche à mon côté, Morgan. Je ne vais pas me battre pour une raclure dans ton genre. Platon ? garde ta langue et ton influence loin de ma maison.

Morgan s'agrippait à la crinière du cheval, et cria presque à chaque pas qu'elle fut forcée de faire en remontant à la tête de la colonne de Zander. Elle était à l'agonie et priait pour que Dieu abrège ses souffrances. Morganna KilCreggar méritait bien un peu de miséricorde, non ? Elle méritait l'inconscience bénie des morts, le sommeil silencieux de l'éternité. Voilà ce qu'elle méritait. Elle ne méritait certainement pas de supporter plus longtemps ce supplice.

Chapitre 12

*V*ers le milieu de l'après-midi, Zander fit une pause. Morgan vivait un véritable calvaire, au point qu'elle n'aurait su dire s'il était midi ou minuit. Elle prit simplement conscience que le cheval s'était arrêté et, deux pas plus loin, elle aussi.

Puisqu'il lui était impossible de tourner la tête, elle pivota doucement et regarda le groupe derrière elle. Tous les serfs que Zander avait acquis chevauchaient à présent avec les membres du clan. Tous, sauf Morgan. Elle se retourna pour se mettre dans le sens de la marche. Zander FitzHugh se montrait inflexible, et pourtant il ne savait pas que celle qu'il torturait n'était autre qu'une KilCreggar. Le dos de Morgan se raidit. Il ne le saurait jamais.

— Tu fais enfin une pause ? Ton serviteur a l'air d'avoir tâté du fouet.

C'était probablement Platon qui parlait, même si elle ne connaissait pas bien les voix de ses frères, mais tout laissait à penser que le dénommé Phineas se fichait éperdument de son sort.

— Mon écuyer Morgan ? Tu te trompes certainement. Jamais gamin plus fier et plus têtu n'a foulé cette terre. Il a faim, voilà tout. On va répartir les vivres. Sheila et

Amelia! rassemblez la nourriture! ordonna-t-il d'une voix de stentor.

Morgan s'éloigna du cheval pour que Zander puisse en descendre et s'occuper de tout. Elle n'était pas capable de se mouvoir avec aisance. Elle se tourna lentement et aperçut les hommes et les femmes se diriger vers les buissons de part et d'autre du chemin.

— Tu n'as pas besoin de te soulager, Morgan? lui susurra Zander.

Elle réprima un hoquet avant d'encaisser, les dents serrées, la douleur fulgurante provoquée par son mouvement.

— J'en ai pas besoin, répondit-elle enfin.

— Eh bien, je n'ai ni ta vanité ni ta pudeur. J'ai vraiment besoin de me vider la panse. Je n'en ai pas pour longtemps. Si tu bouges d'ici, je fais un sort à ta tresse. Pigé?

— Pigé, acquiesça-t-elle.

Il commençait à pleuvoir. Quelques gouttes l'atteignirent au nez, aux joues et aux mains, provoquant une sensation agréable. Morgan ferma les yeux et pencha légèrement la tête en arrière pour lécher une goutte qui s'était posée non loin de sa lèvre supérieure.

— Ne refais jamais ça.

Elle était déjà raide mais l'ordre que Zander lui glissa à l'oreille crispa davantage chaque parcelle de son corps. Morgan baissa le menton et le regarda sans mot dire.

Il hocha la tête, la laissa et elle ne reprit son souffle que lorsqu'il l'eut quittée. *Mais c'est quoi mon problème?*

se lamenta-t-elle. Sa question resta sans réponse. Comme toujours.

Elle entendit le bruit d'un festin, sentit l'odeur du pain, de la viande de porc et même celle des graines de moutarde. Elle considéra le cheval de Zander et força son estomac à se dénouer. Elle ne pouvait pas manger. Si elle cédait à sa faim, elle devrait répondre à l'appel de la nature et elle risquait de ne pas pouvoir se relever après ça. Elle chancela légèrement et tendit la main pour se saisir de la crinière de l'étalon.

— Tu ne manges pas, Morgan ?

Elle regarda sa main sur le cheval, caressa sa crinière rugueuse et ordonna à son cœur de se calmer.

— Non, répondit-elle.

— Pourquoi pas ?

Elle n'avait pas besoin de regarder pour le voir, elle savait qu'il se tenait debout, une main sur la hanche et l'autre tenant un morceau de pain ou de viande. Elle souhaitait seulement que la douleur de son corps fasse taire celle qui torturait son cœur.

— Ça ne te regarde pas, répondit-elle enfin.

Il y eut un bref moment de silence lorsqu'il avala sa bouchée.

— Tu ne te reposes pas non plus.

— C'est pas vrai. Je me repose.

— Alors viens t'asseoir.

— J'ai pas envie de m'asseoir.

Zander resta silencieux et le bruit de mastication s'était interrompu, lui aussi. Morgan examina la crinière du cheval dans ses mains.

— Si tu tombes malade, je te fouetterai, l'avertit-il.

—Je vais pas tomber malade.

—Je vais te chercher une carotte et un morceau de sanglier. Il n'y a pas de raison que tu n'en aies pas, c'est toi qui l'as abattu.

—Un maître ne doit pas servir son écuyer, répliqua-t-elle.

—Puis-je me permettre de vous interrompre?

—Va-t'en, Platon, grogna Zander.

—Il me semble que c'est toi qui devrais disparaître, Zander. Ton gars a l'air déchiré par la douleur et, s'il refuse de s'asseoir, il doit avoir une bonne raison. Probablement la même pour laquelle il ne mange pas.

—Il se comporte ainsi simplement pour me donner mauvaise réputation auprès de mes frères. Je sais déjà ce qu'en pensent mes écuyers.

L'étalon avait de petites nattes dans sa crinière. L'écuyer s'empara de l'une d'elles et passa ses doigts à travers, puis elle en trouva une autre. Zander avait fait des tresses pendant leur voyage? *Intéressant*, songea-t-elle.

—Tu es aveugle? Ton écuyer est inapte en ce moment.

—Inapte? Ce gamin a plus d'aptitudes que n'importe quel homme. Je l'ai vu. Et il refuse de se reposer. Ce n'est pas faute d'avoir proposé.

—L'as-tu invité à monter sur ton cheval?

—Ne dépasse pas les bornes, Platon, l'avertit Zander.

—Il m'a proposé, intervint Morgan. J'ai refusé.

—T'a-t-il également offert de la nourriture et du repos?

—Oui.

—Tu mens bien, Morgan. Dis-le-moi en face.

En face ? Elle avait déjà du mal à rester debout. Morgan prit une grande inspiration et pivota son corps entier, tentant de faire abstraction du coup de poignard qui la meurtrissait entre les épaules.

— Tu vois, Zander, ça se lit sur son visage. Il est blessé au dos, il souffre le martyre. Ton écuyer est terrifié à l'idée d'avoir à se relever et tu l'as fait marcher au pas de course toute la nuit et une bonne partie de la journée. Donne au moins l'ordre d'établir le camp ici. On peut arriver à Argylle demain à l'aube.

Si Platon s'attendait à de la reconnaissance de la part de Morgan, il se trompait lourdement car tout ce qu'il obtint d'elle fut un regard assassin. Un FitzHugh qui avait pitié d'un KilCreggar ? Pire encore, qui faisait preuve de clémence à son égard ? Elle avait attendu ce moment toute sa vie et elle releva le menton, ignorant le léger hoquet provoqué par la douleur.

— Je refuse de me reposer parce que j'en ai pas besoin. Je ne mange pas parce que j'ai pas faim et ma blessure ne regarde que moi. Si tu t'occupes pas de moi, je m'abstiendrai de te coller un poignard en plein cœur quand tu t'y attendras le moins.

Zander gloussa.

— Je te l'avais bien dit, Platon. Il veut me donner mauvaise réputation auprès de mes frères, voilà tout.

Platon n'avait pas l'air convaincu mais il s'éloigna d'eux. Morgan inspira légèrement avant de reprendre sa position initiale. Zander était toujours là. Elle l'entendit mordre dans sa carotte. Elle regarda une goutte d'eau s'écraser sur sa main, puis une autre. Elle redouta une pluie torrentielle. Elle ne serait peut-être pas capable de marcher dans la boue.

— Le comte d'Argylle a invité un lord anglais à séjourner chez lui, dit-il.

— Et alors ?

Il croqua de nouveau dans sa carotte, mastiqua et avala bruyamment.

— Le lord anglais a un protégé. Un maître d'armes. Un maître d'armes anglais.

Morgan regarda de nouvelles gouttes ruisseler sur ses mains puis perçut le bruit sourd qu'elles émettaient en s'abattant sur son crâne. Elle soupira. À l'évidence, Dieu était tout aussi impitoyable qu'un FitzHugh.

— Et alors ? réitéra-t-elle enfin.

— On en reparlera quand on arrivera au château. Tu as déjà vu un vrai château, Morgan ?

— Non, murmura-t-elle.

— Je suis logé dans le donjon. Mes écuyers restent auprès de moi.

Elle aurait probablement dû suivre les autres dans les buissons, songea Morgan lorsque son ventre se mit à faire des siennes. Il la punissait pour son propre manque de contrôle. Elle n'osait pas le mettre dans cette position encore une fois. Elle n'était pas assez forte pour résister à sa punition.

Pour résister au paradis qu'il lui avait révélé.

— Martin l'écuyer va adorer, répondit-elle.

— Morgan l'écuyer aussi.

— Morgan… l'écuyer ?

— Phineas veut faire de toi son écuyer. Ça te plairait ?

Elle inspira profondément, avalant quelques gouttes de pluie au passage. Une sensation de fraîcheur se répandit dans sa bouche et dans sa gorge. C'était agréable.

—Phineas ? demanda-t-elle.

Phineas aussi, songea-t-elle en son for intérieur.

—Phineas. Je lui ai dit la même chose qu'à Platon avant lui. Je ne te céderai pour rien au monde. En plus, Phineas maltraite ses domestiques.

Cette réplique faillit arracher un éclat de rire à Morgan.

—Il les maltraite ? demanda-t-elle.

—Il les fouette. Il les marque au fer. C'est ce que j'ai entendu. J'ai vu le résultat. Je ne resterai pas dans sa maison.

—Il les marque au fer ? répéta Morgan.

—Oui. Et il les enchaîne. D'ailleurs, les doigts des deux mains ne suffisent pas à compter le nombre de bâtards qu'il revendique. Tous nés de femmes qu'il a prises de force. Je ne crois pas qu'elles apprécient ses attentions.

—Pourquoi me racontes-tu tout ça ?

—Je ne sais pas. Sans doute parce que je ne me lasse pas de te parler.

La pluie assombrissait la crinière et la robe du cheval. Leur teinte s'apparentait désormais à celle des cheveux de Zander. Morgan les regarda puis se tourna vers lui, ignorant la douleur provoquée par ce mouvement. Elle aurait juré qu'elle finissait par s'accoutumer à cette souffrance. *Je pourrais m'habituer à tout, sauf à cet échec*, pensa-t-elle. Elle connaissait désormais le goût amer de l'échec. Elle qui n'avait jamais rien connu d'autre que le succès vivait ses premiers moments de débâcle. Elle avait été brisée. Une KilCreggar brisée par un FitzHugh! Elle venait à peine de s'en rendre compte. Tout ce qui comptait pour elle avait été brisé : son esprit, son corps… son cœur. Ses ancêtres devaient se retourner dans leurs tombes.

Elle soupira.

—Tu veux pas me parler, Zander FitzHugh. Tu veux me punir. Tu sais pourquoi. Moi aussi. Personne d'autre ne le sait, ni ne le saura jamais. Qu'il en soit ainsi. J'accepte ta punition. Maintenant va-t'en et trouve quelqu'un d'autre à qui parler. J'en ai assez.

Le visage de Morgan semblait aussi fermé que celui de Zander. Il était toujours très bel homme. Ses vêtements détrempés par la pluie adhéraient à son corps. Avant de prendre la parole, il la foudroya de son regard bleu nuit.

—Je voulais juste que tu sois fixé sur ton sort si jamais j'acceptais l'offre de Phineas.

—Tu crois que ça peut être pire qu'avec toi?

Il fit un pas en arrière.

—Je voulais pas te blesser, murmura-t-il. Parfois je ne maîtrise pas ma force.

C'était encore pire que ce qu'elle avait imaginé. Elle lutta encore pour faire taire son cœur à l'agonie et se rendit compte que cette douleur était plus vive que celle de son dos. Elle refusait catégoriquement la pitié d'un FitzHugh! Particulièrement celle de ce FitzHugh-là!

Morgan plissa les yeux et le regarda d'un air mauvais. Elle préférait être sujette à sa haine. Elle était à la hauteur de la sienne, si elle arrivait à remettre la main dessus. Elle lui adressa un sourire méprisant.

— Tu perds le sens des réalités, FitzHugh, déclara-t-elle froidement.

— Qu'est-ce que tu insinues ?

— Tu n'es pas seul, il y a des gens autour de toi.

— C'est vrai. On est entourés. Et alors ?

— Si tu t'attardes trop à mon côté, on pourrait jaser, tu sais, murmura-t-elle.

Son visage revêtit un masque inexpressif et elle observa cette transformation. Elle avait l'impression que tout en elle pleurait, mais la pluie dissimulait sa détresse et ses yeux restèrent secs et impassibles.

— La pause est finie. On arrivera au château d'Argylle à la nuit tombée.

Morgan battit des paupières en signe d'acquiescement et pivota dès que l'ordre fut donné. Après un millier de pas, la douleur lancinante de son dos, qui se répercutait jusque dans ses jambes, lui parut bien plus facile à supporter.

Zander ne s'était pas trompé. Morgan n'avait jamais vu de château. Elle n'avait pas très envie d'admirer celui-ci lorsqu'ils grimpèrent la colline qui les y conduisait. La forteresse était immense et les torches accrochées au mur dispensaient de la lumière sur toutes les terres environnantes, c'était sa seule certitude. La colonne s'arrêta, et elle se retrouva à marcher sur une surface en bois, écoutant le martèlement des sabots des chevaux mêlé à celui de ses propres bottes.

Puisqu'elle était incapable de tourner la tête, il s'imposa à elle frontalement. Des torchères crépitaient et crachaient de la lumière dans les moindres recoins, et Zander fit avancer son cheval directement à l'intérieur du bâtiment en lui faisant grimper une volée de marches. Morgan ne trébucha qu'une fois. À ce moment précis, Zander la rattrapa par la main, la retenant et la soutenant jusqu'à ce qu'elle retrouve l'équilibre.

Puis il la laissa poursuivre sa route. Morgan ne dit pas un mot.

Le vaste escalier débouchait sur une autre cour qui menait aux écuries. Morgan évalua la quantité de chevaux qui l'entourait, impressionnée. Le seigneur d'Argylle semblait entretenir une légion de serviteurs rien que pour ses chevaux. La confusion et le bruit s'installèrent lorsque le groupe de Zander s'arrêta au milieu de la cour.

Morgan, en équilibre précaire, recula de quelques pas pour laisser Zander descendre de cheval. Ses jambes la soutenaient toujours, même si elles menaçaient de se dérober sous elle à chaque instant. Il la regarda brièvement, puis détourna les yeux. Un muscle tressautait dans sa mâchoire burinée. Il avait rasé sa barbe. Elle avait perçu le bruit que produisait sa lame contre sa peau peu avant d'arriver.

Morgan dut se faire violence pour ne pas tendre le bras et effleurer son visage. Sa faiblesse lui donna une raison supplémentaire de se maudire.

— Tu resteras à mon côté, Morgan. Te perds pas.

— Compris.

— Martin! aboya Zander d'une voix forte.

Surprise, Morgan manqua de tomber à la renverse.

— Te voilà. Occupe-toi de Morgan. Pas mon serviteur, voyons! Le cheval!

Il avait prononcé ces paroles alors que Martin s'apprêtait à lui prendre le coude. Morgan faillit s'esclaffer, puis elle ravala ses larmes idiotes, nées de l'empathie d'un autre humain qui souhaitait lui venir en aide. Elle était faible, voilà tout. Affaiblie par le manque de nourriture, par cette marche harassante et par la posture raide qu'elle devait garder pour éviter une douleur trop intense.

Elle se garda bien de penser à la véritable raison de son accablement et regarda le sol jonché de paille sous ses pieds avec une sorte d'émerveillement. Une volée de marches permettait d'atteindre les écuries. Incroyable! Elle se demanda s'il y avait de la terre battue sous la paille ou si le sol était pavé. Il lui semblait distinguer de la terre, mais il lui fut impossible de se pencher pour vérifier à cet instant. Derrière les remparts de la forteresse, il y avait la superficie d'un grand village. C'était donc ça, un château?

— Morgan!

Elle leva la tête, ignorant la douleur lancinante causée par son mouvement, et vit Zander lui faire un signe derrière les domestiques et les chevaux. *Comment est-il arrivé là-bas?* se demanda-t-elle en se faufilant pour le rejoindre. En progressant, elle s'aperçut que le sol était simplement de la terre. La colline avait été aplanie pour bâtir cette cour entourée de murs.

— Je t'ai ordonné de rester à mon côté!

Morgan essaya de se concentrer sur lui mais il avait une torche juste derrière la tête. Il avait l'air furieux, ce qui devenait une habitude ces derniers temps. Elle leva le nez, plissa les yeux et le regarda.

— Eh bien ? demanda-t-il.

— Tourne-toi et marche, dans ce cas, répliqua-t-elle.

Elle accepta son soupir de frustration et se soumit à la punition qu'il lui infligea, essayant de garder le rythme lorsqu'il grimpa les marches deux à deux. Elle finit par s'avouer vaincue dès la deuxième marche. Elle ne pouvait pas lever sa jambe aussi haut et ne pouvait plus compter sur l'appui de ses genoux. Autour d'elle, les seuls éléments stables étaient les murs, inégaux et rugueux. Les pierres formaient un remarquable support pour un écuyer récalcitrant trop épuisé pour servir son maître.

Quand elle atteignit le niveau supérieur, Zander avait disparu. C'était probablement les quartiers de l'armée du seigneur. Sa première impression fut confirmée lorsqu'un homme imposant la bouscula sans ménagement.

— Hors de mon chemin, mon gars !

Le mur était aussi rugueux qu'elle l'avait imaginé. Morgan en était sûre à présent, après l'avoir heurté et s'être ouvert la joue. Puis elle se remit en marche, essayant de deviner où le comte d'Argylle pouvait bien loger ses invités.

De la fumée lui piqua les yeux, lui arrachant de nouvelles larmes qu'elle essuya de sa manche d'un geste disgracieux. Elle ne pouvait pas se mettre à pleurer maintenant. Elle avait désobéi à son maître, était entourée de soldats et se trouvait dans la forteresse d'un chef de clan qui soutenait les Anglais. Les larmes seraient la pire des humiliations.

À mesure qu'elle avançait, le couloir se faisait plus étroit. Les portes ouvragées en chêne, de part et d'autre du corridor, étaient plus richement décorées et dotées d'huisseries en laiton. Elle remarqua même des tapisseries. Morgan s'arrêta un instant pour les regarder. Sans lever la tête, elle distinguait néanmoins les immenses tentures qui bordaient le couloir, ornées de broderies de toutes sortes, capitonnant les murs. Il faisait trop sombre à la lumière des torchères pour bien les discerner mais elles étaient de bonne facture. Bien plus belles que celles qu'elle avait eu l'occasion d'observer et que tout ce qu'elle avait pu imaginer.

Morgan continua à avancer clopin-clopant, prenant appui sur le mur pour éviter de tomber. Elle approchait certainement des quartiers de résidence. Elle regrettait d'avoir ennuyé Zander et espérait qu'il se serait apaisé quand elle parviendrait à le localiser.

— Qui êtes-vous ?

Morgan s'arrêta net, les yeux grands ouverts quand une jeune fille vint vers elle, les cheveux noirs dénoués, portant une tunique et une houppelande brodée de fil d'or si magnifique qu'elle en resta bouche bée.

— Eh bien ?

Elle se posta en face d'elle et attendit. Morgan ôta sa main du mur recouvert de tapisseries et se tint droite. La fille se cacha le bas du visage de la main et se mit à rire en émettant une sorte de pépiement.

— Tu peux fermer la bouche, maintenant. Ta réaction me flatte. Je crois que j'aime ça, mais tu ferais mieux de déguerpir maintenant. Ma servante ne va pas me laisser tranquille longtemps. Elle va finir par avoir des doutes.

— Des doutes ? répéta enfin Morgan, incrédule.

— Je pourrais m'être échappée pour rencontrer un soupirant.

Une fois encore, Morgan en resta bouche bée. La jeune fille se remit à pépier.

— Ce n'est pas vrai, bien sûr. Je ne fais que menacer de le faire. C'est la seule manière que j'ai d'échapper à mes fiançailles.

— Vos… fiançailles ?

— Avec cette grosse brute de Zander FitzHugh, du fameux clan des Highlands. Tu ne le connaîtrais pas, par hasard ?

Morgan ferma les yeux sous l'effet d'une douleur si vive qu'elle éclipsa totalement celle qui labourait son dos. Celle-ci émanait de sa poitrine et se répandait dans tout son corps à chaque battement de cœur. Elle inspira dans l'espoir d'y mettre fin, sans succès. Face à ce constat d'échec, elle maudit intérieurement tout ce qui l'entourait.

Il existait un purgatoire sur terre et Zander l'y avait menée tout droit. Elle n'était qu'une KilCreggar qui avait échoué en tentant de venger sa famille, une femme profondément blessée d'avoir piétiné ce qu'elle ressentait. Elle était complètement dévastée. Elle ouvrit les yeux, espérant qu'elle serait assez douée pour dissimuler ses sentiments.

— Je suis son écuyer, lança-t-elle enfin d'une voix gutturale.

— Nous voilà dans de beaux draps ! Si Letty me surprend en train de te parler, elle s'imaginera le pire ! Elle pensera que tu es là pour une raison particulière !

Elle s'interrompit, fronça les sourcils et regarda Morgan droit dans les yeux.

— Tu n'es pas là pour une raison particulière, dis-moi ?

— Je suis perdue, répondit Morgan.

— Vite. Par ici. Traverse ce passage. La seconde porte à gauche te mènera à ses appartements. Vite, t'ai-je dit !

Pour une fille qui était censée être une trouillarde, elle n'était pas farouche pour saisir un garçon par le bras et le traîner derrière elle. Platon ne l'avait pas bien vue elle non plus. Cette fille était belle, elle avait probablement une grosse dot et était loin d'être couarde. Zander s'était bien débrouillé en l'espace de six jours, depuis qu'il avait bouleversé la vie de son écuyer en l'embrassant.

Morgan suivit en trébuchant la promise de Zander, se sentant comme un grand taureau maladroit à côté de sa minuscule et fragile future maîtresse. Elle ouvrit une porte.

— Tu vois ?

— Oui.

Morgan ne regarda même pas. Elle voulait seulement que son tourment cesse. Elle appelait de toutes ses forces le sol froid et rigide pour pouvoir s'y allonger et sombrer dans l'oubli. Elle n'avait que faire de tuer quiconque, pas même le chef du clan FitzHugh.

Chapitre 13

Zander était debout devant sa cheminée, les yeux perdus dans les flammes. Il se retourna lorsqu'elle ouvrit la porte et l'observa se glisser dans la pièce puis se tenir à la porte une fois celle-ci refermée.

— Où étais-tu ? demanda-t-il d'un ton impérieux.

Comme sa réponse se faisait attendre, il traversa la pièce pour se planter devant elle et la toisa d'un regard mauvais.

Morgan ne pouvait pas le regarder dans les yeux. Elle risquait de ne plus répondre de rien.

— Je me suis perdue.

— Qu'est-ce qui est arrivé à ton visage ?

Il tendit la main vers sa joue et elle recula d'un pas, s'adossant à la porte, ignorant la douleur qui élançait son cou au moindre mouvement. Il retint son geste, de peur d'aggraver sa blessure.

— J'ai pas été assez rapide, murmura-t-elle.

— Qui t'a frappé ?

— Personne ne m'a frappé. J'ai été maladroite.

— Maladroite ? Toi ? dit-il en reculant d'un pas pour la considérer. Que s'est-il passé ? Il t'est arrivé quelque chose, non ? Quoi ?

Elle fut si touchée par la douceur de sa voix que les larmes lui montèrent aux yeux. Elle baissa vite le regard et les larmes roulèrent sur ses joues avant de goutter de son menton. Elle les regarda assombrir sa chemise et la bande de plaid qui lui barrait le torse.

— Oh! Morgan, arrête ça tout de suite. C'est plus que je ne peux en supporter.

Elle sentait son souffle sur son front et elle serra les poings. *Plus qu'il n'en peut supporter?* songea-t-elle. Elle cligna des yeux jusqu'à recouvrer la vue. Puis elle releva la tête pour lui jeter un regard mauvais.

— Arrière, FitzHugh, cracha-t-elle. Laisse-moi voir quel genre de chambre on réserve à un grand seigneur des Highlands.

Il haussa un sourcil et leva les bras, puis recula et se posta à son côté. Il désigna la pièce d'un mouvement circulaire du bras pour qu'elle puisse apprécier la richesse qui les entourait. Morgan en resta bouche bée.

Il y avait un grand cadre de lit contre le mur, et la tête, le pied et la traverse qui soutenait le matelas semblaient avoir été sculptés dans le même bois. L'alcôve était équipée d'un matelas et de nombreuses couvertures, à en juger par les différentes couleurs qu'elle distinguait. Des tapisseries couraient le long des murs et un épais tapis décorait le sol. Les draps étaient brodés. Les trous symétriques pouvaient laisser croire que des mites avaient apporté leur contribution à cet ouvrage.

Une grande chaise se trouvait de l'autre côté de la pièce, dotée d'un repose-pieds si imposant qu'on aurait pu s'y allonger sans peine. Une autre couverture, doublée de fourrure, était posée sur le dos de la chaise. En face, dans l'âtre de l'immense cheminée qui occupait tout un pan de mur, brûlait une maigre flambée. Le manteau de la cheminée portait un bouclier orné d'héraldique et plusieurs torchères éteintes étaient fixées au mur.

Le plafond échappait à son champ de vision pour l'instant mais il lui semblait très haut à en juger par les ombres environnantes. Il y avait également une lourde table à côté de la chaise, même si ses pieds sculptés contrastaient avec son caractère massif. On lui avait aussi apporté un plateau d'argent couvert de fruits mûrs avec une miche de pain complet et un flacon d'hydromel. Après avoir observé les alentours, Morgan reporta son attention sur Zander.

—Eh bien? demanda-t-il.

—On va avoir trop chaud, constata-t-elle.

Il sourit et se dirigea vers la table, soulevant une grappe de raisins pour qu'elle puisse l'inspecter.

—Tu as faim?

Son estomac grogna bruyamment. Ce bruit ne leur échappa ni à l'un ni à l'autre. Elle rougit et il se mit à rire doucement.

—Allez, viens, Morgan, partageons mon festin. Je ne veux pas que mon champion dépérisse sous mes yeux.

—Ton ch…?

Sa voix se tarit avant de finir.

—J'ai accepté un défi de la part du comte de Cantor. C'est un bâtard de Sassenach de la pire espèce. Il est venu avec un maître d'armes. Je t'en ai déjà parlé.

Elle tenta de faire appel à sa mémoire.

—Je m'en souviens pas, avoua-t-elle.

—Viens. Je ne peux pas manger tout ça et, si j'avais besoin de plus de nourriture, je n'aurais qu'à ouvrir la porte et Martin irait m'en chercher.

—Martin ?

—Bien sûr, Martin. Je l'ai prêté à Platon pour l'instant, mais c'est toujours mon écuyer, si j'ai besoin de lui.

—Et moi ?

—Tu étais le premier choix de Platon, si c'est ce que tu veux savoir.

Elle remarqua qu'il dissimulait mal sa colère.

—J'ai aucune raison de vouloir servir Platon, maître Zander. Je voulais juste m'assurer de ma position dans ta maisonnée. Si tu as besoin de nourriture, j'irai la quérir.

—À la vitesse à laquelle tu obéis, la nourriture serait moisie quand tu reviendrais. Allez, viens, mon garçon, parlons peu mais parlons bien. Joins-toi à moi. On m'a attribué une belle chambre et réservé un accueil digne de ce nom.

—Tu es leur futur gendre. Ils n'avaient pas vraiment le choix…

Il la dévisagea

—Tu es au courant de ça ?

—J'ai rencontré ta promise.

—Gwynneth ? Vraiment ?

—Elle m'a pas dit son nom, mais je suppose qu'elle s'appelle comme ça, si tu le dis.

Morgan rassembla ses forces et cessa de s'appuyer à la porte. La table lui paraissait très loin, mais elle arrivait à hauteur de taille, ce qui était une bonne chose.

Elle aurait eu du mal à se baisser pour attraper quoi que ce soit.

—Qu'est-ce que tu penses d'elle?

Elle attrapa machinalement quelques grains de raisin et en mit un dans sa bouche comme pour réfléchir à la question.

—Elle est belle et jeune. Très jeune. C'est comme ça que tu les aimes, si mes souvenirs sont bons.

—Elle te rappelle pas quelqu'un?

Morgan mit un autre grain de raisin dans sa bouche et en aspira la pulpe sucrée avant d'en faire craquer la peau.

—Non, répliqua-t-elle.

—Tu es sûr? Réfléchis bien, mon garçon. Cheveux noirs, jeune, belle, svelte, vive d'esprit, vierge. Ça ne t'évoque rien de connu?

Morgan haussa les épaules. La douleur ne se fit pas attendre, si vive qu'elle eut du mal à la cacher. Elle se maudit d'avoir fait une chose pareille et s'étouffa sur le grain de raisin avant de l'avaler complètement.

—Tu as encore mal?

Elle avait repris le contrôle d'elle-même avant qu'il n'ait le temps de finir sa phrase et elle le regarda avec les yeux mi-clos.

—Je crois que j'ai fini de manger. Je vais dormir maintenant.

—Deux grains de raisin?

Ne pouvant se permettre un nouveau haussement d'épaules, elle se contenta de rester sans réaction. Elle ne répondit pas non plus. Elle reposa simplement le reste de la grappe de raisin et recula d'un pas, puis d'un autre.

— Tu peux pas bouger, c'est ça ?

Morgan grimaça.

— J'ai bougé pour venir ici. J'ai bougé pour partir du campement. Je bouge.

— Je veux dire, tu ne peux pas faire de feinte ni parer un coup, c'est ça ?

— Si tu veux connaître mes faiblesses, laisse-moi te rassurer. Je ne suis pas faible. Je n'ai jamais été faible. Tu as relevé un défi. Je suis ton écuyer. Je ferai ce que tu me demandes.

— Je ne pense pas que tu sois faible, Morgan. Je pense que tu es le garçon le plus fort et le plus courageux que j'aie jamais rencontré. Voilà ce que je pense.

Oh, mon Dieu ! Morgan réprima impitoyablement les larmes qui lui montaient aux yeux. Ses efforts furent récompensés car ses yeux restèrent secs. Si un FitzHugh était capable de la juger ainsi, ses ancêtres KilCreggar ne sortiraient peut-être pas de leurs tombes pour la punir, après tout. Un FitzHugh faisait des compliments à une KilCreggar ?

Elle sourit doucement.

— Il fait très chaud dans ta chambre, maître.

— Et… qu'est-ce que ça veut dire ?

Quelque chose avait changé et elle ne savait pas ce que c'était. Cela n'augurait rien de bon. Une bûche s'effondra dans le foyer, envoyant valser des étincelles sur le sol. Morgan recula d'un pas.

— Y a pas de fenêtre dans ta chambre ?

— Si, répondit-il.

Elle pivota sur ses pieds lorsqu'il la contourna, alla vers le lit et releva la tapisserie. L'air frais était une récompense en lui-même, même sans l'odeur de la pluie incessante.

— Maintenant, réponds à ma question sans détour. Est-ce que tu peux suffisamment te déplacer pour engager un combat à l'escrime ?

— Je suis bon bretteur. Je suis bon dans tout ce que je suis décidé à entreprendre, répondit-elle.

— Mais est-ce que tu peux te déplacer ?

— Il y a quoi à gagner cette fois-ci ?

— De l'estime de soi. Vingt livres sterling. Un autre écuyer.

Il sourit avant de préciser :

— Un écuyer anglais.

Morgan l'observa avec soin.

— Et si on perd ?

— Qu'est-ce que tu voudrais que ce soit ?

— La mort, répondit-elle.

Il écarquilla les yeux et parcourut la distance qui les séparait en trois enjambées pour lui saisir les bras et l'attirer violemment contre lui.

— La mort ? s'enquit-il, visiblement choqué.

Puis il répéta, furieux :

— La mort ? Pourquoi tiens-tu tant que ça à avoir le sang d'un homme sur tes mains ?

— Ne me touche plus jamais, FitzHugh, murmura-t-elle entre ses dents serrées.

Il la laissa partir. Elle se cramponna à la table pour éviter de chanceler. Il fit semblant de ne rien remarquer. Le flacon vacilla, puis retrouva sa place sur le plateau d'argent à côté du raisin. Zander lança à Morgan une nouvelle œillade assassine.

— Par tous les saints, pourquoi ?

Elle dut alors se détourner et son regard erra dans la pièce avant de se fixer sur la fenêtre ouverte. *Parce que la mort est la seule grâce que Dieu m'accordera*, pensa-t-elle.

— J'ai mes raisons, murmura-t-elle.

— Je refuserai le défi. Martin !

Il se dirigea vers la porte de la chambre et l'ouvrit, faisant hurler les gonds assez fort pour réveiller tous ceux qui dormaient à proximité et probablement tous les occupants qui logeaient aux étages supérieur et inférieur.

— Zander, dit doucement Morgan.

Il se retourna vers elle. Les yeux pleins d'amour, Morgan se laissa submerger par ses sentiments avant de les piétiner. Le paradis qu'il lui avait permis d'entrevoir se situait à un sommet dont la descente menait droit en enfer. Elle n'avait aucune raison de lui épargner cette agonie.

— Ferme la porte, dit-elle finalement.

Il obtempéra.

— Je me battrai contre le champion anglais. J'en sortirai la tête haute. Si tu veux pas de sa mort, alors il sera épargné. Et puis… *La seule manière que j'ai de perdre, c'est de continuer à vivre*, poursuivit-elle en son for intérieur.

— Et puis… quoi ? demanda-t-il.

On frappa à la porte, puis Martin et Platon entrèrent dans la chambre dont les dimensions parurent plus raisonnables.

— Tu as appelé mon écuyer ? demanda Platon, son regard allant de Morgan à Zander.

— Morgan s'est blessé au dos.

— Tu as réveillé tout le château pour nous dire ça ?! s'exclama Platon en se donnant une tape sur le front. Si tu n'es pas complètement abruti, alors tu es dur de la comprenette, Zander FitzHugh. Mère a toujours dit qu'elle avait gardé la beauté pour son petit dernier, mais qu'elle avait donné l'esprit aux autres. Tu aurais dû retenir l'esprit, je crois.

Zander secoua la tête.

— Non, seulement pour te dire le reste. Cette blessure au dos, c'est moi qui la lui ai infligée. Ce n'était pas intentionnel. Je deviens brutal quand je suis près de lui.

— Tu enfonces des portes ouvertes, fit remarquer Platon.

— J'ai juste besoin de votre aide, continua Zander.

— Maintenant, tu veux de l'aide ? Avec ton écuyer ? Dieu du ciel ! Morgan, qu'est-ce que tu lui as encore fait ?

Zander grinçait des dents. Elle le devinait au son de sa voix.

— Il ne peut pas affronter son adversaire à l'escrime si on ne lui rend pas sa mobilité. Est-ce que l'un d'entre vous a une suggestion ? Quelque chose à tenter ?

— Annule le duel, conseilla Platon.

— Morgan refuse cette solution.

Le regard de Platon se dirigea sur elle et les traits de son visage s'adoucirent. Elle espéra seulement que les autres ne l'avaient pas vu. Puis elle se demanda pourquoi elle en avait quoi que ce soit à faire. Zander ne pouvait pas plus la punir qu'il ne le faisait déjà.

— Trouve la pierre chauffante, ordonna enfin Platon.

— La quoi ? demanda Zander.

Martin était déjà en train de fouiller dans le panier au pied du lit de Zander.

— La pierre chauffante, celle qu'on utilise pour chauffer les lits.

— Ils se servent de ça ?

— Ces noblaillons élevés à l'anglaise aiment leur confort. Je dois admettre que c'est très agréable lors des froides nuits des Highlands. Tu t'en rendras compte si on finit par rentrer à la maison. Tu l'as trouvée, Martin ?

— Oui.

Martin tendit l'étrange pierre plate à son maître, qui installa celle-ci dans l'âtre à l'aide d'une longue pince.

— À présent, Morgan, tourne-toi.

Platon lui fit un clin d'œil avant d'ajouter :

— Déshabille-toi.

— Jamais ! s'exclama-t-elle.

Il lui adressa alors un grand sourire.

— Eh bien, puisque ton écuyer est si pudique, Zander, il ne nous reste qu'à espérer que le remède fonctionne à travers l'épaisse étoffe aux couleurs des FitzHugh. Allonge-toi.

Morgan regarda les trois hommes dans la pièce et sentit la panique la gagner. Elle n'allait pas se mettre ventre contre terre sous leurs yeux. Elle avait déjà fait preuve de trop de faiblesse devant eux.

— Tu l'as entendu, mon garçon. Maintenant.

Zander s'avança vers le milieu de la pièce.

—Alors recule, ordonna-t-elle d'un ton cassant.

Elle attendit que Zander et Martin atteignent les murs. Platon continuait à s'affairer près du feu. Elle l'ignora. Sa vulnérabilité la fit rougir et bientôt la sueur perla sur son corps. Et dire que Platon chauffait une pierre pour elle… La chaleur allait l'achever.

Morgan força ses jambes à bouger, maudissant les mouvements saccadés qu'elle était obligée de leur imposer après une trop longue immobilité. Elle ne regarda vers Zander qu'une seule fois, et vit ses lèvres et son visage se crisper.

Quand elle atteignit le milieu du tapis, regardant vers la fenêtre, elle s'attendait à ce que ses genoux encaissent le coup.

—Morgan ?

Le murmure de Zander lui caressa l'oreille.

—Bouge pas !

Elle grogna l'ordre dans sa direction et tomba à genoux sur le sol. Puis elle trembla malgré le sursaut de chaleur né du foyer pendant qu'elle attendait, haletant jusqu'à ce que la douleur devienne supportable.

—Platon, va l'aider, ordonna Zander, puisqu'il redoute mon contact à ce point.

—Ne me touchez pas ! Aucun d'entre vous.

Elle ferma les yeux en grimaçant et retomba sur ses fesses en laissant échapper un halètement. Elle s'écroula de tout son long et resta allongée quelques instants, le temps que la douleur s'estompe.

Puis elle serra les dents et roula sur le dos, ouvrit les yeux, constatant la hauteur vertigineuse du plafond, et sourit.

—Là, c'est fait. Je suis par terre. Que voulez-vous que je fasse maintenant ?

Zander était près de son épaule et ses yeux n'avaient jamais été si grands, si bleus, ni si brillants de larmes. Morgan détourna le regard avant d'être submergée par ses émotions. Elle aurait dû se sentir mortifiée, mais n'éprouvait que de l'apaisement.

—Maintenant, on va mettre la pierre sous sa nuque. Zander, lève sa tête. Fais attention quand je vais la glisser. C'est chaud.

Zander ne bougea pas. Morgan se força à croiser son regard.

—Vas-y, lève ma tête. Bouge ma nuque, lui dit-elle. Tu l'as déjà fait. On n'est plus à ça près…

—Je ne sais pas, dit Zander. Dieu tout-puissant, je n'ai pas…

—Tu ne sais toujours rien. Aucun d'entre vous. Je colle une lame dans le premier qui dit qu'il sait et je ne raterai pas ma cible. Compris ?

Zander esquissa un petit sourire. En fait, il était blanc comme un linge. Morgan fronça les sourcils en l'observant ainsi. Une petite faiblesse suffisait à le faire tourner de l'œil ? Heureusement qu'il n'avait jamais été réduit à piller les champs de bataille.

—Lève ma tête, FitzHugh, ou je m'en chargerai moi-même. Et si j'ai besoin de toutes mes forces pour le faire, je vous tannerai le cuir au passage.

—C'est une promesse ? murmura-t-il en passant un bras sous elle pendant qu'il glissait l'autre sous la cambrure de son dos.

Morgan ferma alors les yeux et se délecta à son contact. Ce geste la grisa tant qu'elle ne se rendit pas compte qu'on la soulevait, même si elle perçut la chaleur lorsqu'il la reposa. Elle sourit de nouveau.

— C'est atrocement agréable, maître. Très gentil de ta part. De votre part à tous. Un grand merci.

La chaleur fit perler la sueur à la naissance de ses cheveux, exactement comme elle l'avait prédit. Cette chaleur bienvenue se répandait dans sa colonne vertébrale, la décontractant comme elle ne l'avait pas été depuis que Zander lui avait infligé sa morsure.

Elle avait d'abord pensé qu'il s'agissait d'un baiser ; mais elle n'avait plus aucune certitude désormais. Ça ne ressemblait ni à ce que Sophie avait tenté avec elle, ni à ce que faisait la vieille peau. Ça ne ressemblait à rien de tout ça. Ce n'était donc probablement pas un baiser – son maître n'avait jamais eu l'intention de l'embrasser.

— Quand la pierre refroidira, il faudra la remplacer, Zander.

Platon avait parlé comme s'il était à mille lieues de là.

— Va chercher celle de ta chambre. On ne va pas perdre de temps à faire réchauffer celle-ci alors que l'autre pourrait être sous son cou.

— Tu tiens à ce point à ce qu'il relève le défi ?

Morgan garda les yeux fermés et écouta les voix flotter autour d'elle sous le plafond vertigineux de cette pièce du château d'Argylle.

— Je ne sais plus ce que je veux, Platon. Tout ce que je sais, c'est que c'est ma faute. Je veux me racheter. Ça me blesse de le voir comme ça. Je veux me repentir et que mon écuyer soit guéri. Je réchaufferai les pierres toute la nuit s'il le faut.

— Pour qu'il puisse se battre en ton nom ?

— Non. Je veux qu'il se rétablisse. Peu importe s'il se bat pour la dernière fois demain.

Ça va aller, Zander, avait-elle envie de dire. *Demain, je me battrai pour la dernière fois. Je ne pourrai plus rien faire après cette journée. Je te le promets.*

Chapitre 14

*D*ans son rêve, Zander lissait ses cheveux, les caressait et les laissait cascader entre eux deux. C'était son corps parfaitement musclé qui était allongé contre le sien, ses lèvres avides cherchaient les siennes, se tendaient vers elle, exigeant qu'elle lui abandonne tout ce qu'elle avait et tout ce qu'elle serait jamais. Si elle y consentait, les lèvres de Zander lui promettaient la même chose.

Puis Morgan se réveilla.

Le sol du château d'Argylle était dur, la pierre sous son cou était froide et l'homme assis les jambes croisées à côté d'elle n'était que force virile et robustesse. Il ne s'occupait pas vraiment d'elle non plus. Il glissait ses doigts dans sa chevelure dénouée et la peignait avant de faire de petites tresses.

—Zander ? murmura Morgan.

Il lâcha la minuscule natte qu'il était en train de faire.

—C'est le matin ? demanda-t-elle encore.

Il sourit, l'air plus exténué que jamais.

—Depuis plusieurs heures, répondit-il.

—Vraiment ?

—Comment tu te sens ?

Il se brossa les genoux pour enlever les mèches de cheveux avant de tendre la main vers la pierre sous sa nuque.

—Je l'ai laissée refroidir. Pardonne-moi. C'était ma corvée.

—Ta corvée ?

—Les autres étaient occupés. Si mes souvenirs sont bons, Platon avait des choses à faire et Martin devait s'occuper de lui.

—Tu es resté éveillé toute la nuit ?

Il baissa légèrement la tête pour acquiescer.

—Presque. Ne bouge pas. Je vais chercher l'autre pierre.

Morgan tourna la tête et l'observa puis elle se rendit compte de son geste. Elle venait de tourner la tête.

Elle souriait tant quand il revint qu'il s'arrêta net et que la pierre dans les pinces en trembla.

—Je peux de nouveau bouger, Zander, dit-elle en faisant pivoter sa tête pour appuyer ses dires. Et ça ne me fait plus mal.

—Platon avait bien dit que la chaleur aiderait la partie touchée à se remettre en place. Il prétendait qu'une fois que ce serait fait tu irais aussi bien qu'avant. Il voulait aussi te prévenir que tu aurais mal là où ton corps s'était contracté.

Elle entreprit de se lever et poussa un grognement.

—Il avait raison, répondit-elle en retombant.

—Si tu te relèves, je pourrai mettre la pierre.

—Comment as-tu fait cette nuit ?

—Je t'ai soulevé. Tu n'es pas très lourd, même si tu as pris du poids depuis qu'on s'est rencontrés. Tu es aussi léger qu'un chardon, mais toujours aussi fort, si je puis me permettre.

—C'est pas vrai! protesta-t-elle, puis elle saisit la pointe de raillerie naissante dans son sourire.

—Pendant que tu dormais, je me disais que tu devrais tailler cette chevelure abondante.

Morgan le regarda un instant. Après tout, si c'était ce qu'il voulait… De toute façon, dès la fin du duel, plus rien n'aurait d'importance.

—Je couperai mes cheveux si c'est ce que tu veux, répondit-elle doucement.

Il s'agenouilla à la hauteur de son épaule, tenant la pierre au bout d'une pince.

—Morgan.

Il prononça son nom comme une prière.

—Qu'y a-t-il?

Un regard bleu ardent la transperça, lui coupant le souffle. Puis la pierre roula sur le sol et Morgan se retrouva dans ses bras. Elle ne sut même pas comment elle y était parvenue. Elle se sentit submergée par un bonheur absolu. Les mains de Zander s'agrippaient fermement à ses cheveux, et il fondit sauvagement sur ses lèvres.

Morgan lui rendit son étreinte. Elle se servit de tout ce qu'il lui avait appris, elle caressa sa langue, l'entortillant à la sienne. Puis ses lèvres parcoururent sa mâchoire, sa gorge et descendirent jusqu'au bouton de sa chemise, envoyant des signaux nerveux partout dans son corps brûlant d'un désir plus dévorant que jamais. C'était exactement ce dont elle avait besoin avant de se sacrifier lors de son combat contre le champion anglais.

Elle se demanda comment Zander avait percé à jour ses intentions.

Mais elle savait qu'elle ne devait pas renoncer à son plan. S'il découvrait qu'elle était une femme, il irait jusqu'au bout, ils iraient jusqu'au bout tous les deux et elle ne serait pas en mesure de mener à bien sa vengeance. Elle n'obtiendrait rien d'autre qu'une vie de courtisane, alors que la belle Gwynneth d'Argylle serait son épouse.

Il n'était déjà pas évident qu'une KilCreggar puisse penser à devenir l'épouse d'un FitzHugh, mais sa catin, c'était hors de question. Elle repoussa son torse, et il la serra plus fort dans ses bras.

— Ne me repousse pas Morgan… Pitié !

Un souffle d'air la caressa là où il venait juste de laisser sa salive avec sa langue et, si elle n'avait pas bandé sa poitrine, ses tétons auraient percé son torse comme des épingles. Cette sensation fit haleter Morgan et elle le repoussa avec plus de véhémence. Plutôt mourir que d'être comparée à lady Gwynneth.

— Non, Zander. Non !

Il leva la tête, la transperça du regard et ferma les yeux. Son grognement ne fut pas l'écho du tourment écorché vif du champ de tir, mais il avait la même signification. Morgan le sut à l'instant où il se sépara d'elle, arrachant son corps du sien en fuyant son regard.

Il se releva, rajusta son kilt et s'efforça de ne plus la regarder.

— Zander ? murmura-t-elle en essayant de dire à son corps de suivre le sien.

Platon n'avait pas exagéré dans son avertissement sur la douleur qu'elle ressentirait.

—Je dois te dire quelque chose.

—Ne dis rien, l'interrompit-il. S'il te plaît… plus un mot. Je t'en supplie.

Il tendit la main, paume en avant face à elle, et plaqua l'autre sur ses yeux.

Morgan resta étendue sur le sol, les poings serrés de part et d'autre de son corps et les lèvres pincées pour se forcer à ne rien révéler de la vérité. Elle était crispée et cette raideur n'avait rien à voir avec la douleur lancinante dans son dos. L'origine en était tout autre : elle devait lui cacher la vérité jusqu'à ce qu'ils préparent son corps pour ses obsèques.

—Doux Jésus ! je me déteste, Morgan. C'est pas ça que je veux. Je déteste cette sensation.

—Zander…

—Ne m'interromps plus ! Je dois te dire quelque chose et ensuite on n'en parlera plus jamais. Compris ?

—Compris.

Zander alla s'asseoir sur son lit, mit ses coudes sur ses genoux et posa sa tête sur ses mains. Morgan le distinguait parfaitement depuis l'endroit où elle était. Elle remarqua qu'il ne portait pas de pagne. Son visage était plus enflammé que jamais et ce ne pouvait être le fait d'une pierre chauffante. Heureusement pour elle, il garda les yeux baissés.

—Je n'ai jamais été attiré par les garçons. Du moins, pas avant de te connaître. Je ne comprends pas ce qui m'arrive. Je n'ai envie d'aucun autre gars, juste toi. Toi, Morgan, et je n'arrive pas à savoir pourquoi. Mon Dieu…

Il se crispa avant de se mettre à sangloter, agité par de violents soubresauts. Morgan se mordit la langue jusqu'à sentir le goût du sang dans sa bouche. Elle ne lui dirait rien! Elle ne deviendrait pas sa catin! Jamais! Jamais!

Elle se répéta ses mots sans cesse tandis que l'émotion la faisait trembler. Il pourrait découvrir la vérité quand ils la mettraient en terre, pas avant. La dernière véritable KilCreggar n'exigeait rien de moins. Elle observa de nouveau le plafond, considérant les poutres entrecroisées qui soutenaient le sol de l'étage supérieur.

—Je suis allé me confesser. J'ai parlé de toi à un prêtre… de nous. Je lui ai demandé l'absolution. Je veux que tu le saches.

Il ressassait les preuves de son manque de tempérance et semblait être le petit garçon qu'il avait dû être jadis.

—Que s'est-il passé? demanda-t-elle au plafond.

—Il m'a proposé de venir dans sa cellule. Cette espèce de bâtard lubrique! Un homme d'Église et il…! Ils…! Qu'ils aillent au diable! Et moi avec!

À présent, il ne s'exprimait plus comme un petit garçon. Morgan ne souhaita pas savoir pourquoi. Elle pouvait l'imaginer et elle ne lui dirait rien. Peu importe ce qu'il pouvait bien lui avouer, elle resterait muette comme une tombe. Jamais elle ne consentirait à devenir la catin d'un FitzHugh! Jamais!

—J'ai supplié Platon de ne pas nous laisser seuls. Maudit soit-il et moi avec! Je me suis entouré des hommes de mon clan pour ne pas être seul avec toi et voilà qu'ils m'abandonnent.

—Si mes souvenirs sont bons, ils se sont proposés de m'acheter, fit-elle remarquer.

—Personne ne peut t'acheter. Personne! Tu m'appartiens.

—Tu ne peux pas être avec moi, Zander, et pourtant tu ne fais rien pour arranger la situation. Pourquoi?

—Je ne sais pas. Je ne comprends pas ce qui m'arrive. Je n'ai jamais souhaité ça. Dieu m'en garde! il n'y a pas de place dans ma vie pour un amour comme celui-ci.

Elle ne dirait pas un mot! pas un seul! Morgan gémit en réitérant son vœu et s'étrangla avec le sang au goût horrible qu'elle avait dans la bouche avant de l'avaler. Elle ne lui dirait pas un mot!

—Zander? murmura-t-elle en dépit de la retenue qu'elle s'infligeait.

—Ne dis rien, Morgan. C'est moi qui dois faire face à ça. Il faut que j'apprenne à vivre avec.

—Vivre… avec? répéta-t-elle dans un soupir.

—Je ne peux pas t'avoir, mais je ne te donnerai à personne. Jamais. Même si Platon me tanne. Je te donnerai à aucun homme, pour rien au monde. Je demanderai plus jamais pourquoi. Il suffit que je le sache.

—De toute façon, je servirai personne, Zander. Je suis trop têtu.

—C'est bien vrai, ça. J'espère que ce n'est pas un trait que ma promise partage avec toi.

—Ta…?

Elle ne put finir sa phrase. Elle avait peur de sa signification. Puis elle finit par comprendre.

—Tu sais que j'ai choisi une épouse qui te ressemble?

Les larmes perlèrent à ses yeux et elle ne sut par quel miracle elle put continuer à respirer. Il s'était résigné à prendre une épouse parce qu'il désirait Morgan ? *Dieu du ciel !*

Il soupira assez bruyamment pour qu'elle puisse l'entendre malgré son chagrin, puis il se remit à parler. Morgan sut que, si elle lui avait révélé la vérité quand elle lui avait appris à lancer les poignards, il aurait certainement voulu l'épouser, elle. Elle aurait pu devenir son épouse à la place de la délicate lady Gwynneth, et lui donner de petits bébés aux cheveux noirs. *Oh, mon Dieu !*

Morgan gémit, sentant l'émotion se répandre en elle après la vague de douleur qui lui avait saisi les entrailles.

— … quelque chose que je dois te donner. Tu ne dois révéler sa signification à personne. Compris ?

Il attendait une réponse de sa part et elle dut reprendre une contenance pour la lui donner. Elle se concentra sur le plafond et supplia Dieu d'engourdir son cœur jusqu'à ce qu'il cesse de battre. S'il pouvait faire ça, elle serait comblée. Elle ne pensait pas pouvoir supporter les émotions qui la submergeaient jusqu'au duel qui devait avoir lieu le soir même. Un peu plus et elle serait contrainte d'enfoncer un poignard dans son cœur pour l'insensibiliser.

— Quoi ? finit-elle par dire.

— J'ai quelque chose pour toi.

— J'accepterai rien d'autre de ta part, Zander FitzHugh, déclara-t-elle, toujours allongée par terre, les épaules tremblantes à force de réprimer ses sentiments. Je pourrai pas te rembourser.

—Ce ne sera pas une dette!

Des larmes lui brouillèrent la vue lorsqu'il s'agenouilla à son côté. Elle les laissa s'écouler vers ses oreilles sans quitter le plafond des yeux. Elle se garderait bien de croiser son regard. Elle tentait de se convaincre de sa propre sottise. Quoi de mieux que la certitude d'avoir envoyé à la mort la femme qu'il aimait? C'était le prix à payer pour tout ce que les FitzHugh avaient infligé aux KilCreggar. Il eut été préférable que sa cible fût le seigneur des FitzHugh. Peut-être finirait-il par apprendre la nouvelle. Elle tenait enfin sa vengeance, mais celle-ci la torturait plus encore que lui.

Au moins, son tourment serait de courte durée. Le châtiment de FitzHugh, lui, durerait toute sa vie. Elle espéra que lady Gwynneth avait la langue d'un serpent et qu'elle vieillirait mal.

Morgan cligna des paupières pour faire disparaître ses larmes, se frotta les yeux et tourna la tête pour croiser le regard morne de Zander, qui affichait la même expression que s'il avait goûté la torture du bourreau. Il lui tendait un objet. Morgan se força à s'asseoir en tailleur en face de lui pour regarder de quoi il s'agissait.

—C'est notre *sgian-dubh*, la lame du dragon. On prétend qu'elle a des pouvoirs magiques. Je n'y connais pas grand-chose, moi. C'est une arme très ancienne et très précieuse. L'emblème de ma famille – le dragon – est gravé dessus.

La lame était aussi longue qu'une dague et était tellement affûtée qu'elle brillait. Deux dragons étaient sculptés dans la garde, et leurs gueules ouvertes donnaient l'impression qu'ils crachaient la lame, tandis que leurs queues s'emmêlaient pour former une belle poignée mystérieuse à l'aspect démoniaque. Le pommeau était orné d'un rubis rouge sang en forme de cœur. Bouche bée, Morgan écarquilla les yeux en la voyant.

—Prends-la, dit-il en la lui tendant.

—Je peux pas.

—Je comprends, dit-il en posant la dague sur le sol entre eux. Je peux pas te toucher non plus. Sans quoi cela risque de dégénérer. C'est une malédiction. Mais c'est aussi merveilleux, si tu vois ce que je veux dire.

Elle hocha légèrement la tête.

—Je vois, murmura-t-elle.

—Je te la donne à une condition, Morgan.

Elle leva le regard vers lui et attendit. Le rubis de la lame du dragon lui adressait des signaux depuis le sol, attirant toute la lumière qu'il pouvait pour la tenter et lui donner envie de la toucher, la tenir dans ses mains, la caresser et la posséder.

—Oui ? demanda-t-elle.

—Je te demande de retourner cette arme contre moi la prochaine fois que je perdrai le contrôle. Tu ne devras pas rater ta cible. Autrement, je te tuerai à mains nues. Compris ?

Morgan en eut le souffle coupé et lui adressa un regard triste.

—N'aie crainte, je n'ai pas l'intention d'en arriver là.

—Non ?

—Morgan, mon amour, je ne t'abandonnerai pas. J'en suis incapable ! Je vais épouser cette fille aux cheveux noirs et j'assouvirai mes besoins avec elle. Ça devrait me permettre de mieux contrôler ce qu'il se passe entre nous – suffisamment pour pouvoir rester auprès de toi. Je lui donnerai mon désir, mais jamais mon amour. Impossible. Il t'appartient.

Morgan ferma les yeux. Elle ne pouvait plus supporter la vue de Zander FitzHugh s'épanchant et mettant ses sentiments à nu une fois de plus.

— Un tel amour n'est pas puni par Dieu. Je n'y peux rien. Toi non plus. C'est pour ça qu'il y a la lame du dragon. Je ne renoncerai pas au paradis. Et toi non plus.

Ses entrailles se contractèrent lorsqu'elle ouvrit la bouche pour tout lui avouer. Elle n'avait plus rien à faire de sa vengeance, de son honneur ou de la délicate fille aux cheveux noirs à laquelle il allait se donner. Elle voulait faire cesser ce tourment, voilà tout. Soudain, la porte s'ouvrit à toute volée et elle n'eut pas le temps de dire un mot. Morgan retira une lame cachée dans sa chaussette, l'enfouit sous son kilt et se leva dans le même mouvement pour se placer à côté de Zander et foudroyer Platon et Martin du regard.

— Il bouge ! s'exclama Martin d'une voix forte, témoignant de son choc.

— Je m'en doutais. Qu'est-ce que vous avez mijoté tous les deux ?

Platon, le front barré par un pli, les regarda tour à tour.

— Rien d'important, répondit Zander.

— Le comte vous fait quérir. Il exige que le duel commence immédiatement. Il y a des tripes au menu ce soir. Il veut que le bain de sang soit terminé d'ici là et s'attend à une fin rapide. Allons-y.

— Est-ce que les conditions seront respectées ? demanda Zander.

— Oui, répondit Platon en regardant Morgan droit dans les yeux.

— Bien. Allez-y. On vous suit. Enfin, moi je vais te suivre. J'ai quelques mots à dire à mon champion pour l'encourager.

La porte se ferma derrière eux. Zander attendit sans mot dire. Il n'avait pas à le faire. Morgan savait très bien où son maître voulait en venir.

L'heure avait sonné et tous les deux le savaient.

Elle se retourna et hocha la tête en même temps que lui. Elle n'avait jamais rien vu de plus beau que son regard bleu nuit. Elle espéra qu'elle s'en souviendrait quand elle recevrait le coup de grâce, que cette image serait la dernière qu'elle emporterait.

Il se dirigea vers la porte, l'ouvrit et sortit le premier.

— Allons donc, écuyer. On a un Sassenach à battre et des tripes à manger. Maudit soit cet homme et ses goûts délicats ! Je préfère le haggis.

Il était encore à se plaindre du menu du comte en l'escortant à travers un couloir, puis ils descendirent quelques volées de marches. Morgan se calquait sur son rythme, affligée seulement d'un léger boitement. Ils débouchèrent enfin dans une cour d'honneur noire de monde, cernée de murs de pierres grises. Morgan se concentra sur son adversaire, qui portait une veste taillée dans une étoffe satinée bleu pâle. Il portait une tenue étrange qui laissait voir ses jambes musclées sous ses hauts-de-chausses moulants bleu nuit.

Il se tenait devant des gradins où se trouvait une jeune fille aux cheveux noirs, au visage en forme de cœur et aux lèvres ourlées. Elle reconnut Morgan et lui adressa un sourire éclatant. Morgan ne le lui rendit pas – c'était au-dessus de ses forces – et se contenta de se détourner.

— Tu peux encore renoncer à ce duel, lui glissa Zander.

— Tu sais bien que c'est trop tard. N'en parlons plus.

Ces paroles lui semblèrent étranges et Zander regarda intensément son écuyer, qui éprouvait visiblement des difficultés à articuler. Morgan ne pouvait s'exprimer plus clairement avec sa langue mordue et gonflée. Elle se pinça les lèvres lorsqu'elle s'en rendit compte. Elle s'exprimait comme si elle avait bu.

— Comme vous avez lancé le défi, c'est à vous de choisir votre lame en premier, lord FitzHugh !

— Vas-y Morgan. Trouve la mieux équilibrée.

Morgan s'avança vers le coffre bordé de velours contenant deux épées. Les deux avaient été forgées par un maître, cela sautait aux yeux. Elles étaient fréquemment utilisées à en juger par l'usure de la partie inférieure de la garde. Elles avaient aussi été aiguisées récemment. Morgan saisit la plus usée et l'essaya.

L'équilibre était parfait. Fluide. Facile à déplacer. Légère. Elle fit quelques mouvements avec et observa les réactions de son adversaire. C'était un vaniteux pédant, mais il avait du mal à cacher son inquiétude. Elle reposa la première épée et s'empara de la seconde. La différence était ténue et seule une personne connaissant aussi bien les lames qu'elle pouvait la sentir. L'arc n'était pas aussi parfait, ni la répartition du poids. En fait, la lame semblait être un peu plus lente lorsqu'elle essaya de porter un coup d'estoc en l'air. Morgan sourit.

—Je prendrai celle-ci, dit-elle.

Ce fut un duel si époustouflant que les tripes que le comte avait prévu pour le repas furent servies en retard. L'affrontement dura jusqu'à une heure avancée de la nuit. Des torches furent apportées et allumées pour que le public puisse observer le combat plus facilement. Morgan avait confié à Zander que ce qu'elle appréciait le moins quand elle croisait le fer c'était de se tourner autour. Or elle avait affaire à un maître de danse.

Elle espérait simplement qu'il serait assez doué pour qu'elle puisse mettre son cou sous son fer sans que nul ne devine que telle était son intention. Malheureusement, il n'était pas doué. Il était bon quand même et elle avait passé des heures à essayer d'en finir. Quand leurs lames s'entrechoquaient et qu'il gagnait du terrain, l'Anglais la faisait reculer dans un coin où l'on aurait pu croire qu'elle allait perdre. Mais elle se lançait dans une parade, et repoussait ses assauts parfois jusqu'à le faire toucher terre. Sa lame envoyait voler de l'herbe ou de la paille pendant qu'elle bondissait sur le côté pour le tourmenter depuis une autre position. À d'autres moments, Morgan avait clairement le dessus, même si la seule chose qu'elle fit lorsqu'elle le coinça dans un coin fut de poursuivre la danse avec sa lame.

Elle lui laissa le temps de récupérer suffisamment pour l'attaquer de nouveau.

Tous deux transpiraient abondamment et la sueur s'écoulait de sous sa perruque jusqu'à ce qu'il retire cette chose stupide, révélant un crâne brillant. Morgan, de son côté, n'avait pas pensé à refaire sa natte et ses cheveux volaient autour d'elle depuis la première parade qu'elle avait placée et à chaque coup par la suite.

Elle devait constamment la rejeter hors de sa vue, ce qui n'échappa pas à Zander. Les sourcils froncés, il lui jeta un regard désapprobateur. Il l'avait prévenue de ce qu'elle risquait si ses cheveux la gênaient dans la bataille.

L'adversaire anglais n'était pas assez bon pour la battre et elle était trop orgueilleuse pour le laisser prendre le dessus. Elle se rendit finalement à l'évidence : aucun Écossais n'accepterait de perdre face à un hurluberlu comme celui-ci.

Elle se mit à attaquer avec un regain d'énergie, lui assenant coup sur coup jusqu'à envoyer valser sa lame pour la récupérer directement dans sa main gauche. Morgan le fit reculer avec les deux lames, faisant sauter un bouton ici et une couture là, jusqu'à ce que son pourpoint s'ouvre. L'Anglais tomba à genoux et la supplia. Morgan leva les deux épées au-dessus de sa tête.

— Morgan, non ! les termes du défi ont changé ! Morgan ! s'exclama Zander de sa voix de stentor.

Elle l'ignora et transperça le tissu de ses deux épées, ouvrant les basques du pourpoint de ce fanfaron anglais grâce à la force et à la précision de ses coups, puis, le faisant basculer sur le dos dans un craquement des genoux, elle le cloua sur la pelouse et les gardes des épées vacillèrent de part et d'autre de son torse. Des cris de joie s'élevèrent de la foule, en liesse depuis le début du duel. Morgan n'avait rien entendu.

Ella leva la tête vers les cieux et hurla sa colère, sa haine et sa douleur avec une force inouïe. Ce cri n'était dirigé contre personne d'autre qu'elle-même.

Chapitre 15

— *F*itzHugh, mon ami, parle! Ton prix sera le mien. Je paierai. Ce gars vaut son pesant d'or. Je t'offre la moitié de mes chevaux et toutes mes terres pour lui.

Le comte hoqueta au milieu de son offre. Morgan but sa chope de bière brune jusqu'à la dernière goutte et la reposa sur la table à côté d'elle. Elle gloussa lorsqu'elle tomba, directement sur les genoux de Zander. Elle le regarda mettre les mains sur son entrejambe pour se protéger. Elle trouva la scène encore plus drôle.

— Je croyais que vous vouliez offrir tous vos chevaux et la moitié de vos terres! s'esclaffa Platon, attablé un peu plus loin.

— Légère différence, FitzHugh, toute petite. Très bien. Je te donne tous mes chevaux, toutes mes terres et ma femme aussi.

— Cessez de me menacer avec votre femme! se plaignit Zander en s'asseyant juste assez pour grogner avant de tomber par terre.

Morgan, incapable de se servir de sa langue dont les coupures avaient été anesthésiées par l'hydromel et caressée par le bœuf à la crème, trouva cette remarque hilarante. Elle rit si fort que des larmes jaillirent de ses yeux. Elle les essuya de sa manche avant de faire signe à la servante pour qu'elle remplisse encore son verre.

—Je donnerai n'importe quoi pour un gars avec son talent. Il est où, le FitzHugh ? Il doit encore négocier. Je vais lui proposer mes beaux-parents aussi.

Phineas observait l'assemblée de son regard bleu glacial. La boisson n'améliorait visiblement pas son humeur. Morgan grimaça légèrement en le regardant. Elle aurait préféré lui tirer la langue – ce qu'elle fit d'ailleurs – mais, à l'instant où celle-ci fut hors de sa bouche, elle dut l'y remettre avec ses doigts. Cela lui parut encore plus drôle que de la sentir si grosse et enflée quoi qu'elle essaie de boire ou de manger.

—Est-ce qu'il est toujours là ?

Le comte lorgnait sur la place vide à côté de Morgan. Elle s'esclaffa de plus belle à la vue de sa perruque de guingois qui lui pendouillait sur une oreille.

—Je suis là.

Zander essayait tant bien que mal de se relever. Il parvint à se hisser sur son tabouret où il chancela un instant avant de retomber par terre.

—Ce garçon n'est pas à vendre, prit-il la peine d'ajouter. Jamais. Inutile d'insister.

—Mais il manie la lame mieux que quiconque !

—Il fait des merveilles à l'arc du moment qu'il a des flèches à portée de main !

Zander s'étouffa en riant et Morgan posa un pied sur son ventre pour lui faire payer son impertinence. Elle n'aurait pas dû. L'instant d'après, Zander la cloua au sol en moins de temps qu'il n'en faut pour le dire,

215

et se tint au-dessus d'elle. Il se mit à mordiller le lobe d'une de ses oreilles.

La sensation fit littéralement roucouler Morgan.

—Arrête ça tout de suite, Zander. C'est pas une femme ! Si c'est une femme que tu veux, emmène ma Sally Bess dans ta chambre. Elle devrait faire ton affaire, lui offrit le comte au milieu d'un torrent de rots.

—Je ne prendrai aucune fille, à moins que vous n'en fournissiez une à mon champion ! C'est lui qui en mérite une. Qu'est-ce que tu en dis, Morgan ? Prêt pour ta première culbute ?

Morgan le repoussa mais il ne bougea pas et elle était trop étourdie pour s'extirper de là sans sa coopération. Elle se mit à faire des pompes sur le dos et, au bout d'une trentaine, il finit par saisir son intention. Alors, appuyant ses mains sur les épaules de Morgan, il se mit lui aussi à faire des pompes.

Leurs regards se figèrent l'un dans l'autre. *C'est terrible*, pensa Morgan. Puis elle gloussa. Ce n'était pas si terrible que ça, bien au contraire.

—Si on peut en faire deux cents séparément, on devrait pouvoir en faire quatre cents comme ça, non ?

—C'est pas juste. Tu es plus lourd que moi, se plaignit-elle.

—Alors… ça veut dire que je te bats au concours de pompes ?

Il souriait et abaissait sa bouche vers la sienne et Morgan évita de justesse son baiser lorsqu'il s'effondra sur elle de tout son poids.

—Enlevez-le ! se plaignit-elle en essayant de rouler sur le côté.

216

— Les goûts de mon frère ont l'air plus variés que je ne le pensais, fit remarquer Phineas en soulevant Zander par la ceinture, suffisamment haut pour que Morgan puisse ramper hors de sa portée.

Elle s'apprêtait à remercier celui qui l'avait tirée d'affaire quand elle découvrit de qui il s'agissait. Elle repoussa sa main tendue pour l'aider et se releva toute seule, même si, une fois debout, le décor se mit à tanguer dangereusement autour d'elle.

— Sally Bess! emmène le jeune champion dans une chambre et fais-en un homme!

Une femme énorme s'avança vers elle, emplissant tout son champ de vision, et Morgan ouvrit des yeux ronds comme des soucoupes. Elle voulut prendre ses jambes à son cou mais ne put faire qu'un pas chancelant avant d'être rattrapée et jetée sur l'épaule de la ribaude, qui l'emporta comme une prise de guerre.

Elle trouva que c'était la chose la plus hilarante qui puisse arriver.

Morgan eut beau ouvrir les yeux tout doucement, la lumière s'infiltra douloureusement dans sa tête, lui donnant la nausée. Elle se mit sur le ventre et fut bientôt en proie à des haut-le-cœur. Puis elle se retrouva dans les bras d'une femme, perdue au milieu d'une opulente poitrine, tel un enfant que tiendrait sa mère.

— Pauvre, pauvre petite fille. Tu ne sais donc pas ce que ça fait de boire de l'hydromel?

Fille ? se demanda Morgan en retombant sur le moelleux matelas et se tenant la tête des deux côtés pour l'empêcher d'exploser.

— Où… suis-je ? murmura-t-elle en se demandant pourquoi ses dents ne s'étaient pas arrachées de sa bouche pour lui épargner pareils tourments.

— Dans mon lit. Je suis Sally Bess, championne de sports de chambre, toutes catégories. Ravie de te rencontrer, Morgan. Ne t'appellerais-tu pas plutôt Morganna ?

— Oh, mon Dieu !

Morgan se retourna sur le ventre, encore en proie à la nausée, et la femme lui tendit une petite bassine.

— Là, ma fille. Tout va bien. Je ne révélerai ton secret à personne. En fait, je crois que c'est vraiment terrible. Une femme… surpassant le bretteur de ce lord Cantor ! Et avec un tel panache, en plus ! Aussi longtemps que je vivrai et que je respirerai, ça me rendra fière d'être femme. Vraiment.

— Où… sont mes habits ? demanda Morgan.

— FitzHugh va te faire livrer un nouveau kilt. Je lui ai dit de t'en faire faire un de meilleure qualité puisque l'ancien s'est déchiré.

— Il… s'est déchiré ?

— Oh, oui ! tout comme ma tunique. Tu es un petit diable bien impatient quand tu t'y mets.

— Où… sont mes habits ? réitéra Morgan, les dents serrées.

Son intention n'était pas de paraître menaçante, mais de limiter les tremblements de ses dents, qui risquaient de la blesser davantage.

—Allons, laisse-moi voir. La plupart de tes vêtements sont éparpillés dans la grand-salle, même si j'ai laissé un morceau de ta sous-tunique dans l'escalier. Elle était usée jusqu'à la trame, de toute façon. Et tu portais un étrange morceau de plaid gris caché sur ton torse.

Morgan sauta du lit et Sally Bess l'y ramena immédiatement.

—T'en fais pas. Je l'ai mis à l'abri. Je me suis dit que tu en aurais besoin. Comme un porte-bonheur ou quelque chose comme ça. Il est juste là.

Morgan jeta un coup d'œil au lambeau de plaid KilCreggar tout effiloché que la femme tenait dans sa main. Elle regarda sa propre main s'en approcher en tremblant et se maudit d'avoir bu tant d'hydromel. Elle l'avait presque perdu ! Peu lui importait que Sally Bess la regarde lorsqu'elle le porta à ses lèvres pour l'embrasser.

—Je savais que c'était un porte-bonheur. Je le savais !

Gênée par cette bruyante manifestation de joie, Morgan mit ses deux mains sur ses oreilles.

—Excuse-moi, ma fille. Je suis dans tous mes états !

—Pourquoi ?

—Eh bien… je connais le secret du champion des FitzHugh, j'accueille ledit champion dans mon propre lit et, mieux encore, tout le monde est au courant !

—Où sont mes habits ?

Morgan s'étouffait et pas seulement à cause de la bile.

—Il me semble que tes bottes sont dans la grand-salle. Il y a une chaussette dans l'escalier. Ta ceinture est à la porte, avec tes poignards, et je me suis drapée dans ton kilt.

— Dans… la grand-salle? L'escalier?

— Tu as eu une nuit très agitée, c'est le moins qu'on puisse dire.

— Vraiment?

— Tu es un véritable animal. Tu m'as fait trembler et frissonner et crier jusqu'à l'aube. Quel boucan!

Morgan rouvrit les yeux. La lumière la faisait toujours atrocement souffrir, la femme était aussi énorme, mais l'amusement peint sur son visage lui conférait un certain charme. Morgan afficha un sourire jusqu'aux oreilles.

— Tu as la journée entière pour te reposer, ajouta Sally. Je leur ai dit que tu en aurais besoin. Tu es jeune, mais je me suis débrouillée pour t'épuiser. Tu es complètement vidé et tu dors avec le plus grand des sourires sur ton visage. Ce n'est pas un mensonge, d'ailleurs. Tu t'es endormie avec le plus rayonnant des sourires. Bien sûr, comme Zander demandait à voir ça, je l'ai laissé entrer.

— Comment?

Morgan essaya de souligner autant que possible son indignation, mais sa tête et sa langue gonflée la faisaient tant souffrir qu'elle prononça cette phrase avec des accents enfantins.

— Il voulait savoir où tu étais et si tu n'étais pas blessée. Je lui ai montré que tu ne risquais rien dans mon lit et j'étais furieuse qu'il puisse le penser.

— Il est venu ici?

— Oui. À la première heure, ce matin. Probablement quand il a assez dessoûlé pour s'apercevoir que tu n'étais plus à son côté. C'est un bel homme, ton maître.

Tu n'aurais pas dû le laisser se fiancer à Gwynneth. Elle n'est pas assez femme pour lui. Toi, tu l'es.

Le corps entier de Morgan rosit sous les draps.

— Qu'est-ce qu'il a vu ?

— Qui ?

— Mon maître, Zander FitzHugh.

— Eh bien… j'ai fait en sorte que tu sois… tu vois ce que je veux dire.

— Sally Bess ! entama Morgan en imitant le ton menaçant de Zander.

— Oh ! très bien. Je t'ai retournée sur le ventre, j'ai éparpillé tes cheveux et tu as les épaules aussi carrées qu'un homme, jeune fille, de toute façon. Tu avais un pied de ce côté du lit et un autre au bout. Puis j'ai fait en sorte de ne rien avoir sur le dos. En fait, ajouta-t-elle dans un murmure, je ne portais rien d'autre que ton kilt enroulé autour de moi.

Morgan se mit à rire, mais ses dents la firent souffrir et elle s'arrêta net. Puis sa tête prit le relais. Elle ferma la bouche et redressa la tête en même temps pour imposer à ses maux un seul et même rythme.

— C'était parfait ! Tu ronflais en plus !

— Je ronfle pas ! Aïe !

Morgan tint sa tête encore plus fermement.

— Si, si. Enfin, pas fort, mais un grand sourire te barrait le visage et ta respiration était forte. C'était parfait ! Tu aurais dû voir sa tête ! Impayable !

Le lit tremblait sous les éclats de rire de Sally Bess. Morgan était allongée en plein milieu, luttant pour que ses yeux ne deviennent pas hors d'usage comme l'était sa langue.

Zander FitzHugh tint parole. Non seulement on lui livra de nouveaux habits, mais le comte d'Argylle fit apporter quatre repas ce jour-là au lieu de trois et lui fit offrir un bain chaud. Il proposa aussi à Morgan de faire son choix parmi ses étalons si elle souhaitait rester et de leur faire une démonstration de ses talents au lancer de couteaux. Morgan, assise dans sa baignoire sabot, considéra la question.

Elle n'avait jamais goûté le luxe, et Sally Bess lava ses cheveux, les épingla et lui frotta même le dos. Elle eut même l'audace d'offrir une simulation de lubricité. Morgan se plaqua les mains sur les oreilles pour ne pas entendre la prostituée brailler, gémir et sauter sur le matelas pendant ce qui lui sembla des heures ce soir-là. Elle recommença son manège trois fois pendant la nuit.

À présent, le jour se levait et le temps était venu d'affronter son monde. Morgan attendit jusqu'à ce que Sally Bess finisse de tresser sa natte, la remette dans son dos et fasse un signe d'approbation après avoir considéré la tenue de Morgan. Puis elle ouvrit la porte de sa chambre et se mit à crier à qui voulait l'entendre qu'elle avait besoin de repos.

Le couloir était bondé et l'escalier noir de monde. Morgan fanfaronna au milieu des sifflets et des applaudissements. Elle parvint même à ne pas avoir les joues en feu.

Quand elle vit Zander, elle s'aperçut qu'il avait l'air furieux et ne la cherchait même pas. En fait, elle savait qu'il la cherchait mais il faisait son possible pour lui faire croire le contraire. Morgan avança d'un pas nonchalant à travers la cour d'honneur pour le rejoindre.

— Tu es un écuyer minable, Morgan, entama-t-il.

Elle recula d'un pas et n'eut pas besoin de feindre la confusion. Elle n'en revenait pas.

— Tu as toujours tes poignards ?

— Bien sûr.

— Et la lame du dragon ? Tu as laissé cette catin mettre les doigts dessus ?

— Je…

Elle s'arrêta un instant. Comment était-elle supposée répondre à une pareille question ? Il n'y avait pas de bonne réponse.

— Tu l'as perdue ?

— Bien sûr que non ! Je l'ai, comme j'ai tous mes poignards. Je ne les perdrai jamais.

— Tu nageais dans la bière et tu étais soûl comme un cochon. Comment peux-tu savoir ce que tu as perdu ou pas ?

— J'ai rien perdu.

— Tu as perdu ton innocence, non ?

Morgan n'allait pas mentir. Elle se contenta d'un haussement d'épaules.

— Et alors ?

— Et alors ? Ton innocence ? Tu ne peux la donner qu'une seule fois et je me rappelle t'avoir entendu parler de la femme que tu voulais avoir. Une femme que tu ne prendrais pas contre son gré, cela dit. Eh bien, va au diable, Morgan ! Tu n'as rien eu ni pris. Ta grosse catin a tout eu et a tout pris. Tu étais du beurre pour elle et probablement tout aussi satisfaisant.

— Ça, c'est pas vrai, répondit Morgan.

Zander lui jeta un regard oblique. Le bleu nuit de ses yeux était aussi vif et intense que la rougeur de son visage. *Il est enragé au point d'en rougir?* se demanda-t-elle.

— Si, c'est vrai.

Il passa sa main dans ses cheveux et remit sa natte sur son épaule, puis il s'installa en face d'elle.

— Je croyais que tu étais différent, mais ce n'est pas le cas. Tu es comme tout le monde, n'est-ce pas?

— Je suis humain, répliqua-t-elle.

— Oui, tu l'es. Félicitations. Bienvenue en enfer.

Morgan aurait préféré se faire frapper et en finir une bonne fois pour toutes.

— En enfer? murmura-t-elle.

— En fait, je commençais à croire que tu étais un ange, Morgan. Un ange envoyé ici-bas. Un ange vengeur et destructeur, mais un ange, rien de moins. Je suis un peu déçu de m'apercevoir que j'ai eu tort.

— Les anges n'existent pas, Zander.

— En effet, j'en ai la preuve sous les yeux.

— Je ne me suis jamais fait passer pour ce que je n'étais pas.

Elle disait vrai.

— Certes. Les apparences peuvent être trompeuses, tu me l'as pourtant rappelé. Le visage d'un ange et les besoins d'un humain.

— Je suis désolé de t'avoir déçu, marmonna-t-elle.

Elle était sincère. Elle aurait dû rester à son côté et se réfugier dans sa chambre. Ils avaient bu tous deux plus que de raison et avaient commencé à se carcsser mutuellement en public. Elle se doutait qu'ils ne se seraient certainement pas arrêtés en si bon chemin une fois la chambre regagnée, à l'abri des regards. Zander et elle se seraient connus intimement. Très intimement. Elle se demanda si c'était la raison de sa colère. Il la désirait… or il désirait le Morgan qu'il connaissait.

—Tu as fait plus que me décevoir, mon garçon, tu as souillé mes idéaux. Je t'avais mis sur un piédestal et je goûte à présent le poison amer que j'ai moi-même préparé.

—Je n'ai jamais prétendu être parfait.

—Eh bien, tu ne l'es pas, en effet. Ta perfection s'est volatilisée quand tu as laissé cette ribaude t'emporter comme un vulgaire sac.

—J'ai pas pu l'en empêcher. Pourquoi tu l'as pas arrêtée si ça comptait tant que ça pour toi ?

Zander soupira.

—Je ne savais pas encore ce que je ressentais à ce moment-là. Maintenant, je sais. Je l'ai su au moment où j'ai vu ton visage angélique dans son lit crasseux.

—J'ai pas perdu mon innocence, Zander, murmura enfin Morgan.

—Tu as perdu plus que ça, mon garçon. Tu as perdu tous tes habits aussi. Ça fait une très grosse perte pour moi. Maintenant, tu me dois un nouvel uniforme. Ton temps de servage vient d'être doublé.

—Oh ! répondit Morgan.

C'est la seule réponse qui lui vint à l'esprit.

—Après tous tes discours sur l'intention que tu avais de te préserver pour la plus belle des filles, une nymphette telle que notre Sheila, à quoi ça rime ?

—C'était…

— C'était l'idéalisme de la jeunesse et j'y ai cru. Quel crétin !

— Je comprends rien à ce que tu racontes, murmura Morgan.

— Qu'est-ce qu'il y a à comprendre ? Je suis tombé amoureux d'un idéal qui s'élevait au-dessus de tout ce qui est terrestre, dépravé et lubrique… et voilà qu'une grosse catin brise mon rêve.

— Ne parle pas de Sally Bess en ces termes.

— Bien sûr, tu prends sa défense maintenant. Pas étonnant.

— Mais… c'est toi qui leur as demandé de me trouver une fille. Je t'ai entendu !

— Ce n'est pas ce que je voulais. Je t'aurais jamais fichu entre les bras d'une catin. J'aurais trouvé la personne parfaite pour toi.

Morgan se sentit brutalement rejetée et les larmes lui vinrent aux yeux. Elle espéra que le son de sa voix ne permettrait pas de les deviner. Qu'est-ce qui n'allait pas chez lui ?

— Personne n'est parfait pour moi, Zander, murmura-t-elle de manière quasi inaudible.

Elle sut qu'il avait entendu en voyant ses mâchoires se contracter.

— Cette conversation ne mène nulle part et j'ai à faire.

— Que vas-tu faire ? Je vais t'aider.

— Mon écuyer, Martin, m'aide comme il faut. Je n'allais tout de même pas t'attendre, non ? pendant que tout s'effondrait autour de moi et que tu t'étais enfermé avec ta gueuse à vivre tes fantasmes. Non pas une, mais quatre ou cinq fois ? Tu es insatiable. Maintenant, qu'as-tu à dire pour ta défense ?

—C'était cinq fois.

Zander lui lança un mauvais regard.

—Et moi qui te croyais différent. Quel idiot !

Il lui tourna le dos et s'éloigna. Morgan, les yeux baissés, regarda les brins d'herbe se redresser derrière sa foulée. Elle ne savait pas si elle devait le suivre ou non. Martin était-il son écuyer à présent ? Du coup, était-elle censée servir Platon ? Elle aurait dû lui poser la question tant qu'elle en avait encore l'occasion.

—Votre présence est requise dans les appartements privés du comte.

Morgan regarda le petit garçon qui se tenait devant elle, un bras devant lui avec une serviette posée dessus pour une raison étrange. Elle fronça les sourcils.

—Maintenant ? demanda-t-elle.

Il hocha la tête.

Elle posa son regard sur le dos de Zander qui s'en allait et soupira. À l'évidence, il n'avait pas besoin d'elle. Elle suivit le serviteur du comte, ses doigts parcourant les trois poignards qu'elle avait cachés dans son dos et la lame du dragon contre son ventre.

Si le comte souhaitait avoir une démonstration de lancer de couteaux, elle lui en donnerait une, mais seulement avec l'accord de son maître. Morgan marchait sans grande difficulté, seule une légère douleur dans son dos persistait, puis elle se retrouva dans une pièce au luxe étouffant. Le comte ne s'était pas encore habillé et sa tête aux cheveux ras semblait étrange sans sa perruque. Il la toisa depuis son lit, sur lequel il était allongé, puis lui fit signe d'approcher.

—J'ai entendu parler de tes prouesses, mon garçon, dit-il.

Mal à l'aise, elle rougit, se demandant à quelles prouesses il faisait référence.

—J'ai envie d'acheter tes talents. Ton prix sera le mien.

—J'appartiens à Zander FitzHugh, répliqua-t-elle.

—Je m'occuperai de FitzHugh plus tard. Donne-moi ton prix. Ensemble, nous ferons fortune à Londres. Ils paieront cher pour avoir la chance d'assister à tes exploits, ce sera pratiquement du vol.

—J'appartiens à Zander FitzHugh. C'est à lui de vendre mes talents.

Il soupira et fit un signe de la main à un autre garçon portant un morceau de tissu sur son bras.

—Envoie quelqu'un chercher FitzHugh.

Il fit signe au garçon de déguerpir puis se retourna vers Morgan.

—Je n'aime pas me disputer, ajouta-t-il.

Elle déglutit nerveusement et attendit. *S'il te plaît, Zander, ne me vends pas à ce bouffon. Je t'en supplie.* Elle répétait sa supplique encore et encore, morte d'inquiétude. Zander ne tarda pas à arriver. Morgan se demanda comment on s'y était pris pour le trouver aussi rapidement. Même s'il affichait une expression fermée, il n'avait pas l'air soucieux pour autant. Elle ne pouvait que deviner pourquoi.

—Le garçon refuse de lancer un couteau sans ton accord, FitzHugh. Il refuse d'entrer à mon service. Je ne sais pas où tu trouves des serviteurs aussi loyaux, mais je voudrais acquérir les services de ce garçon. Donne-lui l'ordre.

Zander regarda Morgan. Les yeux écarquillés, elle secouait discrètement la tête.

— Morgan lancera ses couteaux pour vous à mes conditions. Vous avez offert un étalon de vos écuries et j'accepte. Pour le reste, c'est non. Les talents de ce garçon ne sont pas à vendre, à aucun prix. Morgan, va dans ma chambre. Prépare-toi pour une démonstration. Tu vas avoir l'occasion d'utiliser toutes tes armes. Fais-le savoir à Argylle. Invitez vos amis Sassenach. Vous allez voir ce qu'un Écossais est capable de faire. Morgan ? pourquoi restes-tu planté là ? Je t'ai donné un ordre. Et autre chose, monseigneur. À propos du duel d'escrime l'autre soir. Je crois…

Morgan n'en entendit pas davantage. Elle se précipita vers sa chambre.

Chapitre 16

Le château d'Argylle était plein à craquer jusqu'au ras des créneaux et une foule dense continuait à se déverser entre ses murs. Pourtant, la démonstration n'avait pas encore commencé. Quatre jours s'étaient écoulés, au cours desquels Zander avait refusé qu'elle sorte de son champ de vision. Il lui avait demandé de caresser la garde de la lame du dragon chaque fois qu'elle croisait son regard. Zander s'était montré tour à tour drôle et charmant, puis sombre et lunatique. Son humeur variait les jours où il buvait.

Ces jours furent les pires.

Morgan se sentit tendue comme un arc. Quand vint le cinquième jour, elle eut la certitude qu'elle devait prendre la fuite. Les murs du château étaient massifs, solides et étouffants. La tension de Morgan était à son comble, menaçant d'exploser à chaque instant.

Elle quitta la chambre de Zander avec les restes du festin de la veille et trébucha sur l'un des corps dans le couloir, faisant tomber ses plateaux. Des garçons de tout âge et de tout style se mirent à la dévisager. Plusieurs d'entre eux se ruèrent sur les verres sales et le plateau avant de la supplier de les laisser la servir.

Ils me supplient ? s'étonna-t-elle. Morgan recula dans la chambre de Zander et claqua la porte.

— Qu'est-ce qu'il y a, mon garçon ? Des ennemis dans les murs ?

Il se croyait probablement drôle. Morgan jeta un regard mauvais en direction de sa silhouette allongée sous les draps blanc cassé.

— Une foule de garçons attend dans la grand-salle.

— Le château entier croule sous les gars, Morgan. Et sous les filles. N'oublions pas la fine fleur de la jeunesse.

Morgan se raidit.

— Peu m'importent les filles. À quoi bon ? Quand aura lieu la démonstration ? Et quand pourrons-nous partir d'ici ?

— Partir ? Pourquoi ? Le comte sert un très bon hydromel, sa cuisine est très alléchante et les divertissements… eh bien, ils ne laissent rien à désirer, hein, mon gars ? Ou Sally Bess était occupée ?

— On est prisonniers depuis pratiquement une semaine, FitzHugh. Je sais pas pourquoi.

— Le comte attend l'arrivée de ses amis Sassenach. Je l'ai entendu. Ils sont en train d'organiser un sacré concours. Ça prend du temps.

— J'ai changé d'avis. Je ne veux plus concourir, se plaignit Morgan.

— Tu n'as plus le choix maintenant, mon garçon. J'ai parlé pour toi. Calme-toi et donne-moi un autre verre d'hydromel.

— Je ne peux pas sortir de cette chambre sans trébucher sur un corps. Il y a plus de monde que sur le pire des champs de bataille. Quelle fée a volé l'esprit d'Argylle ? Il y a certainement des campements pour ces gars ?

—Il y a des campements partout autour du château, Morgan, mais tout le monde veut être ici.

—Pourquoi ?

Il s'appuya sur le coude pour l'observer. Elle devrait être dans les cuisines à cette heure-ci pour échapper à la vue de son torse nu et viril, formant un contraste saisissant avec la couleur des draps. Morgan détourna le visage et espéra en vain qu'il ne la voie pas rougir.

—Tu rosis beaucoup pour un jeune déniaisé, Morgan l'écuyer. J'aurais jamais cru ça. Tes disciples non plus, j'imagine.

—Quels disciples ?

Elle le regarda de nouveau pour lui poser la question. Elle n'aurait pas dû. Il était à présent assis, les bras sur les genoux, complètement nu. Même si elle l'avait souvent vu ainsi, elle était toujours gênée et ne put s'empêcher de reculer.

—Ces gars campent sur le pas de ta porte. Tu ne crois quand même pas qu'ils restent pour moi ?

—J'ai pas de disciples. C'est bête de ta part de croire ça. Ils n'ont peut-être nulle part où aller.

—Morgan, si je ne te connaissais pas, je t'accuserai de fausse modestie. Ce sont tes disciples. Ils attendent pour avoir la chance d'apercevoir l'écuyer qui a battu le meilleur bretteur de lord Cantor. Pire, mes autres serviteurs les ont régalés d'histoires sur tes prouesses à la chasse.

—Je ne tiens pas à ce qu'on parle de moi comme ça.

— Pire encore, poursuivit-il, ignorant son commentaire. Les filles. Elles sont allées écouter ce que racontait Sally Bess. Tu es aussi réputé pour tes exploits sur un champ de bataille qu'entre les cuisses de ces dames. Tu es en train de devenir une légende. Tu n'as qu'à choisir celle qui te plaît parmi les filles. Je reprendrais pas Sally Bess si j'étais toi… Elle a tout raconté. Pourquoi, juste hier soir…

— Tu vas arrêter ça ? Je refuse qu'on parle de moi en ces termes !

— Tu fais des caprices. La gloire se moque de tes désirs, mon garçon. Quelqu'un aurait dû te prévenir.

— Zander, j'ai besoin de sortir.

— Ouvre les rideaux. On étouffe, ici.

— Tu ne comprends rien. Je dois sortir d'ici à tout prix ! Je suis retenue en otage et j'ai rien fait pour ça !

Sa voix grimpait dans les aigus, mais elle fut incapable de la contrôler. Elle contenait à peine ses larmes.

— Tu as battu le champion anglais. Tu as fendu ses habits en deux de ton épée et tu l'as cloué au sol comme un vulgaire pantin. Tu n'as pas touché à un seul de ses cheveux et tu lui as pourtant infligé une telle humiliation qu'il n'ose même plus montrer sa tête. Tu oses toujours prétendre que tu n'as rien fait ? Les clans attendent un champion comme toi depuis toujours.

— Je ne veux pas devenir cet homme-là, murmura-t-elle.

Il attendit qu'elle le regarde pour lui répondre.

— Que veux-tu alors ?

— Je veux chasser.

Il haussa un sourcil.

— Chasser ?

— Le comte a certainement besoin de viande pour tous ses invités. Il y a certainement du gibier dans la forêt là-bas, ou dans le champ derrière.

— C'est vrai, mais pourquoi ? pourquoi un tel besoin de tuer ?

Les larmes lui vinrent aux yeux, mais Morgan ne cilla pas. Elle espéra qu'il ne remarque rien.

— J'ai besoin de me sentir en vie, répondit-elle enfin.

— Va chercher mes habits. Tu veux chasser ? Alors on va chasser.

Il se leva et Morgan recula contre le mur.

— Je ne peux pas.

— Tu ne *peux* pas ou ne *veux* pas ?

Ce n'était pas une simple rougeur qui avait envahi ses joues, mais une véritable flambée qui lui embrasa le visage lorsqu'il se leva. Elle regarda au-dessus de lui, puis à ses pieds, à sa droite et à sa gauche. Elle jeta un coup d'œil vers la porte. Elle ferma les yeux un instant et réitéra la manœuvre pour l'éviter, mais elle ne vit que Zander FitzHugh dans toute sa splendeur.

— Je ne *peux* pas, répondit-elle enfin.

— Morgan ?

Le ton de sa voix baissa, puis il s'avança vers elle. Une main sur la lame du dragon, Morgan se glissa vers la porte de la chambre avant de s'arrêter net.

— Je vais t'attendre dehors, murmura-t-elle en sortant avant qu'il ne puisse l'en empêcher.

Elle fut encerclée par d'innombrables garçons qui tentaient d'attirer son attention, de l'approcher, de la toucher et de la servir. L'un d'eux lui offrit même ses services comme écuyer. *L'écuyer d'un écuyer?* se demanda-t-elle.

Elle fut de retour dans la chambre de Zander avant même qu'il n'ait eu le temps d'enfiler sa tunique. Il se retourna brusquement en entendant la porte claquer. Puis il rit. Morgan semblait terrifiée.

—Je préfère t'attendre ici, FitzHugh.

—Tu as quelques problèmes avec ta popularité?

—J'ai rien demandé et j'ai pas l'intention d'accepter ça. Jamais. Je veux qu'ils partent. Fais-les partir.

—Je ne peux pas.

—Tu es mon maître. Tu dois me protéger. Je ne veux pas de disciples. Je n'accepterai pas la gloire. Jamais.

Zander enfila sa chemise, boucla sa ceinture, attacha son *feile-breacan* et s'assit pour chausser ses bottes avant de prendre la parole. Morgan regarda chacun de ses mouvements, chaque tendon roulant sous la peau de son avant-bras, chaque inspiration s'imprimant sur son large torse, et elle se demanda quel effet cela lui ferait de se blottir dans ces bras et contre cette poitrine, protégée par quelqu'un pour la première fois de sa vie. Elle secoua la tête pour chasser cette idée.

—Tu n'as pas beaucoup d'options, Morgan. Je ne peux pas renvoyer tes disciples.

—Tu dois les tenir à distance. Tu dois le faire.

—Tu as peur de tes admirateurs, c'est ça?

—Je n'ai peur de rien.

—Très bien. Dans ce cas, je vais rester ici pendant que tu vas chasser tout seul.

Il souleva le pied pour retirer sa botte, mais Morgan le pressa.

—Non, Zander! Tu dois me sortir de là! Il faut que tu m'aides à traverser cette foule.

—Tu crois que je n'ai que ça à faire? Je vais plutôt retourner dormir. Je n'ai pas besoin d'aller chasser, ni de me soustraire à l'hospitalité du comte d'Argylle. Je n'ai pas à éviter une foule de disciples guettant mes moindres mouvements et mes moindres paroles. Tu as bien plus de problèmes que moi.

—Allez, s'il te plaît? implora Morgan.

Il leva les yeux au ciel et se leva.

—Très bien, Morgan. On va faire équipe pour s'occuper de tes disciples ensemble. Je regrette seulement qu'ils ne soient pas là pour moi. Je pourrais me servir de chacun d'entre eux pour influencer leurs clans.

—Tu n'as qu'à les prendre, suggéra Morgan.

—On ne « prend » pas des disciples, Morgan. Ils vont là où ils veulent. Les gagner à une cause, c'est ce qu'il y a de plus beau. Ils suivent leur idole et il est particulièrement difficile de s'en débarrasser. Les Anglais commencent enfin à le comprendre grâce à notre roi Robert.

—Alors fais tonner ta grosse voix et parle-leur. Persuade-les. Dis-leur que je ne suis rien, juste ton écuyer. Dis-leur que c'est grâce à toi que je suis devenu qui je suis. Vas-y, dis-leur.

—Ma grosse voix?

Elle pouvait discerner une pointe de moquerie dans sa voix et lui attrapa le bras.

— Tu dois le faire. J'ai besoin de respirer à pleins poumons l'air frais et on étouffe dans ce château. J'ai besoin d'espace ! J'ai besoin de bouger. Le peu que tu m'autorises à faire ici ne me suffit pas. Je dois sortir ! Zander !

Il baissa le regard vers l'endroit où ses doigts étaient posés sur son biceps.

— Tu ne devrais pas faire ça, Morgan, fit-il remarquer sur un ton plus grave.

Morgan chercha son regard du sien et retint son souffle.

— Mais j'ai besoin de sortir ! Tu es bien placé pour comprendre ça, toi !

— Ôte ta main de mon bras, murmura-t-il.

Morgan avala sa salive, enleva sa main et tira la lame du dragon à moitié de l'autre tout en reculant.

— Bon, maintenant, tentons de traverser ton groupe de disciples, dit-il en gagnant la sortie.

Cette journée fut longue et éprouvante. Ceux que Zander avait baptisé les « disciples » de Morgan étaient partout : dans les buissons, derrière les arbres, se bousculant presque pour voir leur idole abattre un animal d'un trait dans l'œil. Évidemment, cette foule de garçons faisait fuir le gibier. Morgan se mit en colère lorsque Zander décréta que la journée était gâchée, même s'ils avaient parcouru plus d'une lieue sous la pluie et que leurs vêtements étaient si trempés qu'ils pourraient remplir tous les puits du château d'Argylle en les essorant. Morgan dut ensuite traverser la marée de filles qui l'attendaient.

Son visage s'embrasa et elle resta deux pas derrière Zander alors que des femmes de tout âge, aux profils divers et variés, lui faisaient des propositions plus qu'indécentes.

— Ta Sally Bess a une grande bouche, remarqua Zander. Enfin… surtout pour parler. J'ai aucune idée de ce qu'elle peut bien faire au lit avec, même si je peux l'imaginer.

Morgan le foudroya du regard.

— Tu ne rêves pas d'une autre conquête, Morgan ? Tu es le plus étrange des garçons. N'importe quel gars ne s'arrêterait pas en si bon chemin après des débuts aussi prometteurs que les tiens. Tu n'as pourtant rien fait d'autre que de me tenir compagnie et te cacher. Regarde autour de toi, mon garçon. Tu peux avoir n'importe quelle fille ici.

— S'il te plaît, arrête ça tout de suite et ramène-moi dans ta chambre, je…

— Tu… quoi ?

Il s'arrêta, elle aussi, et ils se retrouvèrent entourés de monde. Morgan grogna et dut se rapprocher.

— Tu veux remettre ça avec Sally Bess ?

— Je veux retourner dans ta chambre.

— Sally Bess a du coffre, hein ? Tu dois être mieux équipé que ce que je pensais.

— S'il te plaît, ne parle plus de ça. C'était pas ce que tu crois.

— C'était plus que ce que je pouvais en supporter, Morgan, murmura-t-il. Sache que ça me coûte beaucoup de l'admettre. Si seulement tu savais à quel point ça a été dur de ne pas défoncer cette porte pour mettre fin à ça. J'ai cru mourir à chaque cri de plaisir que poussait cette gueuse et ça me répugne d'en être réduit à ça.

—Zander? entonna Morgan avant d'être poussée contre lui puis quasiment arrachée à son corps.

Elle ne put rester à son côté qu'en s'agrippant à son dos.

—Tu ne devrais pas rester aussi près de moi, Morgan.

Ses yeux s'arrondirent et la foule se fit plus dense et plus turbulente.

—J'ai pas le choix! Je serais écartelée.

Elle fut de nouveau bousculée, puis des mains lui tirèrent les bras, le kilt, et Morgan sentit sa nuque partir en arrière lorsque quelqu'un se saisit de sa tresse et tira dessus.

—Zander! au secours!

Elle crut qu'il ne l'avait pas entendue, mais il sauta sur une meule de foin, tirant Morgan à son côté. Une fois juché sur le sommet, il attira l'attention de la foule, haranguant l'assemblée d'une voix de stentor.

—Camarades! cria-t-il en regardant Morgan, agrippée à son flanc. On dirait qu'il est temps de lancer un concours! Trouvez-moi le seigneur de céans! Trouvez-moi un chevalier! Ne restez pas là! Allez les chercher! Mon écuyer doit vous faire une démonstration de ses talents avec un poignard. Toi, là! va installer une cible.

—Il y en a déjà une! Tu vois? cria un inconnu dans la foule.

—Zander?

— Je t'ai déjà demandé de ne pas me toucher, Morgan. Je ne le répéterai pas. Je vais me débarrasser de toi et tu vas pas aimer.

Elle desserra sa prise et s'écarta de lui en détournant le regard avant qu'il puisse apercevoir ses larmes. La meule qu'ils avaient escaladée offrait un excellent point de vue sur le terrain qu'ils préparaient. Il semblait y avoir quatre cibles, une à chaque point cardinal, autour de leur promontoire.

— Ça me paraît précipité, FitzHugh.

Le comte les avait rejoints, entouré de nombreux courtisans pomponnés et parés de mille froufrous, des Anglais, selon toute vraisemblance. Morgan baissa la tête pour dissimuler son sourire. Ils avaient l'air plus efféminés qu'elle ne l'avait jamais été ! Ils sortaient visiblement d'un festin car quelques-uns avaient apporté leur assiette, d'autre leur verre et certains portaient encore une serviette autour du cou.

— On aura une émeute sur les bras si on ne fait rien maintenant ! rétorqua Zander. J'ai pas raison, les gars ?

Du vacarme fit écho à sa remarque, puis il reprit de plus belle :

— Et n'oublions pas toutes les filles en chaleur ! Elles rêvent de voir Morgan lancer des couteaux, n'est-ce pas ?

Le chœur des voix des filles s'éleva presque aussi puissamment que celui des hommes.

— Son champion est complètement cuit et le mien n'est pas franchement en bon état non plus, se plaignit l'un des élégants seigneurs.

— Très bien, repartit Zander. Morgan lancera ses couteaux seul. Observez bien et voyez par vous-mêmes

ce que vous aurez à battre. Faites place autour des cibles !
Pas celle-là, la plus éloignée !

La foule se mit à bouger. Morgan plissa les yeux.
Il parlait de la cible placée de l'autre côté du terrain.
Comme le soleil était en train de se coucher, les torches
n'étaient pas nécessaires, mais la distance la rendait
nerveuse. Elle se demanda si Zander s'en rendait compte.

— Tu peux l'épingler ?

— C'est un peu tard pour demander, rétorqua-t-elle
en se penchant pour se saisir de ses neuf poignards.

— Est-ce qu'il y a des volontaires pour un petit pari ?

Zander s'adressait aux seigneurs, qui s'étaient mis
à l'abri de la foule. Ils n'allaient tout de même pas se
mêler au commun. Morgan se mordit les lèvres.

Des mains se levèrent.

— Argylle ? vous avez quelqu'un pour tenir
les comptes ?

Le comte hocha la tête pour signifier son assentiment.

— Alors ses services sont requis dès maintenant,
déclara Zander. Morgan va lancer huit poignards. Ils
doivent tous atteindre la cible. Ensuite, il en aura fini.
Ce sera terminé. Plus de lancers de couteaux. Plus de
paris. Plus de démonstrations jusqu'à demain. On
est d'accord ?

Un tollé s'éleva de la foule. Morgan n'en comprit
pas la signification, car elle ne décela ni accord
ni protestation.

— Et s'il manque sa cible ? cria un quidam.

Zander leva la main et la foule se calma. Morgan
observa la scène, les yeux écarquillés.

—Alors il aura perdu! Les jeux officiels n'en seront que plus intéressants, non? À présent, écartez-vous de la cible. Laissez-lui assez de place pour planter son couteau dedans sans avoir à égorger un fermier au passage. Si vous voulez être dans la ligne de mire de mon écuyer, mettez un Sassenach devant vous!

La foule réagit bruyamment à sa sortie. Morgan leva son regard vers lui et essaya de retenir son sourire.

—Paré?

Il crut discerner un «oui», mais peut-être était-ce autre chose. Les pieds campés dans la meule de foin, Morgan lança ses huit couteaux les uns après les autres. Elle sut qu'ils atteignaient leur cible en entendant la réaction de la foule. Le bruit se calma avant que le sixième ne soit planté, et les deux derniers se fichèrent dedans dans un silence absolu.

—Bon Dieu, Argylle! s'exclama l'un des nobliaux avant que sa voix ne soit noyée par les vivats de la foule.

—Mes poignards, murmura Morgan en se penchant.

—Martin les a récupérés. Tu vois? Je veux pas qu'il arrive quoi que ce soit à tes poignards parfaitement équilibrés. Maintenant suis-moi et ne me quitte pas d'une semelle. On va s'échapper mais il faut faire vite.

—Mais ils étaient d'accord! Il était prévu que je ne lance qu'une seule fois. Je comprends pas, Zander.

Zander secoua la tête.

—Tu veux rester planté là à regarder la scène ou tu me suis?

Incapable de dire un mot, elle opina du chef.

Chapitre 17

*M*organ surpassa tous ses opposants puis se surpassa elle-même. Une vingtaine de champions entrèrent en compétition, tous présentés par un des seigneurs invités. Chacun devait se mesurer à Morgan dans une discipline. Lorsque Morgan remporta le concours, ce fut à son tour de définir les règles. Puis, quand il apparut qu'aucun adversaire n'était à la hauteur, elle battit ses propres records.

Le concours commença par le lancer de poignards. Pour la première épreuve, il fallait planter deux couteaux au même endroit. Pour Morgan, c'était un jeu d'enfant. Son talent ne passa pas inaperçu : elle entoura la lame d'un de ses opposants de dix des siennes. Au tir à l'arc, elle ne se contenta pas de loger une flèche au milieu d'une cible. Elle en mit plusieurs au beau milieu de quatre cibles avant que les applaudissements ne commencent à retentir lors de son premier coup direct. Elle planta ensuite quatre hachettes sur une ligne droite horizontale, puis quatre autres verticales perpendiculairement. Elle lança sa masse d'armes d'un trait droit et sûr, la chaîne s'enroula autour du piquet prévu à cet effet et la boule couverte de piques l'arracha du sol. À la fronde, son jet fut si précis que le lendemain son groupe de disciples utilisait sa méthode si peu conventionnelle pour préparer son lancer. Mais c'était surtout aux poignards qu'elle excellait. Tout le monde semblait le savoir. Aussi, quand elle saisit un mannequin, qu'elle le plaça devant une cible et planta ses lames tout autour tout en gardant intacte la fine enveloppe de tissu qui contenait le rembourrage, la foule resta muette d'admiration avant de laisser exploser sa joie.

Sur le moment, c'était aussi exaltant que ce qu'elle avait imaginé, mais l'instant d'après elle était tout aussi désenchantée. Morgan était prisonnière de sa propre célébrité. Sa meute de disciples s'accrut jusqu'à ce que Zander fasse quérir d'autres membres du clan FitzHugh pour l'escorter quand elle sortait de sa chambre, accentuant encore son impression de confinement. Vers la fin de la démonstration, elle oscillait entre allégresse et peur, gaîté et abattement, joie et désespoir.

Les nuits devinrent le théâtre de telles scènes de débauche que des concours furent organisés à grand renfort de jeux de boisson et de lutte. Morgan se tenait à l'écart de ces activités, même si elle pouvait entendre les fêtards depuis la chambre de Zander jusqu'à une heure avancée de la nuit. Il rentrait alors en titubant, les yeux injectés de sang, l'humeur maussade et brusque. Il se montra entreprenant plus d'une fois, et Morgan dut sortir la lame du dragon et le menacer.

Au dixième jour du championnat, il ne restait plus en lice que le jeune écuyer Morgan du clan FitzHugh. Tous les autres compétiteurs avaient été vaincus et le comte réclamait une dernière démonstration.

Il souhaitait que le dernier jour de la compétition soit une démonstration des talents de Morgan avant qu'il ne mette fin au tournoi, que tous les paris soient fermés et que la foule se disperse.

Pour l'occasion, Zander fit livrer à Morgan une tenue d'apparat ainsi qu'une broche en argent représentant un dragon, des bracelets d'argent ciselés et une ceinture rehaussée d'argent embossé. Morgan resta bouche bée devant la richesse de ces atours et Zander lui adressa son plus beau sourire. Puis on apporta une baignoire dans ce qui était devenu sa cellule et tout ce qu'elle avait vécu au cours des dix derniers jours ne fut que le pâle reflet de ce qui allait lui arriver.

Morgan écarquilla les yeux et elle dut avaler l'excès de salive qui s'était soudain accumulé dans sa bouche. Elle observa la baignoire qu'on installa au milieu de la chambre de Zander en déplaçant le repose-pieds. Elle ressemblait à une immense bassine avec des rebords en bois incurvés, maintenus par une large bande métallique. De la vapeur d'eau s'éleva bientôt de la baignoire et Zander ne la quittait pas des yeux. Elle garda les doigts sur la garde ornée d'un rubis de la lame du dragon pendant toute l'opération.

Puis Zander renvoya tout le monde.

— Ça serait mal vu que je ne m'occupe pas de mon champion maintenant, dit-il enfin.

Debout à côté de la baignoire, elle le foudroya du regard.

— Je peux pas laisser faire ça, murmura Morgan.

Il avait le teint gris à la lumière du matin et son sourire s'éteignit complètement.

— Tu n'acceptes pas l'admiration et la reconnaissance de ton maître pour l'honneur que tu as apporté à mon clan ?

— Ça, je peux l'accepter. J'accepte aussi les vêtements que je porterai le temps du tournoi pour faire honneur aux Écossais. Mais je te les restituerai après. En revanche, je n'accepte pas que tu restes pendant que je me prépare et m'habille.

Si elle avait parlé plus sèchement, ses paroles auraient pris tout leur sens. Mais il se contenta d'écouter ses arguments avant d'esquisser un nouveau sourire.

— Tu ne restitueras pas ces vêtements. Aucun paiement ne sera requis. L'incident est clos. Cette tenue a été confectionnée avec soin spécialement pour toi. C'est ce que le champion du clan devrait porter… et portera. Si tu n'obéis pas, je prendrai le kilt que tu portes maintenant pour le cacher, dit-il en fronçant les sourcils. Je ne dois pas avoir à rougir de ton excès d'avarice. Chaque fois que tu remportes une épreuve, l'offre du comte pour tes services est doublée et je n'accepterai pas qu'on dise que le clan FitzHugh doive prêter l'oreille à de telles propositions par manque d'argent.

— Avec tout l'argent que coûte ma tenue d'apparat, on est à l'abri de tout soupçon, rétorqua-t-elle d'un ton taquin. Mais je viens à peine de devenir champion et il faut bien plus de temps pour confectionner une tenue comme celle-ci.

— Parfois, j'aimerais que tu sois un peu moins intelligent, mon garçon, déclara-t-il en soupirant. Mais on ne peut rien te cacher. C'est la vérité. J'ai ordonné qu'on fabrique cette tenue quand je suis parti rejoindre mes frères la première fois que je t'ai quitté. Je savais déjà ce que tu deviendrais pour moi et je voulais que tu saches quelle position tu occuperais au sein de ma maison. Tu n'es pas un simple écuyer, Morgan. Tu es et resteras mon ami à tout jamais.

— Cette tenue ne doit pas être une excuse pour allonger mon temps de service, répliqua-t-elle en levant le menton.

Le sourire de Zander vacilla.

— Je vois mal comment tu pourrais me servir plus longtemps. Car me voilà maudit et contraint moi-même à la servitude. Cesse de chercher des excuses. On doit encore te préparer pour cette démonstration. Donne-moi ton kilt.

Morgan pâlit.

— Je me déshabillerai pas devant toi, FitzHugh.

— On doit t'aider. Platon insiste pour que ce soit moi qui le fasse.

Platon ? se demanda Morgan. Elle aurait dû s'en douter.

— Je ne veux pas de ton aide, Zander, et je me fiche que ce soit un ordre de Platon.

Le sourire de Zander se volatilisa.

— Je ne tiens pas plus que ça à accomplir ce devoir. Maintenant, donne-moi tes habits et file dans la baignoire.

— Non, murmura-t-elle.

— Platon a demandé qu'il en soit fait ainsi.

— Platon est un idiot. Aucun écuyer n'est servi par son maître. C'est toujours l'inverse. Toujours.

—Sauf quand c'est une question d'honneur, comme le dit Platon.

—Platon n'a pas toujours raison !

—Ça me vaudra le respect de tes disciples. Ça prouvera que je te tiens en haute estime. Maintenant, donne-moi ton kilt. On n'a pas toute la journée.

Morgan commençait à se sentir désespérée, ce qui n'échappa pas à Zander. Elle recula vers la cheminée et sortit la lame du dragon.

—Est-ce que Platon est au courant pour la lame ?

—Non.

—Alors tiens-le au courant. Dis-lui de ne pas insister sur ce point. Dis-lui qu'il y aura des conséquences.

—Je l'ai fait. Il sait. Il dit que c'est ce qu'il espère. Il n'a pas expliqué pourquoi.

—Il *quoi* ? s'emporta Morgan, la voix dangereusement haut perchée.

—Morgan, je sais que c'est aussi dégoûtant pour toi que pour moi, mais cela paraît logique. C'est la meilleure façon de te témoigner mon respect et ma volonté de te servir dans cette affaire, compte tenu du service que tu me rends. Maintenant, cesse de pinailler et file dans cette baignoire avant que je t'arrache tes vêtements et que je t'y jette sans autre forme de procès.

Il traversa la chambre d'un pas décidé.

Morgan fit tournoyer la lame entre ses mains, le rubis scintillant de mille feux. Décidément, songea-t-elle, elle haïssait Platon.

—Si tu me touches, je te quitte, FitzHugh. Tu me perdras pour toujours. Pigé ?

La lame n'était plus pointée sur lui. Morgan était visiblement prête à la retourner contre son estomac. Devant ce spectacle, Zander s'arrêta net. Il plissa les yeux, puis il lui tourna le dos.

— C'est plus que je ne peux en supporter, mais on doit absolument te servir. Tu préfères que j'envoie Martin, l'écuyer ? Peut-être que Platon devrait t'aider lui-même, c'est son idée après tout.

— J'ai pas besoin d'être aidé. Je suis rien qu'un petit écuyer, un gars du peuple, sans nom et sans clan. Je dépouillais les morts de leurs biens. Je ne suis rien.

— Tu n'es rien de tout ça. Tu es le champion FitzHugh. Je vais te trouver de l'aide. Je vais envoyer Phineas.

— Non !

— Tu ne l'aimes pas, lui non plus ? Qui veux-tu que j'envoie alors, Morgan ? Qui ? Je ne te laisserai pas tout seul.

— Alors demande à Sally Bess de venir, répliqua rapidement Morgan.

C'était la meilleure solution à laquelle elle pouvait penser.

— La ribaude ?

Son dos était aussi raide que sa réponse était abrupte.

— La fille. Je demande Sally Bess.

— Tu la veux… tu veux *ça* ?

Il semblait s'étouffer. Morgan l'observa.

— Platon veut que je sois assisté. Il te force à me servir. Je ne peux pas accepter ça. Je ne vois aucun inconvénient à ce que Sally Bess le fasse. Je n'attends rien d'autre d'elle, je le jure. Fais-la venir, Zander, je t'en prie. Fais-le pour moi.

Elle ne savait pas s'il s'exécuterait pour une fois. La porte claqua, et elle ne put épier la moindre conversation. Quoi qu'il arrive, elle ne retirerait pas le moindre de ses vêtements tant que Zander serait dans les parages. Les conséquences seraient bien trop lourdes et Platon était bien trop sûr de lui quant à son sexe. Morgan lui vouait désormais une haine profonde.

— Tu m'as fait appeler ?

Les yeux de Sally Bess pétillaient, et elle souriait jusqu'aux oreilles.

Les genoux de Morgan lâchèrent. Elle ne s'était pas rendu compte de son état de crispation et de nervosité.

— Dieu merci ! Il faut que je me prépare et m'habille pour la démonstration. Je peux pas permettre au FitzHugh de me voir.

— Alors il ne le fera pas. Sally Bess va s'en assurer.

Elle se retourna et verrouilla la porte.

— À présent, reprit-elle, enlève ce kilt. On a un champion à habiller et j'ai une dette à rembourser.

— Une dette ? répéta Morgan en se dévêtant.

— Tu as sacrément fait grimper ma cote, Morgan l'écuyer. Tu comprends peut-être pas encore comment ça marche entre les hommes et les femmes, mais je suis une vieille servante usée et voilà qu'on m'appelle pour servir l'écuyer FitzHugh et l'aider à s'habiller. As-tu la moindre idée de l'honneur que tu me fais ? Miséricorde ! En plein milieu de la matinée, en plus. Je te jure que tous ceux qui étaient près de moi étaient verts de jalousie. Va dans l'eau. Je m'occupe de tes cheveux.

L'eau s'était légèrement refroidie pendant que Morgan se disputait avec Zander, mais elle lui procura néanmoins une sensation délicieuse. Soulagée que Zander ait fini par décamper, les mains de Sally Bess sur les tempes, Morgan s'avachit dans la baignoire, chassant les pensées qui semaient la confusion dans son esprit. Il lui sembla qu'elle avait tout son temps avant la démonstration qu'elle devait faire et avant de mettre à exécution son plan pour se venger de FitzHugh. C'est alors que Sally Bess se mit à sauter sur le lit de Zander et se mit à crier, à grand renfort de gémissements et de paillardises, pour feindre la copulation.

—Arrête ça! commanda Morgan. Arrête ça tout de suite!

La femme se mit à crier de plus belle, ses mouvements devinrent plus exubérants, et elle fit même tomber la ceinture incrustée d'argent par terre, produisant un grand bruit sourd.

—Sally Bess! si tu n'arrêtes pas ça tout de suite, je raconterai tout et le reste…

—Tu diras que tu es une fille?

Elle cessa de sauter, lui jeta un regard sournois et reprit son petit manège.

—Morgan, je vais te tuer à mains nues!

Zander tenta d'enfoncer la porte de son épaule. Sally Bess s'interrompit, et constata que le verrou tenait bon. Puis elle recommença. Morgan s'avachit plus encore dans son bain et se demanda pourquoi elle avait été aussi stupide. Elle aurait pu faire quérir Martin et l'aurait envoyé dans un coin le temps de se baigner. Elle aurait pu se couvrir d'un morceau de tissu.

Elle n'avait pas à prendre son bain nue, de l'écume de savon léchant son menton et ses épaules, sentant l'eau refroidir contre sa peau rougissante alors qu'une femme qu'elle connaissait à peine feignait d'avoir un rapport charnel avec elle. Tout était sa faute.

— Morgan ! ouvre cette porte ! Morgan ! hurla Zander, s'époumonant sur les deux dernières syllabes.

Morgan écarquilla les yeux. Elle imaginait aisément la tête qu'il faisait, et cette vision l'effrayait au plus haut point.

— Partez tous ! Allez-vous en ! Maintenant !

La porte émit un autre craquement ; Sally cria plus fort. Zander l'appela une fois de plus. Il jura de nouveau. On assena encore un grand coup dans le battant.

— Morgan, Dieu m'en est témoin, je n'épargnerai pas un cheveu sur ta tête.

Sally cria. La porte vola en éclats et Morgan la regarda se briser comme si la scène se déroulait au ralenti. Il était seul et il n'y avait personne dans le couloir non plus. Puis elle croisa le regard incrédule de Zander devant le spectacle qui s'offrait à lui, suivi du plus authentique des fous rires qu'elle ait jamais entendus.

Après une révérence pleine d'insolence, il ordonna à Sally Bess de vaquer à ses occupations et éclata de rire en refermant ce qui restait de la porte. Tout compte fait, cette matinée fut la plus humiliante de toute sa vie.

La foule était aussi dense qu'auparavant, mais cette fois-ci Morgan s'inclina devant l'assemblée en commençant par la galerie dans laquelle les nobles étaient installés et en terminant par les serfs. Zander ne le quittait pas d'une semelle. Le soleil se reflétait dans le costume qu'il avait fait confectionner pour elle. Chaque fois qu'elle levait un bras, changeait de position ou pivotait, ses accessoires en argent miroitaient en un millier de petits éclats. Elle les apercevait de temps à autre.

Elle faisait de son mieux pour ignorer l'attitude suffisante de Sally Bess tandis que toutes les autres filles gazouillaient dès qu'elle regardait dans leur direction. Elle ignora aussi la promise de Zander, assise dans la tribune entre son père et le roi d'Écosse, Robert Bruce, fraîchement couronné. Il n'était pas aussi avenant qu'elle l'aurait cru mais son attitude était à la hauteur de son rang. On ne pouvait pas se tromper là-dessus.

Morgan évitait soigneusement le regard de Zander, qui scrutait le moindre de ses mouvements. Ses yeux bleu nuit étaient plus éblouissants que tout l'argent du monde.

Sa main se mit à trembler un instant, puis elle reprit le contrôle.

—Avance, Morgan l'écuyer du clan FitzHugh. Salue ton souverain.

Morgan s'inclina profondément, Zander à son côté.

—On prétend que personne n'est aussi doué que toi, Morgan l'écuyer. J'ai hâte de voir tes exploits. Je me félicite que les armes soient de nouveau autorisées dans ce royaume d'Écosse sur lequel je règne à présent. N'ai-je pas raison, mes seigneurs ?

Le roi se tourna vers eux pour qu'ils expriment leur assentiment.

— Il va vous falloir regarder avec attention, Votre Majesté, l'informa Zander, car Morgan est vif comme l'éclair avec ses mains et ses lames. C'est l'objet de cette démonstration.

La veille, ils avaient discuté et elle l'avait écouté vanter ses exploits auprès du souverain. Elle grimaça et détourna le regard au moment où elle croisa celui de Platon, assis derrière la promise de Zander. Elle rougit.

C'était une bonne chose qu'elle ait discuté avec Zander des exercices qu'elle devrait pratiquer car elle ne lui avait pas adressé la parole depuis l'affaire de la baignoire. Elle craignait de ne plus jamais pouvoir lui parler. Le roi hocha la tête et Morgan se releva après une profonde révérence.

— À toi de jouer, Morgan. Ne me regarde pas comme ça. Tu as allégé mon cœur d'un fardeau considérable. Je crois que c'est le plus beau jour de ma vie.

Il lui glissait ces paroles à l'oreille, et elle en fut troublée au plus haut point. Au moins, elle pouvait s'occuper de son embarras.

Les armes de Morgan étaient disposées en demi-cercle au milieu du terrain entre les quatre cibles et elle s'arrêta un instant pour choisir son point de départ. Elle fit bientôt abstraction de la foule et du roi. Plus rien n'existait que le regard bleu nuit de Zander. Elle attrapa la claymore et commença son enchaînement.

Elle avait fait en sorte de disposer de quatre exemplaires de chaque arme, un par cible. Elle amorça sa démonstration par un mouvement apparemment sans faute, pivotant d'avant en arrière en commençant par la première cible, puis attrapant une arme, la fichant dans la troisième. Vint ensuite la deuxième cible et la quatrième pour terminer. Si elle plaça la claymore au centre, l'arme suivante alla se planter juste en dessous. Les flèches allèrent sur la droite, les hachettes sur la gauche, les *sgian-dubh* au-dessus et enfin trois poignards dans chaque cible dans ce qui semblait être un espace inexistant entre chaque arme déjà plantée. La démonstration dans son ensemble prit moins de temps que ce que le concours précédent avait pris et, lorsqu'elle planta le dernier poignard, elle tomba à genoux, les bras grands ouverts.

La clameur de la foule l'atteignit en premier, puis Zander s'approcha d'elle, attendant qu'elle se lève pour se joindre à lui. Elle ne croisa ses yeux qu'une fois et leur lueur était plus chaude, plus personnelle, plus intimidante. Il prononça quelques mots qu'elle n'entendit pas, assourdie par les vivats de la foule. Puis il l'escorta de nouveau vers l'endroit où le roi était assis aux côtés du comte et de la délicieuse Gwynneth.

Morgan croisa son regard plein d'admiration, comme celui de toutes les autres filles pour leur héros. C'était troublant. Il y avait aussi quelque chose d'indéchiffrable dans son regard. Quelque chose qu'elle finit par comprendre pour l'avoir observé assez souvent dans les yeux de la vieille peau. Gwynneth était malheureuse, désespérément malheureuse. *Malheureuse*? se demanda Morgan.

Elle n'eut pas le temps de se poser de questions à ce sujet car le regard de Platon sur elle était particulièrement troublant. Morgan tenta d'en faire abstraction. Platon était un homme ennuyeux, inquisiteur et gênant. Elle se fichait éperdument de ce qu'il pouvait bien penser d'elle et se moquait aussi de ses plans.

— Ta promise semble un peu plus… calme, Zander, glissa-t-elle derrière son épaule lorsqu'il la ramena vers sa chambre, laissant les hommes du clan et ses disciples derrière eux.

Personne ne voulait manquer le fastueux banquet et la fête qui allait suivre. Personne, mis à part Morgan l'écuyer.

— J'ai avancé la date du mariage, précisa Zander en se retournant. J'ai fait savoir au comte que je ne voulais pas attendre. Je vais l'épouser dans trois jours. Je crois que cette nouvelle l'a calmée.

— Tu as avancé la date du mariage ?

— Oui. Le comte a accepté sans faire de difficultés. Il essaie encore de m'amadouer pour que je lui cède quelques années de ton servage.

— Je le servirai pas.

— Je m'en doute. Tu ne changeras pas d'avis. Mais lui n'en sait rien ; il pense que l'argent peut tout acheter. Il a fricoté avec les Sassenach trop longtemps. Ils pensent comme ça.

— Mais… trois jours, Zander ? Seulement trois ?

— Trois jours, Morgan. Je n'ai pas pu faire plus tôt.

— Tu voulais que ce soit plus tôt ? Pourquoi ?

— Tu ne devines pas ?

Il ouvrit la porte et attendit qu'elle entre. Morgan se sentit arrimée au sol et affligée d'une douleur lancinante. FitzHugh serait perdu dans trois jours. Elle ne pourrait plus rester avec lui quand il serait marié. Elle n'osait pas. Elle avait peur de souffrir comme si on lui arrachait le cœur. Elle savait que ça allait arriver. C'était d'ailleurs déjà le cas.

— Allez, Morgan, je dois accepter ta bourse. Ils ont organisé toutes sortes de festivités pour la soirée – notamment une de ces inepties anglaises qu'on appelle du « théâtre ». Jamais vu ça. Tu viendras, pour une fois ? Si tu y consens, je te ferai protéger. Tu as ma parole.

— Non, murmura-t-elle.

Le son de sa propre voix l'étonna.

Elle avait peur de rester un instant de plus à son côté dans cette situation. Elle en viendrait à s'agenouiller devant lui pour le supplier de la prendre… et de faire d'elle sa catin. Son corps et son cœur voulaient faire de ce fantasme une réalité, mais sa fierté, ses années de haine, d'entraînement et de sacrifice exigeaient autre chose. Elle tremblait. Zander finirait peut-être par le remarquer, à force de la regarder si intensément. Elle n'osa pas croiser son regard.

Elle passa devant lui et la porte se referma sur son passage. Il ne la suivit pas.

La baignoire avait disparu. Morgan se tenait au milieu de la pièce plongée dans un silence de mort.

Chapitre 18

— *M* organ, tu dois le faire. Il n'y a personne d'autre. Tout va tomber à l'eau si tu ne les aides pas.

—Sors de cette chambre, Platon.

Morgan s'adressait davantage au sommet du repose-pieds de Zander qu'à son frère qui l'importunait depuis le pas de la porte. Le bois lustré du meuble de son maître avait bien caché ses malheurs après qu'elle eut mis une couverture dessus. Morgan enfouit derechef son visage dans le tissu, plus pour assécher ses intempestives larmes qu'autre chose. Elle espéra que l'intrus qui se trouvait toujours à la porte ne l'avait pas remarqué.

—Mais, Morgan, on a besoin de toi. Et Zander aussi.

—Non, il a pas besoin de moi. Il a déjà la belle Gwynneth. Je suis de trop. Je serai en travers de son chemin. Je ne sers à rien d'autre qu'à viser dans des grandes cibles en bois. Les armes n'ont rien à faire dans une pièce de théâtre. Maintenant, sors de cette chambre !

Sa voix ne semblait ni aussi ferme ni aussi forte que ses mots. Elle donnait l'impression d'être blessée et perdue – ce qu'elle était depuis que Zander l'avait quittée.

Il ricana.

—Ils ont besoin de quelqu'un pour leur théâtre.

— Vous n'avez qu'à trouver quelqu'un d'autre.

Pourquoi diable ne décampait-il pas ? Morgan mit ses mains devant ses yeux et regretta de ne pas être dehors, près d'un ruisseau pour rafraîchir le mouchoir dans lequel elle avait sangloté et qui n'était plus qu'un misérable chiffon gorgé de larmes tièdes.

— Où ça ?

— Prenez un de mes disciples ! Ils sont partout, tu n'as qu'à ouvrir les yeux. Maintenant, va-t'en !

— Il n'y a personne d'autre dans les parages, Morgan, à part Eagan. Pas vrai, Eagan ?

L'imposant membre du clan que Zander avait posté devant sa porte répondit à point nommé. Morgan l'ignora.

— Même si Eagan aimerait bien assister à la fête, lui aussi.

— Dans quelle langue faut-il te le dire, Platon FitzHugh ? Je ne veux pas faire partie de cette pièce ! Je ne veux être nulle part. Je ne tiens pas à être divertie, ni à divertir quiconque plus longtemps !

Son exclamation faiblit.

— Qu'est-ce que tu veux ?

Son cœur bondit dans sa poitrine et Morgan déglutit.

— Être… libre, murmura-t-elle. Être dehors. Retourner à mon ancienne vie. Finir ce que j'avais commencé et ne plus avoir à vivre. Voilà ce que je veux.

Platon soupira.

— Et pleurnicher dans cette pièce va t'aider à accomplir tes volontés ? s'enquit-il d'une voix calme.

Morgan leva la tête et regarda les torches crépiter et crachoter. Elle ne pleurnichait pas. Il n'y avait qu'un

FitzHugh pour accuser une KilCreggar d'une pareille faiblesse. Son dos se raidit.

—On a besoin de quelqu'un pour la pièce. Un de leurs gars est tombé malade. La pièce ne peut pas se jouer sans son rôle.

—Je suis incapable de jouer un rôle, répondit Morgan, les yeux rivés sur la flamme.

—Il n'y a que toi pour prétendre une chose pareille. Tu as joué un rôle toute ta vie, Morgan l'écuyer. Détrompe-moi si j'ai tort. Allez! dis-moi que je me trompe. Fais-moi croire ça.

—Va-t'en.

—Il va l'épouser dans deux jours, Morgan! Deux jours! Tu sais que tu peux modifier le cours des événements et tu ne fais rien?

—Trois jours.

—Il a oublié de te dire qu'aujourd'hui c'était le premier jour? Ah, ce cher petit Zander... toujours joyeux, espiègle. Taquin.

De nouvelles larmes menacèrent de dévaler ses joues et elle pressa la couverture sur ses yeux. Derrière elle, Platon ne dissimula pas son dégoût.

Puis il ajouta un peu plus gaiement :

—Il y a quelqu'un qui veut te parler, Morgan. C'est lady Gwynneth. Gwynneth? Morgan l'écuyer. Peut-être que vous pourrez vous réconforter mutuellement dans les larmes.

—Je ne pleure pas!

Morgan lui jeta un regard assassin, défiant quiconque de dire le contraire. À côté de Platon se tenait lady Gwynneth, le visage dissimulé sous un voile de veuvage. Elle trembla avant de le soulever.

Morgan fut touchée en plein cœur. La tristesse se lisait sur ses traits.

— Pourquoi pleurez-vous ? demanda doucement Morgan.

La jeune fille s'efforça de sourire. Morgan n'arrivait pas à croire à quel point elle avait changé depuis son arrivée au château, deux semaines auparavant.

— Il n'y a personne d'autre pour jouer le rôle et ils ont besoin de quelqu'un. Je vous en supplie, murmura-t-elle.

— C'est pour ça que vous êtes triste ? demanda Morgan en fronçant les sourcils.

Lady Gwynneth leva les yeux vers Platon, puis vers Morgan. Ensuite, elle hocha la tête, même si sa lèvre inférieure tremblotait.

— Si je joue ce rôle, cesserez-vous de pleurer ?

— Je... je ferai de mon mieux.

La lèvre inférieure de lady Gwynneth trembla encore et de grosses larmes roulèrent sur ses joues. Morgan était bien placée pour la comprendre. Elle savait exactement ce qu'elle ressentait, même s'il était stupide de pleurer à cause de quelque chose d'aussi insignifiant qu'une représentation annulée.

Elle soupira.

— Je peux pas manquer de courtoisie à ce point-là. Montrez-moi ce rôle que vous souhaitez me voir jouer.

— Allons-y.

Platon avait sans doute dit vrai, car à l'instant où Morgan donna son accord, la jeune fille s'illumina et lui tendit la main. Morgan la regarda.

— Je vais vous suivre, dit-elle simplement.

En tant que garçon, tout contact avec la promise de Zander lui était formellement interdit.

Ils étaient presque arrivés à la grand-salle désignée pour accueillir la représentation que Platon tira Morgan de côté en lui agrippant le bras. Il fit signe à lady Gwynneth de rentrer dans une antichambre.

— Je dois t'avertir…

— De quoi ? murmura Morgan, les cheveux dressés sur la tête.

— Il s'agit d'un rôle de femme.

Tout d'abord, elle ressentit une onde de choc, puis elle arma son poing pour qu'il atteigne sa mâchoire. Il l'arrêta *in extremis* et le serra. Morgan encaissa la douleur sans broncher. Zander lui avait déjà infligé bien pire. Platon broya dans sa main le poing de Morgan jusqu'à ce que ses jointures craquent.

— Tu peux pas gagner cette bataille. Mon cher Morgan, un homme – un vrai – n'a pas cette aisance, cette légèreté dans le maniement de la lame, murmura-t-il. Un homme ne se laisse pas duper aussi facilement non plus. J'espérais que tu finirais par te dévoiler à mon frère sans mon intervention. Mais tu ne me laisses pas le choix.

— Je ne comprends pas.

— Oh si ! tu comprends. Maintenant, dépêche-toi. Lady Gwynneth t'attend pour te travestir. Je vais attendre votre arrivée dans la grand-salle.

— Je ne le ferai pas. Je refuse.

— Si tu refuses, je te forcerai.

— Tu peux pas me forcer. J'ai la lame du dragon.

Morgan la tira des plis de son kilt. Platon haussa les sourcils.

—Ça paraît logique. La lame doit appartenir au plus fort des FitzHugh. Tu l'as gagnée. Je ne suis pas surpris qu'il te l'ait donnée aujourd'hui.

—Il me l'a donnée avant la démonstration.

Il desserra sa prise.

—Pourquoi?

—Pour l'utiliser contre n'importe quel FitzHugh qui m'aborderait. N'importe quel FitzHugh.

—Cet homme est fou. Gwynneth?

Il lâcha la main de Morgan. La menue Gwynneth recula et sortit.

—Il est quasiment l'heure, Morgan. Dépêche-toi. Je dois toujours peindre ton visage!

—Peindre mon visage? Comme quoi, une… catin?

Le ton de sa voix était amer en prononçant ces paroles.

—Non. Ce n'est rien que du fard. Tous les acteurs en portent, particulièrement ceux qui incarnent les femmes. Ça retire la laideur de leur visage et crée une illusion. Tu comprends ce que veut dire «illusion»?

—Morgan comprend ça mieux que nous tous, répondit Platon en son nom.

—Tu seras une dame qui accueille de braves garçons de retour d'un voyage en mer. Tu n'as que trois répliques. «Tout cela est bel et bien, les garçons», «Que Dieu soit loué!» et «Voilà qui est fait». Tu pourras t'en souvenir?

—Je dois parler? Je peux pas dire des phrases de bonne femme, ni parler comme l'une d'elles! protesta Morgan.

—Mais Platon affirme que tu es le seul à en être capable!

Lady Gwynneth prit les mains de Morgan dans les siennes. De nouvelles larmes perlèrent sous ses paupières et roulèrent sur ses joues lorsqu'elle le regarda. Morgan jeta à Platon un regard plein de haine. Ce dernier lui répondit par un sourire.

— Qui peut résister à une pareille demande ? N'importe quel autre garçon serait à genoux, à supplier pour obtenir une faveur, mais pas toi, hein, Morgan ?

— J'ai pas de poitrine. Qu'est-ce je vais utiliser pour faire illusion ? cracha-t-elle.

Gwynneth tourna son regard vers Platon pour qu'il lui explique comment faire et quand il le lui dit, ses lèvres se crispèrent mais ses larmes se tarirent. De près, elle était encore plus jolie que Morgan ne l'avait imaginé.

— Des sachets de grain devraient faire l'affaire. Je vais aller les chercher pendant que tu te changes. Rentre dans cette pièce maintenant, et habille-toi. Platon va t'aider. Nous n'avons pas beaucoup de temps ! Je reviens tout de suite pour te farder.

— Morgan ?

Platon faisait signe à Morgan d'entrer dans la pièce qui serait le théâtre de sa transformation. Morgan se rendit compte que ses pieds ne voulaient pas la porter.

— Tu peux toujours utiliser tes propres seins.

* * *

Elle avait le dos tourné à la foule lorsque le troisième acte débuta.

Des torches étaient allumées tout autour de la grand-salle, projetant dans la pièce une lumière opaque, chargée de fumée, mais la scène avait un éclairage plus étrange encore. Quelqu'un avait rempli un grand chaudron d'huile, planté des mèches dedans et les avait allumées. Toutes ces flammes combinées créaient une boule de lumière plus claire, plus brillante, qui se réfléchissait sur les longs cheveux ondulés de Morgan, assise sur ce qui était censé être un balcon, composé de bûches entrecroisées recouvertes d'une tapisserie grise.

La robe qu'elle avait été forcée d'enfiler était faite de velours bordeaux. Elle était trop courte, trop large et trop vieille. Elle était maculée de taches de sueur aux emmanchures, et le col de lin blanc qui descendait le long du profond décolleté carré était souillé, lui aussi. Platon avait immédiatement décrété que la robe était trop grande, comme si c'était là sa seule faute. Morgan était restée impuissante lorsqu'il avait saisi une longueur de cordelette noire et avait sanglé sa cage thoracique jusqu'au niveau de ses hanches, révélant complètement la taille fine qu'elle avait toujours dissimulée. Elle espérait seulement que ses cheveux dissimulaient le tout.

Lady Gwynneth lui avait dit qu'elle était ravissante, puis elle l'avait tant fardée que son visage la démangeait. Morgan ne s'était jamais sentie aussi différente. Elle n'avait jamais senti le froufrou des jupes autour de ses chevilles, ni l'air frais sur son décolleté, ni le frottement du velours contre sa poitrine non bandée.

Si elle n'avait pas ressenti plus tôt cette dernière sensation, Morgan ne pouvait s'en prendre qu'à elle-même.

Elle ne s'attarda pas sur les raisons de ses agissements, elle expérimentait simplement, pour la première et la dernière fois de sa vie, les sensations que pouvait éprouver une femme. Lorsque lady Gwynneth lui avait apporté les sachets à l'odeur fétide reliés par une corde derrière son cou, Morgan décida qu'elle ne les porterait pas. Elle s'était retirée derrière le paravent et les avait jetés dans un coin avec les coupons de tissu moisis. Elle avait ensuite dénoué ses bandages et les avait attachés autour de ses genoux en y dissimulant la lame du dragon et son lambeau de plaid KilCreggar.

Elle ne leur avait posé aucune question pour savoir si elle devait défaire sa tresse. Elle espérait que ses cheveux pourraient lui servir d'écran. Elle n'avait pas pensé aux ondulations une fois sa chevelure brossée, puisque Sally Bess avait fait une natte serrée assez compliquée le matin même. Il n'y avait aucun miroir pour qu'elle voie sa métamorphose, mais Morgan savait qu'il y en avait eu effectivement une. Elle le devina dans le regard satisfait de Platon et dans celui des autres quand elle prit place derrière le rideau.

Un silence absolu s'installa lorsque le rideau se leva au début du troisième acte. Morgan attendit sa réplique. Elle n'avait jamais été aussi effrayée de toute sa vie.

— Que fait ma fille sur cette scène ? Arrêtez ça tout de suite ! Aucune femme ne doit fouler ces planches !

Morgan reconnut la voix du comte et Platon répartit :

— C'est Morgan, l'écuyer FitzHugh, monseigneur. Calmez-vous. Votre fille est assise à votre côté. Ce n'est pas une femme, c'est notre champion en personne. Je vous le jure. Pouvez-vous voir ses bracelets d'argent ? Je l'ai habillé moi-même.

Il y eut ensuite un grand fracas et quelqu'un intima l'ordre à Zander de se rasseoir et de cesser de faire obstacle à la vue de tout le monde. Les quatre garçons qui jouaient dans la pièce s'avancèrent depuis l'arrière-scène et Morgan attendit sa première réplique. Quand il fut temps, elle pivota, fit face à l'audience et, du ton le plus haut perché et le plus moqueur qu'elle put utiliser, elle dit :

— Tout cela est bel et bien, les garçons.

Cette réplique lui valut des éclats de rire. Elle pouvait au moins sentir ça, puis on ordonna de nouveau à Zander de s'asseoir. Cette fois-ci, l'ordre venait de son frère. Morgan fronça les sourcils pour le distinguer à travers la fumée noire qui s'élevait du chaudron.

Elle regretta aussitôt sa curiosité. Quand son regard croisa le sien, elle blêmit tant et si bien que le fard lui sembla superflu. Il n'était pas installé au fond de la salle mais au premier rang et il s'était encore levé.

Platon dut le convaincre de se rasseoir et le força à se baisser. Autour d'elle, la pièce continuait, mais Morgan avait perdu tout sens du temps et de l'espace. Dieu merci ! elle n'avait plus de réplique. Rien d'autre n'existait que le regard insistant de l'homme assis devant elle, un regard traduisant un tel désir et une telle passion que nul ne pouvait l'ignorer dans la salle, Morgan la première.

Ses yeux ne se détachèrent des siens que lorsque le rideau tomba du même mouvement hésitant que lors de son ouverture. On n'avait plus besoin d'elle avant le cinquième acte, elle retourna donc attendre dans la petite pièce dans laquelle elle s'était changée. Phineas l'y attendait. Morgan le regarda depuis le pas de la porte et le vit sourire. Son esprit fut en proie à la plus grande confusion.

— Je peux l'avoir, ce baiser, maintenant ?

Elle se mit alors à courir sans même regarder devant elle, sans savoir jusqu'où elle pourrait aller. Mais elle fut interceptée par Platon, qui la ceintura de ses bras, et elle se débattit de toutes ses forces.

— Calme-toi, Morgan ! Calme-toi ! Tu ne peux pas sortir comme ça ! Ce n'est pas possible ! Arrête ! Ils vont tout comprendre. Ils ne sauront pas quel rôle tu joues ! Il y en a trop. Ils vont découvrir la vérité et ils vont prendre ce qui appartient à mon frère ! Arrête !

Son frère ? À ce souvenir d'une telle horreur, la lutte recommença de plus belle. Platon, le souffle court, resserra son étreinte, chassant l'air des poumons de Morgan.

— Morgan, arrête ça ! Je vais te faire mal si tu continues ! J'ai dit : arrête ! Arrête ! Maudite sois-tu ! Je ne vais pas te laisser faire ça à mon frère. Je ne te laisserai pas faire ça. Maintenant, arrête et retourne sur scène. Zander va t'attendre. Il va bientôt découvrir la vérité tout seul. Tu comprends, Morgan ? Il va la découvrir tout seul. Tu peux rien faire contre ça.

— Le FitzHugh…, murmura-t-elle.

— Oui, Zander FitzHugh. Il t'aime, ma fille.

— Fille ? répéta-t-elle dans un souffle.

— Tu ne fais pas trop garçon, habillé comme ça. On dirait pas trop au toucher non plus. Si la foule dehors te voit comme ça, tu risques de ne pas garder ton innocence très longtemps. Ils te réduiront en bouillie. Tu comprends ?

—Zander ?

—Tu t'es calmée, Dieu soit loué ! Je ne veux pas te faire mal, mais si Zander me voit en ta compagnie dans cette position, je ne donne pas cher de ma peau. Tu comprends ?

Un torrent d'émotion se déversa sur elle et Morgan resta clouée sur place. Elle aimait un FitzHugh et c'était Zander. C'est son frère Phineas qu'elle voulait tuer.

—Zander, répéta-t-elle dans un souffle.

—C'est la croix et la bannière de le garder sous contrôle et bientôt il va débouler sur scène comme un diable. Si j'étais toi, je ne partirai pas trop loin la prochaine fois.

—La prochaine fois ? le questionna-t-elle.

—La pièce n'est pas terminée.

—Je ne la finirai pas.

Dorénavant, elle savait ce qu'elle allait faire. Et il n'était pas question qu'elle joue les femmes dans une stupide pièce de théâtre.

—Tu vas aller jusqu'au bout.

—Tu ne peux pas me forcer, Platon FitzHugh. Maintenant, lâche-moi.

Il la tenait fermement de ses deux bras et la serrait contre son torse ; ses pieds ne touchaient pas le sol. Les bras et le torse de Platon étaient aussi musclés que ceux de Zander.

— Je peux faire plus que te forcer, ma fille. Je peux te prendre. N'importe quel homme que tu croiserais dans cette tenue le pourrait. Tu comprends ?

— Alors où est mon *feile-breacan* ? ma chemise ? mes bottes ?

— En ma possession. Sois raisonnable : termine cette pièce et je te rendrai tes affaires. Tu as ma parole.

Morgan ferma les yeux. Être tenue dans les bras de Platon n'avait rien d'une partie de plaisir, quoique… ce n'était pas rien. Elle ouvrit les yeux.

— Tu es une fille jusqu'au bout, aussi, murmura-t-il quand son regard rencontra le sien. Tu es aussi désirable. Je comprends l'attirance de mon frère, mais vraiment pas son aveuglement. Tu comprends ça aussi, non ?

— Repose-moi, sinon je raconterai tout ça.

— Ça pourrait valoir le coup d'avoir la gorge tranchée par Zander si tu racontes tout ça. Tu as de la poitrine, aussi. Je peux la sentir, comme je peux sentir que ton cœur s'emballe quand je te parle ainsi.

Les sourcils froncés, Morgan grimaça. Décidément, la condition de femme n'avait rien d'enviable.

— Ne me prends pas pour une idiote, FitzHugh. Je ne dirai rien à Zander. Si jamais il me croyait, vous vous disputeriez à mort. J'en parlerai à ta Gwynneth.

Il haussa ses sourcils, puis la reposa au sol tout en gardant une main sur son coude.

— Tu as deviné ?

— Oui. Dommage qu'elle soit promise à Zander. Dire qu'elle va épouser ton frère dans deux jours à peine…

Ses traits se figèrent.

— Tu peux empêcher ce mariage, Morgan.

— Moi ? Et de quel droit ?

— Tu as tous les droits. Tu ne parles pas, mais tu changes tout. Libère-la. Libère Gwynneth de ses fiançailles.

— Je ne peux pas. Je n'ai rien à voir là-dedans.

— Si, tu dois le faire. Tu es la seule à pouvoir le faire. Tu le sais très bien.

— Pourquoi est-ce que j'aiderais un FitzHugh ? Quelqu'un qui me prend au piège, qui vole mes habits et me déguise de la sorte ?

— Je t'en supplie, Morgan. Je l'aime.

Platon aussi avait les yeux bleus. Il avait les cheveux châtain clair, un peu comme ceux de Zander. Il n'avait ni sa fossette au menton, ni ses lèvres pleines. Il n'était pas plus grand qu'elle mais possédait la même sincérité que Zander. Morgan avala sa salive.

— Tu l'aimes ? répéta-t-elle, interdite. Et c'est réciproque ?

— Oui.

— Alors comment peut-elle se donner à Zander ?

— Elle n'a pas le choix. Le comte a conclu ces fiançailles. De droit, je serais son premier choix, mais j'ai été trop lent. Où penses-tu que Zander m'ait trouvé avec Phineas ? Ici même. J'étais venu demander la main de ma bien-aimée et là mon frère arrive à cheval pour nous retrouver et reçoit sa main de son père. Je savais pas ce qu'il mijotait, sinon je l'aurais arrêté.

— Je suis très triste pour vous, mais je te répète que je n'ai rien à voir là-dedans et que je ne peux pas changer le cours des choses.

—Montre-lui ce que tu es, Morgan. Donne-lui ce dont il a besoin. Il n'a pas besoin de lady Gwynneth. Il ne la voit pas, même quand elle est juste à côté de lui. Tu ne peux pas faire ça ! Tu n'as donc pas de cœur ?

—Si jamais j'en ai eu un, un FitzHugh me l'a dérobé.

—Alors, fais ce qui est juste ! Donne à Zander ce dont il a besoin, ce dont vous avez besoin tous les deux. Je t'en supplie…

—Un FitzHugh qui me supplie ? Moi, un écuyer sans nom et sans clan ?

—Je supplierai le diable lui-même pour ma belle Gwynneth. Tu ne saisis pas le pouvoir de l'amour, sinon tu comprendrais !

Il tremblait d'émotion. Morgan leva son regard vers lui et sourit tristement.

—Ce n'est pas ce que tu crois, Platon, murmura-t-elle.

—Zander t'aime. Tu l'aimes. Je ne suis pas aveugle. Va le voir après la pièce. Montre-lui, Morgan.

—Je ne peux pas.

Platon lâcha son bras et la maudit. Puis il lui décocha un regard mauvais. Ensuite, il cracha à ses pieds. Morgan le regarda faire avec une étrange impression de détachement.

—Gwynneth a promis de se supprimer avant qu'il ne la touche.

Morgan pâlit. Elle se félicita que le maquillage lui permette de dissimuler son teint livide.

—Tout ce qui vit meurt, Platon, répondit-elle d'une voix blanche.

—Mais ça n'a pas besoin d'arriver ! Tu peux empêcher tout ça ! Je t'en supplie… Pitié !

Il cessa de l'injurier et ses yeux s'emplirent de larmes. Morgan se détourna.

—Je ne peux pas empêcher cette fille de faire ce dont elle a envie, dit-elle doucement.

—Que ton âme soit maudite jusqu'au septième cercle de l'enfer, Morgan !

—C'est déjà fait, FitzHugh. Ta malédiction n'aggravera pas mon cas. Tu ne peux que reproduire ce qui a déjà été écrit.

—Alors je te maudis. Je te maudis, Morgan sans nom et sans clan. Que tu rôtisses en enfer pour l'éternité, un enfer pire encore que celui que tu as créé sur terre !

Morgan déglutit. Ses épaules s'affaissèrent. Cela ne changea rien.

—Je n'ai rien créé, Platon. Je me suis contentée de vivre. Je n'étais rien avant. Je ne serai plus rien. Toi, Zander, lady Gwynneth, vous avez tous vos vies à vivre, peu importe qu'elles soient longues ou courtes. Je ne serai pas ici pour voir ça.

—Sur ce point précis, tu fais fausse route et je vais m'en assurer. S'il l'épouse et qu'elle se tue, je ferai en sorte que tu saches exactement ce qu'on ressent à chaque instant, je te le jure ! À chaque saleté d'instant.

Si Platon avait prononcé un autre mot ou une autre supplique, elle n'aurait pas été capable de retenir davantage les larmes qui s'accumulaient dans ses yeux. Elle allait massacrer le trait de suie noire qui les soulignait et le faire couler sur le fard que Gwynneth avait appliqué sur son visage. Elle allait faire tout ça et ça ne ferait pas revenir les KilCreggar tués par les FitzHugh.

Elle attendit, s'efforçant de ralentir les battements de son cœur affolé. Elle recouvra peu à peu la vue. Il était temps d'y retourner. Si elle se vengeait avant le mariage, lady Gwynneth ne se tuerait pas. Platon FitzHugh aurait encore une chance de gagner la main de la délicieuse dame. Phineas, en revanche, allait pourrir en enfer. Morgan l'y rejoindrait pour s'en assurer.

Elle se redressa, cligna des yeux pour chasser ses larmes et fit de son mieux pour paraître détachée avant de se retourner vers lui.

— Viens, Platon. Tu as perdu trop de temps. Je vais manquer mes répliques et gâcher ce rôle que j'ai été contrainte de jouer. Je dois y retourner maintenant. Je vivrai le temps qu'il faudra pour honorer ma promesse.

— Rien de ce que je t'ai dit ne te fera changer d'avis ?

— Quand le rideau tombera, à la fin de la pièce, tu me rendras mes habits. On ne me prendra plus habillée comme une faible femme, à la merci de tous les hommes. Je veux que mon kilt et mon tartan me soient restitués ainsi que mes poignards. Je veux être escortée pour revenir dans la chambre de Zander. Je ne la quitterai pas jusqu'à ce que la chose soit faite. Tu comprends ?

— Tu ne changeras pas d'avis ?

— Non.

— Mais, pourquoi ? Pourquoi ?!

Morgan se garderait bien de répondre à cette question. Elle n'allait pas fouiller dans les tréfonds de sa mémoire tant qu'elle n'y était pas obligée. Maintenant qu'elle savait exactement ce qui s'y trouvait, elle n'allait plus s'en cacher dans ses rêves. Mais, le moment n'était pas encore venu.

Chapitre 19

Ce fut une torture de jouer le jeu jusqu'au bout, mais Morgan s'en doutait. Platon était de retour au côté de Zander. Sur les trois FitzHugh, l'un la regardait avec des yeux où se mêlaient tristesse, angoisse et désir, l'autre la foudroyait du regard, quant aux yeux bleus du dernier – celui qu'elle allait tuer –, ils étaient dénués de toute expression, comme d'habitude.

La pièce continua, même sans sa participation. Elle manqua sa réplique mais les garçons poursuivirent tout de même. Elle ne fit rien à part rester assise sur son perchoir, guettant la foule d'un air méfiant. Le décor se brouillait et s'éclaircissait à mesure que ses larmes montaient et refluaient.

Le dernier acte fut le pire. Platon s'était rapproché de sa bien-aimée et avait dû lui raconter ce qui s'était passé, car les larmes silencieuses qui roulaient sur ses joues reflétaient plus que de la lumière. Elles renvoyaient à Morgan le moindre de ses tourments, la forçant à ajouter ceux-ci à son manteau d'agonie. Quand tout serait terminé, le nombre de blessures qu'elle aurait infligées importerait peu, tout comme l'étendue de sa souffrance. Le clan KilCreggar serait vengé. C'était ce qui importait. C'était tout ce qui pouvait importer.

Morgan ne se souvenait plus de sa réplique mais elle se contenta de dire : « Voilà qui est fait » quand il lui sembla que les autres l'attendaient. Ça devait être plus ou moins le bon moment, car la pièce continua. Puis le rideau tomba pour la dernière fois. Morgan ne bougea pas jusqu'à ce que quelqu'un la force à faire la révérence et elle reçut les acclamations, sifflets et quolibets de la foule, qui lui disait à quel point elle ferait une jolie fille. Elle détestait être au centre de l'attention. Elle haïssait la robe bordeaux. Elle haïssait son corps. Elle se haïssait elle-même.

Ce menteur de Platon ne lui rendit ni ses vêtements, ni ses poignards, ni sa dignité d'ailleurs. Quand elle retourna dans la petite pièce dans laquelle elle les avait laissés, il ne restait plus rien. Morgan s'installa derrière l'écran et utilisa le bas de sa robe pour enlever le fard et la crasse sur son visage. Puis elle se saisit de la lame du dragon et déchira un bon morceau de sa jupe pour se faire un voile. Elle savait qu'elle laissait ses jambes dénudées jusqu'à mi-cuisses, c'est-à-dire encore plus que lorsqu'elle portait son kilt, mais elle n'avait pas le choix.

Voilà à quoi l'avaient habituée les FitzHugh : pas le moindre choix. Malgré tous les services qu'elle leur avait rendus, elle n'avait le droit ni de choisir ses vêtements ni de choisir sa propre destinée.

Morgan longea les murs pour retrouver la chambre de Zander, tapie dans l'ombre le plus longtemps possible. Elle avait de la chance, le comte avait engagé un ménestrel, qui avait déjà saisi sa lyre et commencé à divertir son audience. Le chanteur avait une belle voix et les paroles de ses chansons avaient un sens assez plaisant pour convaincre le public de rester assis sur les chaises, même si on parlait de la démonstration de l'écuyer FitzHugh lorsqu'elle se glissa dehors. On ne parlait pas seulement de ses talents à l'arme blanche, mais aussi de l'obsédante beauté du champion des FitzHugh lorsqu'il se grimait en femme.

Le visage de Morgan vira au cramoisi avant qu'elle n'atteigne la chambre de Zander. Elle adressa un signe de la tête à l'imposant Eagan sur le pas de la porte, mais il lui ouvrit celle-ci comme si elle était une catin appelée pour la nuit. Morgan se réfugia à l'intérieur pour remettre des habits normaux. Elle pourrait partir à la recherche de Platon quand elle serait convenablement habillée. Elle allait retrouver ses vêtements, ses poignards, ou elle chercherait à savoir pourquoi elle ne le pouvait pas.

Elle avait tout remis comme il le fallait, même sa tresse et ses bandages sur la poitrine. Elle songeait à s'asseoir près du feu pour en percer les mystères lorsque Zander entra. Elle regarda les flammes danser à cause du courant d'air qui s'était engouffré dans la pièce. Elle ne bougea pas et retint son souffle.

— Morgan ? murmura-t-il. Je ne sais pas quoi dire.

Elle inspira, réprima ses émotions et expira le tout. *Bientôt, Zander*, pensa-t-elle. *Bientôt tu seras libre de mon emprise et libre de retourner à ta vie désorganisée, ludique et pleine de distractions. Bientôt.*

Elle souleva une pince près du feu et poussa la bûche, la faisant rouler, créant une gerbe d'étincelles de braises tout autour du foyer. Zander ne bougea pas ou, s'il le fit, elle ne le sentit pas.

— Mon frère me dit de faire confiance à mes sens. De faire confiance à l'illusion.

Morgan, le regard perdu dans les flammes, écarquilla les yeux. *Que Platon soit maudit !* songea-t-elle.

— Tes frères… mentent, murmura-t-elle. Tous les deux.

— Tous les deux ?

— Oui, tous les deux. Platon ment pour semer la confusion, tandis que Phineas… Il a… il est…

Sa gorge se serra, l'empêchant de terminer sa phrase.

— Phineas et moi n'avons jamais été proches, Morgan. Il est bien plus vieux que moi et bien trop sérieux. Presque aussi terrible que toi.

— Phineas est un FitzHugh. Tu es un FitzHugh, toi aussi.

— C'est vrai. C'est un bon nom. Un bon clan. Toi-même, tu y as été adopté. Nos couleurs te vont bien. Presque aussi bien que cette robe bordeaux.

— Zander…

— Platon m'a conseillé de te forcer à la porter. De forcer l'illusion à devenir réalité. Est-ce que ce serait vraiment ça, le résultat, Morgan ?

— Platon a tout intérêt à te faire avaler ça, Zander.

— Ah bon ? Pourquoi ?

— C'est son secret, pas le mien.

— Quel genre de secrets mon grand frère pourrait-il bien me cacher ?

— Il est amoureux.

— De toi ? Je vais le tuer !

—Zander! s'exclama Morgan en se détournant du feu pour lui faire face. Aucun homme ne peut m'aimer. Tu demandes s'il y a une illusion et je réponds « oui », il y en a une. C'est l'amour.

—L'amour n'est pas une illusion, Morgan. C'est très réel. Si tu tends la main, tu pourras le toucher. C'est à ta portée maintenant. Avec moi.

—Non, Zander, entonna-t-elle en se levant.

Il avait fait un pas vers elle depuis la porte et chaque parcelle de son corps le ressentait.

—Je t'aime, Morgan.

—Je sais.

—Et tu as des sentiments pour moi.

—Non, murmura-t-elle sans pouvoir le regarder en face.

—Non ? reprit-il en émettant un petit ricanement. Je sais qui ment maintenant, Morgan. Ce n'est pas mon frère. C'est toi.

—J'ai pas menti. J'ai jamais menti !

—Tu m'aimes. Je le devine dans tous tes regards et dans toutes tes paroles. Je le vois aussi dans l'illusion que tu as créée pour moi ce soir. Je ne peux pas m'ôter cette image de la tête. Sors la lame, Morgan.

Il fit un autre pas vers elle. Puis un autre. Morgan dégaina son arme.

—Arrête, Zander.

—Arrêter ? Quand tout ce que j'ai toujours désiré m'a été dévoilé il y a moins d'une heure ? Pourquoi m'arrêterais-je alors que l'objet de mes désirs, qui m'a toujours été refusé, vient de parader devant moi ? La femme dont j'ai toujours rêvé s'est enfin matérialisée sous mes yeux, et je devrais arrêter ? Alors que je n'ai pas été capable de me soulager avec une catin depuis que tu m'as ensorcelé et que je viens d'entrevoir des formes que je n'aurais pas soupçonnées dans mes rêves les plus fous ? Arrêter ? Dégaine la dague, Morgan !

— Zander, tu dois arrêter. Tu le dois !

Morgan reculait vers la cheminée et les flammes léchaient déjà ses mollets.

— Moi, arrêter ? Quand tes grands yeux et ta fine silhouette pourraient tout me cacher ? Arrêter ? Quand mes mains qui réclament ton corps n'ont qu'une hâte, celle de goûter ton innocence et de te faire mienne ? Lance la lame, Morgan ! Lance-la maintenant, maudite sois-tu !

Malheur aux maudites larmes des femmes ! Morgan l'entendit aussi clairement que si elle avait prononcé ces mots à voix haute, puis sa vue se brouilla, et la silhouette de Zander se fondit dans le décor. La lame tremblait dans sa main à mesure qu'il approchait. On entendait à peine le bruit de ses pas sur le tapis jeté sur le sol en pierre.

— Maintenant !

Elle visa et lança sa dague. Elle fila droit dans une fissure dans la pierre de l'autre côté de la pièce et Zander s'immobilisa, puis ferma les yeux. Son instinct lui révéla la douleur et la peur peintes sur son visage parfait.

— Sois maudit, Morgan, mon garçon, dit-il en ouvrant ses yeux bleu nuit et rivant son regard au sien. Soit maudit.

— Tu vas devoir le faire, Zander. J'en suis incapable.

Les larmes lui brouillaient la vue et elle devina sa silhouette devant elle, tremblant de tout son être, les poings serrés.

— C'est à toi que revient le coup de grâce. Fais-le rapidement. Ne me fais pas souffrir. Je t'en supplie.

Les larmes roulèrent sur son visage, l'aveuglant complètement, puis elle l'entendit rugir. La porte de la chambre s'ouvrit soudain, renvoyant des flammes dans ses jambes. Morgan ne les sentit même pas.

Zander criait après Platon. Sa voix de stentor était chargée de haine. Platon, furieux, répondit enfin d'une voix tout aussi forte, puis les deux cris se confondirent dans le couloir. Eagan était en face d'elle, l'aidant à sortir de l'âtre et éteignant les cendres qui rougeoyaient sur ses chaussettes.

— Tu t'es brûlé, mon garçon.

— Où vont-ils ?

— Ton maître est parti se battre contre Platon. On m'a dit que ça risquait d'arriver, même si Platon s'en moquait.

— Qu'est-ce qu'il pourrait se passer ?

— Zander a besoin de se débarrasser des démons dans sa tête.

— Quels démons ?

— J'en sais rien. Je répète simplement ce que j'ai entendu. Platon doit être au courant.

Morgan craignait de comprendre.

— Comment crois-tu que Zander va se débarrasser de ses démons ?

— Ils vont se battre. Le jeune maître cherche l'épuisement physique. C'est comme ça qu'il espère

282

se soulager. Ils vont utiliser des boucliers et leurs claymores. J'ai déjà vu ça. Tu ne peux pas voir six FitzHugh grandir sans être témoin de quelques batailles comme celle-ci. Viens, je vais t'aider. Si tu as besoin d'un cataplasme pour apaiser la douleur de tes brûlures, fais-moi signe.

—La douleur ? répéta-t-elle.

Qu'est-ce que ce membre du clan au visage si doux peut bien savoir de la douleur ?

—Tu as dû te brûler, mon garçon.

—Me brûler ?

Il fronça les sourcils.

—Tu ne supportes pas la douleur des brûlures ? Je n'aurais jamais cru ça de toi, après tout ce qu'on m'a raconté à ton sujet.

—Où sont-ils partis ?

—Les gars FitzHugh ? Je viens de te le dire. Se battre. Le maître a demandé à Platon de l'aider à exorciser ses démons. Je l'ai entendu. J'aurais jamais cru que ça allait arriver, je ne les comprends vraiment pas, ces deux-là. Ne t'en fais pas. Ils ont la même force et la même adresse. Ça prendra du temps avant de dégénérer.

—Se battre ?

Ce qu'on lui disait commençait à pénétrer dans son esprit et elle se mit à regarder Eagan fixement.

—Platon se bat contre Zander ? demanda-t-elle encore.

—Oui. Avec des claymores et des boucliers.

Cette idée lui coupa le souffle car ses grandes et lourdes épées pouvaient facilement trancher un membre.

—Des claymores ? On doit les arrêter !

— Tu ne peux pas arrêter un FitzHugh qui veut se battre, mon garçon. Ils sont vraiment têtus avec ces choses-là. Maître Zander a été très clair. Ils ne reviendront pas tant que l'un d'eux ne sera pas vainqueur, ou vidé de toutes ses forces. Je l'ai entendu le dire.

— Ne te mets pas sur mon passage, alors !

Morgan descendit le couloir en courant, sautant par-dessus les corps endormis pour arriver dans la cour d'honneur. Le ménestrel gémissait toujours ses ballades narrant des exploits, d'impossibles amours et bien d'autres maux encore, tout en ratant le drame qui était en train de se dérouler juste sous son nez. Morgan passa le pas de la porte en volant, sauta quatre grandes marches pour atterrir sur le sol en position accroupie. Elle se releva aussitôt pour se repérer.

Elle perçut le cliquètement caractéristique du fer qu'on croise avant de voir les frères. La nuit était placée sous le signe de la pluie, de la boue, du désir et de la douleur. Elle pouvait palper, sentir, pratiquement s'imprégner de tout cela. Elle traversa le terrain sur lequel elle avait connu la gloire cet après-midi-là, et approcha de l'endroit où des torches avaient été allumées et d'où on pouvait entendre des acclamations. Elle força le passage pour se retrouver devant le groupe de spectateurs et s'agenouilla en voyant les deux frères FitzHugh se livrer un combat enragé.

Elle savait parfaitement ce qu'ils ressentaient. Elle savait aussi que la querelle n'était pas vraiment entre eux – c'est elle qui en était à l'origine. Elle le savait et n'en retirait rien, sauf une peur absolue. Les claymores continuaient à valser, couvertes de boue, d'herbe, arrachant plus d'un grognement de douleur aux deux adversaires. Leurs boucliers, intacts au début du combat, étaient désormais bosselés de toutes parts et de la buée s'élevait de leurs corps à mesure que le combat perdurait.

Le ménestrel avait dû perdre son public pour la cour d'honneur, car la foule qui entourait Zander et Platon s'accroissait à vue d'œil. Morgan se mit debout pour pouvoir continuer à les suivre. Elle ne voulait pas regarder, mais était incapable de se détourner de la bataille ou de cligner des yeux. La pluie perla dans ses cheveux avant de s'immiscer dans ses yeux, sa bouche et ses oreilles, mais elle n'y prêta pas attention. Chaque fois que l'un d'entre eux trébuchait, elle retenait son souffle pour murmurer une prière silencieuse, puis, sans qu'elle ait le temps d'y ajouter ses remerciements, celui qui était à terre se levait et le combat reprenait de plus belle.

Puis le combat s'acheva aussi subitement qu'il avait commencé. Elle vit Platon trébucher, tomber à genoux une fois de trop et baisser la tête en signe de défaite. Ce geste n'arrêta pas Zander. Il transperça de sa claymore l'une des cibles de démonstration de Morgan jusqu'à en fendre le bois et la faire tomber de son support. Ensuite, il fit demi-tour et hurla à la ronde.

Morgan devait l'arrêter. Elle était la seule à pouvoir le faire. Elle le savait. Elle s'approcha de lui par sa droite, mais il se tourna vers elle.

— Hors de ma vue! ordonna-t-il, la claymore directement pointée sur son ventre. Ne m'approche plus jamais! Jamais!

— Oui, acquiesça-t-elle. Je le ferai. C'est terminé, Zander.

Il jeta violemment sa claymore, qui s'enfonça dans le sol. La terre avait beau s'être amollie avec la pluie, tout le monde en resta bouche bée. Il avait enfoncé son épée jusqu'à la garde.

— Non!

Il se tourna de nouveau vers elle, dégageant des mèches de cheveux trempés de son front.

— Ce n'est pas encore terminé, ajouta Zander FitzHugh. Je vais aller mettre un terme à tout ça maintenant. Occupe-toi de mon frère. Il ne mérite pas ce que je lui ai infligé. Tu sais bien qui aurait dû subir ça.

Morgan le regarda retourner dans le château, bousculant toute personne assez courageuse pour se mettre en travers de son chemin, et elle attendit qu'il disparaisse derrière la porte. La pluie avait rendu le sol glissant et l'air difficile à respirer. Elle avait aussi chassé tous les fragiles spectateurs anglais, qui étaient retournés se mettre au sec et profiter de la chaleur du château.

Morgan s'approcha de la silhouette couverte de boue de Platon. Il ne s'était pas encore levé et étreignait sa claymore de ses mains tremblantes.

— Comment te sens-tu? s'enquit-elle alors qu'il était juste assis à chercher son souffle.

— Tu as créé un monstre, Morgan.

—Je n'ai rien fait.

—Évidemment, tu ne pouvais rien dire d'autre. On ne peut pas le battre quand il est en colère. C'est pour ça qu'il avait la lame du dragon. Il peut tous nous battre si on le met en colère. Il a gagné contre moi parce qu'il était furieux.

—Il ne t'a pas battu parce qu'il était en colère.

—Tu veux vraiment m'offenser avec de telles paroles ?

—Non, juste te rassurer.

—La colère décuple ses forces. Je ne l'ai pas assez fatigué. Peut-être que si Ari avait été là aussi, on aurait pu y arriver. Mais moi tout seul ? Je n'avais aucune chance.

—Il aurait gagné, même s'il n'avait pas été en colère, Platon FitzHugh, et je ne dis pas ça à la légère.

—Maintenant, tu m'as offensé. Pour te punir, je te condamne à le retrouver dans la chambre des horreurs que tu as créée de toutes pièces et à apaiser cette colère que tu nies !

—Je ne prétends pas qu'il n'était pas en colère. J'ai simplement dit qu'il t'aurait battu dans tous les cas et je le pense encore. Il utilisait sa main gauche, déclara-t-elle, la voix empreinte d'admiration.

C'est ainsi qu'elle avait vu à quel point il avait atteint la perfection. Elle se demanda s'il s'en était déjà rendu compte.

—Sa main gauche ? Maudit soit-il jusqu'en Enfer ! Il m'a roulé !

—Non, il a seulement utilisé celle qui avait le plus de force. Je lui en avais parlé, il y a quelques jours. J'aurais jamais cru qu'il m'aurait écoutée, par contre.

—Va le voir, Morgan, ordonna-t-il en tentant de se lever, plantant la pointe de sa claymore dans le sol et s'appuyant dessus.

Il retomba.

Morgan le considéra d'un regard froid l'espace d'un instant.

—Où sont mes habits et mes poignards, Platon FitzHugh ?

—Voilà à quoi ça se résume ? Un bout de tissu et des couteaux ?

—Non, il y a bien plus que ça.

—Il a essayé de te posséder et tu as utilisé la lame du dragon ? C'est ça ?

—J'ai pas utilisé la lame du dragon, murmura-t-elle.

—Alors qu'est-ce qu'il l'a rendu aussi furieux ?

—J'ai refusé de l'utiliser.

La silhouette boueuse soupira.

—Va le voir, Morgan ! Montre-lui ce que tu es. Laisse-le te posséder. Apaise sa colère.

—Aucun homme ne me possédera ! Jamais ! Surtout pas un FitzHugh.

Il secoua la tête.

—Tu ne comprends toujours pas, hein ?

—Comprendre quoi ?

—Combien tu veux ? demanda Platon.

—Je comprends pas ce que tu veux dire, répliqua Morgan, stupéfaite.

—Combien tu veux pour faire revenir mon petit frère ?

—Tu le réclames alors qu'il vient de t'écrabouiller ? Tu ne peux même pas soulever ton épée…

—Ce n'est pas ce que je veux dire.

Il cracha et du sang s'échappa de ses lèvres. D'une main, il vérifia l'état de sa mâchoire.

—Combien tu veux ? Qu'est-ce qu'il te faut de plus ? demanda Platon.

Elle se recula, piquée au vif.

—Je ne serai la catin d'aucun homme ! Pas même celle de Zander FitzHugh.

Platon secoua sa tête avec lassitude.

—Ce n'est pas ce que je voulais dire. Combien de souffrances pourra-t-il encore endurer ? Quelle dose d'angoisse te faut-il encore pour obtenir satisfaction ? Qu'est-ce que tu veux de plus maintenant que la solution est en ton pouvoir ?

—Je n'ai pas ce pouvoir. Je ne suis qu'un écuyer sans nom et sans clan.

Platon tendit le bras et fit un mouvement.

—Regarde autour de toi, Morgan. Qu'est-ce que tu vois ?

Elle regarda. Elle vit des groupes d'hommes agglutinés les uns contre les autres sous des porches, certains discutant, d'autres montrant quelque chose du doigt. Il y avait de la boue, une cible brisée, de grands murs de pierres grises, de la pluie battante. Elle procéda à l'énumération à haute voix.

Il secoua la tête.

—Tu sais ce que je vois ?

—Tu vois plus que ce que je viens de décrire ?

—Oui. Je vois des gars qui apprennent à lancer leur fronde différemment parce qu'un dénommé Morgan leur a montré comment faire. Je vois des poignards lancés avec une plus grande précision grâce aux conseils d'un dénommé Morgan. Je vois des Écossais rayonner de fierté et se féliciter chaque fois qu'un Sassenach est écarté du tournoi, sa dignité en miettes, grâce à un dénommé Morgan. Je vois des jeunes du clan en train de quémander une chance de devenir écuyer, pour imiter un dénommé Morgan. Je vois un guerrier tel que mon frère, âgé de vingt-huit ans, endurci par l'exercice, sans peur et sans reproche sur le champ de bataille, tenir son arme de la main gauche au combat, tout ça à cause d'un dénommé Morgan. Tu ne vois rien de tout ça ?

Morgan chassa la pluie de ses yeux et le regarda, pensive. Elle avait l'impression que ses jambes flageolaient un peu et que cela n'avait rien à voir avec le temps qu'il faisait. C'était à cause des paroles de Platon.

— J'ai fait tout ça, moi ?

Le blessé sourit, et ses dents blanches étincelèrent au milieu de son visage couvert de boue, même si la pluie en avait déjà lavé une grande partie.

— Et bien d'autres choses encore, Morgan. Il y a une part d'ombre dans ce pouvoir que tu manipules, crois-moi. Ne va pas imaginer que Zander est le seul à en souffrir, car ce n'est pas le cas.

— Je souffre aussi. Et aucun d'entre vous ne connaît la cause de mes tourments !

— Je me fiche de tes raisons maintenant !

— J'en ai assez entendu…

Morgan se détourna de lui, mais il l'interrompit.

— Tu sais où est la petite Sheila ?

Morgan s'arrêta net.

— Ce que fait Sheila ne me regarde pas.

— Tu fais fausse route. Il se trouve que je sais où est la petite. Ça ne va pas se passer comme elle croit.

Morgan se retourna pour lui faire face.

— Où est-elle ?

— Dans mon lit.

Morgan perdit le souffle.

— Mais je croyais que tu aimais lady Gwynneth ?

— L'amour et le désir sont deux choses très différentes, Morgan. C'est en ceci que tu fais erreur. Mon frère commet la même confusion. Il croit qu'il peut étancher son désir avec la femme que j'aime et garder son amour pour celle que je commence à détester.

— Un instant, je n'ai rien à voir…

— Tu ne veux même pas savoir ce que fait Sheila dans mon lit ?

— Tu me le diras, même si je ne veux pas l'entendre. Vas-y, Platon, dis-le-moi.

— Elle apprend à se prostituer.

— Comment ?

Les genoux de Morgan flanchèrent pour de bon. Elle vacilla sur place.

— Mais à quoi bon ? Elle est sous ma protection ! Tout le monde le sait.

— C'est précisément pour ça, ma fille. Elle est sous la protection du grand champion écossais, Morgan l'écuyer, mais il ne veut pas d'elle. Oh non ! Il veut décharger son trop-plein de lubricité sur une vieille grosse catin nommée Sally Bess qui passe son temps à narrer tes exploits et la plonge dans la tourmente avec ses mots.

—Je ne savais pas, murmura-t-elle.

—Alors, si son protecteur lui préfère une grosse catin avec de l'expérience, Sheila fera de son mieux, parce que Sally Bess a ce qu'elle veut.

—Sally Bess n'a rien de tout ça !

—Tu n'as qu'à le leur dire !

—Je ne savais pas. Tu dis que je suis responsable, alors aide-moi ! Comment je peux changer ça ? Comment ? Je savais pas ce qu'il se passait. J'ai jamais voulu ça… J'ai jamais rien voulu de tout ça.

—Et ce n'est pas le pire, ajouta doucement Platon.

—Ah… ? demanda-t-elle d'une voix presque inaudible.

—Oui.

Les genoux de Morgan cédèrent et elle tomba sur l'herbe mouillée à son côté.

—Comment ça, pire ?

—Tu veux Sheila ? s'enquit-il en jetant un regard de travers vers l'endroit où elle était assise. Tu veux la prendre dans ton lit ?

—C'est dégoûtant ! Et tu le sais très bien.

—Vraiment ?

—Je veux rien de tout ça.

—Tu sais pas quel plaisir ça procure de faire rouler un téton entre tes dents, alors ? Tu sais pas comment ça fait quand les pointes durcissent simplement pour que tu puisses les sucer ?

—Arrête ! cria Morgan, une main plaquée contre la bouche pour contenir sa nausée.

— Et la tiédeur humide des femmes ? Tu veux la sentir sur ton corps ? Tu y as déjà pensé ? Sa moiteur pressée contre la tienne ? Alors, qu'est-ce que ça te fait ?

— Arrête ! Arrête ! Arrête !

Morgan hurla jusqu'à ce que sa voix se brise et que ses mots soient noyés par des sanglots. Elle plaqua ses mains contre ses oreilles. Cependant, elle l'entendait toujours. Les images s'imposaient à son esprit et elle sentit la bile bouillonner dangereusement.

— Arrête ! cria-t-elle encore. Je peux plus supporter ça ! Je peux plus écouter ça ! Je peux plus penser ! Je déteste ce que tu me fais imaginer ! Arrête ! Pitié ! Arrête !

Il ne dit rien jusqu'à ce que Morgan se passe les mains sur le ventre et enroule ses bras autour de sa taille, se balançant d'avant en arrière, une expression de dégoût sur le visage.

— Pourquoi tu me fais ça ? Pourquoi ? Pourquoi, Platon, pourquoi ? demanda-t-elle. Je veux pas savoir. Je veux pas entendre ça. Je préférerais mourir plutôt que d'imaginer ça jusqu'au bout. Tu m'entends ? Plutôt mourir ! Pourquoi tu m'infliges ça ?

Elle leva la tête et le regarda, incapable de distinguer autre chose que les horreurs qu'il lui avait dépeintes.

— Alors tu vois ce que tu as fait à mon frère ?

Les yeux de Morgan s'écarquillèrent et elle resta bouche bée.

— Oh, mon Dieu ! gémit-elle.

Puis elle se lança sur les traces de Zander.

Chapitre 20

Morgan se tenait devant la chambre de Zander ; elle posa son front sur la porte et essaya de se convaincre de ne pas se mêler de cette histoire. Tout en gravissant quatre à quatre les marches de l'escalier, elle s'était rendu compte qu'elle accomplissait la volonté de Platon – pas celle des KilCreggar. Il lui faisait oublier le serment qu'elle avait fait aux siens et qu'elle pouvait mettre à exécution ici et maintenant. Non seulement elle pouvait exercer sa vengeance sanglante sur le clan FitzHugh en supprimant l'un des leurs, mais elle était déjà en fait en train de le faire sans avoir à verser une goutte de sang.

L'esprit des KilCreggar l'accompagnait, leur sang chantait dans ses veines avec le sien, leur souffrance s'ajoutait à la sienne jusqu'à ce que son cœur soit perclus de douleurs. Elle ferait mieux d'attendre. Il lui fallait simplement prendre son mal en patience, garder jalousement son secret et ne pas se mêler de ce qui ne la regardait pas. Ainsi, tout rentrerait dans l'ordre. Si jamais elle arrêtait Zander, cela reviendrait à admettre la seule chose qu'elle n'osait croire.

Elle devrait se résigner au fait qu'il y avait de l'amour sur cette terre et que cet amour était plus fort que les serments, plus fort que la mort. Si elle ouvrait la porte, elle ne pourrait plus revenir en arrière. Elle le savait. C'était précisément ce que Platon attendait d'elle. Il voulait qu'elle devienne sa catin, qu'elle donne à Zander ce qu'il désirait.

Morgan soupira et s'éloigna de la porte. Elle ne serait la catin de personne, mais elle ne pouvait pas non plus lutter contre son cœur. L'amour était trop fort. Pour empêcher Zander d'en finir, elle ne voyait qu'une solution : lui avouer la vérité.

Elle ouvrit la porte.

Zander était allongé sur son lit et faisait tournoyer la lame du dragon entre ses doigts dans un sens puis dans l'autre. Morgan verrouilla la porte après l'avoir doucement refermée.

— Tu es venu faire tes adieux ?

— Non. Je suis venue récupérer ma lame.

— Pourquoi ?

— Donne-moi la dague, Zander. On va discuter.

Il la regarda. Il n'avait pas nettoyé la boue qui maculait son visage avant de regagner son lit. Sans doute s'en moquait-il éperdument. Elle savait ce qu'il avait prévu de faire. Elle en ferait autant dans sa situation.

— Tu pourras reprendre la dague quand je serai mort, Morgan. Pas avant. Tu comprends ?

Il leva la lame. Elle s'empressa de révéler son secret.

— Je ne suis pas Morgan sans nom et sans clan, Zander. Je viens d'une famille qui comptait quatre fils et deux filles. Mon père était le chef de notre clan. C'était pas un grand clan et nous n'étions pas très riches. J'avais des oncles, des cousins… tous plus âgés que moi. Nous ne possédions pas de château comme celui-ci, mais nous n'étions pas de pauvres fermiers non plus. Nous avions une solide maison en pierre avec un grenier. J'ai connu l'amour, aussi. J'en étais entourée. Je m'en souviens comme si c'était hier, même si j'étais très jeune lorsque j'ai tout perdu.

Aucune réaction. La lame voltigeait toujours au-dessus de son torse. Morgan s'étrangla et continua à buter sur les mots.

—Ma plus grande sœur s'appelle Elspeth. Elle a vingt et un ans de plus que moi. Elle me ressemblait avant. Les mêmes longs cheveux noirs, les mêmes yeux, le même visage. On ressemble à notre mère. Ma sœur avait un mari, un enfant et attendait un bébé. J'avais ça, Zander. J'ai connu l'amour. J'ai connu la vie. J'avais quatre ans quand tout ça m'a été confisqué.

La lame étincela. Elle ne savait pas ce que ça signifiait. Elle n'osa pas s'arrêter assez longtemps pour le lui demander.

—Les pilleurs sont arrivés au petit matin. Tous les hommes étaient partis. Il ne restait plus que ma sœur, ma mère et le petit à la maison avec moi. Je me souviens encore des couleurs qu'ils portaient. Je n'ai jamais oublié. Je n'oublierai jamais.

Elle baissa les yeux vers les couleurs du clan FitzHugh et ne put réprimer ses tremblements.

—Ils se sont d'abord occupés de ma mère et j'ignore ce qu'ils lui ont fait subir pendant qu'elle criait encore et encore et qu'elle éclaboussait la table de son sang. Je les voyais depuis le grenier où Elspeth est venue me rejoindre. Elle m'a dit de sauter du grenier. C'était un grand saut, Zander, et je n'avais que quatre ans. Elspeth m'appelait pour s'assurer que j'allais bien. Puis elle m'a demandé d'attraper son fils, Samuel. C'était un petit garçon vif, qui avait tout juste un an. Il était sain. Il était beau. Il était parfait. J'ai levé les bras.

La lame ne voltigeait plus, mais Morgan ne le voyait pas. Elle revoyait cette matinée.

— La maison a commencé à prendre feu, mais je ne le savais pas. Je me concentrais. J'étais parée. Je me suis campée sur mes pieds pour l'attraper, mais l'explosion m'a projetée par terre. Je ne m'étais jamais doutée que de telles choses pouvaient se passer dans une maison. Je peux toujours pas l'expliquer. Je sais seulement que j'ai pas pu attraper mon neveu à cause de ça. Il était déjà par terre. Il m'a regardée avec ses grands yeux pleins de confiance puis il s'est figé. J'essayais de le réveiller quand Elspeth a atterri à mon côté, tenant fermement son gros ventre et maudissant ma maladresse. Ses cris attirèrent l'attention des pilleurs.

— Qu'est-ce que tu as fait alors ? demanda calmement Zander.

— Je me suis cachée. Je ne savais pas quoi faire d'autre. La maison brûlait, il y avait de la fumée partout et Elspeth ne cessait pas de crier. Je ne comprenais pas pourquoi à l'époque.

— Tu sais qui a fait ça ?

Morgan avala l'énorme boule dans sa gorge avant de répondre.

— J'ai fini par le découvrir, dit-elle d'une voix vacillante. À l'époque, je ne connaissais que mon clan.

J'ai tout raconté à mon père quand il est rentré à la maison. Lui, mes frères, mes oncles, mes cousins et le mari d'Elspeth, même si je ne me souviens plus de son nom. Je croyais qu'Elspeth était en train de mourir. Elle était couverte de sang et elle criait, racontant à tout le monde comment j'avais tué son bébé, et elle a donné naissance ce jour-là à un enfant mort-né qu'elle a expulsé sur l'herbe.

—Oh, mon Dieu!

La voix de Zander exprimait le même degré d'horreur que ce qu'elle voyait. Morgan ferma les yeux.

—Elspeth est devenue folle. Elle l'est toujours, je pense. Je l'appelle « la vieille peau », quand il m'arrive de l'appeler. Elle m'appelle toujours l'« assassin de bébé ». Elle l'a toujours fait. Elle le fera toujours.

—Mais tu n'avais que quatre ans à l'époque!

Morgan ouvrit les yeux et son regard rencontra le sien.

—À quatre ans, on n'est pas trop jeune pour apprendre la vie ou la mort, Zander. Je peux en témoigner. Je l'ai peut-être appris à mes dépens. Tu as sans doute remarqué les séquelles que cet épisode m'a laissées.

—Je ne savais pas.

—Personne ne le sait. Peu importe, c'est le passé. On ne peut pas le changer.

—Ton clan a juré de tirer vengeance?

—Oui. Nos hommes ont passé six ans à essayer de l'obtenir. Au cours de ces années, j'ai appris la vengeance. Appris à tuer et à voir tuer, à enterrer nos morts et à railler les leurs. Je suis devenue l'ombre de mon père. Où qu'il aille, j'étais derrière lui. Quiconque croisant le chemin du clan nomade que nous étions devenus voyait un enfant malheureux dans son sillage. Mon père était expert dans le maniement des armes, même s'il n'avait pas ma précision. J'ai commencé par apprendre à me servir des couteaux. Tu l'as sans doute déjà deviné.

—Continue.

Morgan tenta de déglutir, la gorge sèche.

—À chaque saison, on perdait des membres du clan, mais on le leur faisait payer. Mon clan avait juré de se venger dans le sang. La boucherie continua encore et encore. Il fallait en finir une bonne fois pour toutes. Puis la fin est arrivée.

—La fin?

Morgan ne pouvait voir rien d'autre que cette nuit. Elle n'entendit pas la question de Zander. Elle ne pouvait plus entendre que les cris, les gémissements, puis le silence.

—J'avais dix ans à l'époque et je n'ai pas eu le droit de me joindre à la bataille. Alors je me suis cachée dans l'ombre et j'ai regardé. J'ai regardé mon clan se faire massacrer. Tous, sans exception. Trente-sept hommes furent tués cette nuit-là, la plupart d'entre eux étaient les miens. Tout ce que j'avais. Chaque cousin, chaque oncle, tout le monde.

—Qu'est-ce que tu as fait alors?

—Qu'est-ce que tu crois? Je les ai enterrés. Ça m'a pris huit jours et j'ai dû me cacher quand ils sont venus récupérer leurs morts. Je n'étais pas très douée pour creuser et à qui pouvais-je demander de l'aide, à la vieille peau ? Ma seule vue l'insupportait, comme tout le monde. J'ai dérobé une tenue aux couleurs de ma famille sur l'un des corps les plus chétifs pour la garder pour moi. Quand j'ai été trop affaiblie à cause du manque de nourriture, je suis repartie. J'ai déterré et volé toutes les armes qu'ils avaient dans leurs tombes. Ils arpentent toujours cette terre, à la recherche de leurs couleurs et de leurs poignards à ce jour. Je le sais. Je le sens parfois.

—Ils ne peuvent pas faire ça, Morgan. Ils auraient compris. Ils ne pouvaient pas en attendre davantage, dit-il doucement.

—Qu'est-ce que tu en sais ?! cracha-t-elle. À l'abri, bien au chaud dans ton clan, entouré de tous les tiens ? Eh bien, tu sais pas ce que ça fait de ne pouvoir compter sur personne d'autre que toi. Tu sais pas ce que c'est de voir ta mère se faire violer et brûler. Tu connais pas le tourment de savoir que tu as tué l'enfant de ta sœur. Tu sais pas ce que ça fait d'avoir tes ancêtres qui arpentent la terre à ta recherche parce que tu as pillé leurs tombes ! Tu sais rien de ça, Zander, rien.

—Tu as raison, Morgan. Je ne le sais pas. Mais je commence à comprendre.

—J'ai juré de venger les miens. J'avais pas peur de mourir une fois que ça serait fait. Je m'y attendais et j'avais besoin de cette perspective. J'obtiendrai vengeance et ensuite je mourrai. Alors, peut-être que les cadavres de mon clan pourront reposer en paix et me laisser.

—Tes rêves ? murmura Zander.

Morgan hocha la tête et observa la chambre. La dague était suspendue au bout de deux de ses doigts serrés sur la garde, mais Zander la tenait toujours.

—Puis je t'ai rencontré, FitzHugh. Ou plutôt, tu as fait de moi une prise de guerre. Y a-t-il pire sort pour moi ? Enrôlée comme écuyer par un FitzHugh ? L'un des FitzHugh des Highlands les plus arrogants, à la tête d'une fortune colossale. Un homme particulièrement proche des Sassenach. Pire encore, j'ai été emportée par le plus jeune, le plus beau, le plus facétieux, le plus fort, le plus viril des FitzHugh. J'ai essayé de te haïr, tu n'imagines pas à quel point.

—Je m'en doute.

—Tu t'es mis à m'apprendre des choses que je ne voulais pas connaître ! J'avais un seul but dans la vie. Me venger et mourir. C'était ma seule raison d'être. C'est ce qui guidait toutes mes actions, ce qui me faisait avancer. Et voilà que tu me forces à devenir ton écuyer.

—Où est-ce que ça te mène ? Est-ce que tu vas prétendre avoir trouvé une nouvelle joie de vivre, une nouvelle raison d'aimer ? Quoi, Morgan ? Dis quelque chose pour donner un sens à ce jour impie.

—Je peux plus nier que l'amour existe. Je croyais qu'il avait disparu, mais tu m'as forcée à changer d'avis. Oui, l'amour existe toujours sur cette terre. Il y a toujours de la joie. Il y a toujours une raison derrière tout ça – un Dieu qui se soucie de tout. Il y aura toujours des bébés qui naîtront et grandiront pour devenir de vieux messieurs et de vieilles dames. Il y aura toujours la mort. Il y aura toujours de la violence. Il y aura toujours de la vie. Il y aura toujours de l'amour sur cette terre.

Il soupira.

— Je comprends maintenant, Morgan. Je suis désolé. Tu n'avais pas à me dire ça, mais je comprends. Dieu me vienne en aide ! Je comprends ce que tu me dis et je comprends aussi pourquoi tu me le dis. Il y a eu assez de morts comme ça, pourquoi en rajouter ? C'est ce que tu es en train de me dire, n'est-ce pas ?

— Je pourrais pas supporter de creuser ta tombe, Zander. Ça me fait très mal de savoir que je pourrais avoir à le faire. Tu dois me restituer la dague maintenant.

— Est-ce que tu me promets de ne pas me rater la prochaine fois que je mettrai en péril notre espoir de gagner une place au paradis en essayant de te posséder ?

— Il n'y a aucune place au paradis pour moi, Zander. N'as-tu pas écouté ce que je t'ai dit ?

— Tout ce que tu m'as raconté remonte à ton enfance ! Tu étais à peine plus âgé qu'un bébé toi-même ! Aucun Dieu ne serait si impitoyable.

— Je viens à peine de me remettre à croire en Dieu, Zander FitzHugh. N'emporte pas mes croyances trop loin, ni trop vite. Je savais ce que je faisais et pourquoi je le faisais. Je dois accomplir ma destinée et mourir. Mon clan ne reposera pas en paix tant que je ne l'aurai pas fait. Tu ne comprends rien à rien !

— Je comprends la vengeance, Morgan, mais personne ne doit mourir à part le démon qui a commis ces atrocités ! Il doit mourir. Donne-moi le nom de ce clan et je t'aiderai. Ces hommes méritent d'être massacrés.

Morgan sentit qu'elle avait été jetée sous une cascade puis dans le plus profond des lochs et qu'elle regagnait juste la surface pour respirer. Elle inspira profondément et se brûla.

—Je peux pas demander ton aide, Zander. C'est ma malédiction et mon serment. Si je te révèle tout ça, c'est parce que j'ai fait un autre serment. Je voulais que tu le saches. Pour ça, j'ai besoin de ton aide.

—Qu'est-ce que tu veux ?

—Je vais réparer le mal que j'ai fait. Même si ce n'était pas mon intention, c'est quand même arrivé. Je ne pourrai pas reposer en paix si je ne répare pas tout ça. Je vais avoir besoin que tu restes en vie pour ça. Quand j'aurai fini, tu pourras en finir, si tu le souhaites. Je me joindrai à toi. Maintenant, donne-moi la lame du dragon, Zander.

—Tu ne dois plus rater ta cible.

—J'ai jamais raté ma cible. J'ai toujours fait ce que tu m'as demandé. J'ai visé une fissure et je l'ai mis en plein dedans.

Il s'assit et la lança vers elle. Morgan fut tout aussi surprise que lui quand elle se déplaça vers elle et l'attrapa. Elle la tendit vers la lumière et observa le rubis qui étincelait à la lueur du foyer.

—Est-ce que tu crois en la magie, Zander ?

—Je crois que les illusions existent, répliqua-t-il en esquissant un sourire.

Elle haussa les épaules.

—Je vais penser à ça alors à la place. Dors à présent. Tu vas en avoir besoin. Je reviendrai dans cette pièce demain avant que le soleil se couche.

— Où vas-tu ? Avec qui ? Si tu vas chercher cette catin de Sally…

Morgan porta ses mains à ses hanches, fronça les sourcils et lui adressa un regard lourd de reproches et de déception.

— Zander FitzHugh, je viens juste de t'avouer plus de choses que je n'en ai jamais révélé à personne ici-bas. Ne me cherche pas.

— Tu ne risques rien ?

— Je suis le champion des FitzHugh. Me blesser, moi ? Qui s'y risquerait ?

— Où vas-tu ? Où est-ce que je pourrai te trouver ?

— Je quitterai pas le château. Tu as ma parole. Repose-toi. Prends un bain. Demande à Platon de t'aider. Trouve un *feile-breacan* qui irait au plus beau des FitzHugh et laisse-toi aller à rêver, Zander. Je te promets de la magie. Pas de l'illusion. De la magie. À demain.

Elle ouvrit la porte et se faufila hors de la pièce. Puis elle partit à la recherche de Sheila et de lady Gwynneth pour qu'elles fassent d'elle une femme.

* * *

Le bain qu'elles firent couler fut une expérience bien plaisante une fois qu'elle s'habitua à avoir trois femmes pour s'occuper d'elle. Sally Bess n'allait pas être écartée de la création de Morganna, la mystérieuse.

Lady Gwynneth avait été agréablement surprise de la requête de Morgan et Sheila était restée interdite, bouche bée, puis elle s'était mise à glousser à l'idée de ce que Morgan avait fait, et de tous les hommes qu'elle avait battus à plate couture. Sheila n'avait plus l'intention de devenir une grosse prostituée indolente. Elle voulait se mettre au service de Morganna, où que cela la conduise.

Elles furent consternées par l'incroyable musculature de son abdomen, de son dos et de ses épaules, sans mentionner les muscles qui saillaient sur ses cuisses et ses fesses. Alors que lady Gwynneth manifestait sa désapprobation devant cette musculature qui n'était pas convenable pour une femme, elle se rendit compte que les cuisses de Morgan n'étaient pas plus grosses que les siennes et que sa taille était bien plus fine.

La dernière surprise qu'eut lady Gwynneth fut de la voir dans une robe qu'elle faisait confectionner pour elle-même dans un somptueux tissu noir satiné. L'ourlet n'avait pas encore été fait et on décréta qu'elle était parfaite pour que Morgan aille séduire Zander FitzHugh. Ensuite, elles se mirent à oindre les cheveux et la peau de Morgan d'onguents, lui faisant boire toute une série de décoctions d'herbes et d'épices pour lui garantir un sommeil paisible tout l'après-midi.

Quand elle se réveilla, elle attacha la lame du dragon et son morceau de plaid à sa cuisse, bien qu'on lui fit remarquer qu'elle portait une chemise presque translucide, qu'on lui avait enfilé des bas, même s'ils n'avaient de cesse de tomber, et qu'elle était enrubannée de satin noir. On noua ses manches. Des lanières noires s'entrecroisaient sur son torse et sa taille de guêpe. On tressa des rubans dans ses cheveux. On la décréta enfin prête et, couverte d'un long voile, elle fut escortée à sa chambre.

C'est à cet instant que le courage lui manqua. Les femmes autour d'elles avaient dû le deviner, car elles soulevèrent simplement le voile d'un geste vif, ouvrirent la porte et la poussèrent à l'intérieur, à grand renfort de gloussements. La chambre était plongée dans un profond silence.

Zander se leva de sa chaise et la rejoignit en moins de temps qu'il n'en faut pour le dire. Elle eut le souffle coupé quand il s'arrêta. Ces yeux bleu nuit étaient écarquillés et on y devinait une joie intense. Cela ne faisait aucun doute.

—Oh… Dieu du ciel! s'exclama-t-il en tombant à genoux à ses pieds.

Elle le regarda attraper l'ourlet de sa robe et le tenir. Elle regarda sa main trembler, puis ses épaules.

—Dis-moi que je ne rêve pas. Pitié, mon Dieu! reprit Zander.

Morgan posa sa main sur le sommet de son crâne et fit courir ses doigts dans sa chevelure qui se déroula jusqu'à ses chevilles.

—Tu ne rêves pas, seigneur FitzHugh. Mon père a eu deux filles. Elspeth, dont je t'ai parlé… et Morganna, murmura-t-elle.

—Oh, misérable Morgan! Quand je pense aux nuits, aux images que j'ai vues, au…

—Est-ce que tu veux perdre ton temps à raconter au plancher tes frustrations passées, mon seigneur?

—Oh, Morgan! je n'arrive pas à croire que tu existes pour de vrai.

Morgan retira ses mains de ses cheveux et les tendit, paumes en l'air.

— Zander, si tu ne te lèves pas, je vais aller chercher Platon et lui demander ce que je suis censée faire d'autre pour te persuader ! Je suis aussi femme que n'importe quelle autre. Je l'ai toujours été.

Il se leva, inspira profondément et observa avec attention sa tête, la légère ombre entre le galbe de ses seins, le bout de ses pieds gansés de bas – lady Gwynneth n'ayant pas pu trouver de chaussons à sa taille –, puis il poursuivit son examen de bas en haut. Il était assez près pour la toucher, mais il s'abstint. Ce n'était pas grave. Cela fit le même effet à Morgan.

— Tu n'irais pas très loin. Et tu ne partiras pas à la recherche de Platon, ou d'aucun autre homme, en fait. Jamais. En dehors de nous, je ne veux pas âme qui vive dans cette pièce. Pas ce soir.

Il passa derrière elle pour verrouiller la porte et se posta de nouveau face à elle.

— Peut-être même pas demain, ajouta-t-il.

— Tu te maries demain, Zander.

Il fronça les sourcils et l'examina de près.

— Seulement si c'est toi la mariée.

— Tu ne peux pas rompre tes fiançailles, Zander.

— Tu débarques dans ma chambre, mettant à ma portée tout ce que j'ai eu peur d'imaginer et tu me demandes d'en épouser une autre ? Allons, Morgan, décide-toi ! Je ne te prendrai pas, sauf si tu me promets de m'épouser. Je le jure.

Les yeux de Morgan s'emplirent de larmes. Il lui demandait l'impossible, mais il ne se doutait de rien. Elle seule savait.

—D'ailleurs, Platon m'a tout raconté. Il aime lady Gwynneth et c'est réciproque. Il prendra ma place. Il m'a dit que je ne le regretterai pas. Il avait raison. Je savais pas. Je pourrais peut-être même louper son mariage. Oh! Morgan, as-tu mangé?

Il ne la touchait toujours pas et Morgan garda la même distance qu'il semblait souhaiter quand il se tourna pour lui montrer la table. Elle était jonchée de raisin, de fromages, de vin et de boudin. Une douce fourrure était étendue devant la cheminée. Ses yeux s'écarquillèrent. Il suivit son regard et sourit.

—Platon était au courant de ta surprise. Il a fait arranger ma chambre en conséquence. On pourrait même avoir des musiciens plus tard pour nous chanter la sérénade. Ça t'ennuierait?

—Je comprends pas, Zander.

Elle le regarda se diriger vers la table, attraper un gobelet et le remplir pour elle. Ensuite, il le lui apporta. Ses yeux étaient pleins de larmes, mais elle n'allait pas pleurer. Zander FitzHugh portait un kilt aux couleurs de sa famille, un pourpoint noir et une chemise à manches bouffantes. Il était d'une beauté à couper le souffle, mais ne se comportait pas comme elle s'y serait attendue. Il avait parfaitement le droit de la toucher et n'en faisait rien?

Il lui tendit le gobelet. Morgan le saisit et Zander fit un pas en arrière à la seconde où ses doigts effleurèrent les siens, rougissant étrangement sous son regard. Elle tremblait tant qu'elle dut tenir le gobelet à deux mains.

— Qu'est-ce que tu ne comprends pas, ma douce ?

— Que tu ne me touches pas, répondit-elle en se mettant à rougir à son tour sous son regard.

— Je n'ose pas.

— Je suis toujours Morgan, l'écuyer, murmura-t-elle.

— Oui et, si je te touche, je me transformerai en une bête sauvage. Je suis frustré depuis trop longtemps, Morganna. Je me connais. Si je ne te touche pas, c'est pour une bonne raison. Une très bonne raison. Maintenant, bois ton vin et cesse de me regarder fixement de tes grands yeux gris pendant que je me maudis de ne pas avoir vu ce qui était sous mon nez pendant tout ce temps.

Elle s'étrangla en avalant sa première gorgée et il rit doucement, l'autorisant à lui servir un verre. Morgan traversa la pièce, se déhanchant ostensiblement, comme les femmes le lui avaient montré. La réaction de Zander agit sur elle comme un baume lorsqu'il lui redressa la tête, bouche bée, sidéré par ce spectacle, ses yeux bleu nuit grands ouverts. Morgan songea que sa condition de femme avait quand même quelques bons côtés et qu'elle pourrait se mettre à les apprécier.

— J'aimerais manger un peu, je crois, dit-elle en s'approchant de la table.

Il lui composa une assiette pendant qu'elle allait s'asseoir et il l'observa émietter sa nourriture entre ses doigts avant de la porter à sa bouche. Puis, les paupières mi-closes, elle se lécha les doigts avant de mastiquer.

Zander ferma les yeux, bouleversé. Morgan réprima un éclat de rire.

— Tu ne manges pas ? s'enquit-elle quand il rouvrit les yeux.

— Je ne crois pas que je serai capable d'avaler quoi que ce soit.

Puis il lui prouva le contraire en vidant d'un trait son gobelet, qu'il reposa ensuite sur la table.

— Bon Dieu, Morganna, tu es la plus jolie fille que j'ai jamais vue ! ajouta-t-il. Je n'arrive pas à croire que tu sois restée à mon côté nuit et jour pendant plusieurs semaines sans que je devine ton secret. Je n'arrive pas à croire que j'ai été aussi aveugle. Je n'arrive pas à réfléchir ! Tout ce que je peux faire, c'est fermer les yeux et accueillir les frissons qui m'assaillent. Bon Dieu !

Il termina son discours enflammé et Morgan saisit un peu de nourriture entre ses doigts.

— Ouvre la bouche, Zander, murmura-t-elle.

Chapitre 21

Zander ouvrit les yeux et la bouche et elle regarda la surprise se peindre sur son visage lorsqu'elle déposa un morceau de nourriture sur sa langue. Puis elle appuya sur sa lèvre supérieure, lui ordonnant de fermer la bouche et de manger. Il tremblait sous sa main. Morgan le sentit. Finalement, sa condition de femme ne lui déplaisait pas. Ensuite, elle but dans son propre gobelet, laissant quelques gouttes de vin s'attarder sur ses lèvres avant de les lécher. Zander s'étrangla en regardant son manège. Elle se mordit les joues et sourit.

Puis elle saisit un grain de raisin et le fit rouler entre ses doigts.

—Zander, dit-elle tout bas. Ouvre encore ta bouche.

Il tressaillit et recula un peu avant de secouer très rapidement la tête, tout comme elle l'avait fait dans la chambre du comte, deux semaines à peine auparavant. À cet instant, elle ne put s'empêcher de glousser.

En retour, Zander s'empara du gobelet de Morgan et le vida d'un trait. Elle l'observa.

—Tu penses m'échapper en te soûlant?

Il posa le gobelet et baissa la tête. Le sang battait si fort aux tempes de la jeune femme que Zander aurait pu l'entendre.

— Oh! il n'y aura aucune échappatoire cette nuit, Morganna. Morganna. J'aime ton nom, Morganna. Morganna… bien-aimée de Zander FitzHugh. Morganna, mère des enfants FitzHugh. Morganna, l'unificatrice des clans, championne à l'arme blanche. Tu es tant de choses à la fois et tu seras tant de femmes, Morganna, mon amour, et la liste est loin d'être terminée.

Elle ferma les yeux pour qu'il ne voie pas à quel point ses paroles l'avaient atteinte, blessée au plus profond de son âme. Elle n'était rien de tout ça et ne le serait jamais. Elle se garderait bien d'en parler. Elle allait accomplir son serment à présent. C'est tout ce qui lui restait à faire. Elle n'était rien de ce que Zander venait d'énumérer. Cette Morganna-là n'existait pas.

Elle ravala sa souffrance. Elle n'était pas là par amour et elle le savait pertinemment. Elle était là pour jouer les catins. C'est ce qu'elle devait faire pour réparer le mal qu'elle avait causé. Elle sauvait Sheila d'elle-même, Platon d'une existence placée sous le signe de la haine, lady Gwynneth du suicide. Elle chassait aussi les démons de l'esprit de son Zander bien-aimé parce qu'il était trop idiot pour voir la vérité par lui-même. Rien de cela n'était vrai. Ça ne pouvait être vrai. Ce n'était pas une illusion non plus. C'était de la magie, purement et simplement de la magie.

Elle ouvrit les yeux. Zander réagit en inclinant la tête et en aspirant le grain de raisin. Morgan retira ses doigts à l'instant où il commença à les sucer car le contact l'enflamma plus encore que les minuscules brûlures qu'elle ressentait à l'arrière de ses mollets.

—Zander ?

—Je crois que je veux un autre grain de raisin, répondit-il en déplaçant sa tête et en ouvrant la bouche.

Morgan en tira un de la grappe et le tint avec précaution au-dessus de sa bouche ouverte. Ses lèvres la brûlèrent encore mais, cette fois-ci, il mordilla la pulpe de son index. Ses pupilles se dilatèrent lorsqu'il recula sa tête et soutint son regard.

—Encore, commanda-t-il.

Morgan fut maladroite, elle fit tomber le premier grain qu'elle avait détaché. Elle dut en saisir un autre et sa main trembla bien avant d'atteindre ses lèvres. Cette fois-ci, il attrapa son poignet et il lui fut impossible de le retirer quand il suça le fruit d'entre ses doigts. Il continua à jouer de sa bouche jusqu'à ce qu'il ait la pointe de ses doigts entre ses lèvres. Les paupières de Morgan étaient mi-closes, ses genoux se mirent à trembler et sa respiration se fit haletante avant qu'il ne la libère de son étreinte.

—Encore, réitéra-t-il.

Le bout des doigts de Morgan ne se contentaient plus de la brûler. Le picotement était devenu tel qu'elle avait l'impression que le contact de la bouche de Zander les avait calcinés et que seul le fruit rafraîchissant était susceptible de l'apaiser. Elle fit tomber encore deux grains de raisin avant d'arriver à en tenir un. Elle avança une main hésitante.

Zander attrapa son poignet, saisit le grain de raisin et passa sa langue sur la partie sensible de sa paume, dessinant de minuscules cercles en son centre. Elle en eut le souffle coupé. Puis il la relâcha.

—Encore.

—Je crois… que j'ai besoin de… m'asseoir.

Il sourit et se mit à genoux pour lui faciliter les choses. Morgan baissa le regard vers lui et vacilla avant de se rattraper au coin de la table. Une étincelle faisait pétiller les yeux sombres de Zander lorsqu'elle s'assit sur la chaise. Elle mit une main sur sa poitrine pour en maîtriser le tremblement.

—Qu'est-ce qu'il m'arrive?

—Oh… ça. C'est ce contre quoi tu t'es battue pendant des années. Une chose atroce qu'on appelle « l'amour ». Voilà ce qu'il t'arrive. Tout ce dont tu t'es privée depuis toujours. Tout ce à quoi on peut jouer. Suis-moi, Morganna, joue donc avec moi. J'ai envie d'un autre grain de raisin et je veux que tu me nourrisses.

Il posa sa tête sur ses genoux et leva le regard pour l'observer. Morgan se liquéfia à son contact. Elle ferma les yeux et se sentit trembler, puis, quand elle les rouvrit, elle se retrouva nez à nez avec le regard bleu nuit de Zander. Elle attrapa un autre grain, et sa main fit trembler le bol.

Elle hésitait à le lui tendre. Sa main s'avança un peu, puis un peu plus, avant de se retirer. Au troisième essai, il l'attrapa, goba le grain entre ses doigts et appliqua ses lèvres sur l'intérieur de son poignet avant qu'elle n'ait eu le temps de la retirer violemment. Morgan émit un petit cri, puis se calma lorsqu'il se mit à laper sa peau, ce qui lui donna des frissons qui se propagèrent jusqu'à sa poitrine libérée. Elle ouvrit grand les yeux pour se regarder, effrayée, ce qui arracha un éclat de rire à Zander lorsqu'il lâcha sa main.

—Encore.

—Je ne peux pas, gémit-elle.

—Un autre grain, Morganna, mon amour, et je veux que tu m'en nourrisses. Maintenant.

Elle renversa le bol et le contrôle de sa main sembla lui échapper. Elle finit par y parvenir. Ces mêmes doigts si sensibles qui excellaient dans l'art du lancer de couteaux avaient du mal à saisir un grain de raisin ? Morgan regarda ses mains, surprise et quelque peu consternée.

—Mon raisin, demanda-t-il encore.

—Zander ? commença-t-elle, son regard faisant des allers et retours de sa main à lui. Mes doigts… échappent à mon contrôle. Je ne comprends pas pourquoi.

Il s'esclaffa encore et attrapa vivement son poignet. Il la libéra du fruit et remonta sa manche jusqu'à la peau sensible à l'intérieur du coude. Morgan remua sur sa chaise, rejeta sa tête en arrière et ouvrit la bouche lorsqu'il dessina avec sa langue de petits motifs sur sa peau. Puis il releva la tête.

—Encore.

—Je ne peux pas, cria-t-elle. Ne me fais pas ça ! Je comprends pas ce qui m'arrive. Je crois que je n'aime pas ça. Oh, Zander, aide-moi !

Il la souleva de la chaise et l'attira dans ses bras avant qu'elle puisse ajouter quoi que ce soit. Elle apprit de la bouche de Zander les causes de son chagrin. Morgan sentit ses mains trembler sur ses côtes, la bosse qui se formait entre ses jambes et la prière insistante de ses lèvres lorsqu'il ouvrit les siennes de sa langue pressante.

— Oh, mon doux, mon innocent amour !

C'est lui qui rompit le contact, rejetant furieusement sa tête en arrière en lui jetant un regard de braise tel qu'elle en sentit la brûlure jusqu'au plus profond de son être, là où son corps la faisait tant souffrir. Elle écarquilla les yeux sous l'effet de toutes ces sensations.

— Zander ?

— Belle Morganna, ma Morganna !

Il empoigna ses cheveux et huma les onguents dont ils étaient parfumés. Il se mit à trembler. Il sembla à Morgan que la partie la plus dure de son anatomie montrait des signes de faiblesse et elle s'inquiéta. Elle était toujours anxieuse lorsqu'il releva la tête.

— Qu'est-ce qu'il y a, mon amour ?

— Tu ne me désires pas ?

Il rit doucement et, l'enserrant de ses bras, la tenant près de lui, il dit :

— Je te désire plus que la vie elle-même, mon amour. Il faut juste que j'arrive à me contrôler. Je ne suis pas un jeune coq en quête de mon seul plaisir. Je veux que tu sois comblée de tout le plaisir que je peux te donner. Tu comprends ?

Elle secoua la tête. Cette réaction sembla le rendre encore plus heureux et il se remit à embrasser toutes les parties de son corps qui se trouvaient à sa portée.

Son nez, sa gorge, son menton, ses épaules d'où sa robe avait glissé.

Morgan était au cœur d'une tempête si violente que la pluie ne pouvait la toucher. Elle se retrouva de nouveau sur la chaise, dont le bois dur sous elle contrastait avec la chaleur qu'elle venait de quitter et les accoudoirs lui semblaient désormais vides et froids. Ses pupilles se dilatèrent.

—Zander?

—Je croyais t'avoir demandé de me nourrir de raisin, Morganna, lui intima-t-il d'une voix plus rauque que jamais.

Morgan tendit la main pour attraper un grain, mais en saisit deux et rompit la tige. Elle les lui tendit, la main tremblante. Elle se concentra pour contrôler son mouvement, mais il fit glisser une de ses mains le long de sa jambe dont elle ne put maîtriser le tremblement. Puis il s'arrêta et leva les yeux au ciel lorsqu'il sentit la lame du dragon.

Il ne cilla pas lorsqu'il dénoua le nœud et tira le couteau, la lanière et le morceau de plaid. Morgan retint son souffle, mais tout ce que fit Zander après y avoir jeté un regard, c'est de mettre la dague dans son fourreau et de la poser sur la table avec le morceau d'étoffe grise.

—Il est dangereux de te déshabiller, Morganna. Laisse-moi te dire que tes craintes étaient infondées. On n'aura pas à s'en servir ce soir, murmura-t-il avant de lui adresser un clin d'œil.

S'il s'était arrêté là, elle aurait pu cesser de retenir son souffle et prendre une grande inspiration. Mais il saisit sa cheville et leva sa jambe. Morgan glissa en avant sur le bois, un pied contre son torse, le laissant faire courir ses mains sur sa peau, dépasser son genou et atteindre les attaches de son bas. Morgan trembla de tout son être. Elle ne put réprimer un gémissement, renonçant ainsi à sa dernière chance de reprendre son souffle. Elle se liquéfiait sur place. Elle sentit tous ses membres flageoler quand il fit redescendre ses doigts le long de sa jambe, emportant son bas dans le même mouvement. Une fois celui-ci retiré, il lécha la plante de son pied, arrachant à Morgan quelques cris d'extase effrayés.

—Zander ? Je ne sais pas… Je ne peux pas…, haleta Morgan.

Puis elle poussa un autre cri. Dans son éclat de rire, il avait soufflé de l'air chaud sur la trace humide qu'il venait de laisser sur sa cheville.

—Tu te souviens quand tu m'as fait une démonstration sur l'équilibre ? demanda-t-il, une main profondément enfouie sous sa jupe, flirtant avec l'attache de son second bas tout en caressant son autre cuisse dans le même mouvement.

—L'équi… libre ? suffoqua-t-elle.

—Eh bien, voilà ta première leçon de déséquilibre, acheva-t-il en ôtant l'autre bas.

Morgan eut la présence d'esprit de remettre ses deux jambes en place quand il eut terminé et elle tendit ses deux mains devant elle, paumes en avant.

—Oh non ! Zander. Oh non !

—Oh si ! Morganna. Oh si !

Il sourit de toutes ses dents, faisant chavirer le cœur de Morgan jusqu'à ce qu'elle reprenne son souffle pour le faire redémarrer.

— Je crois que je te dois une leçon sur la sensibilité aussi, non ? ajouta-t-il. Voyons voir… comment s'y prendre ?

Il saisit ses deux paumes et lui démontra à quel point elles pouvaient être sensibles, les léchant, les suçant, les mordillant sur toute leur surface. Morgan agonisait de mille sensations et elle était comblée par le moindre de ses gestes. Puis il lâcha ses deux mains, la laissant interdite. Elle retomba de son siège quand il se mit à déboutonner son pourpoint.

— Zander ?

Il sourit.

— Tu as peur ?

— Oui, je suis terrifiée.

Cette remarque lui valut un sourire encore plus dévastateur. Puis, toujours à genoux, il se débarrassa de son pourpoint. Morgan ne put se détourner de son corps lorsqu'il retira sa chemise, lui présenta son torse et se redressa, lui montrant ouvertement à quel point il la désirait. Les pupilles de Morgan étaient dilatées et son souffle court. Ses mains agrippaient les bords de sa chaise et ses bras étaient si tendus qu'elle aurait pu se soulever.

Zander apprécia le spectacle qui s'offrait à lui et sourit de plus belle.

— Tu es prête à voir un homme, un vrai ?

— Non, gémit-elle. Pas encore, Zander. S'il te plaît…

— Alors ferme les yeux.

Son avertissement arriva trop tard et la respiration de Morgan se fit haletante sous l'effet de la panique. Elle mit ses mains sur ses joues et tenta de se contenir. Elle n'avait jamais vu à quoi ressemblait un membre viril gorgé de désir. Elle n'aurait jamais pu deviner. Ses yeux étaient plus écarquillés que jamais lorsqu'elle remonta son regard le long de son corps jusqu'à son visage. L'amour et l'adoration qu'elle y lut l'aidèrent à contrôler sa frayeur – qui se mua peu à peu en un nœud lancinant dans son ventre.

— Zander ?

— Je t'aime, Morganna. Je ne ferai jamais rien qui serait susceptible de te faire du mal ou de te blesser. Je te le promets, même si – sapristi ! – mon désir est sans borne…

— Ça ne rentrera jamais, protesta-t-elle en l'interrompant, les yeux brillants de larmes qu'elle ne versa pas. Je serai déchirée.

Il sourit.

— Non, mon amour. C'est drôle, ce n'est pas la réaction habituelle… Viens, donne-moi ta main.

Elle secoua la tête. En retour, il tendit la main vers elle et la tira de la chaise pour la prendre dans ses bras. Morgan frémit et se retrouva sur la fourrure, les jambes de Zander refermées en étau sur son corps. Elle sentait son instrument de torture menaçant de percer sa chute de reins.

— Zander, arrête, s'il te plaît, le supplia-t-elle.

Il souleva ses cheveux pour faire glisser sa langue le long de sa nuque et aspira sa peau. Elle se cambra alors pour lui laisser un meilleur accès et il se mit à délacer son corsage, libérant les formes de sa bien-aimée.

—M'arrêter ? Oh non, mon amour… ma Morganna. Ma vie.

Il susurrait ces mots tout en faisant glisser la fine étoffe de sa robe le long de ses bras pour la faire tomber au sol et il atténuait sa peur à chaque mot prononcé à voix basse.

—Mon amour… ma beauté… ma femme, ajouta-t-il encore.

La robe fut projetée quelque part entre le pied du lit et le matelas. Morgan ne se rendit compte qu'il la lui avait ôtée que lorsqu'elle sentit une nouvelle sensation sur sa peau, puis Zander fit descendre sa chemise pour toucher sa poitrine. Il baissa la tête et, à la première caresse, Morgan cria, d'une voix aiguë, empreinte d'appréhension. Zander réprima un éclat de rire lorsqu'il titilla son téton de sa langue, tout comme Platon le lui avait décrit. Les cris de Morgan laissèrent place à des gémissements de plaisir, bientôt remplacés par des râles de ravissement. Morgan se cambra alors pour lui donner un meilleur accès à son corps. Pour s'en assurer, elle tint sa tête là où elle voulait qu'elle soit, ce qui arracha à Zander un petit rire moqueur.

Elle entendit de la musique quelque part et elle ne pensa plus qu'à résoudre cette énigme. Puis il se déplaça pour se retrouver allongé contre elle. Ses mains étaient affairées à retirer le dernier vêtement qui les séparait. Le tissu se coinça d'abord sous le renflement de ses fesses, puis au bout de son pied.

Zander se délectait de ce spectacle et Morgan l'observait les yeux écarquillés, dissimulant à peine la peur qui l'étreignait.

— Tu es très musclée, Morganna. Je peux comprendre pourquoi tu m'as battue au concours de pompes.

Il faisait courir son ongle le long de sa jambe et les muscles de sa cuisse se contractèrent de leur propre chef, puis il caressa les petites bosses de son abdomen.

— J'aime vraiment ça, reprit-il. Une princesse guerrière pour un guerrier. Y a-t-il couple mieux assorti ?

— Ça ne te gêne pas ? murmura-t-elle lorsqu'il atteignit les lignes sinueuses de ses bras. Vraiment ?

— Me gêner ? répéta-t-il par deux fois, la voix teintée de surprise. Me gêner ? Tu éclipses toutes les autres femmes. Tu es un régal pour les yeux. Tous les hommes m'envient. Je le jure.

Morgan rayonna de plaisir à son compliment, puis elle perdit toute notion de honte liée à son anatomie lorsqu'il se glissa sur elle et que les poils de son torse la chatouillèrent partout, son souffle parcourant son nez et ses joues, son membre dur s'enfonçant entre ses cuisses.

— On va faire des pompes maintenant, Morganna. Tu te rappelles comment on fait ? Je me souviens d'un jeu que tu avais initié quand j'étais trop soûl pour me rendre compte que j'avais une femme dans mes bras. Quel idiot !

— Des pompes ?

— Ça y ressemble. Tu vas participer activement. Considère ça comme un autre exercice. Tu as encore peur ?

Elle hocha la tête, ses yeux toujours grands ouverts.

— Je vais essayer d'être doux, ce qui n'est pas évident. Ça fait longtemps que je n'ai rien fait, je suis plutôt bien membré et je dois rompre ton hymen. Ça risque de te faire mal, mais ça passera. Je te le jure sur tout ce que j'ai de plus cher.

Il se souleva en poussant sur ses épaules. Morgan tendit également ses mains et les plaça sur son torse. Il regarda sa silhouette, ferma les yeux l'espace d'un instant et elle le regarda trembler.

— Zander ?

— Tu es très particulière, Morganna. L'extase est à portée de mains entre tes cuisses, je le jure. Libère-moi pour que je puisse te satisfaire avant de répandre ma semence sur les draps.

Elle secoua la tête en faisant de petits mouvements rapides.

— Morganna, j'ai attendu et rêvé cet instant. Tu vas le sentir aussi. Écarte tes jambes pour moi.

Elle secoua encore la tête. Zander effleura ses lèvres et lui dit dans un souffle :

— Écarte tes jambes, mon amour. Écarte-les. Écarte-les pour moi, pour ton homme, ton amour. Écarte-les. Maintenant.

Son baiser était différent. Il la martelait, il l'agrippait, il la forçait. Tout était crispé, irrésistible et puissant. Il exigeait sa reddition et il ne céderait à rien de moins. Les cuisses de Morgan s'écartèrent et il continua à l'embrasser, plaquant son corps contre la fourrure avant de l'envoyer vers le ciel, puis il la déchira d'un mouvement si douloureux que Morgan se raidit alors qu'il était à mi-chemin en elle.

— Zander... je ne peux pas ! C'est trop gros ! Tu me déchires le corps !

— Morganna, chut ! calme-toi. Calme-toi, mon amour. Calme-toi. C'est juste ta virginité, mon amour. Ça ne fera mal qu'une seule fois, je te le promets. Calme-toi.

Il murmurait ses paroles contre sa joue ruisselante de larmes, mais il ne se retira pas.

Morgan se mit à trembler et se força à accepter Zander en elle et à se détendre peu à peu.

— Tu m'avais promis du plaisir. C'est pas du plaisir, Zander. C'est pas ça du tout. C'est bien pire qu'un coup de poing.

— On doit juste franchir la barrière de ta virginité d'abord, mon amour. Ça ne te fera plus mal après. Tu ne me fais pas confiance ?

Morgan planta son regard dans ses yeux ténébreux, vit son beau visage et hocha la tête. Son corps se tordit encore lorsqu'il poursuivit sa progression, ses yeux s'assombrissant à chaque grimace de douleur qu'elle faisait.

— Tu es très résistante, Morganna. Tu peux supporter la souffrance d'un coup d'épée et d'une marche forcée alors que ton dos est bloqué. Tu peux supporter ça.

La douleur était concentrée à son entrée mais elle gagnait son dos et il avait le culot de prétendre qu'elle pouvait supporter ça ? Morgan essaya de puiser les ressources nécessaires pour lui jeter un regard noir. Sans succès. Elle ne réussit qu'à emplir ses yeux de larmes. Il était à bout de forces.

— Mets tes jambes autour de moi, Morganna. Relie tes chevilles dans mon dos. On doit passer ce cap et je n'y prends pas plus de plaisir que toi. Dans un instant, je vais forcer le passage.

Elle secoua la tête.

— Non. Je peux pas.

— Fais-le, lui intima-t-il.

Elle essaya et son corps tout entier fut agité de convulsions. Ses yeux étaient pleins de larmes. Zander jura, posa ses mains sur ses hanches et surmonta l'obstacle, précisément comme il le lui avait dit. Morgan était allongée, totalement écartelée, et essayait d'accepter dans son ventre cette présence nouvelle.

— Morganna ? Regarde-moi, mon amour.

Zander avait l'air aussi peiné qu'elle et sa souffrance s'apaisa face à ce spectacle.

— Pardonne-moi, mon amour. Je n'ai pas dépucelé beaucoup de filles dans ma vie malgré tout ce que j'ai raconté et j'ai oublié les tracas que ça représentait.

— Je ne pensais pas que ça ferait si mal, murmura-t-elle, sentant la douleur refluer alors qu'il l'attendait.

— Est-ce que tu te sens un peu mieux ?

Elle grimaça.

— Ça ne brûle pas et je n'ai pas l'impression que ce soit à vif.

— Heureusement ! car si je reste plus longtemps dans les profondeurs de ton être, ma bien-aimée, je vais perdre toute idée de ton plaisir et te remplir le ventre de mes besoins.

En prononçant ces paroles, il se mit à effectuer des va-et-vient.

Morgan cria de douleur. Puis elle ondula sous les assauts de Zander, qui n'étaient pas aussi douloureux qu'elle l'avait présagé. Elle s'agrippa à lui, se dressant et retombant en suivant ses mouvements, le repoussant et l'attirant de tout son corps. Puis elle se cramponna lorsque celui-ci fut traversé de part en part par une bourrasque de pluie plus violente qu'une tempête, un éclair à l'éclat plus aveuglant que jamais, une foudre assourdissante qui résonna en elle à l'infini. La mort, songea-t-elle, devait ressembler à ça.

Morgan l'enserrait de tout son être, se sentant happée par ce maelström, et elle entendit la foudre, vit l'éclair, sentit la pluie une seconde fois. D'une distance lointaine, elle l'entendit grogner, puis elle le sentit frémir et se raidir entièrement sous son étreinte.

Ses bras tremblèrent, puis il s'effondra, écrasant son torse du sien. Morgan le tint serré entre ses bras et attendit un long moment.

Elle fut pratiquement engourdie par son poids avant que Zander ne grogne et ne roule sur le côté en l'entraînant dans son mouvement. Puis il se mit à rire et son corps s'accorda à son rythme.

— Même si je ne l'admettrai jamais, ça valait le coup d'attendre chaque instant, Morganna, mon amour.

— C'est toujours comme ça.

— Comme ça comment ?

Il ouvrit ses yeux bleu nuit pour poser la question. Morgan rougit.

— Tu sais… le pouvoir, la sensation, le…

— … l'extase ?

— Oui. Ça. C'est toujours comme ça ?

—Ça ne t'a pas trop fait mal, alors ?

—Tu m'as fait très mal !

—C'était nécessaire. Je devais rompre ton hymen. Ça n'arrivera plus jamais.

—Avec ton engin, Zander FitzHugh, tu risques de me faire mal chaque fois. Je le sais. J'ai fréquenté des garçons toute ma vie

Il rit encore.

—Oui, tu as fréquenté des garçons, mon amour, mais pas des hommes. Je ne suis pas si bizarre. Je te le promets.

—Je ne vais pas te croire sur parole, Zander FitzHugh. Ça, tu peux me croire, parce que je vais pas aller vérifier par moi-même.

—Et je ne te le permettrai jamais. Tu m'appartiens, Morganna. Tu es mienne. Je ne renoncerai jamais à toi. Jamais.

Elle reposait confortablement sur son corps, ses membres aussi longs et sveltes que les siens, son nez enfoui dans le creux sous son oreille. Pour un peu, elle l'aurait cru.

—Tu veux dormir ? demanda-t-il.

—Oui, mais quelque chose me dit que je ne vais pas pouvoir.

—Oh non, pas encore, Morganna ! On a encore à manger et quelques jeux à essayer. Lève-toi, j'ai encore envie de raisin.

Chapitre 22

Le soleil mouchetait la fourrure sur laquelle elle ouvrit un œil. C'était si troublant qu'elle ouvrit l'autre. Morgan cligna des yeux, mais elle ne rêvait pas. La lumière du matin qui passait à travers la fenêtre ouverte dansait en formant un arc-en-ciel qui dansait sur les broderies de la fourrure. Elle passa sa main sur les petits points méticuleusement cousus et se demanda quelle pauvre créature avait réalisé ce travail.

Le flanc sur lequel elle était allongée était un peu engourdi et elle tenta d'étirer une jambe. Elle la retira immédiatement quand elle en toucha une bien plus grande, bien plus virile et bien plus chaude. Elle écarquilla les yeux. Elle avait voulu coucher avec lui, c'était indéniable, et son visage s'empourpra en y repensant. Elle avait voulu réparer ses erreurs, bannir les démons qui avaient envahi son esprit, puis mettre la main sur Phineas et en finir une bonne fois pour toutes. Elle n'avait jamais eu l'intention de rester dormir avec lui !

N'ayant jamais partagé l'intimité d'un autre, Morgan roula sur son ventre en essayant de ne pas déranger le mâle qui dégageait une chaleur animale à son côté. *Je ne savais pas qu'il ronflait*, pensa-t-elle en esquissant un sourire. C'était probablement parce qu'il était toujours levé avant elle, la réveillant à son tour sans crier gare.

La fourrure sur laquelle elle était étendue lui procura une étrange sensation sur le ventre et la poitrine. Morgan frotta sa joue contre la peau de bête et en huma l'odeur. C'était très agréable, un peu comme si elle se réveillait avec son plaid sous le visage plutôt que le sol.

La respiration de Zander se fit moins régulière et elle leva la tête pour rencontrer ces yeux bleu nuit. Leur expression balaya toutes ses bonnes résolutions.

—Bonjour, Morganna, murmura-t-il en tendant la main pour lui caresser la joue.

Morgan recula subitement. Zander suspendit son geste et reposa précautionneusement sa main sur le drap, dans l'espace entre eux.

—Tu n'es pas dans un de tes bons jours, hein ?

—Ça… n'aurait jamais dû arriver.

Il sourit.

—Oh si ! Il le fallait. C'était couru d'avance, même si ça semblait presque impossible de trouver un homme assez viril pour toi, Morganna. Et j'ai l'honneur d'être cet homme. Mieux encore : j'ai enfin trouvé mon égale et pas seulement pour les concours de force.

Son visage s'empourpra et elle devina que c'était précisément son intention.

—Je veux t'assurer aussi, Morganna, que je serai insatiable avec toi. J'ai un record de cinq étreintes d'affilée à battre. Je n'en reviens pas d'être arrivé à ça, mais j'accepte le challenge avec joie.

Il s'avança vers elle pour lui mordiller l'épaule et elle recula.

—Zander…

—Oh! très bien… Je vais tenter six fois. Ne me laisse pas dormir aussi longtemps la prochaine fois.

Elle l'observa et vit son sourire s'évanouir.

—Je ne peux pas me permettre de recommencer.

—Te permettre? grogna-t-il avant de répéter une nouvelle fois. Te permettre? Tu crois que le bon Dieu ne sait rien, Morganna? Il sait plus de choses que tu crois. Tu as beau l'ignorer, il sait que nous sommes faits l'un pour l'autre. Il sait que je suis incapable de garder mes mains loin de toi. Il sait que je bande pour toi juste parce que tu es à proximité et que je peux sentir ton odeur. Il sait que ça t'affecte, toi aussi.

Le ton de la voix de Zander baissa et il haussa un sourcil de manière suggestive.

—Dieu a ses raisons de faire les choses ainsi. Il sait aussi que tu me trouves beau, de bonne taille et intrigant. Pourquoi m'aurait-Il conçu ainsi sinon? demanda-t-il en souriant, l'air impudent.

Morgan tenta de dénouer la boule dans sa gorge et essaya encore:

—Je veux dire que je peux pas permettre que ça recommence.

Il l'observa.

—Tu ne veux pas. J'ai donc été si mauvais que ça à tes yeux? Tu dois me donner une autre chance, alors. Je vais t'en persuader. Je vais essayer de faire mieux, de durer plus longtemps. Je te le promets.

Il s'approchait d'elle et elle ne pouvait pas permettre *ça*.

—Zander, arrête-toi et écoute-moi! Tu ne penses qu'à jouer!

— Eh bien, c'est une bonne chose puisque pour toi tout n'est que sérieux, travail et horreur. L'un d'entre nous doit savoir comment se détendre.

Elle étouffa un cri de rage et reprit la parole :

— Ça n'arrivera plus jamais, Zander FitzHugh, parce que je ne veux pas que ça recommence ! Je voulais pas que ça arrive ! Rien de tout ça ! Je voulais pas de toi !

Si elle avait pu reprendre ses mots, elle l'aurait sans doute fait. Zander fut touché en plein cœur ; une expression d'étonnement se figea sur son visage tandis que ses yeux se remplirent de larmes. Il trembla avant de s'étendre de nouveau sur le dos et de fixer les yeux sur le plafond.

— Bon Dieu, Morganna ! pourquoi tu ne sors pas la lame du dragon pour me taillader ? Ça ferait moins mal…

Ce qui ressemblait à une larme glissa du coin de son œil. Morgan déglutit avant de s'avancer vers lui et de l'effleurer de ses lèvres. Il recula brusquement et elle fut abasourdie par le sentiment de rejet que ce geste lui avait inspiré.

— C'est pas ce que je voulais, murmura-t-elle.

— Je ne peux pas te regarder, là, Morganna. Tu peux m'accorder ça et avoir la décence de te retourner ?

Où était passée la dure machine à tuer que Morgan était devenue ? Elle n'était certainement pas là quand elle en avait besoin et sa souffrance formait une boule de douleur qui enflait tant et tant qu'elle risquait de devenir trop difficile à soulever.

— J'ai l'impression que, tout ce que je fais, c'est de blesser les gens, Zander. Je suis venue te voir hier pour apaiser ta douleur et maintenant je me rends compte que je t'en inflige encore plus. Il y a en moi quelque chose qui ne tourne pas rond et ça fait longtemps que c'est comme ça. Je ne veux pas que tu en souffres.

Il tourna la tête pour la regarder. Son corps entier se serra lorsqu'elle saisit l'expression de son regard, qui la laissa étourdie et tremblante. Puis elle fut submergée par une vague de chaleur.

—L'amour peut tout guérir sur cette terre, Morganna. Tout. Je veux que tu le saches. Je veux que tu saches que tout passera.

Morgan ferma les yeux pour rendre la situation supportable.

— Tes sentiments sont comme ceux que chante le ménestrel, ils n'existent pas à mes yeux. Je suis une machine à tuer, Zander. Tu t'en souviens ? C'est tout ce que je connais. Impossible de l'oublier : tous les morts de mon clan m'accompagnent et chaque jour qui passe diffère ma vengeance. Je suis leur seul outil pour y parvenir. Ils ne peuvent pas y arriver depuis leur tombe et je dois expier chaque minute qui me sépare de cette vengeance.

Elle croisa son regard bleu nuit et sa beauté éclipsa tout le reste.

—Je te comprends maintenant, Morganna, mon amour. Je ne peux pas dire que j'aime cette conversation de bon matin, surtout après une nuit d'amour, mais je te comprends. Je t'autorise à t'exprimer ainsi ce matin. Demain matin, je voudrais plus de mots d'amour et moins de rejet.

—Zander FitzHugh…, articula-t-elle entre ses lèvres pincées.

Il posa un doigt sur ses lèvres, la réduisant au silence bien plus facilement que s'il y avait plaqué sa main entière.

—Tu ne peux pas te permettre de t'ouvrir à l'amour et à la joie avant d'accomplir ta promesse. Je comprends. En fait, je ne voudrais pas qu'il en soit autrement. Alors dis-moi combien de salauds, il va falloir qu'on tue ?

Elle inspira profondément.

—Comment oses-tu prendre mon serment à la légère ?

—Je ne prends rien à la légère, Morganna. Je suis très sérieux. Je veux t'épouser. Je veux que tu restes auprès de moi. Je ne veux personne d'autre. Je t'aiderai à exorciser tes démons et ton serment est désormais le mien. Ton clan mérite vengeance. Je vais t'aider à rendre justice.

Elle expira doucement, essayant de se rendre compte de ce que cela faisait d'avoir quelqu'un d'autre qui la comprenne et qui partage son destin. Elle détourna le regard.

—Tu ne peux pas, FitzHugh. C'est quelque chose que je dois faire seule. Je ne suis pas une meurtrière. Je suis le bras de la justice. J'ai prêté serment. Je répandrai le sang du chef de leur clan. Je leur ferai payer.

—Le chef ?

—Oui. Lui seulement.

Il souffla et souleva une mèche de ses cheveux.

—Et si ce n'était pas sa faute ?

— Si, ça l'est, murmura-t-elle en rencontrant son regard.

À cet instant, quelqu'un frappa à la porte et les fit sursauter tous les deux.

— Zander ! ouvre la porte ! Zander ! Morgan ! venez tous les deux ! Ouvrez la porte ! Zander !

C'était Platon. Il parlait d'une voix forte. Ils eurent tous deux l'air interloqué.

— Mon frère a la subtilité du dragon. J'espère qu'il a une bonne raison de clamer haut et fort que ma porte est verrouillée et qu'on est toujours au lit.

— Zander ! ouvre la porte ! Vite ! On n'a pas beaucoup le temps !

— Pourquoi ne peut-il pas passer son temps à préparer son mariage comme tout le monde ? grommela Zander avant de passer par-dessus elle, de se lever et de se diriger vers la porte.

Morgan promena son regard sur son corps lorsqu'il traversa la pièce, leva le verrou et ouvrit la porte. Puis elle ferma les yeux pour chasser cette image.

— Que se passe-t-il ?

— Dieu soit loué ! s'exclama Platon comme s'il avait prié. Maintenant, ferme la porte. Vite. Descends le verrou aussi. On n'a pas beaucoup de temps !

— Va-t'en, Platon. Ton mariage n'aura lieu que ce soir et je suis fatigué.

Elle l'entendit bailler à la fin de son petit discours. Morgan ouvrit les yeux pour contempler Zander s'étirant et son frère jetant les bras en l'air. Zander était bien plus intéressant.

—Vite, enfile ton kilt. Là, elle… euh… il…, le sien aussi. Habille ton écuyer. Maintenant. Tu n'as pas beaucoup de temps et j'en ai assez de le répéter ! Zander !

Platon bouscula son frère et le visage de Zander se froissa.

—Elle est trop femme pour mettre un kilt aussi rapidement. Je vais avoir besoin de plus de temps. Repasse vers midi.

—Je vois que tu as guéri mon frère de son aveuglement, Morgan. Dommage que tu n'aies pas pu remédier à sa bêtise. Lève-toi ! Enfile ton *feile-breacan* ! Ils ont découvert ta supercherie avec Sheila.

—Sa supercherie avec qui ? Tu as apporté quelque chose à manger, Platon ? Je meurs de faim.

Platon soupira, exaspéré. Morgan s'assit, enveloppée dans la fourrure. Le matelas bougea étrangement lorsqu'elle se redressa. Elle posa sa main dessus pour chercher un appui.

—On cherche ton écuyer et c'est seulement par miracle qu'ils sont allés voir Sheila en premier. Visiblement, la petite a pris les vêtements de Morgan dans sa chambre hier soir, même si elle s'en est servie pour ses propres desseins. Je tiens d'un témoin digne de confiance que ton écuyer a été vu dans la chambre de Sheila et qu'il y a passé du bon temps. Évidemment, c'est Sally Bess qui est à l'origine de cette histoire.

Il s'arrêta un instant dans son récit pour reprendre son souffle.

—C'est une chance que sa tenue d'apparat soit en ma possession ! ajouta-t-il. Tout aurait pu tourner au désastre. Là, Morgan. Enfile-le ! Vite ! Il faut que tu t'habilles comme un garçon ! Maintenant ! Tout de suite ! Tu ne peux pas apparaître autrement que ce qu'ils pensent que tu es.

—Mon écuyer ? demanda Zander.

—Non. Une légende.

Morgan avait les yeux grands ouverts lorsque son regard alla de Zander à Platon.

—Non, murmura-t-elle.

—C'est la vérité. L'histoire s'est répandue. Les clans sont ici. Ils sont arrivés dans la nuit.

—Quels clans ? demanda Zander en enfilant ses chaussettes.

—Quels clans ? répéta Platon en levant les yeux au ciel. Tous les clans. Tu devrais voir ça. C'était suffisant pour chasser les Sassenach. Phineas aussi. Bon débarras.

—Phineas… est parti ? demanda Morgan, qui manqua de s'étrangler.

—Oui, ce gros lèche-cul des Anglais. On te doit une fière chandelle. Tu nous as valu autant d'honneur qu'il a jeté l'opprobre sur notre clan. Il est peut-être notre chef par naissance, mais vraiment pas par choix.

—Tous les clans sont ici ? Vraiment ? s'enquit Zander.

Platon ricana.

—Mère aurait dû me donner la beauté et à toi l'esprit ! J'ai jamais vu autant de monde. J'ignorais qu'on était aussi nombreux. Et ils sont pas là pour assister à mon mariage. Morgan ! lève-toi ! Habille-toi !

—Je ne laisserai pas ma dame s'habiller sous tes yeux, Platon.

Platon jeta le kilt de cérémonie et le tartan sur le lit et se retourna.

— Quoi qu'il en coûte, fais-le ! Fais-le maintenant ! Les hommes du clan sont sur mes talons et ce verrou ne va pas tenir longtemps. Elle doit apparaître en tant que Morgan l'écuyer devant eux !

— Vite, Morgan ! lève-toi. Je vais t'aider. Les clans sont là. Je n'en reviens pas.

La voix de Zander était empreinte de révérence.

— Tout ce que j'ai essayé d'accomplir depuis des années, tu as réussi à le faire en moins de deux semaines. Lève-toi, mon amour ! ordonna Zander.

— Attends de voir ça par toi-même ! C'est vraiment quelque chose. Quand Robert Bruce a vu l'étendue des prouesses de Morgan, il est sorti pour s'adresser à la foule. Il a fait ça toute la matinée. Il leur a promis le grand champion, Morgan l'écuyer. Le clan FitzHugh a été dépêché pour accomplir sa volonté.

Morgan, recroquevillée sur elle-même, se sentait de plus en plus petite. Rien ne se passait comme elle l'aurait voulu.

— Je serai avec toi, mon amour. N'en doute pas un seul instant.

Zander parlait doucement, mais elle l'entendit. Son regard se riva au sien.

Un grand fracas retentit à côté de la porte. Leurs yeux s'écarquillèrent un instant, puis elle vola pour attraper ses bandes de contention, sa sous-chemise, sa chemise et ses chaussettes. Zander enroula le *feile-breacan* autour de sa taille, puis par-dessus son épaule, et sangla sa ceinture autour de sa taille. Il lui tendit la lame du dragon pour finir.

— J'ai oublié de mettre le pagne, murmura-t-elle.

Son visage refléta aussitôt le désir qu'il ressentait pour elle.

— Et moi qui croyais que tu ne voulais pas de mes attentions aujourd'hui.

— Tu vas arrêter ça et te préparer ?

— Il est prêt, Platon. Tu sais faire une natte ?

Platon se retourna et l'étonnement se lut dans ses yeux.

— Elle doit être un peu garçon. Aucune femme ne sait s'habiller aussi rapidement. Et, non, je n'ai jamais fait de natte. Désolé, mon garçon.

— Je n'ai pas besoin d'aide. Je l'ai fait toute seule pendant des années. Où sont mes poignards ? ma broche ?

Platon posa le sac sur la table et le son qu'il produisit lui confirma qu'il contenait tout ce dont elle avait besoin. Morgan glissa la lame du dragon dans sa ceinture, la faisant remonter sur son estomac, et entreprit de ranger ses poignards dans ses chaussettes et dans son dos. Elle enfila ses bracelets et épingla la broche.

On tambourina encore à la porte. Platon se tenait derrière elle.

— Pour épargner à Argylle le tracas de faire remettre un nouveau verrou sur la porte, je vais l'ouvrir. Vous êtes prêts ?

Une fois encore, le regard effaré de Morgan croisa celui de Zander. Elle peignait ses cheveux de ses doigts le plus rapidement possible et Zander finissait d'épingler sa broche en forme de dragon. Le temps s'arrêta, puis il sourit.

* * *

Platon ouvrit la porte.

Zander dut porter Morgan. La foule dans le couloir était trop dense et tout le monde voulait toucher l'écuyer. Quand ils atteignirent les remparts, Morgan serait tombée si Zander ne l'avait pas hissée sur ses épaules. Elle se retrouva face à une véritable marée humaine vêtue de tartans, criant, rugissant, acclamant.

Elle tremblait avant d'atteindre le champ d'honneur.

Ce fut le jour le plus étrange de la vie de Morgan. Elle rencontra le roi Robert près de la herse. Puis on leur confia des chevaux et ils trottèrent à destination. Robert Bruce leur signala que tous les clans n'étaient pas là en fin de compte. Il n'y avait que ceux des basses terres, ceux qu'il lui était plus difficile de rallier à sa cause.

Morgan écouta avec attention et tenta de comprendre. Les Highlanders étaient situés très au nord, loin de l'influence des Anglais, et subissaient un quotidien très dur. Tout ce que les Sassenach les forçaient à faire était repoussé avec violence jusqu'à ce qu'ils en subissent les conséquences. La situation s'envenimait chaque fois. Ils vivaient pour combattre. Et, faute d'affronter un clan rival, ils s'en prenaient aux Anglais. Le roi Robert préférait qu'il s'agisse des Anglais. Zander était aussi de cet avis.

Les habitants des basses terres étaient plus difficiles à convaincre pour Robert. Ils étaient comme Argylle. Ils avaient une frontière commune avec l'Angleterre, se mariaient avec des Anglais, comprenaient les coutumes anglaises et, puisqu'ils étaient plus proches d'eux, les punitions ne se faisaient pas attendre très longtemps. Ces hommes-là obéissaient plus rapidement. Le souverain de ce royaume qui n'était même pas indépendant ne pouvait atteindre son objectif sans le concours des habitants des basses terres. Il avait besoin de cet élan nouveau, et par conséquent de Morgan.

Tout au long de ce discours passionné, Zander, qui se tenait auprès de sa bien-aimée, rayonna de joie. Puis ils arrivèrent à la hauteur du premier clan. Morgan resta assise sur son cheval, regardant les visages qui l'entouraient et tremblant de peur. Puis un fanfaron leva une canne en l'air et la mit au défi de montrer à la foule pourquoi elle avait fait tout ce chemin. Ce n'était pas simplement pour voir un écuyer chétif arborant les couleurs des FitzHugh. Avant que quiconque ne puisse se retourner pour la regarder, Morgan avait lancé ses douze poignards bien alignés sur sa canne et avait couronné le tout en y ajoutant la lame du dragon.

Dans le silence stupéfait qui suivit immédiatement cette démonstration, Robert Bruce prit la parole. Hissé sur ses étriers, il s'adressa à tous ceux qui pouvaient l'entendre de sa voix de stentor, aussi puissante que celle de Zander. Son discours donna des frissons à l'écuyer.

Morgan et Zander étaient accompagnés des hommes du clan FitzHugh et il leur incombait de récupérer ses poignards et de les lui restituer, une véritable corvée qui se répéta toute la journée car, chaque fois que le roi élevait la voix pour s'adresser à un clan, il lui faisait un signe de tête pour qu'elle commence par faire étalage de ses talents.

Une sorte de compétition s'instaura pour voir quel clan pourrait bien lui faire rater sa cible. Les lèvres de Morgan se crispèrent quand elle vit les jeunes se mettre à courir au moment où elle en avait terminé et que Robert Bruce prenait la parole. Les garçons répandaient leurs histoires et les cibles devinrent de plus en plus petites et de plus en plus lointaines. L'un des gamins eut même l'impudence de tendre un gobelet, l'ouverture face à elle, et de la mettre au défi de planter son poignard dedans.

Ce qui était amusant, c'est qu'ils ne s'enfonçaient pas dans le métal et, à chaque bruit métallique, le poignard tombait, produisant une sorte de chant d'oiseau. Le roi dut attendre que les vivats de la foule se calment avant de prendre la parole. Morgan écoutait d'une oreille distraite. Elle regardait tous ces yeux braqués sur elle et, cette fois-ci, les frissons qui la parcoururent ne provenaient pas du discours, mais de la foule.

Zander resta avec elle toute la journée. C'est lui qui lui présentait ses poignards chaque fois. Plus tard, il lui tendit une croûte de pain, un morceau de viande offerte par un clan et une rasade de whisky prodiguée par un autre. Morgan ne s'était jamais sentie aussi vivante. C'était plus jouissif que d'exhiber ses talents ou d'abattre une proie de choix, c'était mieux que tout ce qu'elle avait connu, sauf peut-être aimer Zander.

Le roi était infatigable. Il parla jusqu'à ce que sa voix s'enroue et laisse place à un murmure solennel. Zander prit alors le relais. Ils retournèrent au château. Morgan ne s'était pas rendu compte qu'ils en avaient fait le tour complet, couvrant tout le terrain que les clans occupaient. On pouvait distinguer des torches et des tentes aussi loin que le regard portait. Le soleil se couchait et Robert Bruce annonça qu'il devait assister à un mariage.

Morgan craignait que ses jambes ne se dérobent sous elle, mais Zander ne la laissa pas mettre pied à terre. Il la fit descendre du cheval, la porta sur son épaule et lui fit franchir les portes de la chapelle avant de la laisser descendre le long de son flanc.

— Tu as réussi ce que j'essaie de faire depuis des années, Morganna, dit-il. Tu as rassemblé les clans et tu leur as donné un souverain à entendre et ils ont vraiment écouté. Pour la première fois de ma vie, je crois que l'Écosse a une chance. Si ça ne risquait pas de saboter nos plans, je te prendrais dans mes bras à l'instant et je te montrerais tout l'amour que j'éprouve pour toi. On risquerait fort de ne pas y survivre.

Morgan avait entendu de magnifiques discours tout au long de la journée, mais ses pupilles se dilatèrent quand Zander susurra ces mots à son oreille – heureusement qu'il n'avait pas parlé à haute et intelligible voix.

Les portes de la chapelle étaient ouvertes et ils passèrent en un clin d'œil du vacarme de la foule en délire au silence révérencieux du lieu saint éclairé par quelques chandelles. Morgan fut soufflée par la beauté de la chapelle d'Argylle : les vitraux, les poutres arquées de la voûte, les bancs d'œuvre sculptés… ainsi que par la voix mélodieuse du chœur de jeunes garçons rassemblé près de l'autel.

On attribua à Zander la place d'honneur à côté de son frère. Morgan le regarda partir à regret et éprouva un sentiment d'abandon. Robert Bruce la tenait près de lui et ils étaient entourés d'une foule de nobliaux et autres courtisans, mais Morgan se sentit seule pour la première fois depuis qu'elle s'était réveillée. Elle en fut choquée. Elle avait l'habitude d'être seule. Elle avait l'habitude de ne compter sur personne d'autre qu'elle, de n'avoir à se soucier de personne et que personne ne se soucie d'elle.

Elle détesta cette sensation d'abandon et de solitude.

Ses jambes chancelaient un peu. Elle raidit ses genoux et s'adossa au mur avec les autres écuyers lorsque lady Gwynneth s'avança. C'est à cet instant précis que Morgan eut la confirmation qu'elle avait fait ce qu'il fallait, au moins pour Platon et sa fiancée. Lady Gwynneth portait une tenue brodée de perles dont le tissu tenait autant du joyau que de l'étoffe et sa traîne s'étirait sur toute la longueur de la nef.

Toute l'assemblée semblait retenir son souffle et, quand le marié souleva le voile de sa future épouse d'une main tremblante, un murmure d'admiration parcourut l'assemblée tant elle était éblouissante. Morgan saisit aussitôt la raison de ce changement : lady Gwynneth n'était plus malheureuse. Elle rayonnait de bonheur.

Morgan évita le regard de Zander, qui ne la quittait pas des yeux. Elle pouvait à peine supporter la joie, l'amour et la paix qui saturaient l'air ambiant. Elle n'était pas faite pour de telles émotions et ne le serait jamais. Elle avait été jetée dans la haine et la mort lorsqu'elle était trop jeune pour y changer quoi que ce soit et, en dépit des discours rassurants de Zander qui lui promettait que l'amour la guérirait, elle connaissait la vérité. Rien ne pouvait plus la changer à présent. Elle leva la main vers sa poitrine pour toucher le morceau de plaid KilCreggar et, pour une raison inconnue, elle éprouva la paix dont elle avait besoin.

Elle regardait ailleurs lorsqu'on déclara le couple uni et que des acclamations résonnèrent dans la chapelle. Morgan eut à peine le temps de se demander où était Zander qu'il apparut à son côté, sa main dans la sienne et penché sur son oreille.

—Platon m'a demandé de te remercier. Il veut te donner ça.

Morgan baissa le regard pour découvrir un anneau que Zander mit sur sa paume. Il s'agissait de la bague de Platon. Le sombre saphir en son centre la mettait mal à l'aise, lui rappelant la couleur des yeux d'un certain FitzHugh. Elle serra le poing autour de la bague et sa paume la brûla, tout comme les larmes qui lui montèrent aux yeux.

Elle cligna des yeux pour les chasser. À présent, on la payait pour de bon.

—Je lui dirai que ça t'a fait pleurer s'il demande. Reste près de moi, Morganna. On a une fête à commencer. J'ai un plan.

—Un plan pour quoi faire?

Il pinça ses lèvres.

—Pour quoi faire? Elle demande pour quoi faire? Pour te mettre dans mon lit, voyons! Pour quoi d'autre?

—Zander, je…

Sa voix se brisa sous l'effet de l'émotion. Ce fut encore pire lorsque le bruit de la foule s'évanouit, que les témoins du mariage cessèrent d'exister et que des yeux bleu nuit, couleur saphir, s'agrandirent jusqu'à ce qu'elle ne voie plus rien d'autre. Morgan déglutit.

— Je t'aime, Morganna, murmura Zander. N'en doute pas un instant. Je ne pense qu'à ça. Je veux tout ça pour toi.

Il cessa de parler et regarda autour de lui avant de se concentrer de nouveau sur elle. Elle n'avait pas bougé d'un iota.

— Je te veux auprès de moi pour toujours, reprit-il. Je veux que tu sois ma femme et moi ton mari. Dieu m'en est témoin, tout rentrera dans l'ordre. Tu as ma promesse.

— Zander…

Il posa un doigt sur ses lèvres.

— Ne cherche pas à avoir raison dans la maison d'un seigneur. Attends. Je suis tout aussi patient.

— Vraiment ?

— Oui. J'attends qu'on soit sortis pour te révéler mon plan. Je serai aussi patient que ça.

— Pourquoi ?

— Parce que je veux que tu sois dans mes bras et je veux m'ancrer profondément en toi, je veux que nos souffles et nos corps ne fassent plus qu'un, parce que ton maudit kilt découvre bien trop tes jambes, parce que tu ne portes pas de sous-vêtement et pour un tas d'autres raisons encore. Qu'est-ce que tu entends par « pour quoi faire » ?

Morgan déglutit.

—Je veux dire, pourquoi tu attends pour en parler ?

Il fronça les sourcils.

—Je sais pas. Peut-être parce que ce que j'ai prévu pour toi ne va pas trop avec le cadre et qu'une église…

—Oh !

Elle aurait dû s'en douter. Elle faisait exactement ce qu'elle s'était juré de ne pas faire. Elle se prostituait pour un FitzHugh et c'est son frère qui la payait. Pas étonnant qu'il ne veuille pas en parler dans un lieu saint.

Chapitre 23

Le plan de Zander fonctionna à la perfection. Morgan n'en doutait déjà plus quand elle se retrouva de l'autre côté de sa porte à essayer de faire de son mieux pour se représenter la masse de Sally Bess. Cet homme savait exactement ce qui divertirait ces Écossais. Ils se pousseraient du coude et discuteraient jusqu'à ce que ses joues soient cramoisies.

Zander avait simplement dit qu'il voulait voir pour quelle raison Sally Bess conservait l'intérêt de son jeune écuyer et tout le monde éclata de rire. De son côté, Morgan clama à qui voulait l'entendre qu'elle avait hâte de retrouver le lit de la petite Sheila. Une fois arrivée, Sally Bess rhabilla Morgan, la rembourrant là où c'était nécessaire, la couvrit d'une épaisse cape et lui conseilla de plier les genoux pour avoir une taille normale, puis la chassa hors de sa chambre.

Ce qu'elle endura était au-delà de ses capacités, tous ces hommes éméchés qui la pinçaient, caressaient son derrière rembourré, essayaient de lui voler un baiser ou de la tripoter. Elle eut honte de l'ordure qu'elle était devenue.

Elle se retrouva à la porte de Zander, à frapper bruyamment et à rouler des hanches. Son rire quand il la vit lui donna envie de le faire taire à coups de poignards, si elle les avait toujours eus en sa possession.

—Eh bien, eh bien, les gars… regardez donc qui voilà! C'est Sally Bess la gueuse. La Sally Bess de Morgan l'écuyer. Rentre, rentre, chérie. Je t'ai attendue. Les gars, je vais plus avoir besoin de vous ce soir, déclara Zander de cette voix tonitruante qu'on pouvait entendre à des lieues à la ronde. Il se pourrait que je n'aie pas besoin de vous demain non plus! Viens ici ma grosse, ma belle! Montre-moi ce que tu as montré à Morgan l'écuyer et ensuite je te montrerai ce qu'est un homme, un vrai!

Des rires éclatèrent de toutes parts dans le couloir lorsque Morgan franchit la porte. Elle sortit la lame du dragon et la ficha dans le repose-pieds avant même d'avoir pu laisser libre cours à sa colère. Zander, surpris, regarda le meuble avant de lever les yeux vers elle.

—Ne me refais jamais ça, FitzHugh! cria-t-elle en retirant la cape, lui crachant chaque mot au visage.

—Qu'est-ce qui te prend, Sally Bess, espèce de vipère! s'exclama Zander, se levant et retirant du meuble en bois la lame du dragon. Si j'étais un peu moins expérimenté, je jurerais que tu n'as jamais rien vu de tel. Viens par là, mon amour d'une nuit. Bon Dieu, Sally Bess! où as-tu appris à faire ça!

Il mit un doigt sur ses lèvres et tendit l'oreille vers la porte. Elle retint son souffle et les entendit aussi: des voix, des conversations, des gloussements.

—Mon amour, je donnerais tout ce que j'ai pour que les choses soient différentes. Pour passer du temps avec toi sans avoir à recourir à de pareilles ruses. Je t'aime, Morganna, et je t'aimerai jusqu'à mon dernier souffle.

Il lui glissait ces mots à l'oreille, une main sous son menton, l'autre soulevant ses cheveux, et Morgan fut fascinée.

—Je t'ai cherchée pendant des années. Je ferai n'importe quoi pour toi. Je simulerai même une passion pour une grosse catin bien trop usée pour t'avoir et je me fiche de subir les insultes de mon clan concernant mon choix.

—Si tu avais pu entendre ce que j'ai entendu en venant, tu te sentirais traîné plus bas que terre. Ces choses qu'ils m'ont dites! Toutes ces mains qui ont cherché à me tripoter!

Les yeux de Zander s'embrasèrent et sa mâchoire se crispa.

—Dis-moi qui et je le ferai arrêter.

—Tous, Zander. Tu ne peux pas tous les arrêter.

Des larmes commencèrent à s'accumuler dans ses yeux et il posa un baiser sur sa tempe.

—Pardonne-moi, mon amour. Je n'aurais pas dû faire ça. J'aurais dû mieux me contrôler. C'est à cause de mon désir fou que tu dois subir ça… Pardonne-moi.

—Pourquoi est-ce que je ne peux pas rester ton écuyer ?

—Parce qu'aucun homme ne verrouille la porte de sa chambre avec son écuyer à l'intérieur et je ne serai pas capable de laisser mes mains loin de toi et là mes compatriotes comprendraient tout. Les efforts de Robert Bruce seraient alors réduits à néant. Avance-toi, mon aimée. Je ne sais pas ce qu'ils peuvent entendre.

—Je ne devrais pas être là, Zander.

Il soupira et l'attira vers le feu tout en délaçant sa robe.

—Non, tu ne devrais pas. Tu devrais être chez moi, dans ma maison, un bébé logé dans ton ventre rebondi, et tu devrais être comblée de tout le plaisir que je pourrais bien te donner.

Elle rougit.

—Je ne devrais pas être là non plus.

Zander avait ouvert sa robe et elle tomba au sol lorsqu'elle s'avança. Puis il s'attaqua aux quatre autres épaisseurs qu'elle portait en dessous. La suivante s'enleva facilement et bientôt Zander sourcilla lorsqu'il vit la chemise roulée en boule attachée sous la dernière épaisseur de tissu pour remplir sa robe au niveau de la poitrine. Il faisait de son mieux pour ne pas sourire.

—Oh que si! Ça finira par rentrer dans l'ordre. L'avenir de l'Écosse est garanti. Mes fils et mes filles naîtront libres et ma vie aura été utile. Morganna, qu'y a-t-il maintenant?

Il regardait le panier qu'on lui avait fixé au bas du dos pour simuler un arrière-train proéminent.

—Ne dis pas un mot, FitzHugh, sinon je prends ma lame du dragon et je m'occuperai d'une partie de ton anatomie dont tu regretterais d'être privé.

—On va en avoir besoin, Morganna. Tu ne m'as pas entendue? Je veux des fils. Je veux des filles. Je veux beaucoup d'enfants. Je veux que ce soit toi qui me les donnes. Toi et toi seule. Je veux commencer maintenant. Bon Dieu! elles t'ont mis combien d'épaisseurs sur le dos?

— On ne peut pas concevoir d'enfants maintenant, Zander.

— Pourquoi pas? Je le peux. Tu le peux. J'en ai envie. Tu n'en as pas envie?

Il avait bien trop d'armes à sa disposition pour torturer son cœur. Son souffle était une arme, lorsqu'il le faisait courir dans son cou, sur ses épaules, sur l'espace entre ses deux seins quand il s'approcha de la dernière chemise qu'elle portait. Son toucher en était une autre, lorsqu'il fit glisser ses doigts le long de ses bras de bas en haut, puis dans son dos en faisant tomber ses dernières épaisseurs de tissu sur le sol. Ses mains étaient aussi de terribles armes quand il défit le panier, le jeta par terre et agrippa ses vraies formes. Il la souleva pour la serrer dans ses bras et l'y maintint.

Ses yeux aussi étaient une arme redoutable, peut-être la pire de toutes. Morgan s'en rendit compte en croisant son regard bleu nuit et en cessant de penser de façon cohérente.

— Mon aimée, ce petit jeu autour de Sally Bess ne va pas durer pour toujours. C'est le seul stratagème que j'ai trouvé ce soir pour t'avoir auprès de moi, à côté de moi, pour m'unir à toi. Je veux te donner un enfant. Je serais prêt à sacrifier une année de ma vie pour te donner un enfant cette nuit. Je ne sais pas pourquoi, mais je sais que c'est important.

— Mais… pourquoi?

— Parce que je t'aime. Je n'ai jamais aimé personne d'autre. Je n'aimerai jamais personne d'autre. Je t'aimais

351

déjà quand je croyais que tu étais un garçon, c'est toi que j'aime maintenant. Ça me ronge de l'intérieur et ça occupe toutes mes pensées. Je suis comme pétrifié. Je vois comment tu te comportes avec mes compatriotes et je voudrais me prosterner à tes pieds. Je sais que je ne peux pas exister sans toi. J'ai besoin que tu m'aimes en retour. Je veux te donner ma semence. Je veux donner la vie avec toi. Je dois le faire. Qu'importent les raisons. C'est une évidence, voilà tout.

Sa voix était probablement son arme la plus puissante, songea-t-elle alors qu'il continuait à la manier, suçotant le lobe de son oreille, tout en continuant à y déverser ses paroles mielleuses.

Le baiser de Zander était aussi l'arme la plus fatale de son attirail. Morgan, complètement dévêtue, serra ses bras autour de son cou quand elle le reçut. Puis il saisit son visage entre ses mains, lui tourna légèrement la tête et posa ses lèvres sur les siennes.

Morgan dansa autour de lui sur la pointe des pieds. Il grogna avant de la supplier d'ouvrir ses lèvres pour recevoir son baiser. Quand elle le fit, il lui donna un petit coup rapide de la langue avant d'aspirer la sienne. Morgan se liquéfia et retomba épuisée sur ses pieds lorsqu'il la relâcha. Puis il s'éloigna légèrement d'elle et attendit qu'elle ouvre les yeux.

—Je t'aime, Morganna, murmura-t-il.

—Oh, Zander ! répondit-elle, les yeux pleins de larmes.

—Et ça, c'est ta manière de dire : « Je t'aime aussi, Zander. »

Il la singea avant de mettre ses lèvres sur son menton, son cou, le bord de sa chemise, puis il se mit à sucer ses tétons et il recula légèrement pour souffler dessus. Ce geste la rendit si folle que ses cris devaient probablement rivaliser avec ceux de la vraie Sally Bess

—Tu es prête à voir un vrai homme, maintenant?

Il la titillait alors qu'elle avait perdu l'ambition nécessaire pour lui résister et il l'allongea sur le coffre en bois.

La manière dont il l'avait installée sur le meuble traduisait une certaine lascivité qu'elle n'avait jamais ressentie. Il l'avait cambrée, ses épaules posées sur l'un des côtés et ses fesses sur l'autre. Les sensations excitantes qu'il avait fait naître dans sa poitrine la tourmentaient un peu plus à chaque respiration. Elle avait envie de lui, besoin de lui.

—Zander?

Il ôta sa broche et la posa sur la table, puis il retira la bande de tartan qui lui couvrait l'épaule et se prépara à ouvrir son kilt. Il la dévorait des yeux pendant que ses mains continuaient à agir. Le corps de Morgan se mit à se contorsionner et à onduler. Elle regarda ses yeux mi-clos alors qu'il était lui-même parcouru d'un tremblement.

—Zander?

Le *feile-breacan* tomba sur le sol. Puis Zander se retrouva debout à côté de sa tête, se mit à genoux et laissa ses mains parcourir ses épaules, conduire sa tête sur son épaule, parcourir sa poitrine, son torse, son ventre, jusqu'à ce qu'il atteigne une partie d'elle-même dont elle venait à peine de découvrir l'existence.

Morgan se raidit, puis un cri lui échappa, tout d'abord fort et chargé de désir, avant de se transformer en un sanglot de plaisir dévastateur. Sa tête roula sur l'épaule de Zander et elle s'y prélassa un moment, observant les poutres du haut plafond du château d'Argylle et ne pensant strictement à rien.

Il n'y avait plus de pensées de violence incessante entre les clans, ni de vengeance, ni de mort. Plus de fantômes, plus de passé… Elle était parfaitement libérée de tout et, pour la première fois, elle s'adonna à la joie.

—Morganna? murmura Zander dans son cou.

—Je pense… que je suis peut-être morte, répondit-elle même si cela lui paraissait étrange avec ses lèvres qui laissaient sur sa gorge des baisers mouillés, réduisant sa voix à un souffle.

Il rit tout bas.

—Oh non, mon amour! tu ne mourras pas. Tu vas vivre. Tu vas apporter de la vie à ce monde. Tu le fais déjà. Tu ne t'en rendais pas compte, voilà tout.

Zander caressa sa poitrine et ses paumes se mirent à décrire de petits mouvements circulaires jusqu'à ce qu'elle lui crie d'arrêter ça tout de suite, ou d'en venir au but.

—Mais je teste ma sensibilité, répliqua-t-il. Et il me semble que ma main gauche est plus sensible que la droite.

Elle tenta de lui assener un coup de poing mais, au lieu de ça, elle lui agrippa la tête et le força à sucer son téton. Quand il s'exécuta, le meuble sur lequel elle était juchée devint étonnamment glissant, ruisselant d'eau tiède.

Zander leva sa tête, ses lèvres cherchant les siennes, et à présent ce n'était plus lui qui dominait, mais elle. Morgan aspirait chacun de ses souffles et lui insufflait les siens en retour. Ses mains trouvèrent et soulevèrent l'ourlet de sa chemise, puis elle la retira de son torse ainsi que sa tunique sans attendre que Zander ne les passe par-dessus ses épaules. Elle les repoussa avant de s'abaisser sur lui, s'attendant à de la douleur mais n'éprouvant qu'une délicieuse extase.

La réaction de Zander ne se fit pas attendre. Il se cambra et s'étendit sur le dos afin de la combler davantage. Les mains de Morgan tombèrent sur son torse et elle remonta ses genoux. Ce mouvement le fit grogner chaque fois qu'elle se poussait contre lui et elle emmêla ses doigts dans les poils de son torse avant d'étaler ses mains sur la chair ferme en dessous.

De sa main droite, elle sentait les battements du cœur de Zander, qui étaient à peu près aussi déchaînés que les siens. Elle se souleva un peu avant de redescendre, les yeux pleins de surprise et d'appréhension. Puis il n'y eut plus rien que des torrents de plaisir.

—Oh…! Oh…! *Oh…!*

Le cri de Morgan fut long, profond et résonna longtemps. Elle se sentit emportée par le tourbillon qui était né dans son corps. Il grossissait, tournait encore et encore et finit par ralentir, toujours accompagné par les mouvements de Zander.

Ses mains parcouraient ses cuisses, caressaient ses muscles alors qu'elle le chevauchait, puis elles se posèrent sur ses hanches, accélérant la cadence. Enfin, elles remontèrent à sa taille, accompagnant ses mouvements de bas en haut, poussant ses fesses vers le haut lorsqu'elle descendait et se retirant lorsqu'elle se levait.

Autour d'eux, l'air devint moite, comme une brume, une brume chaude, et Morgan s'accrocha à la vie lorsqu'il accéléra le tempo, devenant plus rapide, plus fort et plus violent.

— Oh, Morganna… Oh, mon amour ! Tu es mienne ! Oh oui, mon amour ! Oui !

Zander grognait ces mots, emplissant l'air moite, puis Morgan fut assourdie par les battements de son cœur et ses propres cris de plaisir. De la lumière jaillit derrière ses paupières closes et elle se cramponna à Zander comme si sa vie en dépendait, tandis que, au gré des tremblements merveilleux qui la parcouraient, elle fut conduite en un endroit où rien d'autre n'existait que l'amour et la joie.

Zander la suivit immédiatement et elle baissa la tête pour le regarder saisir sa taille et la tenir fermement contre lui. Morgan emplit ses yeux de sa présence, s'agrippant à lui alors qu'il ruait sous elle, suivant un rythme que lui seul pouvait saisir, sa bouche ouverte laissant échapper le grognement le plus grave et le plus irréel.

Les pupilles de Morgan étaient dilatées lorsqu'il sembla marquer un temps d'arrêt dans ses mouvements, suspendu dans l'espace, chaque muscle tendu, étiré et à sa place sous elle, alors que ses reins pulsaient encore et encore en elle. Puis il s'effondra. Le voile de sueur qui couvrait son corps le faisait briller comme s'il était enduit d'huile et sa beauté était plus éblouissante que jamais.

Elle était muette d'admiration lorsqu'il ouvrit des yeux traduisant l'amour, la tendresse et la surprise.

—Zander? murmura-t-elle.

—Oui?

—Qu'est-ce… qu'il vient juste de se passer?

Il rit. Ses yeux s'arrondirent alors qu'elle éprouvait en elle d'ultimes sensations et cela le fit rire de plus belle.

—Je n'en suis pas très sûr moi non plus, mon amour, mais je vais te dire une chose.

—Quoi?

—Je ne peux plus bouger. Mes membres sont en coton. J'espère sincèrement que tu es satisfaite de ta prouesse.

—Vraiment?

Il lui adressa un grand sourire, haussa un sourcil et leva les yeux au ciel avant de répondre.

—Oui. Je ne plaisante pas.

—C'est intéressant.

—Tu ne ressens pas la même chose?

Elle haussa les épaules.

—Je me sens pas faible. J'ai chaud. Comme si mes muscles avaient été massés. Je sais pas comment le décrire.

—Tu sais à quel point nous avons de la chance, Morganna?

Elle secoua la tête.

—J'ai déjà eu des femmes avant dans ma vie. Je ne te mentirai pas. Je croyais tout savoir sur l'amour, sur ça, sur mon corps. Toi, Morganna, mon amour, tu as réduit en miettes toutes mes croyances. Sans aucun doute, ce que nous partageons est la chose la plus merveilleuse qu'on peut souhaiter trouver. J'espère que tu te rends compte à quel point nous n'avons plus d'espoir à présent.

Ses yeux étaient grands ouverts et sérieux. Sa respiration était saccadée.

—Sans... espoir?

—Oh, oui! sans espoir. Je suis irrémédiablement ruiné pour toute autre femme et toi, mon amour, c'est la même chose. Tu ne trouveras jamais aucun homme pour me remplacer.

—Je le savais déjà.

Il la transperça de son regard bleu nuit.

—Je suis ravi de te l'entendre dire. Viens, Morganna, laisse-moi me lever.

—Personne ne te retient par terre.

—Oh si! tu le fais. Tu pèses plus lourd qu'un cheval et je suis épuisé. Lève-toi un peu au moins que je puisse me retourner et ramper jusqu'au lit.

—Je dors très bien par terre.

Il soupira fort.

—Très bien, si tu insistes.

Il ferma les yeux, ouvrit la bouche et en moins de deux inspirations se mit à ronfler. Si ce n'était la légère courbe de ses lèvres, Morgan aurait pu le croire sincère. Puis, quand elle lui donna un petit coup sec dans les côtes et n'obtint rien d'autre en retour qu'un grognement, elle se rendit compte qu'il l'était.

Moins de deux heures plus tard, Zander la réveilla en la caressant, ses mains parcourant son corps et s'arrêtant chaque fois qu'il trouvait un relief qu'il aimait ou un obstacle sur sa route. Morgan essaya de le repousser. Elle voulut bouger, mais l'homme sur lequel elle était allongée bougea plus encore. Elle essaya de bouder, mais ça ne lui valut que la sensation du bout de ses doigts sur ses lèvres. Alors elle ouvrit les yeux.

— Tu ne m'as pas l'air très fatigué, remarqua-t-elle lorsqu'il sourit largement et haussa les sourcils de façon suggestive.

— Je ne peux pas te faire un bébé sans ta coopération. Et je me suis donné cette mission. Plus je laisse ma semence en toi, plus j'aurais de chance. Ne me regarde pas comme ça. C'est vrai ! je le jure ! Enfin, je crois que c'est vrai. J'ai jamais essayé, alors je ne peux pas en être tout à fait certain, mais Ari dit que…

Morgan mit un doigt sur ses lèvres pour l'empêcher d'en dire davantage et elle n'entendit pas les conseils d'Ari. Elle sourit doucement et détourna le regard.

— Tu ne peux pas donner la vie avec moi, Zander. C'est pas possible.

— Je le peux et je le ferai ! Au moins, j'essaierai. Le reste est entre tes mains… ou plutôt dans tes entrailles.

— Je n'ai pas saigné comme une femme depuis longtemps, Zander.

Le doigt sous son menton, il lui tourna le visage pour la regarder droit dans les yeux.

— Tu es assez femme comme ça. Ça ne posera pas de problème. Maintenant, est-ce que tu vas me donner un coup de main, ou pas ?

Elle se pinça les lèvres avant de les humecter de sa langue. Il ne la quittait pas des yeux, ce qui eut un effet immédiat sur son bas-ventre. Elle esquissa un sourire avant de détourner le regard.

—Je crois que je vais essayer de me reposer un peu.

Elle tendit sa main vers le sexe d'Alexander. Le jeune homme s'immobilisa aussitôt. Elle leva les yeux vers lui. La surprise se lisait sur son visage.

—Tu peux dormir si tu veux, murmura-t-elle.

—J'ai essayé de dormir. J'ai même essayé quand…

Sa voix grimpa d'une octave lorsqu'elle posa sa main sur sa virilité, la caressant de haut en bas.

—… quand, quand tu… dormais… *Oh, mon amour!*

Il s'étrangla sur ces derniers mots.

—C'est si dur de me laisser dormir?

—Je n'arrive pas à fermer l'œil. C'est… euh… dur.

Morgan gloussa et Zander grogna en retour, tout en lui montrant qu'il n'était absolument pas fatigué.

—Alors, pourquoi est-ce si dur? demanda-t-elle encore en le regardant droit dans les yeux.

Il passa sa langue sur ses lèvres avant de répondre:

—Tu… eh bien, tu ronronnes, voilà tout!

—Je ne ronronne pas, Zander. Le ronronnement, c'est pour les chats.

—Si, je t'assure. Oh, Morganna… Que c'est bon, mon amour…

—Alors comme ça, je ronronne, hein?

—C'est très doux, comme… comme le ronron-nement d'un chaton. C'est… euh… c'est peut-être un ronflement. C'est ça, c'est un ronflement.

— Je ronfle pas ! s'exclama-t-elle en retirant aussitôt ses mains.

— Qu'est… ce que j'ai dit ? Qu'est… ce que j'ai fait ? Bon sang, Morganna, pourquoi tu t'arrêtes ?

— Tu as dit que je ronflais.

Il ferma les yeux, trembla un instant, inspira et expira profondément. Puis il rouvrit les yeux. Morgan était sur le point de défaillir – une sensation inédite pour elle.

— Tu ronfles vraiment, mon amour. Tu souris aussi. C'est le même sourire que tu avais ce matin-là dans le lit de Sally Bess. Quand je l'ai vu sur ton visage, j'ai dû me retenir pour ne pas saccager la chambre.

— J'avais rien fait avec elle, pourtant.

— Je sais ça maintenant. Mais, à l'époque, j'étais un homme jaloux et tyrannique et je ne savais même pas pourquoi. J'ai seulement vu que tu avais ce doux sourire sur ton visage, et entendu ce léger ronronnement qui s'échappait d'entre tes lèvres et tout ça m'appartenait. Fichtre ! j'en avais la certitude ! Je ne comprenais pas pourquoi ça me mettait tellement en colère, mais c'était plus fort que moi.

— Je sais pourquoi, murmura Morgan.

— Vraiment ?

— Oui. C'est qu'instinctivement tu le savais. Comme Platon l'a dit, tu as juste été un peu lent à la détente.

Elle posa ses pieds sur les siens pour se grandir et poser ses lèvres sur les siennes.

Zander recula et la foudroya du regard.

— Je vais te faire regretter tes manigances de ce pas, ma jeune donzelle.

—Ah oui ? Comment ça ? demanda-t-elle en gloussant.

Zander grogna, se leva et la serra dans ses bras. Elle se liquéfia complètement. Morgan se demanda s'il s'en rendait compte.

—J'allais te prendre maintenant, Morganna. En fait, je vais te montrer ce que ça fait. Je vais prendre mon plaisir et je vais m'assurer que tu t'en rendes bien compte. Je vais prendre, reprendre et prendre encore.

—Et… moi ? haleta-t-elle, sa tête affalée sur son épaule, regardant la pièce tanguer agréablement autour d'elle.

—Toi ?

Il la jeta sur le lit, écarta ses cuisses et s'enfonça immédiatement dans la partie de son corps qui le désirait ardemment. Morgan cria son ravissement et fut parcourue d'un long spasme qui s'amplifia à chacun de ses sauvages coups de reins jusqu'à ce qu'elle ne puisse plus se contenir. Ses soupirs de satisfaction s'élevèrent jusqu'aux hautes poutres qui traversaient le plafond et retombèrent sur elle comme d'inéluctables râles.

Puis il recommença, encore et encore. L'expérience la conduisit au bord de la folie, au comble de l'excitation. Zander maintint la cadence de son va-et-vient au prix de longues poussées parfois d'une exquise lenteur et parfois d'une intense rapidité, passionnées, puis ralentissant un peu et l'abandonnant à deux doigts de l'extase avant de s'y engouffrer avec elle.

Enfin, il lui donna sa semence.

Chapitre 24

Z ander la réveilla une nouvelle fois avant le lever du jour. Cette fois-ci, il changea de méthode et opta pour un doux souffle sur son épaule. Morgan la déplaça et grogna.

—Allons, Morganna, il est temps de reprendre le rôle de Sally Bess. Viens, mon amour. Ce costume ne fera plus illusion à la lumière du jour. Viens…

Elle lui donna une petite tape mais son souffle se remit à chatouiller sa peau et Alexander gloussa. Puis il tira ses jambes pour l'extirper du lit et se mit à l'habiller comme une poupée, s'essayant même à replacer l'espèce de crinoline qui devait faire illusion sous sa robe.

—Oh, Sally Bess! tu es plus femme que toutes celles qui sont passées dans mon lit, chérie. Oh, laisse-moi me rhabiller correctement. Arrête ça tout de suite!

Sa voix de stentor résonnait dans la pièce, qui était bien trop petite pour la contenir. Morgan ouvrit un œil et lui jeta un regard mauvais.

—Allons, allons, il est temps de dormir, ma donzelle. Je ne vais pas te laisser t'épuiser dans cet escalier. Eh bien… je pense que je vais te porter, avec le peu de forces qu'il me reste dans les jambes.

—Qu'est-ce que tu fais ? murmura Morgan lorsqu'il la releva pour la recouvrir de l'épaisse cape sans avoir attaché un seul crochet.

—Je construis ma propre légende, évidemment. Quel autre homme serait capable de soulever un poids pareil et de courir dans l'escalier ? lança-t-il à voix basse en lui faisant un clin d'œil.

Puis il reprit de plus belle de sa grosse voix :

—Ouvre-moi la porte, trésor, s'il te plaît. J'ai les mains bien prises, là !

La foule les escorta tout le long du chemin. Au début, Zander se fraya un chemin parmi les curieux, puis il fit exactement ce qu'il avait annoncé. Il courut dans l'escalier, Morgan agrippée à son cou.

—Debout mon garçon ! Morgan ! le temps passe et on doit s'entraîner !

Zander frappa à coup de pied dans la porte de Sheila, suffisamment fort pour que cela résonne dans tout le couloir.

—Je ne sais pas ce qui lui prend, ajouta-t-il. Un peu d'amour et le voilà prêt à dormir toute la journée.

Il se pencha et planta un gros baiser sur la joue de Morgan à travers la capuche de la cape. Puis il se redressa et hurla son nom en deux syllabes bien distinctes.

—Mor-gan !

La porte s'ouvrit sur une Sheila échevelée et seulement drapée dans un tartan aux couleurs des FitzHugh. Zander entra dans la pièce et reposa Morgan sur ses pieds. La porte se referma.

—Habille-toi sans tarder. Le roi a un emploi du temps très précis. Il veut qu'on se mette en route avant le lever du soleil.

—Le roi ?

—Oui, Robert Bruce, notre roi. Le roi d'Écosse. Il a besoin de toi maintenant, Morgan, mon amour. L'Écosse a besoin de toi. Vite.

Il se pencha vers elle, l'embrassa sur le bout du nez et se remit à hurler.

—Allez, les filles ! c'est pas comme ça qu'on traite un seigneur. Sortez-moi cette feignasse d'écuyer de ce lit ou je m'en occupe. Quoi ? Je suis de trop dans cette chambre ? Je vous préviens : je vais compter jusqu'à dix et, s'il n'est pas habillé d'ici là, je le fais sortir de cette chambre sans rien sur le poil !

Zander ouvrit la porte et fit mine d'être projeté hors de la pièce puis se claqua lui-même la porte au nez.

Morgan combattait toujours le sourire sur ses lèvres, secouant la tête, lorsque Sheila la déclara prête, son tartan parfaitement noué, ses bracelets d'argent rutilants, ses poignards à leur place et sans un seul cheveu dépassant de sa tresse. Puis elle fut escortée vers la cour d'honneur, où des centaines d'hommes s'étaient amassés dans l'espoir de la voir manier les armes.

Puis tout se figea.

L'aurore pointait à peine que les cornemuses se mirent à retentir. Tous se retournèrent pour voir quelle en était la cause, et Morgan en resta bouche bée, comme le reste de la foule. C'était le comte d'Argylle et il ne portait pas de vêtement prétentieux ou efféminé à la mode anglaise. Il était vêtu de son *feile-breacan* et avait revêtu ses propres couleurs : le rouge, l'or et le bleu marine. Un béret traditionnel sur la tête, il avait ceint une claymore à sa hanche.

— A-t-on déjà vu un seigneur vêtu de la sorte ? clama-t-il à la foule interdite.

— Eh bien, monsieur le comte, vous êtes superbe ! s'exclama Zander de sa voix profonde.

La foule cria son approbation.

— Plus vraiment comte, jeune FitzHugh, mais duc ! Mon véritable roi et souverain, Robert Bruce, m'a honoré d'un duché et j'ai juré que mon clan œuvrerait à la libération de l'Écosse pour jouir de mon nouveau statut. Ne reste pas planté là à ne rien faire ! Rassemble les clans ! Nous partons en campagne !

Zander adressa un grand sourire à Morgan et lui murmura :

— *Maintenant*, tu le vois, ton pouvoir ?

Le premier campement n'était qu'à six lieues du château d'Argylle ; on pouvait d'ailleurs toujours le voir depuis la cime des arbres. Cependant, la distance semblait incommensurable. Les personnes entourant le roi se comptaient par milliers et chaque clan monta un camp. Le roi semblait chaque fois présent pour les accueillir, Morgan et Zander à ses côtés.

Il était infatigable mais royal, et il s'avéra épuisant de le suivre. Morgan lançait ses poignards, faisait tournoyer sa fronde et à un moment on lui confia même une lance pour qu'elle puisse montrer sa maîtrise de l'arme. Elle la tint un instant, la soupesa et évalua sa rigidité, sa longueur et sa flexibilité dans tous les sens. Zander lui demanda ce qu'elle faisait. Morgan le regarda et sourit. Puis elle se campa sur ses deux pieds et transperça la cible en plein milieu.

L'assistance entière en eut le souffle coupé avant de pousser des cris de liesse. Ensuite, le roi se mit à parler des ancêtres de l'Écosse, de sa beauté, de sa force, de son unité et de sa liberté.

Zander attendait que Morgan lève les yeux vers lui et elle le savait. Elle coula son regard vers le sien et haussa un sourcil comme il avait l'habitude de le faire.

— Tu es incroyable, murmura-t-il.

— C'est un don de Dieu, tu t'en souviens ? répliqua-t-elle.

— Je dirais alors que Dieu t'a très certainement bénie. J'espère que nos fils le seront aussi. (Elle fit une moue désapprobatrice et il se mordit la joue.) Oh, très bien, alors… nos filles aussi.

Morgan se détourna pour cacher son sourire. Puis ils se retrouvèrent sur le dos d'un cheval à cheminer vers le clan suivant, répandant auprès de tous la gloire de l'Écosse.

Ce n'est qu'une fois que le soleil fut couché et la nuit bien installée que Robert Bruce les déclara arrivés à bon port. En un instant, des tentes surgirent de terre dans l'enclos imparti. Morgan répugnait à regarder Zander. Elle allait partager sa tente et il allait lui être impossible de lui résister. Elle le savait pertinemment. Il devait le savoir, mais ça n'en faisait pas moins que leurs agissements n'étaient pas convenables ou approuvés par Dieu. Elle était tout de même devenue une prostituée, même douée d'un certain talent pour le tir.

— Suis-moi, Morgan. Ma tente nous attend. Tu dormiras par terre. J'ai besoin de ton aide.

Il avait allumé une chandelle et jouait le rôle du seigneur pour tous les curieux qui les observaient tandis qu'il fermait l'auvent de leur tente, parlant sans cesse de ce qui était en train de se produire sous leurs yeux puis faisant du bruit avec les gobelets et la vaisselle sous sa main. Ensuite, il souffla la chandelle et Morgan attendit.

Elle était sur le point de se dire qu'il n'attendait rien d'elle quand de grandes mains se mirent à la caresser. Son corps se moula au sien derrière elle et il murmura quelque chose à propos de la commodité des kilts et de la joie d'en porter. Il mit en garde Morgan contre les sons qu'elle pourrait produire, que même le plus léger des soupirs pouvait s'entendre, et il entreprit de lui montrer à quel point un baiser était un excellent moyen de retenir les cris de son extase. Puis il lui donna encore sa semence.

La deuxième semaine de la tournée du roi Bruce dans le pays, ils croisèrent le chemin des clans Mactarvat et Killoren, qui ne se souciaient pas vraiment de l'Écosse, du roi ou des Sassenach. Tout ce qu'ils voulaient, c'était s'entre-tuer. Tous les guerriers, écuyers et suivantes du roi s'étaient déployés au sommet des collines qui entouraient la vallée et les deux clans rivaux se faisaient face.

Robert Bruce se dirigea vers Morgan, qui chevauchait le cheval de Zander. Le choix avait été facile, même si l'animal était immense. L'étalon que lui avait offert

Argylle n'était pas encore suffisamment bien dressé pour qu'elle le monte, alors Zander l'avait pris. La légère différence entre leurs deux montures mettait les deux cavaliers à la même hauteur. Elle les rendait également extrêmement visibles.

Il avait plu toute la journée, mais le ciel s'était éclairci vers midi. Le champ étincelait de mille éclats brillant d'humidité, la haine et la soif de sang emplissaient l'air et, à n'importe quel moment, il semblait que les deux clans qui se faisaient face allaient se lancer à l'assaut.

Le roi demanda à Zander :

— Qu'est-ce qu'il se passe ?

— Je crois qu'on a volé du whisky au Mactarvat et ils se sont vengés en prenant une fille. Ils ne savaient pas qu'elle appartenait au clan des Killoren et ils l'ont violée sans vergogne. Les Killoren n'ont pas aimé, expliqua Zander. C'est la même querelle qui m'a pratiquement achevé avant que mon écuyer Morgan ne sorte de la brume pour venir me sauver. Je n'ai pas raison, écuyer ?

Morgan baissa la tête pour cacher son sourire.

Robert fronça les sourcils un instant.

— Tout ça est dû aux Anglais.

Zander et Morgan échangèrent un regard interloqué.

— Oui, c'est le cas, continua le roi. Les Anglais sont à l'origine de la disparition du bon whisky écossais et c'est pourquoi ces braves filles écossaises en paient le prix. Les Sassenach ont imposé trop de règles pour réguler la production et la consommation de whisky. Ils ont aussi le droit de premier usage et c'est pour éviter ça que la fille des Killoren a été capturée. Les Anglais sont la cause de tout ça.

—Je crois pas que c'est ce qui s'est passé, affirma calmement Morgan.

Il sourit.

—En effet, mais c'est ce qu'ils vont croire quand je les en aurai convaincus. Un Écossais qui affronte un compatriote est un homme mort. Je n'ai pas besoin d'hommes morts. Je veux des guerriers, bien vivants. J'ai besoin de guerriers. En vie. C'est pour ça que je suis ici. Pour mettre fin à ces affrontements entre clans, Morgan l'écuyer.

—Mettre fin ? demanda-t-elle, interloquée. (Il ne savait pas ce qu'il disait.) Comment ?

—C'est pour ça que tu es ici, Morgan. Pourquoi crois-tu que le bon Dieu t'a mis sur mon chemin, à cet instant, avec tous tes dons, ta bravoure et ta gloire ? Je vais te le dire, pourquoi. Il l'a fait pour que tu puisses empêcher ces clans de s'entre-tuer, pour qu'ils puissent vivre et libérer l'Écosse. Maintenant, va les arrêter. Tu sauras comment faire. Tu as toujours su. Je prendrai la parole quand tu en auras fini.

Il tourna son cheval et partit dans la direction opposée, laissant Morgan le regarder, interdite, la bouche et la gorge complètement asséchées.

—Zander ? coassa-t-elle.

—Je suis là, mon amour. De quoi as-tu besoin ?

Elle descendit de cheval et chercha un endroit stable et en hauteur, facilement repérable. Il y avait une grosse pierre saillante à l'orée du champ. Elle la désigna d'un mouvement de tête.

— Je vais avoir besoin de flèches. Plus qu'un carquois bien plein. Je vais aussi avoir besoin de cette grosse pierre. Suis-moi.

On lui donna le carquois avant même qu'elle n'ait fini de grimper sur son promontoire. Son arc était prêt. Zander était près d'elle.

— C'est le blason de qui sur le bouclier le plus éloigné ? s'enquit-elle.

— Pourquoi tu me demandes ça à moi ? Je n'arrive même pas à distinguer le gars qui le porte !

Zander, plissant les yeux, avait l'air aussi offensé que ses mots le laissaient supposer.

— Je crois que c'est un oiseau. Un faucon. Je vais peut-être pas avoir assez de flèches dans mon carquois.

— Pour quoi faire ?

— Chut !

Sa cible était très éloignée et elle devait se concentrer si elle voulait les surprendre suffisamment tôt pour les interrompre dans leur guerre. Elle tendit la main pour attraper trois flèches entre ses doigts, banda son arc et visa.

Un cri de guerre résonna, annonçant la charge. Morgan fit pleuvoir des flèches sur le porteur du blason du clan, soulignant le contour de l'oiseau et ne s'arrêtant que lorsqu'il jeta son bouclier au sol. La ligne de guerrier entière s'arrêta pour regarder. Puis elle fit la même chose avec l'autre clan. Comme ils étaient positionnés différemment, elle ne put planter ses flèches qu'aux pieds de sa cible, délimitant la surface du sol que celle-ci occupait. Son carquois ne fut jamais vide. Chaque fois qu'elle plongeait la main dedans, elle y trouvait de nouvelles flèches.

Les deux clans s'arrêtèrent et la regardèrent. Morgan se tenait debout, seule. Zander s'était mis à plat ventre à côté d'elle sur la pierre. Elle ne l'avait même pas senti s'aplatir sur le sol. Puis un arc-en-ciel traversa les nuages, comme un signe, reliant de sa lumière puissante le ciel et le champ de bataille sur lequel des hommes s'étaient préparés à mourir.

— Morgan, couche-toi !

— Quoi ?

— Couche-toi ! Maintenant !

Elle obtempéra. Le silence devint subitement si assourdissant qu'elle entendit ses propres battements de cœur. Puis elle entendit le roi, parlant d'une voix si forte que tous pouvaient l'entendre.

— Tu peux ramper en arrière ?

— Rien de ce qui est à ta portée n'est pas à la mienne.

— À une exception près, s'il te plaît, rétorqua-t-il en attrapant ses fesses alors qu'elle tendait une jambe vers le sol pour atteindre l'herbe.

— Zander !

— Vite ! avant que quelqu'un ne soit assez malin pour voir ce qui se passe ici. Suis-moi !

— Mon carquois n'a jamais été vide, Zander. Comment est-ce possible ?

— Parce que je le remplissais aussi vite que tu le vidais. Voilà pourquoi. C'est plutôt pratique que je sois à côté de toi chaque fois que tu veux crâner, non ?

— Zander…

— Pas le temps. Maintenant, bouge !

— Et nos chevaux ?

— Tu ne sais pas très bien disparaître, hein, Morgan l'écuyer ? Je les ai fait partir. Ils doivent être de retour au campement à l'heure qu'il est. Maintenant, on court ! Allez !

Il lui avait pris la main et lui fit sauter par-dessus des fossés, passer sous des arbres et sur des pierres et elle se tint à lui tout le long du chemin. Les battements de son cœur étaient plus forts, plus puissants et plus rapides qu'ils ne l'avaient jamais été et ses poumons lui donnaient l'impression d'avoir couru pendant des heures avant qu'il ne ralentisse, puis ne s'arrête, se penchant en avant pour tenter de reprendre son souffle. Morgan fit de même, mettant ses mains sur ses cuisses pour se reprendre.

Puis la trouée dans les nuages se referma et de grosses gouttes d'eau leur tombèrent dessus, se rapprochant pour devenir un véritable déluge. Quelques instants plus tard, les manches de Morgan furent trempées, son kilt gorgé d'eau s'alourdit et ses cheveux guidèrent bientôt les torrents de pluie vers ses yeux.

Zander rejeta la tête en arrière et explosa de rire.

— Bon Dieu, j'aime l'Écosse ! cria-t-il, la bouche ouverte, essayant d'avaler autant de gouttes de pluie qu'il le pouvait.

Puis il l'attira dans ses bras, la tint serrée contre lui, lui montrant que son cœur battait aussi fort et aussi vite que le sien. La pluie l'empêchait de reprendre le souffle que Zander lui laissait quand ses lèvres n'étaient pas scellées aux siennes, puis Morgan se précipita vers lui, enroulant ses jambes autour de ses hanches, croisant ses chevilles dans le dos de Zander.

Elle le sentit bouger. Il était impossible de faire autrement dans cette position et ils se retrouvèrent sous un grand arbre, qui les abrita de la pluie battante. Ils découvrirent que les kilts offraient énormément de possibilités dans cette position aussi. Puis il lui donna encore sa semence.

* * *

Un mois jour pour jour après avoir quitté le château d'Argylle, ils prirent la direction du nord. C'était ce que Morgan attendait. Elle l'avait tout de même bien caché à Zander. Elle devait atteindre les terres des FitzHugh pour achever sa mission. Ensuite, elle verrait bien ce que la vie lui réserverait. Ça ne serait pas avec Zander, en revanche. Quel homme voudrait d'elle après qu'elle eut tué son frère et son seigneur ?

Elle connaissait déjà la réponse, et se garda donc de se poser la question. Elle n'en dirait pas un mot à Zander, mais plus elle restait dans les basses terres, semblant ignorer les Highlands et rencontrant les clans les uns après les autres, plus elle devenait nerveuse. Son rôle s'amenuisait aussi. Cela lui convenait très bien et Zander semblait parfaitement s'en accommoder. Tout ce qu'on lui demandait, à présent, c'était de se montrer en public, de faire une démonstration de ses talents, de capter l'attention de tout le monde, puis de disparaître tandis que la rumeur autour du mystère qu'elle représentait enflait. Personne ne savait ce que

Zander et elle faisaient lorsqu'ils disparaissaient tous les après-midi.

Des moments tout aussi merveilleux et uniques que ses nuits lorsque, jour après jour, Zander la faisait ployer sous ses baisers, ses mots d'amour et son corps, lui donnant tout ce qu'il avait et s'assurant qu'elle était comblée. Zander suivait son propre plan : lui donner un enfant. Il manquait cruellement de subtilité à ce sujet. Il s'assurait de l'honorer au moins deux fois par nuit et une fois par jour, lui donnant sa semence chaque fois. Il commençait à montrer des signes de fatigue, à avoir mauvaise mine certains matins, même s'il restait l'homme le plus beau et le plus viril de bien des clans à la ronde.

Robert Bruce lui-même avait émis un commentaire à ce sujet et avait recommandé à Zander de prendre l'après-midi pour se reposer loin des filles. Il lui avait dit qu'il ferait mieux de rester dans sa tente, son écuyer à son côté pour le servir. Si le roi avait regardé dans la direction de Morgan à cet instant, il aurait cru que l'écuyer en question était aussi en train de tomber malade car son visage s'était enflammé, comme si une fièvre l'avait saisi.

Le groupe des disciples de Morgan s'amenuisa lui aussi peu à peu à mesure qu'ils progressaient vers le nord, tout comme ils s'y attendaient. Ils avancèrent alors plus rapidement, n'ayant plus à chasser autant de gibier ni à débourser tant d'argent pour nourrir les troupes.

Il se mit aussi à faire plus froid. Plus d'une fois, Morgan dut mettre son tartan sur sa tête et s'enrouler dedans lorsqu'elle montait le cheval de Zander.

La nuit, en revanche, dans les bras du jeune homme, il n'y avait de la place que pour la chaleur, l'amour et un avant-goût de désespoir.

Au cours de l'une de ces nuits, alors qu'ils suivaient le roi depuis plusieurs semaines, Morgan leva sa tête sur son coude et demanda s'ils étaient loin des terres des FitzHugh. Puis elle attendit.

—Pourquoi? demanda Zander, roulant sur son dos en grognant.

Affalée sur son torse, elle pouvait entendre toutes les subtilités de son râle.

—On dit que c'est beau et grand et qu'il n'y a pas un lac mais quatre. C'est vrai?

—Oui. Ils appartiennent aux FitzHugh depuis des siècles. Certains prétendent qu'ils nous appartiennent depuis les grandes invasions du Nord, il y a bien longtemps.

—Les Vikings? demanda Morgan, les yeux grands ouverts.

—Oui. Sans ça, comment tu expliquerais nos yeux bleus et les cheveux plus blonds que les blés de César?

—César? Tu as un frère qui s'appelle César?

—Oui. Je suis terriblement fatigué, Morgan. Je ne vais pas pouvoir rester éveillé longtemps cette nuit.

—Je sais. Tu t'es très bien débrouillé. Je suis parfaitement satisfaite et tu m'as fait l'amour jusqu'à l'épuisement. Je n'aurai plus besoin de tes services avant l'aube et tu dois te reposer.

Il grogna.

—Tu es insatiable, Morganna.

Elle gloussa.

— Tu veux simplement t'assurer d'avoir bien mis un bébé dans mon ventre, même si je t'ai dit que c'était pas possible. Ce n'est pas une bonne idée.

— Tu crois que je veux juste te faire un enfant ? Tu as complètement perdu la tête ! Je te trouve très tentante, Morganna, mon amour. Si tentante que j'ai failli en perdre la tête, tu t'en souviens ? Je ne peux pas nier que j'ai envie de faire un enfant avec toi, mais tu es aussi une femme très excitante et je suis encore dans la force de l'âge. Je ne peux pas chevaucher ma monture sans penser à tes cuisses si souples. Je ne peux pas faire un pas sans me souvenir de ton corps avide dévorant le mien et ne peux pas m'endormir sans m'assurer que tu saches à quel point tu es aimée. J'ai dû échouer ce soir, de toute évidence.

— Tu n'échoues jamais… pour ça, Zander.

— Si, visiblement. Tu parles encore.

Morgan éclata de rire.

— Alors raconte-moi et je te laisse dormir. Quel est le nom de tes autres frères ?

— Ari.

— C'est un diminutif ?

— C'était probablement l'idée, mais c'est son nom complet, précisa-t-il en bâillant. Phineas est l'aîné, puis vient Ari.

— Et ensuite ?

Il se mit à respirer bruyamment, grognant un peu, puis à ronfler pour de bon. Morgan l'assaillit en lui donnant un petit coup dans les côtes.

— Zander ?

— Quoi ?

—C'est qui ensuite ?

—Oh ! le troisième, c'est César. Je viens juste de t'en parler.

—Et… ?

—Et il y a Platon, deuxième plus jeune. Il a deux ans de plus que moi. Tu sais. Tu as passé du bon temps dans ses bras sur son cheval maintenant que je m'en souviens. D'un seul coup, ça me réveille, Morganna, si c'est là que tu veux en venir.

—Tu vas pas te mettre à devenir jaloux, quand même ?

—Si tu es loin de moi, dans les bras d'un autre, alors oui, je vais devenir sacrément jaloux. Platon a intérêt à surveiller ses arrières.

Morgan eut un nouvel éclat de rire.

—Platon ne m'intéresse pas, Zander.

Il s'immobilisa.

—Ça tombe plutôt bien pour mon frère, alors.

—Tu es très fort pour détourner la conversation, Zander. Très.

—Je cherche à répondre à ses questions pour qu'elle me laisse dormir et elle m'accuse de vouloir détourner la conversation. Changer de sujet ? On parlait de quoi au fait ?

—Tes frères.

—Ah ! eux. Crois-moi, Morganna, quand je te dis que tu as remporté le meilleur des FitzHugh. Ne gâche donc pas tes heures de sommeil en pensant à eux.

—Zander FitzHugh, murmura-t-elle aussi sévèrement que le sujet le méritait.

—Quoi, encore ?

— Tu m'as pas donné le prénom de ton frère du milieu.

— Oh ! César, bailla-t-il en deux syllabes distinctes.

Elle enfonça un doigt entre deux côtes et reçut un grognement pour toute réponse.

— Morganna, tu as de la chance d'être l'écuyer et moi le seigneur. Avec le rythme que tu m'imposes, je ne survivrais pas à ton service.

— Zander…, je te préviens, gronda-t-elle d'un ton badin.

— Oh ! très bien. Je serai heureux de mourir à ton service. Qu'est-ce que tu voulais savoir, au fait ?

— Tu m'as déjà parlé de Platon et d'Ari et maintenant, je situe César. J'ai déjà rencontré l'aîné, ton seigneur… Phineas… Alors qui est le sixième FitzHugh ?

Sa voix avait buté sur le nom de Phineas mais il ne sembla pas le remarquer.

— Ah ! Celui qui est né entre Platon et César s'appelle William.

Même dans la nuit noire qui avait envahi la tente, les pupilles de Morgan se dilatèrent.

— Un de tes frères s'appelle William ?

— Oui, répondit-il d'une voix endormie. Morganna, on arrivera dans les faubourgs d'Aberdeen demain matin. Une longue journée nous attend. On doit vraiment se reposer.

— Pourquoi l'un de tes frères s'appelle-t-il William ? C'est un nom bien trop normal pour ta famille. Zander !

Elle lui donna encore un coup de coude.

— Quoi ? Tu es une véritable esclavagiste, Morganna. Je ne t'ai pas satisfaite, c'est ça ?

Elle rit de plus belle.

— Ne dis jamais une chose pareille. Tu es un homme jusqu'au bout, Zander FitzHugh. Jusqu'au bout du bout.

Elle fit courir son ongle le long de sa cuisse sous son kilt, puis elle se remit à le caresser, se délectant de ce qu'elle lui faisait.

— Jusqu'au bout de ton glorieux…

— Très bien, mon amour, très bien. C'est très agréable. Que voulais-tu savoir, au juste ?

Elle soupira de manière exagérée.

— Pourquoi l'un de tes frères s'appelle William.

— William. Eh bien… je crois que mon père était à la maison quand ma mère a accouché. Il a eu son mot à dire. Ma mère était embêtée, ça, c'est vrai. Elle n'a jamais cessé de le lui reprocher, d'ailleurs. Rappelle-moi de t'en reparler un autre jour.

Cette fois-ci, Morgan ne put réprimer un énorme éclat de rire et s'étouffa pour essayer de ne pas alerter tout le monde.

Chapitre 25

À l'instant où Morgan entra dans le marché des faubourgs d'Aberdeen à dos de cheval, elle se rendit compte avec horreur et dégoût que le plan de Zander avait fonctionné. Le roi répétait à qui voulait l'entendre à quel point les deux quartiers d'Aberdeen comptaient pour lui : l'ancien et le nouveau, tels les villages de marchands et de pêcheurs sur la Dee. Il parla longuement de l'histoire des deux parties de la ville puis de la vague de constructions qu'elles connaissaient, notamment du pont et des maisons pour abriter les familles. Il parla de commerce et des affaires florissantes dans cette ville des Highlands en pleine expansion.

Il était très fier de cette ville. On y trouvait plus de monuments, de rues et d'habitants que dans toutes les localités qu'ils avaient traversées jusque-là. La place du marché elle aussi était très animée et il leur recommanda de ne chevaucher que deux par deux pour pouvoir circuler facilement. Puis il mena des centaines de cavaliers à travers les rues de la ville, créant un tel tumulte que tous s'arrêtèrent et en restèrent bouche bée.

Morgan et Zander occupaient la septième place dans le cortège, derrière leur souverain, et venaient juste de passer sous une grande arche de bois lorsqu'elle sentit quelque chose bouger dans son ventre. Elle plaqua ses deux mains dessus et attendit. Quand ça recommença, elle baissa les yeux pour s'observer et vit ses mains trembler.

C'était impossible. Certes, son ventre accusait un léger renflement, mais elle l'avait attribué à un manque d'exercice. Ses galipettes quotidiennes jour et nuit avec Zander étaient la seule activité physique qu'il lui restait. Elle mangeait plus que d'habitude. Cela lui avait valu quelques formes supplémentaires, mais cette bedaine n'avait rien à voir avec ça.

Son ventre l'élança une troisième fois et elle écarquilla les yeux sous le choc. La surprise et une terrible culpabilité l'assaillirent au même instant.

Mon Dieu, je porte un bâtard FitzHugh! songea-t-elle. Elle ne remit pas cette idée en question. Elle savait. Toutefois, nul ne devait s'en rendre compte. Et encore moins l'homme qui chevauchait à son côté et qui regardait tous les biens exposés sur les étals des marchands, l'œil alerte et vigilant, un sourire étrange au coin des lèvres. Morgan remit doucement ses mains sur la crinière du cheval, étonnée de toujours tenir les rênes et que son destrier ait continué de progresser la bride sur le cou.

— Morgan?

Zander approcha son cheval du sien, jusqu'à ce que leurs chevilles se frôlent à chaque pas.

Elle serra les dents, regarda droit devant elle et l'ignora superbement.

— Je sais que tu peux m'entendre. Robert Bruce va organiser un tournoi ce soir dont on va parler pendant des années.

Elle tourna légèrement le visage, mais refusa de le regarder.

Tu m'as donné un enfant! Elle savait que c'était ce que son visage lui crierait. *Pire, tu as fait en sorte que je l'accepte! Tu fais porter à l'une des dernières KilCreggar sur cette terre un bâtard FitzHugh!*

Ses mains tremblaient encore et elle les posa sur le pommeau de sa selle pour qu'il ne le voie pas.

— Que se passe-t-il? reprit Zander.

— Cette démonstration… ce sera pas trop difficile?

— Difficile? Pour moi, oui. Pour toi… rien n'est difficile. Ce sera un jeu d'enfant. Il va utiliser du feu.

Elle tourna les yeux vers lui mais ne put soutenir son regard, qui était à la fois trop immense, trop aimant et trop inévitable.

Ses mains se figèrent.

— Du feu? s'enquit-elle puisque Zander semblait attendre la question.

— Plutôt des flèches enflammées, des poignards avec des mèches incandescentes, ce genre de choses.

— Mes poignards ne peuvent pas faire ça.

— Je sais. Il les a commandés.

Morgan se força à se concentrer.

— Pourquoi ferait-il une chose pareille?

— Parce que l'Écosse n'est pas un simple pays. C'est une entité immense, de beauté, de contradiction et de fierté. Robert Bruce veut attiser leur esprit, enflammer leur fierté et les convaincre que le rêve de tout Écossais

383

est à leur portée. Il veut que tu les mettes dans les bonnes dispositions d'esprit pour qu'il puisse les en convaincre.

— Et les Écossaises alors ?

Il respira un grand coup, ce qui n'échappa pas à Morgan.

— Les femmes à plus forte raison. Ce sont elles qui portent dans leur sein et enfantent l'avenir à travers chaque enfant. Regarde autour de toi, Morgan. Ne vois-tu pas l'avenir ?

Elle le voyait parfaitement, cet avenir. Il était sinistre. Un bâtard FitzHugh allait naître d'une KilCreggar qui incarnait le légendaire Morgan, l'écuyer FitzHugh. Robert Bruce serait vilipendé, moqué et diffamé dans toutes les îles du royaume et pas seulement en Écosse. Elle changea de position sur sa selle et répondit finalement :

— Oui, je le vois.

— Et toutes ces émotions dans l'air. Tu les sens ? Moi, j'y suis plus réceptif que jamais, ici et maintenant, dans cette belle ville. On entend palpiter le cœur de l'Écosse. Il s'en dégage quelque chose de fort et rapide, puissant et viril, frais et pur. Tu peux sentir tout ça aussi ?

Les émotions ? Que ressentait-elle au juste ? De la peur. De la haine. De la tristesse. De la colère. De l'appréhension. Du bouleversement. De l'émerveillement. *Laquelle de ces émotions suis-je censée évoquer, Zander FitzHugh ?* se demanda-t-elle. Ce n'était pas le dernier-né des FitzHugh qui souffrirait des conséquences infamantes de leurs ébats. Non, il avait paradé comme un paon, le torse bombé et la fierté intacte. C'était la dernière de la lignée des KilCreggar qui en paierait le prix et qui vivrait avec cette humiliation, cette honte qui grandirait à mesure que l'enfant se développerait.

Dieu qu'elle haïssait être une femme! Particulièrement maintenant. Elle ne voulait rien avoir à faire avec cet enfant. Elle avait une mission à mener à bien, puis elle serait prête à affronter son destin. Porter un FitzHugh dans son ventre alors même qu'elle était sur le point d'en exécuter un autre ne faisait pas partie de son projet initial. Elle ignorait si elle serait capable de supporter cela. Elle savait qu'il était injuste qu'elle ait à s'infliger ça et que tout était la faute de Zander. Qu'il soit maudit et pourrisse en enfer!

— Tout va bien? demanda Zander, juste à côté d'elle.

— Lâche-moi, FitzHugh! gronda-t-elle en faisant faire un écart à son cheval.

Furieux, il la foudroya de son regard bleu nuit, qu'elle soutint aussi longtemps que possible avant de prendre ses distances. Il percevait toujours bien trop de choses à travers ce regard intense. Elle n'allait pas se laisser percer à jour. Elle allait affronter cette épreuve comme tout le reste : seule. Elle songea qu'elle n'adresserait plus jamais la parole à Zander FitzHugh de toute sa vie.

La construction du campement du roi Robert était bien avancée lorsqu'elle y arriva. On l'avait dressé dans la vallée qui séparait les deux quartiers de la ville. On voyait des tentes à perte de vue, formant un immense cercle autour d'un objet conique trônant au milieu.

Morgan observa le petit talus qu'ils construisaient avec des bûches et de la terre.

—C'est quoi ça, Zander ?

Quand elle se tourna vers lui, il souriait de toutes ses dents. Probablement parce que sa curiosité l'avait forcée à mettre une croix sur son vœu de silence. Il y avait autre chose dans son regard, et elle avait peur de deviner de quoi il s'agissait. Il était bien trop aimant et bien trop doux.

—À vue de nez, je dirais que c'est ta scène. Puisque j'ai participé à sa création, je dirais même que c'est effectivement ta scène. Viens, j'ai plein de choses à faire aujourd'hui.

Il la mena à travers le campement, se frayant un chemin parmi les tentes jusqu'à ce qu'il trouve la sienne. Il ne demanda pas à Morgan de le suivre non plus. Il tendit simplement les bras vers elle, lui prit les rênes des mains et la guida. Morgan n'y accorda aucune importance. Elle regardait les échafaudages qu'ils avaient montés et remarqua qu'ils s'élevaient au moins de deux étages au-dessus du sol.

—Ne t'en fais pas, Morgan. C'est du bon pin écossais, de la bonne terre écossaise à l'intérieur et de la bonne tourbe écossaise pour sceller le tout. Il n'y a pas de bois plus solide ni de matière plus résistante. Ça pourrait supporter le poids d'une dizaine d'hommes si nécessaire, pas seulement ton poids plume… combiné au mien, bien sûr – c'est dans l'ordre des choses, ajouta-t-il après avoir marqué une pause.

Morgan sursauta et releva la tête.

—Qu'est-ce que tu viens de dire ?

— Que je serai là-haut avec toi. Je te tiendrai. J'enflammerai la pointe de tes flèches et te les tendrai. Je m'assurerai que rien d'autre que les flèches ne prenne feu. Je serai là, Morgan, comme toujours. Tu es sûre de ne pas être tombée malade ?

Elle déglutit le trop-plein de salive qui s'était accumulé dans sa bouche comme chaque fois qu'il lui parlait. L'espace d'un instant, lorsqu'il mentionna leurs poids additionnés, elle crut qu'il avait deviné pour le bébé. Elle aurait préféré mourir plutôt que de l'admettre et c'était sa faute si sa dernière heure devait sonner plus rapidement que prévu.

Elle réprima toutes les émotions qui l'avaient envahie à cette idée. Elle ne craignait pas de mourir, mais de vivre. Du moins, c'est ce qu'elle avait toujours cru.

— Tu as les joues bien rouges, écuyer. As-tu de la fièvre ? des frissons ? mal au ventre ?

Elle lui décocha une œillade assassine.

— Je suis jamais malade.

— En effet. On est arrivés. Viens, Morgan. Prépare-toi pour la démonstration. Toi, là ! s'exclama-t-il, hélant un membre du clan. Va chercher Martin, le scribe. Dis-lui qu'il faut que j'envoie un message à mon frère Platon.

— Platon ? Pourquoi le faire quérir ? Il est avec la belle Gwynneth à Argylle, fit remarquer Morgan en entrant dans la tente. Elle doit sécuriser un fief pour le clan Argylle et a besoin d'enfants légitimes pour arriver à ses fins.

Sur ces dernières paroles, la voix de Morgan se fit douce-amère. Elle espérait seulement qu'il n'avait rien entendu. Elle s'assit en tailleur sur le sol et elle rabattit un poignard qui avait roulé dans sa chaussette, lui chatouillant la cheville. Puis elle leva le regard vers lui.

Zander se tenait à l'entrée de la tente et la dévisageait avec une telle chaleur que la main qui tenait le poignard se mit à trembler.

— Platon n'est pas avec son épouse. Le clan FitzHugh et lui ont devancé le convoi du roi de deux jours, conformément à l'usage. C'est Platon qui délimite les campements et c'est lui qui doit rapporter les exploits du roi et de l'écuyer à tous ceux qui veulent l'entendre.

— Ah bon ?

— Oui. Je ne suis pas le seul FitzHugh à avoir cette grosse voix que tu as remarquée. Celle de Platon est tout aussi tonitruante. Il s'en sert pour clamer haut et fort que le rêve de l'Écosse est sur le point de se réaliser. Tu ne t'es jamais demandé pourquoi la foule nous attend où que nous allions ?

— Je croyais que c'était à cause du bouche-à-oreille.

Pour une raison obscure, elle se sentit accablée par cette nouvelle. Pour la gloire de l'Écosse unie, elle différait une fois encore la vengeance que son clan réclamait. Elle croyait que le destin lui était tombé dessus et découvrait à présent que tout avait été prévu.

— Le bouche-à-oreille, en effet. C'est la bouche de Platon qui a œuvré pour répandre la nouvelle. Une bouche plus grande que la mienne, ce qui, me semble-t-il, est assez surprenant.

— Zander…

Il sourit, fit retomber l'auvent de la tente et s'avança à l'intérieur.

—C'est aussi à Platon de s'assurer que les provisions de nourriture et de gibier sont suffisantes pour tout le monde avant notre arrivée. Nous n'avons pas le temps de faire tout ça. Nous, on doit parler au peuple.

Elle baissa la tête et haussa les sourcils.

—Très bien. Robert Bruce doit parler. On doit attirer leur attention.

Ensuite, elle serra les dents.

—Cesse de me regarder comme ça. Ce n'est pas Morgan l'écuyer qui doit attirer leur attention, mais son seigneur, Zander FitzHugh. Un écuyer ne peut pas officier sans un maître. Tu le sais très bien.

Morgan le regarda encore un instant, mais il lui était difficile d'ignorer son grand sourire et la lueur taquine qui animait son regard. Elle baissa de nouveau les yeux. Il ne restait plus rien de stimulant ni de divertissant en ce monde. Rien de tout ça n'avait jamais existé. *Que Zander FitzHugh et ses taquineries soient maudits!* songea-t-elle.

—Mais il vient à peine de se marier! rappela Morgan dans un souffle.

—Oui, mais, contrairement à moi, il a disposé d'un jour et de deux nuits avec son épouse pour déverser son amour et sa semence en elle. Il me semble cependant que je suis le plus chanceux.

—Est-ce que tu vas cesser de parler de ça et reprendre un peu ton sérieux?

Il s'assit en tailleur devant elle et attendit. Morgan le regarda en face. C'était précisément ce qu'il attendait.

—Il y a trop de morts, de haine, de souffrance et de sérieux dans ce monde, Morgan. Et si c'est inévitable, alors on doit accorder autant de temps aux joies de la vie. C'est ce que j'essaie de t'enseigner. Je me plais à penser que je t'ai un peu donné l'exemple sur ce point. Je redoublerai d'efforts si ça ne risquait pas de me tuer.

Elle inspira profondément.

—Zander FitzHugh, entonna-t-elle de ce qu'elle espérait être sa voix la plus sérieuse.

Il poussa un profond soupir, gonflant et dégonflant son torse.

—Oh! très bien, Morgan l'écuyer. Tu es la personne la plus dépourvue d'humour que je connaisse. Je ne suis pas laid. Je ne suis pas faible. Je suis connu à travers tous les Highlands pour ma fortune. N'importe quel père voudrait me marier à sa fille. Je le sais pertinemment, on me l'a dit plusieurs fois. Je pourrais avoir toutes ces filles qui réclament un sourire, un regard lourd de sous-entendus, la chance de me serrer contre leur corps et de m'accueillir en elles. Pourquoi ne suis-je pas tombé amoureux de n'importe laquelle de ces filles qui aiment badiner comme moi, hein? Au lieu de ça, il a fallu que je me dégotte la fille la plus mortellement sérieuse du monde. Très bien. Qu'est-ce que tu veux savoir?

Elle plongea son regard dans ses yeux bleu nuit et fut incapable de concevoir une pensée cohérente. Tout était parti. Puis il sourit et la déferlante d'émotions qui l'assaillit fut d'une violence et d'une rapidité telles qu'elle lui retourna pratiquement son sourire, même si elle le haïssait pour ce qu'il lui avait fait. Elle ouvrit grand les yeux et, à cet instant précis, l'enfant pour lequel elle éprouvait des sentiments ambigus se rappela à son bon souvenir en bougeant légèrement en son sein.

Morgan retint son souffle en remerciant le ciel d'avoir déjà les yeux grands ouverts et pria pour qu'il n'ait rien remarqué.

—Platon sait qu'il aura Gwynneth à son côté pour le restant de ses jours. C'est ton cadeau. En revanche, il n'est pas envisageable qu'elle voyage avec nous. Elle a été élevée en dame et elle est bien trop faible pour prendre part à cette campagne. Elle attend son retour. Il le sait pertinemment.

—Quoi ? bégaya Morgan.

—Je croyais que tu avais posé une question sur Platon parce que tu étais surprise qu'il ait devancé le roi et ne soit pas au château d'Argylle en train de concevoir un enfant avec sa femme. Je croyais que tu voulais savoir pourquoi.

Elle devint cramoisie.

—Platon est écossais, Morgan, et alors qu'il badine tout autant qu'un autre, il a aussi des ambitions politiques. Il utilise ses talents dans le même dessein que nous… pour créer une nouvelle vie.

—Quoi ? bégaya-t-elle de plus belle tout en sentant son estomac se retourner au même instant.

Il sait ! se dit-elle, en proie à une violente angoisse.

—Une nouvelle vie pour l'Écosse et son peuple. Platon ne me laisserait pas récolter tous les lauriers. En plus, il a une dette à rembourser.

—Il doit quelque chose au roi ?

—Non, pas ce genre de dette. Ah ! voilà Martin, le scribe. Regarde-le, Morgan, des parchemins roulés sous chaque bras, la plume sur l'oreille et les doigts tachés d'encre. Il est très sollicité et je l'ai libéré, il y a quelques semaines, pour qu'il puisse s'établir à son compte. Je suis très impressionné, Martin, mais qu'est-ce que c'est que ça ? Tourne-toi. Une tresse ?

Martin rougit, pivota et fit un tour complet. Morgan l'observa. C'était la vérité. Ses cheveux n'étaient pas longs, mais il les avait tressés pour faire une natte qui se perdait dans le col de sa chemise. Morgan rencontra le regard de Zander, hocha la tête et détourna les yeux.

— Ils veulent tous ressembler à mon écuyer. Ils veulent tous être mon écuyer. Je me demande bien pourquoi. Je dois être un maître largement convoité.

Morgan pouffa de rire avec Martin, qui posa un genou à terre à leurs côtés. Il avait déjà déroulé un parchemin, l'avait étalé sur sa cuisse, et tenait sa plume d'un air très sérieux. Ce garçon s'était métamorphosé depuis le concours de lancer de fronde à la foire, remarqua Morgan en l'observant.

— Vous voulez envoyer un message, seigneur Zander ?

— Un message pour Platon. Dis-lui qu'il est temps. Dis-lui que je veux qu'il soit dans deux jours à la cathédrale Saint Machar et il doit se munir de tout ce que je lui ai dit. C'est noté ?

— Oui.

Le garçon se concentrait sur sa tâche, comme en témoignait sa langue, qui pointait d'un côté de sa bouche. Morgan l'observait. Il était non seulement très doué à la fronde, mais semblait aussi être un excellent scribe. Elle fut surprise de constater que Zander l'avait remarqué lui aussi, et s'était arrangé pour qu'il occupe cette fonction. Puis elle se demanda ce que cela avait de si étonnant. Il semblait toujours avoir un coup d'avance.

—Tu as de la cire pour le sceau ? s'enquit Zander.

Martin hocha la tête, se leva et sortit de la tente. Morgan l'observa.

De la cire ? se demanda-t-elle.

Il fut de retour un instant plus tard, une tache de la taille d'un pouce au bas du message. Zander appliqua sur la cire la broche en forme de dragon qui ornait son tartan. Morgan regarda attentivement comment il s'y prenait et quel aspect avait le sceau imprimé dans la cire.

—Tu croyais qu'une broche servait simplement à décorer ? la taquina Zander.

—Je n'imaginais pas que ça pouvait servir à ça. C'est génial ! C'est peut-être pour cette raison que seuls les nobles ont besoin d'un truc pareil.

Il fronça les sourcils et souleva l'insigne en forme de dragon pour l'observer.

—Passe-moi la lame du dragon, demanda-t-il.

Martin ne put réprimer un murmure d'admiration lorsqu'elle la sortit et la remit à Zander. Elle avait elle-même oublié à quel point la dague était impressionnante. Zander la brandit vers la lumière, s'attarda sur sa broche et regarda de nouveau l'arme. Puis il reporta son attention sur Martin.

—Tu peux concevoir un nouveau blason, Martin ?

—En dessiner un ? s'étrangla le garçon.

—Oui, continua Zander. Pas avec un seul dragon, mais deux. Emmêlés, comme sur la garde de cette lame. Là, tu vois la façon dont les deux queues se croisent jusqu'à n'en former qu'une seule ? Tu vois ?

Le garçon opina du chef.

— Tu peux mettre ça sur papier ? Tu peux me fabriquer un nouveau sceau ?

— Mais tu en as déjà un, fit remarquer Morgan.

Il regarda vers elle par-delà la lame et le dos de Morgan se raidit instantanément. Elle comprit alors à quoi il faisait allusion à Aberdeen un peu plus tôt. C'était dur et rapide. C'était fort et viril. C'était frais et pur. Elle entendit le sang battre à ses tempes. Il lui tendit la lame du dragon et elle la saisit.

— En effet, répliqua-t-il, puis il se tourna vers Martin. Alors ? J'aimerais voir le résultat demain matin. Tu peux prendre congé, maintenant. Tu dois te consacrer à cette création. Je dois aller mettre la main aux derniers préparatifs. Mon écuyer doit se reposer. Il a besoin de repos. Il n'a pas droit à l'erreur ce soir, il est donc essentiel qu'il ait bien dormi. Tu peux faire ça, Morgan ou auras-tu besoin que je reste à côté de toi pour m'en assurer ?

Elle plissa les yeux en le regardant.

— J'ai pas besoin de me reposer. Je viserai aussi bien que d'habitude.

Zander sourit et se leva.

— Viens, Martin. Ce que veut dire mon écuyer, c'est qu'il ne peut pas se reposer si on s'assied sur l'endroit où il dort par terre. Ce n'est pas ça, Morgan, mon garçon ?

— Zander, commença-t-elle d'un ton menaçant.

— Eagan est devant la porte, Morgan. Il fera en sorte que tu ne sois pas dérangée jusqu'à l'heure de ta démonstration. Essaie de dormir. Tu vas en avoir besoin. Ta performance de ce soir requiert toute ton énergie. Je te le garantis.

Il lui adressa un clin d'œil en sortant de la tente, remettant l'auvent en place. Même s'il ne pouvait pas le voir, Morgan planta la lame du dragon dans le poteau qu'il venait juste de dépasser.

Chapitre 26

Debout sur un immense treillage, Morgan attendait. Elle portait un autre *feile-breacan*. La laine filée aux couleurs des FitzHugh était épaisse et d'une douceur incomparable. Elle était tissée de fils d'argent que la lumière faisait miroiter lorsqu'elle se déplaçait. L'ensemble tenait plus chaud au corps. Presque assez pour faire cesser ses tremblements.

Elle portait une tunique du lin le plus fin et une chemise – un chef-d'œuvre de broderie – dont l'étoffe était tissée de fils d'argent sur les manches courtes bouffantes et dans le dos, où étaient brodés des dragons. Elle portait ses bracelets d'argent aux poignets, sa ceinture richement ouvragée sur les hanches et des rubans argentés étaient tressés à même sa natte. La richesse de sa tenue l'étonnait toujours autant que lorsqu'elle l'avait revêtue pour la première fois.

Son arc était à côté d'elle, lui aussi, paré d'ornements argentés. Elle était l'écuyer d'un FitzHugh et le clan était très fier de lui, ainsi qu'en témoignait sa tenue d'apparat, jusqu'à ses nouvelles bottes de cuir épais et les chaussettes bleu marine qui couvraient ses jambes. Elle avait presque pleuré lorsqu'elle avait enfilé ses vêtements avec l'aide de Zander et, pour une fois, il avait réussi à garder son sérieux en disposant chaque pièce de vêtement avec révérence sur son corps. Ses yeux n'avaient pas quitté les siens.

Elle songea que cette tenue lui allait bien. Elle était la catin d'un seigneur FitzHugh, elle portait un bâtard FitzHugh et elle apportait la gloire au clan FitzHugh au-delà de toutes leurs attentes. Elle pouvait bien être vêtue des pieds à la tête avec leurs couleurs et leur richesse.

Pour une KilCreggar désireuse de se venger, elle incarnait le plus abject de tous les échecs.

Trente-neuf poignards étaient disposés en rang sur le bord de son cône encerclé de tourbe. Ils avaient attaché une ficelle à la garde de chacun des poignards pour les fixer au-dessus de l'estrade. Les ficelles formaient des boucles qui pendaient. Chacune avait été imbibée de résine jusqu'à les noircir et faire régner une odeur nauséabonde sur scène. Elle s'émerveillait encore de l'optimisme de Zander concernant cet aspect de son plan.

Ils avaient positionné un membre du clan FitzHugh auprès de chacun des quarante arbres sur lesquels une cible avait été placée, un seau de mousse posé à son côté. Il était difficile de distinguer les cibles, même pour ceux qui savaient où elles étaient. Zander les avait désignées du doigt. Il lui avait aussi montré les morceaux d'argent qui avaient été fondus, placés et martelés au milieu de chaque cible pour les rendre plus aisément repérables quand les membres du clan les déplaçaient, les faisant scintiller.

Il ne restait plus qu'à allumer des feux de joie autour de la scène. Il y avait également un promontoire. Dans la plus grande clairière, en face du bourg d'Aberdeen, avec une vue dégagée sur les montagnes, se trouvait l'estrade sur laquelle Robert Bruce allait attendre. C'était celle qu'elle devait atteindre avec chacun de ses poignards.

— Vous êtes prêts, les gars ?

Eagan murmurait bien trop fort, mais Zander avait besoin d'un homme capable de tenir une torche assez haut pour qu'il puisse l'atteindre, tremper chaque flèche et la lui remettre. Morgan aperçut Zander à califourchon sur deux poutres croisées, assurant sa position acrobatique avec ses genoux. Il lui sembla incroyable qu'il s'inflige une telle corvée. Il allait se laisser pendre, attraper une flèche, pour remonter ensuite son corps et la lui tendre. Puis il devrait recommencer. Quarante fois d'affilée.

Ensuite, il devait allumer les ficelles. Cela paraissait impossible. Elle sourit. Et dire qu'elle croyait qu'il avait besoin d'une leçon d'équilibre.

Elle regarda autour d'elle. Des hommes allumaient les brasiers. Elle n'avait plus qu'à attendre que les cornemuses entonnent leur plainte. Elle distinguait toujours la foule de visages qui peuplaient la clairière et les collines au-delà.

Les cornemuses retentirent.

— Maintenant, Eagan !

Tout se déroula comme prévu. Morgan s'avança sur la plate-forme, mise en valeur par les feux, et un silence s'abattit sur la foule à son apparition. Puis elle eut une flèche entre les mains. Elle se campa sur ses deux pieds, visa l'éclair lumineux dans les arbres et décocha un trait lumineux, formant un arc pour le rejoindre. À l'instant où elle l'entendit trouer le bois, elle sentit une nouvelle flèche dans sa main. Elle visa et atteignit la cible suivante. Une autre flèche, une autre cible. À la quatrième, des vivats s'élevèrent de la foule. À la dixième, ils devinrent assourdissants, mais elle n'entendait plus que les battements de son cœur.

Lorsque le cercle autour d'elle fut bordé de feu à la cime des arbres, elle se mit à lancer ses poignards. Zander voulait que le feu gagne la scène avant les arbres dans lesquels se trouvaient les FitzHugh avec chaque cible et leurs provisions de mousse détrempée.

Morgan souleva la lame qui se trouvait le plus à gauche et la planta près du talon du roi Bruce. Ensuite, elle entreprit de planter méthodiquement les autres en formant un cercle derrière lui. À cet instant, Zander se trouvait à son côté, à genoux pour ne pas être trop vu, soufflant, sifflant et suant. Il allumait la ficelle enduite de résine avec la torche, qu'il rendait ensuite à Eagan avant que quiconque ait le temps de l'apercevoir.

Morgan vit le feu se répandre sur les lignes qui avaient été parfaitement tendues pour éclairer Robert Bruce, provoquant des applaudissements si forts que la terre sembla trembler.

—Il faut y aller, Morgan. Viens.

Sa main était trempée, aussi elle se tint à son poignet et lui au sien, descendant de l'échafaudage sans encombre, puis ils furent enfin libres. Morgan n'avait pas pris la mesure de l'étrange royaume qu'elle avait participé à construire jusqu'à ce que Zander la fasse grimper dans un arbre derrière l'une des tentes et qu'elle inhale l'air frais et dépourvu de fumée.

— Par tous les saints, c'était incroyable ! s'exclama Zander d'une voix forte en la faisant tournoyer dans les airs.

Elle ne l'arrêta pas car la clameur de la foule retentissait toujours derrière eux dans la clairière entre les tentes.

— Viens, mon amour. Il ne faut pas nous attarder. Ta soirée vient à peine de commencer ! Prends ma main.

Ils ne couraient pas vraiment, mais elle eut un point de côté avant qu'il ne la fasse entrer au milieu de pierres disposées de manière étrange. Zander lâcha alors sa main et attendit. Morgan regarda autour d'elle. La brume s'infiltrait au milieu d'un petit cercle de piliers qui n'étaient pas sculptés, mais pas à l'état naturel non plus. Elle regarda de nouveau autour d'elle et distingua un rayon de lune qui perçait à travers la brume, la faisant paraître translucide, puis elle leva le regard vers lui.

— C'est quoi, cet endroit ? demanda-t-elle.

— Ça a été construit par les anciens. C'était un lieu de culte. Je trouvais que ça tombait bien.

— Pour quoi ?

Il fit un pas vers elle, faisant tourbillonner la brume autour de lui.

— Pour faire ses dévotions, répondit-il doucement.

— On ne devrait pas être ici, dit-elle en reculant d'un pas pour rester à distance respectable alors qu'il s'avançait vers elle.

—Oh que si ! Je t'ai amenée ici pour une bonne raison, Morganna.

—Zander, commença-t-elle.

Mais il ne lui laissa pas le loisir de poursuivre.

—Tu essaies toujours de m'empêcher de te faire tourner la tête avec mes paroles. Pourquoi ça ?

Il avança encore d'un pas. Elle recula en conséquence.

—Je ne vois pas de quoi tu parles.

—Tu laisses mon corps te vénérer, mais tu ne laisses pas mon cœur le faire. Je voudrais comprendre pourquoi.

Un autre pas en avant entraîna, par réaction, un autre pas en arrière.

—Zander FitzHugh, tu passes ton temps à me dire des mots d'amour. Je crois que je n'ai pas cessé de les écouter.

—J'ai bel et bien prononcé ces mots d'amour, mais tu ne les as pas écoutés.

—Mais si ! Je n'ai pas eu le choix !

Il fit un autre pas en avant et elle recula, se heurtant à un pilier dans sa retraite, ce qui l'effraya un peu.

—Alors pourquoi me crains-tu ? Pourquoi recules-tu quand j'avance à présent ? Tu sais bien que je ne te ferai aucun mal.

—Le simple fait d'être proche de toi me blesse, FitzHugh.

Il fit un dernier pas et se retrouva nez à nez avec elle. Elle ne pouvait plus reculer.

—Robert Bruce n'aura pas besoin de nous pendant l'hiver. La neige va arriver. La foule ne va pas se déplacer et braver le froid et l'humidité pour entendre ses discours. L'hiver nous appartient, Morganna, il est rien qu'à nous. Il ne sera pas question d'unification des clans, aucune présentation, aucune démonstration, plus de campement. Tu sais que je dis vrai. L'hiver est à nous, Morganna. À nous deux.

—Je ne savais rien de tout ça.

Il tendit la main vers elle, mais elle l'esquiva en se glissant sur le côté du pilier, hors de sa portée. Il était juste derrière elle, mais elle avait réussi à s'écarter suffisamment.

—Je ne sais pas pourquoi tu te bats encore ainsi. Je sais que je suis fait pour toi. Tu sais que tu es faite pour moi.

Morgan frissonna, à cause de la fraîcheur et de l'humidité ou peut-être de ses paroles. Elle aimait mieux ne pas savoir au juste ce qui la faisait trembler.

—... et pourtant, tu te bats encore, acheva Zander.

—J'ai prêté serment, FitzHugh. Je ne prends pas ces choses-là à la légère.

—Moi non plus, rétorqua-t-il en s'avançant d'un pas.

Morgan recula encore.

—Peut-être, mais tu prêtes serment un peu trop à la légère. Tu as fait le serment de changer, de me donner un enfant, de faire de moi ta femme, de m'aimer à tout jamais et d'être aimé en retour. Tu as juré de changer le monde et que l'amour arrangerait tout. Tu as juré de me débarrasser de l'horreur de mes rêves. Tu as fait des promesses à foison depuis que je suis venue à toi de mon propre chef. Laquelle d'entre elles as-tu vraiment l'intention de tenir, FitzHugh ? Laquelle ?

Il fit un pas vers elle et elle recula pour buter contre un autre pilier, ce qui la fit sursauter. Elle avait cru qu'ils se trouvaient à l'extérieur du cercle. Il raccourcit la distance entre eux, posa ses mains de part et d'autre de son torse, se pencha vers elle et appuya son front contre le sien.

— Toutes, répondit-il.

L'enfant qu'elle portait fit écho à sa réponse en s'agitant dans son sein, et ses mouvements furent si brusques que son cœur se serra. Elle en eut le souffle coupé, puis les lèvres de Zander, d'une incroyable douceur, saisirent les siennes. Pas pour demander quoi que ce soit, ni pour prendre, ni pour séduire, mais pour la révérer, tout comme il l'avait dit.

Morgan soupira, leva les mains vers son torse pour le repousser ou le retenir, elle ne le savait pas trop.

— Retire ma broche, celle avec le dragon, susurra-t-il en frôlant sa lèvre inférieure. Défais-la, Morganna. Maintenant. Enlève ma broche. Maintenant. Fais-le. Maintenant.

Ses mains s'affairaient déjà avec son attache et elle ne remarqua même pas le bâtonnet de l'épingle quand elle l'eut entre les mains.

— Maintenant, fais-le tomber. Baisse ta main et fais-le tomber.

Sa voix était grave, délicieusement troublante, et son souffle lui caressait la joue lorsqu'il fit progresser ses lèvres vers son oreille. Elle desserra les doigts et sentit plus qu'elle n'entendit la broche tomber par terre, près de son pied.

— Maintenant mes armes. Retire chacun de mes poignards et fais-les tomber, les lames vers le sol. Puis mon ceinturon. Doucement. Allez, Morganna. Maintenant.

Le lobe de son oreille était entre ses lèvres et il promenait sa langue dessus. Elle arrondit son cou pour l'abandonner à ses caresses qui la laissèrent la bouche ouverte, la respiration haletante et les mains agitées de tremblements incontrôlables. Elle sentit ses doigts défaire sa broche et retirer la lame du dragon pour les faire tomber à ses pieds, l'une après l'autre.

—Mon ceinturon, Morganna. Défais-le.

Elle était sur le point de se pencher vers sa taille lorsqu'il protesta :

—Non ! ne regarde pas. Oriente-toi à l'aide du toucher. Tu sens le fermoir métallique, n'est-ce pas ? Alors défais-le, Morganna… Défais-le maintenant.

Tout en prononçant ces mots, Zander faisait les mêmes gestes qu'elle, sans regarder. Il ne le pouvait pas. Ses lèvres descendaient le long de son cou, suçotant gentiment sa peau jusqu'à la jonction de son épaule qu'il lécha avidement, repoussant dans son mouvement les broderies de sa chemise.

—Déroule mon *feile-breacan*. Commence par l'arrière. Retire le tissu, libère-le, laisse-le tomber. Fais-le, Morganna. Maintenant.

Ses mains étaient tout aussi fascinantes que sa voix et elle pouvait sentir son propre kilt se dérouler, caressant l'arrière de ses jambes, avant de tomber à ses pieds.

—Maintenant, occupe-toi de ma chemise. Défais ma boutonnière pendant que je me charge de tes lacets argentés.

Les doigts de Morgan étaient devenus gourds et échappaient à son contrôle. Zander n'avait, quant à lui, aucun problème de ce côté-là. Il délaça ses rubans et était en train de se nouer les cheveux lorsqu'elle fit un sort à son dernier bouton.

Elle frissonna.

—Il fait froid, FitzHugh, murmura-t-elle.

—Oh non! il ne fait pas froid. Tu es avec moi et tu ne peux pas avoir froid. C'est chaud… très chaud… brûlant.

Il ouvrit grand la bouche et respira avidement contre sa gorge. Puis il recommença sur sa nuque, caressant ses épaules de son souffle au passage. Il lui communiqua enfin la chaleur de sa bouche à la base de sa gorge, sur sa peau nue, la réchauffant jusqu'au cœur.

—C'est ainsi parce que je suis avec toi, Morganna. Nous sommes ici. Nous sommes ensemble. Nous ne faisons qu'un. Pour toujours. Ça aussi, j'en fais le serment.

Avant même qu'elle puisse protester, il la fit taire en posant ses lèvres sur sa gorge, anéantissant le son à sa source.

—Morganna, mon amour, ferme les yeux et ne bouge pas.

Elle s'exécuta et s'adossa à la pierre froide derrière son dos. Elle distingua un bruit de tissu froissé, et sentit de nouveau son souffle contre son oreille.

—Ouvre doucement les yeux, Morganna, mon amour. Tout doucement.

Il avait légèrement baissé la tête. Ses yeux bleus et ses lèvres étaient dans l'ombre. Morgan observa son visage dans la pénombre. Les jeux de lumière faisaient ressortir la fossette de Zander ainsi que son torse musclé, ses bras épais et sinueux, ses épaules… ses hanches.

Morgan plissa les yeux et l'admira, encore et toujours. Zander était une créature de la lune et de la brume, mis en valeur par l'une et caressé par l'autre. Elle savait qu'il était beau, mais elle ne s'était encore jamais rendu compte à quel point. Il était la beauté incarnée. Son souffle se fit court. Zander n'eut pas à prononcer un seul mot.

—J'ai été créé pour toi, Morganna. Toi et toi seule. Vas-y. Regarde. C'est tout ce que je suis et tout ça est à toi, maintenant et à jamais… à toi.

Le cri qui s'échappa des tréfonds de son âme trahissait une indéniable blessure. Elle savait que cela n'échapperait pas à Zander, mais elle ne pouvait le retenir. Il n'émit aucun commentaire. Il s'approcha simplement, l'effleurant à peine et la caressant de son souffle ardent dans le cou, sur les tétons, jusqu'au plus profond d'elle-même.

—Zander? Il se passe quelque chose d'étrange. Je comprends pas…

Il posa un doigt sur ses lèvres et la fit taire d'autant plus facilement que ses genoux cédèrent à l'instant où sa chair entra en contact avec la sienne. Puis il s'agenouilla devant elle, souleva l'ourlet brodé de sa chemise et le porta à ses lèvres.

Morgan avait fermé les yeux pour contenir ses larmes. Elle dut respirer profondément à plusieurs reprises avant d'y parvenir. Quand elle rouvrit les yeux, il s'était relevé et lui avait remonté sa chemise dans le même mouvement, puis il la fit passer par-dessus sa tête. Elle ne s'était pas rendu compte qu'il lui avait ôté sa sous-tunique en même temps jusqu'à ce que l'air frais de la nuit vienne caresser sa peau dénudée. Dans une posture très féminine, Morgan tenta immédiatement de se couvrir de ses mains, un bras sur la poitrine et l'autre sur son bas-ventre. Zander ne fit rien pour l'en empêcher mais il la couvrit encore de son souffle ardent.

—Oh! charmante Morganna. Belle, féminine Morganna. Tends la main, mon amour. Touche-moi. Mets tes mains sur mon corps. Touche-moi, Morganna. Mets tes mains sur moi, partout sur mon corps. Touche mon ventre, mon torse, mes bras et presse ma chair entre tes doigts. Fais-le, Morganna… Maintenant.

Sa voix se fit encore plus hypnotique et il en renforça la puissance en plaçant sa bouche si près de la sienne qu'elle pouvait en sentir les vibrations dans l'espace qui séparait leurs lèvres. Elle ferma les yeux, trembla et fit ce qu'il lui demandait, retirant ses mains pour découvrir son intimité et le couvrir de ses caresses.

—Je suis le plus grand de ma famille, Morganna, dit-il, le souffle plus brûlant que jamais.

Un frisson lui parcourut tout le corps à ces mots.

—Je suis le plus fort, ajouta Zander. Je suis le plus beau. Je suis celui qui a le plus de succès avec les femmes. Je ne dis pas ces choses à la légère, ni pour me vanter. Je les dis parce que c'est la vérité.

Les mains de Morgan parcouraient chaque relief du corps musclé de Zander: les bosses, les creux, les renflements et les nœuds de son abdomen, puis son torse. Elles glissèrent le long de ses épaules, s'attardèrent ensuite sur ses bras, sentant le moindre muscle, tendon ou aspérité au creux de sa paume.

— Si je te dis ça, c'est parce que j'ai fini par comprendre pourquoi les choses étaient ainsi faites : c'est pour te mériter, pour être assez viril aux yeux d'une femme telle que toi.

De nouvelles larmes lui montèrent aux yeux et elle s'efforça de se concentrer sur son souffle, mais ce n'eut que peu d'effet car elle sentit ses larmes rouler le long de ses joues et elle ne put plus rien faire pour les retenir.

— Tu sens ce qui est unique en moi, Morganna ? Tous ces muscles et ces tendons, cette chair, ce sang, cette chaleur, cette passion, cet amour, cette douleur, cette tristesse et cette joie ? Tu sens cette vie qui coule en moi ?

Elle hocha la tête.

— C'est ce que je ressens pour toi et c'est ce que tu ressens pour moi. Je te touche et j'éprouve la même chose, Morganna. Le cœur de guerrier qui bat en toi est pareil au mien. Je ne suis pas seulement ton amant ou ton compatriote, Morganna, mais ton *alter ego*, élu par Dieu.

La jeune femme ouvrit les yeux.

Zander recula, même s'il n'avait pas pu observer sa réaction. Tout en gardant les yeux fermés, il tendit ses mains vers le ruban qui retenait sa tresse, le défit et le laissa tomber à ses pieds. Puis il entreprit de lui dénouer les cheveux. Il ne fut satisfait que quand il parvint à dénouer la tresse sur toute sa longueur et la fit cascader sur ses épaules, en séparant les mèches en y plongeant les doigts. Morgan resta interdite pendant toute l'opération en découvrant qu'il pleurait, lui aussi. Elle prit une profonde inspiration en tremblant. Pour un cœur vengeur, elle était dotée d'une incroyable réceptivité à l'amour, se lamenta-t-elle en prenant entre ses mains le visage de Zander. Il s'immobilisa à son tour, puis elle se mit à lui caresser les joues pour en chasser les larmes.

—Viens à moi, susurra-t-il.

Elle avança d'un pas et se fondit dans son étreinte.

Il n'avait pas parlé de sa force à la légère, ni de sa taille, ni de ses succès féminins. Elle sut que c'était la vérité lorsqu'il l'étendit sur la pile de vêtements qui jonchaient le sol pour s'unir à elle. Les cris de Morgan se mêlèrent aux grognements de Zander dans la brume de la nuit. Là où il l'entraîna, la chaleur et la joie régnaient en maîtres et il n'y avait de place que pour l'amour.

Chapitre 27

— *M*organ?
— Chut!

La réponse de Morgan ressemblait moins à un ordre qu'à un courant d'air lorsqu'elle dégaina sa fronde pour viser un daim. Ce coup lui vaudrait bien des louanges, car l'animal était caché derrière sa biche et un faon rôdait dans les taches de soleil derrière eux, ce qui rendait la cible quasiment inatteignable.

Seuls les bois qui dépassaient au-dessus du cou de la biche ou qui plongeaient de temps à autre vers le sol lorsqu'il se penchait pour brouter l'herbe permettaient de déceler la présence du daim. Son tir allait frôler la gorge de la biche, toucher légèrement sa toison, la caresser de l'empennage de la flèche avant d'empaler le daim exactement là où Morgan le souhaitait : dans son œil.

Elle banda son arc.

— Est-ce que tu portes mon enfant?

Nonchalamment posté derrière elle, Zander l'avait tant surprise en posant cette question que le coup de Morgan fut totalement dévié. La flèche atterrit si loin de la cible que les animaux levèrent la tête un instant, alertés par le bruit, puis se remirent à paître, pas le moins du monde effrayés.

Morgan ferma les yeux et s'efforça de reprendre son sang-froid avant de décocher un regard assassin au FitzHugh qui se tenait à ses pieds.

—Si tu peux pas rester tranquille, FitzHugh, t'auras rien à manger, répondit-elle enfin tout en cherchant son prochain projectile.

Il gloussa.

—Ils sont assez loin, ils ne peuvent rien entendre. Je ne les avais même pas vus au début. En plus, j'ai une bonne truie qui rôtit sur ma broche et pas moins de seize petites servantes qui concoctent un bon potage pour le grand Morgan et moi-même. Je ne vois aucune raison de séparer cette petite famille, pas toi ?

—C'est pas une famille, Zander. C'est un animal. Un de ceux dont on a besoin pour se nourrir, si je peux me permettre.

Elle se remit à viser en espérant qu'il ne remarque pas le léger tremblement de son arc. Elle priait pour que cela n'affecte pas la précision de son tir. Elle n'avait jamais rencontré un tel problème. Tout ça parce que Zander FitzHugh refusait de la laisser hors de sa vue et ne s'était pas séparé d'elle depuis la veille dans le temple.

—Alors… Tu portes mon enfant ?

Son murmure était doux mais Morgan n'en manqua pas moins sa cible. Cette fois-ci, la flèche trembla directement sous le museau du daim, effrayant tout le groupe, qui prit la fuite au grand galop. Morgan baissa les yeux vers l'endroit où Zander était couché, sa tête sur une bûche au sol, une jambe pliée au niveau du genou et l'autre à plat, et son attention oscillait entre un brin d'herbe entre ses doigts et elle.

—Tu as manqué ta proie? demanda-t-il doucement.

—C'est pas ce que je visais, mentit-elle.

—Vraiment?

Il pivota la tête à temps pour apercevoir le bout d'une queue blanche et un buisson en mouvement, deux signes caractéristiques de la fuite de l'animal.

—C'est noble de ta part, Morgan, fit-il remarquer.

Elle s'efforça de ricaner.

—Noble? On verra si c'est noble quand on aura faim.

—Ce cerf majestueux, en plein rut, fier de sa biche et de son petit, était une incarnation de la beauté, placé là pour le plaisir de nos yeux, qui s'émerveillent de la nature dans toute sa splendeur. Je suis content que tu l'aies laissé vivre.

Elle haussa les épaules.

—Il sera abattu par le prochain chasseur, Zander. Il est trop majestueux pour échapper à son destin. Viens. On a croisé des traces fraîches d'élan en chemin. Je veux remonter une de ces pistes.

—On a assez de gibier, Morgan.

—Il n'y a jamais assez de gibier, FitzHugh, et je sais de quoi je parle. J'ai connu la famine, tu ne sais pas ce que c'est.

Il soupira.

—En effet. J'ai été choyé et couvert de compliments dès que j'ai quitté le ventre de ma mère. Mais qu'importe! Je t'assure que nous avons assez de gibier comme ça. Inutile d'en amasser davantage.

—J'ai envie de chasser.

—Pourquoi?

Elle posa la pointe de son arc au sol et s'appuya légèrement dessus pour réfléchir à la question.

—Tu m'as déjà demandé ça, Zander, et la réponse est toujours la même. Je sais pas pourquoi je chasse, je sais seulement que j'en ai besoin. Pourquoi est-ce si important pour toi?

—Parce qu'il y a quelque chose là-dedans, Morgan. Quelque chose que tu es la seule à voir et à ressentir. Je veux comprendre de quoi il s'agit pour pouvoir te comprendre.

—Personne me comprend! s'exclama-t-elle avec toute la morgue dont elle était capable.

Puis elle se retourna pour pister l'élan qu'elle avait repéré. La main de Zander s'enroula autour de sa cheville pour la retenir.

—Je me réjouis encore que tu lui aies laissé la vie sauve, murmura-t-il.

—La vie sauve? Non, je l'ai laissé se promener jusqu'à ce qu'il rencontre le prochain chasseur qui aura plus besoin de l'abattre que moi. Je ne lui ai accordé aucune faveur.

—Tu lui as offert un nouvel après-midi de rêve pour profiter de la vie. Ça n'a pas de prix.

—Avec de pareils sentiments, je me demande comment tu as réussi à abattre la moindre proie pour te nourrir, FitzHugh…

—Je chasse quand c'est nécessaire, Morgan. Pour manger.

—J'en fais autant. Et, si tu ne me lâches pas, on risque de manquer l'élan.

413

Il poussa un profond soupir. Elle se laissa absorber par la vision de son torse puissant qui se levait et s'abaissait. Elle dut fermer les yeux un instant et se forcer à réprimer le tremblement qui l'avait assaillie à ce spectacle. Ça avait été assez terrible comme ça de rendre un culte à sa personne au milieu d'un champ avec d'étranges pierres érigées en plein milieu, entourées de brume dans la nuit noire. Dans les rayons de soleil qui baignaient la clairière au milieu de la forêt, il lui était impossible de se couvrir ou de se cacher.

—Tu aimes les mises à mort, Morgan ? Tu frissonnes à l'idée qu'un cœur cesse de battre ? La chasse te fait cet effet-là ?

Des larmes perlèrent à ses yeux mais elle se garderait bien de laisser Zander les apercevoir. Elle haussa les épaules.

—Et si c'était le cas ?

—Je ne crois pas que ça le soit. Je crois que tu perfectionnes ton talent.

—Mon talent est un don de Dieu. Pourquoi est-ce que tu le salis comme ça ?

Zander leva le regard vers elle et son autre main glissa sur son mollet, la maintenant en place.

—Je ne le salis pas, Morgan. Je le vénère. Il me laisse béat d'admiration.

—Alors pourquoi tu m'ennuies avec tes questions ? Ça te suffit pas que j'aie ce talent ?

—Je me suis mal exprimé. C'est étrange, car j'ai un don pour prendre la parole en public, Robert Bruce est à peine meilleur que moi. Ce que je veux dire, Morganna, c'est que la seule raison pour laquelle tu exerces ce talent, c'est parce que tu te sens obligée de le faire maintenant que tu l'as.

Morgan secoua la tête.

—Il va faire nuit avant qu'on soit rentrés, Zander FitzHugh, si tu continues à bavarder comme ça. Pendant ce temps-là, mon élan prend la poudre d'escampette.

—Laisse-le tranquille. J'apprécie que tu ne portes pas de pagne, Morgan. C'est très accueillant de ta part. Ton seigneur et maître te remercie pour ce présent.

Il regardait sous son kilt et, comme il tenait fermement l'une de ses jambes dans sa main, elle ne pouvait rien faire d'autre que de rester plantée là et rougir. C'était précisément ce qu'il voulait.

—Tu n'es seigneur et maître que grâce au hasard de ta naissance, Zander.

—Le hasard de ma naissance? Je suis à peu près certain que mes parents en étaient très heureux. Ce n'est pas qu'ils ne voulaient pas que je sois une fille, mais je suis plutôt joli, tu sais.

Il fit étalage de sa plastique pour elle et Morgan leva les yeux au ciel.

—Tu es un beau spécimen, FitzHugh. Tu n'as pas besoin que je chante tes louanges, tu as les chevilles assez enflées comme ça.

Il pinça les lèvres.

—Ça te prend un temps fou de l'admettre aujourd'hui.

—Tu es né garçon, Zander. Ce sont les garçons qui deviennent seigneurs et maîtres. Voilà le hasard dont je parle.

— Ce sont les femmes qui ont tout le pouvoir, en revanche.

Le son qui s'échappa de ses lèvres contenait tout son dégoût et plus encore.

— Quel pouvoir peut donc posséder une femme ?

— Le pouvoir de faire changer d'avis les hommes.

— Tu m'as montré que j'avais ce pouvoir, mais ce n'est pas dû à mon sexe, seulement à mon talent. Si on savait que je n'étais pas un homme, le roi serait totalement ridiculisé.

— Ce n'est pas ce genre de pouvoir, Morgan. Est-ce que tu vas déformer tout ce que je dis aujourd'hui ? C'est très difficile de te parler.

— Comme c'est difficile de chasser avec toi. L'élan là-bas est en train de s'échapper pendant que tu me retardes avec ton vain bavardage.

— Vain bavardage ! J'ai justement un don pour m'exprimer et elle prétend que c'est vain. Me voilà insulté. Tu pourras te vanter de m'avoir vexé.

Morgan gloussa.

— Tu es un homme très attirant, Zander FitzHugh, et aussi un orateur hors pair. Maintenant, si tu pouvais me lâcher, je pourrais mettre à profit mon talent à moi.

— Laisse la vie sauve à cet élan, Morgan. Il le mérite. Laisse-le vivre encore quelques heures, voire une journée entière.

— Pourquoi ?

— Si je te le dis, tu te mettras en colère. Alors je ne dirai rien.

— Zander FitzHugh ! s'exclama-t-elle haut et fort.

—Avec une réaction si fracassante, il ne va plus y avoir de gibier à des lieues à la ronde, ô grand dieu de la chasse, Morgan l'écuyer.

Sa voix posée avait toujours un timbre étonnamment sensuel et il avait remonté ses doigts à l'arrière de son genou. Morgan se fit violence pour garder sa jambe raide et ne pas la plier.

—Tu as trouvé les raisons pour lesquelles tu ne veux pas renoncer à ta partie de chasse ? demanda-t-il en roulant sa chaussette sous son genou et en faisant courir son ongle de son mollet au point le plus haut qu'il pouvait atteindre de sa cuisse.

—Ma partie de chasse ?

—Tu crânes avec ton talent. On n'a pas besoin de cette viande, même si je ne me moque pas de ce que tu fais, car toute viande que tu rapporteras fera bon usage. Mais, si tu chasses, c'est simplement parce que tu te sens obligée d'exercer ton talent.

—Encore des raccourcis. Ce n'est pas aussi… simple.

Ce dernier mot ne fut qu'un murmure et c'était sa faute.

Les yeux bleu nuit de Zander envoyaient des étincelles droit dans son cœur et il ne s'en rendait même pas compte. En revanche, le bébé le sentit sans doute car il bougea un peu plus cette fois-ci, et Morgan ne sut comment le cacher. Elle allait porter et donner naissance à un enfant très actif. Cela ne faisait aucun doute.

Zander observait Morgan sans ciller. Elle s'efforça de respirer aussi régulièrement que possible.

—Ce n'est pas simple, Morgan, et pourtant ça l'est en même temps. Tu es très douée pour le tir et la chasse. Tu chasses à cause de ce don. Si ça se trouve, tu n'aimes même pas ça, mais tu le fais parce que tu sais à quel point cette faculté est précieuse.

—Tu gâches ma partie de chasse et tu dis des bêtises. Tu es un compagnon de chasse bien étrange, Zander FitzHugh, répliqua-t-elle, surprise de ne pas avoir perdu l'usage de la parole.

Il sourit et son sang se mit à tambouriner à ses tempes à ce spectacle. Le bébé, quant à lui, se remit à faire de la gymnastique dans son ventre. Morgan en fut soufflée et supplia l'enfant de cesser de bouger. Elle baissa quasiment le regard vers lui, puisqu'un léger renflement de son kilt la trahissait et était dans la ligne de mire du magnifique FitzHugh à ses pieds. Si elle faisait une chose pareille, il découvrirait certainement le pot aux roses.

Elle ignorait quelle serait sa réaction.

—Dieu aurait pu confier ce don à des centaines, des milliers de personnes, mais il ne l'a pas fait. Et, puisqu'il t'a confié ce talent, tu dois l'utiliser. Sinon, ce sera du gâchis. Alors je pense que tu chasses simplement parce que c'est à toi qu'on a confié ce don.

—Et donc ça veut dire que tu parles parce que tu le peux. Peu importe que tes paroles aient un sens ou veuillent dire quoi que ce soit. Tu remplis tes journées avec des paroles parce que tu le peux.

—Je vais vraiment finir par me vexer, Morgan…

Elle gloussa.

—Il pourrait y avoir une autre raison à ton besoin de chasser, Morgan. Tu y as pensé?

—J'essaie de ne pas trop réfléchir. Mon seigneur et maître s'en charge déjà beaucoup pour moi, répliqua-t-elle en souriant.

—Tu apprends à me taquiner, Morganna. Je suis fier de toi, déclara-t-il doucement.

Elle allait devoir détourner le regard, sans quoi elle risquait de se trahir entre le bébé qui continuait ses cabrioles et l'amour et la fierté qu'elle décelait dans le regard de Zander. Elle se demanda si cette attitude en révélerait aussi beaucoup sur son état d'esprit. Elle déglutit.

—J'ai changé d'avis, Zander. Je n'ai plus envie de chasser. Tu as gagné. Ton élan va pouvoir vivre une journée de plus ou se faire abattre par un autre chasseur. Maintenant, lâche ma jambe.

—Je te taquine parce que tu en fais autant et que tu es prête à prendre la fuite. Tu es une créature bien étrange, Morganna. Je crois que c'est parce que tu perdras le contrôle si tu laisses l'humour entrer dans ta vie. Si tu es si foutrement sérieuse, c'est uniquement parce que tu ne peux pas te permettre d'avoir la moindre fissure dans ta carapace. Tu ne peux pas perdre le contrôle. Si ça arrivait, il se passerait… quoi? Ton monde serait régi par autre chose que ton serment? Quelque chose comme l'amour, peut-être?

Mal à l'aise, Morgan n'avait pas de réponse. Elle secoua la tête. Il ne connaissait pas les tenants et les aboutissants de son serment. Quand il les comprendrait, il ne lui parlerait plus d'amour, de perte de contrôle ou de quoi que ce soit d'autre, que de haine et de vengeance.

—Peut-être est-ce pour cette raison que tu chasses. Parce que ça te permet de garder ton petit monde en ordre et de le dominer plutôt que d'être dominée. Voilà peut-être pourquoi la chasse est si importante à tes yeux.

Morgan, les yeux pleins de larmes, voyait trouble. Elle ne distinguait plus que les couleurs de ses habits – le bleu et le vert –, mais aussi ses longs membres épais.

—Je te répète que l'élan aura la vie sauve, Zander. Que veux-tu de plus ? murmura-t-elle.

Morgan ne put faire autrement que de détourner le regard. Elle se concentra sur un grand arbre robuste doté d'une écorce aussi épaisse que l'esprit de Zander devait l'être. Cette idée l'aida un peu et ses larmes se tarirent.

Elle baissa le regard vers lui.

—FitzHugh, je t'ai déjà dit que j'étais incapable de porter un enfant, qu'il soit le fruit des entrailles d'un grand seigneur comme toi ou d'un simple mortel. Ce n'est pas ta faute, si tu cherches à blâmer quelqu'un, c'est moi.

—Si tu n'as pas de bébé dans le ventre, ce n'est ni ta faute ni la mienne, Morgan, mon amour. C'est la volonté de Dieu, déclara-t-il en haussant les épaules. J'espérais que tu étais enceinte à présent. C'est mon vœu le plus cher.

—Pourquoi ?

Elle aurait tout donné pour ne pas avoir posé cette question. Elle s'en rendit compte lorsqu'il braqua sur elle toute l'intensité de son regard bleu nuit. Morgan écarquilla les yeux et en resta ébahie. Elle sentit la brûlure de ce regard au plus profond d'elle-même. Le bébé n'y fut pas insensible à en juger par les mouvements qu'il faisait.

— Tu te rappelles quand je te parlais du pouvoir des femmes, Morganna ?

Elle hocha la tête. Elle ne pouvait faire rien d'autre.

— C'est dans la vie qu'elle peut donner. La vie qu'elle crée pour l'homme qui partage son existence. C'est le royaume de la valeur, de la galanterie, de la chevalerie auquel les hommes aspirent, juste pour qu'ils soient dignes de les côtoyer. Et c'est cette vie qu'elle fait grandir en elle. Un homme ne peut rien faire de tout ça. C'est ça, le pouvoir des femmes. Je te le demande encore une fois, Morganna, et je te supplie de ne pas me mentir… Est-ce que tu portes mon enfant ?

Elle ne se trahit que par le plus infime des mouvements.

— Et je te demande pourquoi tu ne cesses pas de me poser cette question, répondit-elle en fin de compte, même si sa voix sonnait faux. Elle avait du mal à l'entendre par-dessus le rugissement qui avait assailli ses oreilles.

Il soupira.

— Cette saison, c'était tout simplement merveilleux ! C'était tout ce dont j'ai toujours rêvé pour l'Écosse. Robert Bruce devait rallier tous ces hommes à sa cause. La soif de liberté s'est enracinée et, à chaque mot prononcé, chaque foule conquise, il a apporté tout son soutien et ses encouragements. Cela dit, cette marche forcée ne peut plus durer. L'hiver ne va pas tarder à arriver. On peut déjà sentir la neige. Il faisait froid dans le cercle hier soir, non ?

— Il ne faisait pas froid, murmura-t-elle.

Il sourit et exprima tout ce qu'il y avait d'aimant et de pur en lui. Le cœur de Morgan chavira, et elle fut submergée par des vagues d'émotions dont l'écho se répercuta jusque dans ses entrailles. Son bébé avait cessé de bouger.

— Cette saison aura une fin et tout le monde devra continuer à vivre. Tout le monde. Toi y compris.

Il n'y aurait rien d'autre pour elle que la mort de Phineas, puis la sienne, c'est du moins ce qu'elle espérait. Elle suspectait qu'il y aurait pire que la mort. Elle allait perdre Zander pour toujours. À jamais. La mort serait sans doute plus douce en comparaison.

Le bébé bougea si violemment en son sein qu'elle en eut le souffle coupé. Comment pouvait-elle se condamner à mort alors qu'elle portait la vie en elle ? À cette idée, elle ouvrit des yeux ronds comme des soucoupes. Zander avait-il deviné son plan ? Avait-il fait exprès de lui donner cet enfant ?

— … et il faut penser à l'avenir. Cet enfant que tu portes, Morganna, il nous relie toi et moi. Il est autant à toi qu'à moi, tu le sais. Tu t'en rends compte ?

Elle s'efforça de l'écouter et ne saisit que la fin de son discours. Son cœur se brisa.

— Zander, j'en ai assez de…

Elle avait retrouvé sa voix mais, avant qu'elle ne puisse reprendre son argumentaire, il l'interrompit.

— Je n'aurai pas de bâtard, Morganna. Je te l'ai dit dans ce qui semble être une autre vie, quand on s'est rencontrés. Tu portes mon enfant et je ne le laisserai pas venir au monde sans un père, j'en fais le serment.

—Je ne suis pas enceinte! cria Morgan. Maintenant cesse de parler de ça!

Le silence se fit entre eux. Morgan le regarda et attendit. Il tordit ses lèvres et fit un demi-sourire, haussa ses sourcils et lui décocha un clin d'œil. Le résultat fut pire que s'il lui avait déversé un seau d'eau froide sur la tête. Elle se demanda s'il savait.

—Si tu ne portes pas mon enfant, alors cette conversation est un peu prématurée. Mais je vais faire en sorte qu'elle devienne nécessaire.

—S'il te plaît… ne me touche plus jamais.

—Oh, Morganna, mon amour! c'est la chose la plus excitante que tu m'aies jamais dite.

—Même si j'étais enceinte, Zander, ça ne changerait rien. J'ai prêté serment et j'irai jusqu'au bout, tu le sais aussi bien que moi. Tu étais au courant et tu as quand même mis ta semence en moi. Je ne te pardonnerai jamais ça.

—Je devais le faire. Ta promesse entraînera ta mort.

—Ça a toujours été prévu.

—Je ne permettrai pas à la mort de t'approcher, Morganna. Tu n'as donc rien compris? Tu es le réceptacle de mon amour, tu portes mon avenir. Je ne permettrai plus jamais que la mort ne t'approche. Jamais. C'est un autre de mes serments.

—Zander… pitié!

Elle le suppliait. Elle espérait simplement le faire changer d'avis. Ses mots la blessaient comme autant de lames.

—Tu portes mon enfant, Morganna, et ça te rend encore plus belle que jamais. C'est comme ça que j'ai compris. Tu prétends le contraire, mais je sais déjà. Je *sais*, Morganna, et il est maintenant dans l'ordre des choses qu'on se marie. Je t'aurais déjà épousée mille fois avant ça, mais je devais avoir les moyens de te forcer la main. Tu vas m'épouser, Morganna. Tu n'auras pas le choix. Je ne peux pas prendre un tel risque.

—Tu ne comprends pas ce que ça me ferait, FitzHugh?

—Au contraire, j'ai peur.

—Est-ce que tu veux me condamner à disparaître et à devenir l'ombre de moi-même en me privant de toute fierté? C'est ça que tu veux, FitzHugh? Me dépouiller de toute fierté? Je ne t'épouserai pas. Je ne donnerai pas naissance à ton enfant. Je ne ferai rien d'autre que ce que j'ai juré de faire il y a huit ans. J'obtiendrai justice pour mon clan et je ne te permettrai pas de m'en empêcher. Je ne peux pas.

Il remit sa chaussette en place sur sa jambe et se mit en position accroupie avant de se redresser lentement. Enfin, il tendit la main pour lui soulever le menton et lui tourner la tête pour la regarder droit dans les yeux, mais elle se détourna.

—Il me semble que c'était une mauvaise journée pour la chasse, dit-il pour finir.

—Tu crois mettre fin à ça en ignorant le problème. Ça n'arrivera pas, Zander FitzHugh. Tu dis qu'il y a en moi bien trop de gravité, et c'est vrai. Je n'ai jamais vraiment cessé d'être préoccupée par ça: l'homme qui a détruit ma famille est toujours de ce monde. Il parle encore, mange, profite de cette vie dont tu m'as rebattu les oreilles. Je ne le permettrai pas. Je ne connaîtrai pas de répit tant qu'il n'aura pas rendu son dernier souffle. Je ne peux pas t'épouser, toi ou qui que ce soit d'autre, avant d'avoir tenu parole. Je ne peux pas. Tu comprends ?

— Oui, Morgan. Pardonne-moi.

— Tu vas cesser de vouloir me forcer la main ?

— Je t'ai assez forcé la main pour aujourd'hui, je crois. Je vais réfléchir à la façon de mener ma prochaine attaque contre tes défenses, même si je n'ai encore aucune idée de la stratégie à adopter. Les mots d'amour ne t'affectent pas. Tu ne veux parler ni d'avenir ni d'enfant. Tu te hérisses de colère à l'idée de partager avec moi un foyer confortable. Il va falloir que je trouve autre chose pour te faire changer d'avis.

Les yeux de Morgan s'emplirent de larmes. Elle déglutit, renifla et se redressa avec raideur, mais rien n'y fit. Elle se sentit humiliée à l'idée qu'il puisse être témoin d'un tel spectacle.

— Tout va bien, mon amour. Pardonne-moi mes paroles un peu abruptes. Mes désirs me font perdre la tête. Viens. Notre dîner nous attend et la nuit sera longue.

— Zander FitzHugh !

Elle ne trouva rien d'autre à dire en réaction à ses deux mains sur ses fesses pour la soulever contre lui.

— Tu ne portes pas de pagne, tu parades au-dessus de moi, tu mets tes charmes à ma portée et maintenant tu dis non ? Tu es une tentatrice, Morganna. Je suis surpris de ne pas avoir remarqué ça plus tôt.

— Et tu es insatiable, seigneur Zander.

Il sourit et utilisa ses pouces pour essuyer les larmes de son visage.

—Si tu as des réclamations, parle haut et fort.

—Que se passerait-il si je le faisais? demanda-t-elle entre un sanglot et un éclat de rire.

Il pencha la tête sur le côté et la regarda jusqu'à ce qu'elle lève les yeux vers lui.

—Je crois que je prendrai en considération tes réclamations. Et j'essaierai de m'y conformer. Qu'est-ce que tu en dis?

Rien. C'était la seule réponse qu'elle avait. Elle se garda de le dire à haute voix.

Chapitre 28

C' est pour elle qu'ils arrivèrent juste avant minuit sans crier gare. Morgan ne dormait pas, principalement parce que Zander n'était pas encore revenu, mais FitzHugh après FitzHugh, ils entrèrent dans la tente. Elle se leva et se frotta les yeux, essayant de ne pas avoir l'air aussi terrifiée qu'elle l'était. Ils étaient cinq en tout, Zander fermait la marche. Elle ne reconnut que Platon.

—Morganna ? demanda Zander en utilisant son vrai nom.

Elle écarquilla les yeux.

—Zander, qu'as-tu fait ? murmura-t-elle.

—J'ai fait venir mes frères. Ils veulent rencontrer Morgan, le champion de tir, l'écuyer qui a valu tant de gloire et de reconnaissance à notre clan. Ou plutôt Morganna, la femme que j'aime.

Les yeux de Morgan s'agrandirent. Elle retint son souffle.

—Voici Ari FitzHugh, le cadet. Ari, voici la jeune Morganna.

Il était de la même taille que Morgan et ressemblait un peu à Platon, mais avec les yeux bleu clair et la silhouette svelte de Phineas — autant de signes qui pouvaient faire douter de sa filiation avec Zander. L'homme s'agenouilla devant elle. Morgan le regarda s'exécuter et recula.

—Le suivant, c'est César. César FitzHugh, voici la belle Morganna.

Le FitzHugh suivant lui arrivait à la hauteur des sourcils et était aussi blond que Zander l'avait dit. Il avait la même carrure que le frêle Ari. Il posa également un genou à terre devant elle. Ses yeux étaient toujours grands ouverts, mais à présent elle était bouche bée.

—Le quatrième né et le seul à porter un nom étrange, William FitzHugh. William, je te présente ma compagne, Morganna.

Ce frère-là avait des yeux bleu nuit et des cheveux châtain clair. Il avait le crâne légèrement dégarni. Il était un peu plus grand que César, mais plus petit qu'Ari. Il avait une carrure plus robuste que les frères qui l'avaient précédé dans la tente. Lui aussi mit un genou à terre à côté des autres et baissa la tête.

Morgan regarda vers Zander mais il semblait crispé et la colère se lisait sur son visage. Elle regarda de nouveau Platon, qui avait l'air confus. Zander n'avait pas menti : ses frères étaient tous petits, moins avenants et loin d'être aussi beaux que lui. Platon et Ari étaient les seuls à être aussi grands que Morgan.

—Nous nous sommes déjà rencontrés, madame, dit-il en inclinant la tête. Platon FitzHugh.

Puis Platon mit un genou à terre.

—Zander ? murmura Morgan. Que se passe-t-il ?

—J'ai dit à mes frères que tu portais mon enfant, Morganna.

Son visage était aussi tendu qu'auparavant lorsqu'il prononça ces paroles. Morgan pâlit. Puis elle dut s'appuyer au poteau de la tente pour conserver son équilibre. Elle tremblait. Elle était stupéfaite, démoralisée et totalement déconcertée. Les larmes lui montèrent aux yeux et elle les chassa d'un geste rageur avant de s'éloigner du poteau de la tente et de foudroyer Zander du regard.

— Tu as menti alors, FitzHugh, car je ne porte l'enfant de personne.

— Si, c'est la vérité, et j'ai fait venir mes frères pour assister au mariage que tu seras forcée d'accepter.

Sa bouche sembla échapper à son contrôle et ses genoux se dérobèrent sous elle.

— Zander, je…

Puis elle s'effondra mais il la rattrapa et la serra contre lui avant qu'elle ne se blesse. Son torse était massif, puissant et réconfortant. Elle se reposa contre lui, le temps d'un battement de cœur. Puis elle se mit à le frapper.

— Je ne t'épouserai pas, FitzHugh! Jamais!

Il saisit ses poings et s'efforça de la maîtriser.

— Si, Morganna, tu vas le faire, même si je dois t'y forcer. Et je vais le faire. N'en doute pas un seul instant.

— Non, murmura-t-elle.

— Je ne suis pas venu seul, comme tu le vois. Une centaine de membres de notre clan m'apporte son soutien dans cette entreprise. Tu seras ma femme. Tu n'as plus le choix.

— Mais… pourquoi?

Il avait toujours les dents serrées et un nerf palpitait sur le côté de sa mâchoire.

— Tu portes mon enfant et je t'ai déjà dit que je n'aurai pas de bâtard. Tu vas m'épouser cette nuit même.

— Non, Zander. Je ne peux pas. C'est impossible. Tu ne comprends pas ?

Si elle voulait qu'il l'écoute, elle allait devoir trouver de meilleurs arguments et agrémenter le tout de quelques larmes.

— Tu peux et tu vas m'épouser. Je te rappelle que je ne te laisse pas le choix.

— Oh, mon Dieu, Zander ! ne fais pas ça. Pitié ! Pas ça ! Tu ne comprends pas !

Morgan jeta un regard farouche aux alentours.

Les quatre autres FitzHugh étaient toujours en ligne, un genou posé à terre, et se comportaient comme s'ils n'entendaient rien. C'était horrible. Elle avait fait des cauchemars au sujet du bébé, de la taille qu'il ferait, du fait de donner naissance à un nouveau FitzHugh. Elle avait aussi été hantée par le souvenir des morts de son propre clan. Mais aucun de ses cauchemars n'avait atteint l'intensité de ce que Zander lui infligeait.

— Morganna, tu portes mon enfant, répéta-t-il doucement mais fermement.

Il avait baissé la tête et la clouait de son regard bleu nuit. Les mains qui la portaient tremblaient également.

— Pitié, pas ça ! Je t'en supplie…

Morgan sentit des larmes de rage se mêler à sa supplique. Une KilCreggar s'abaissait à supplier un FitzHugh. Elle n'aurait jamais cru pouvoir le supporter, mais épouser cet homme semblait pire encore.

Elle ne pouvait pas faire une chose pareille. Elle ne pouvait pas jurer devant Dieu qu'elle serait sienne jusqu'à la fin de ses jours ! Non, c'était impossible ! Elle ne pouvait pas prendre son nom. Elle ne pouvait pas jurer allégeance à un clan dirigé par Phineas FitzHugh. Elle ne pourrait supporter de trahir ses ancêtres.

— Tu portes mon enfant, répéta-t-il sur le même ton calme, posé et dénué d'émotion qu'il avait employé jusque-là.

— Très bien, Zander. Oui ! s'exclama-t-elle dans un souffle, même si elle avait envie de hurler. Je porte ton enfant ! C'est ce que tu voulais, ce que tu avais prévu. Tu as tout fait pour. Tu m'as convaincue que c'était de l'amour, alors que ça n'avait rien à voir avec ça. Tu m'as tendu un piège. Je ne t'épouserai pas. Je ne jurerai pas fidélité à un FitzHugh. Je ne peux pas faire ça. Je ne peux rien faire contre cet enfant que tu m'as donné, mais je n'en veux pas et je ne l'accepte pas. Je déciderai de ce que j'en ferai quand il sera né, mais je ne t'épouserai pas, FitzHugh ! Je ne peux pas !

Zander demeurait parfaitement immobile, même si elle pouvait deviner sa respiration saccadée et entendre le petit râle de douleur qui accompagnait chaque inspiration. Sa pâleur se devinait sous son teint hâlé et sa mâchoire semblait plus crispée que jamais. Ses yeux bleu nuit avaient une expression glaçante et leur couleur évoquait un lac en plein hiver. Elle ne pouvait plus soutenir son regard. Cette situation la tuait. L'enfant ne réagissait pas bien non plus, il s'agitait de nouveau dans son ventre.

— Eh bien, mes frères, vous avez entendu ? Elle porte mon enfant. Elle va donc m'épouser, de gré ou de force. Maintenant, dois-je te contraindre à le faire, Morganna, ou vas-tu t'accrocher à moi sans que j'aie à intervenir ?

— Tu ne comprends pas, Zander ! Je ne peux pas t'épouser. Même si je le voulais, je ne pourrais pas ! Tu ne comprends rien !

Les larmes ruisselaient à présent sur son visage, mais elle n'y prêtait aucune attention.

Il poussa un profond soupir.

— Si tu ne montes pas sur ce cheval pour me suivre et te rendre à la cathédrale, Morganna, tu seras ligotée, bâillonnée, et je t'y porterai moi-même. À toi de choisir.

— Si tu me forces, FitzHugh, je te haïrai. Je ne te le pardonnerai jamais, tiens-le-toi pour dit.

Rien. Ses mots le laissèrent sans réaction. Morgan baissa le regard. Elle observa les quatre FitzHugh agenouillés, puis la porte. Si Zander relâchait sa prise, elle partirait en courant.

— Tu ne m'as pas entendue, mon amour ? murmura Zander. Il y a une centaine de gars du clan devant cette tente. Tu n'iras pas bien loin. Maintenant, fais ton choix.

Morgan ferma les yeux, essayant de mettre à distance toutes les émotions qui pourraient la blesser, et les rouvrit. Toutes ces semaines d'amour, ces paroles de dévotion et ces serments qu'il avait prêtés pour en arriver là ? Il avait agi ainsi dans le seul dessein de la forcer à l'épouser quand tout ce qu'il y avait de KilCreggar en elle préférerait mourir.

Elle dégagea sa main de sa poigne et tenta d'attraper la lame du dragon.

Zander fut plus rapide. Il la serra contre son torse et la lui arracha des mains, puis s'empara des poignards cachés dans son dos. Ensuite, il demanda à Platon d'ôter ceux qu'elle gardait dans ses chaussettes. Morgan eut beau se débattre, rien n'y fit. Elle dut se rendre à l'évidence. Ils avaient pris ses treize armes et il ne lui restait plus que les bras de Zander qui l'enserraient comme un étau. Elle devait cesser de lutter.

—Ari, va chercher les cordes, ordonna Zander.

—Attends!

Morgan arrêta tout le monde. Elle savait parfaitement qu'elle était vaincue. Ils le savaient tous. Continuer à se battre ne lui vaudrait que d'être ficelée et jetée comme une proie aux pieds du prêtre. La seule chose qui changerait serait que toute l'assemblée serait au courant. Les FitzHugh ne renonceraient pas à leur projet. Il ne fallait pas oublier qu'elle portait un enfant et que les femmes avaient toujours été forcées. Elles le seraient toujours.

Elle baissa la tête.

—Je t'épouserai, Zander FitzHugh, murmura-t-elle.

Puis elle se mit à sangloter pour de bon.

Morgan pleura à chaudes larmes quand on lui mit une cape sur le dos, qu'on la couvrit des pieds à la tête. Elle pleura quand on la mit sur le dos d'un cheval, puis retourna dans les bras de Zander. Elle pleura à chaque pas que fit sa monture et elle sentit que chaque larme était de sang. Elle pleura quand ils arrivèrent à la cathédrale. Elle pleura quand ils entrèrent, non pas seulement le groupe de six personnes qu'ils formaient mais tout le cortège constitué par le clan FitzHugh qui les accompagnait. Elle pleura quand Zander la porta dans une petite pièce juste assez grande pour eux deux, lui retira ses vêtements et lui montra la magnifique robe qu'il avait choisie pour elle.

Elle pleura plus encore quand elle la revêtit.

Morgan retira un à un les vêtements de sa tenue d'écuyer. Puis elle dénoua les bandelettes qui serraient sa poitrine et considéra le morceau de tartan effiloché qui ne l'avait jamais quittée. Elle fronça les yeux en le serrant de toutes ses forces dans son poing. Elle ne méritait plus de le porter. Elle ne méritait certainement plus d'en posséder un morceau. Elle rouvrit les yeux, essuya ses larmes d'un geste rageur et posa sur le banc le morceau de tissu aux couleurs des KilCreggar. Il était hors de question qu'elle permette à sa relique d'approcher les couleurs des FitzHugh… pas maintenant. Elle ne le reprendrait que lorsque Zander lui tournerait le dos et la laisserait rejoindre les siens.

Morgan soupira, essuya encore ses larmes et laissa derrière elle la dernière preuve de l'existence de son clan. Elle enfila presque brutalement la robe des FitzHugh. La tenue comportait une chemise, surmontée d'une sorte de fourreau de lin, et une robe de lin écrue à col carré et à manches longues couvertes de dentelles venait compléter la tenue.

Ne disposant pas de voile, Morgan dénoua sa natte et elle peigna ses cheveux avec ses doigts jusqu'à obtenir l'effet escompté.

Il y avait un miroir poli au mur, mais elle ne prit même pas la peine d'y vérifier son reflet. Les larmes lui brouillaient la vue.

Un léger bruit en provenance de l'autel se fit entendre lorsqu'elle sortit. Elle remarqua que Platon avait été désigné pour l'escorter. Morgan leva les yeux de la travée centrale dans la cathédrale et aperçut l'autel. Elle vit l'énorme mitre pointue de l'évêque qui devait les marier et se rendit compte que l'église était pleine à craquer de membres du clan FitzHugh, puis elle avança.

En s'approchant, elle vit une chorale de jeunes garçons, dont les voix mélodieuses se mêlaient en un chant divin et solennel. *Étrange, vu le sacrilège qu'ils s'apprêtent à commettre en me mariant de force*, se dit-elle. Plus elle avançait vers l'autel, plus son pas s'alourdit.

Puis Zander fit un pas en avant et le temps se figea l'espace de quelques instants. Zander FitzHugh était vêtu de pied en cap d'un *feile-breacan* aux couleurs des KilCreggar, ce camaïeu de gris et de noir qu'elle chérissait tant.

Morgan manqua un pas et, le souffle coupé, elle se sentit submergée par une vague de dégoût et de haine. Puis elle perçut la voix lointaine de Zander ordonnant à Platon de la rattraper lorsqu'elle vacilla. Ensuite, elle n'entendit plus rien.

Lorsqu'elle rouvrit les yeux, elle se retrouva allongée sur les genoux de Platon, au pied de l'autel. La cathédrale résonnait d'un vacarme indescriptible. Zander mit à profit ses talents d'orateur.

— Écoutez-moi, vous dis-je ! C'est un ordre !
Écoutez-moi ! Taisez-vous et écoutez-moi ! Je vais
épouser la dernière KilCreggar d'Écosse, cette fille-là,
Morganna, et je ne permettrai pas que cette union
déclenche une guerre des clans. Que chacun d'entre
vous écoute avec attention l'histoire qui précède cette
union. Ewan FitzHugh va la raconter. Ewan !

— Ewan FitzHugh est sourd et muet ! objecta
quelqu'un sur un ton amusé.

— Non ! cria Zander. Ewan n'est ni sourd ni muet,
même s'il vendrait son âme pour pouvoir l'être ! Ewan,
lève-toi ! Maintenant. Avance-toi et raconte ton histoire.

Le petit vieux qui s'avança auprès de Zander avait
l'air encore plus âgé et plus fragile au côté du plus jeune
des FitzHugh. Sa tenue aux couleurs vives s'accordait
mal aux teintes grises de celle que portait Zander.
Morganna cligna des yeux et s'assit. Platon la laissa
faire, mais il lui posa un index sur les lèvres pour lui
intimer le silence.

— Parle haut et fort, Ewan. Cette église est parfaite
pour porter le son de la voix, mais ça ne suffit pas.
Raconte-leur l'histoire à haute et intelligible voix. Il
faut qu'ils entendent ça !

Le petit vieux ouvrit la bouche et, dès qu'il prit
la parole, un silence religieux s'abattit sur la foule.
Morgan observa les hommes les uns après les autres
baisser leur poing et cesser de vilipender Zander pour
se mettre à écouter.

— Zander dit la vérité, camarades. Je ne suis ni
sourd ni muet, même si je persiste à le faire croire
depuis plus de quatorze ans. Quatorze années pendant

lesquelles j'ai vieilli tant et si bien que tout le monde a oublié que je n'avais pas plus de quarante ans.

Cet homme a quarante ans ? Morgan était sidérée. Cette révélation stupéfia l'assemblée tout entière.

—Je vais vous dire la vérité, mes amis, mon sang, ma famille. Je suis dans cet état à cause de la honte que je porte en moi, une honte sans bornes. Cette honte allait me mener droit à la tombe, jusqu'à ce que mon ami Zander vienne me parler il y a deux jours. Il m'a supplié de dévoiler la vérité et il est de mon devoir d'accomplir son souhait.

Un silence de mort succéda à la fin de sa phrase et l'assistance entière, suspendue à ses lèvres, attendit qu'il reprenne son souffle avant d'ajouter :

—Il y a quatorze ans de cela, je n'étais pas le vieillard que vous avez devant vous aujourd'hui. Non, j'étais jeune, viril, le guerrier FitzHugh par excellence. J'étais aussi le compagnon de notre seigneur Phineas. Je vous le dis pour que vous le sachiez. Certains d'entre vous s'en souviennent peut-être.

—Moi, je m'en souviens ! cria quelqu'un du fond de l'assemblée.

Ewan hocha la tête.

—C'est une qualité inestimable d'avoir bonne mémoire. Mais c'est aussi un supplice. Laissez-moi vous raconter mon histoire. Il faisait frais ce matin-là, un peu comme aujourd'hui, et Phineas nous avait demandé de l'accompagner. Il avait emmené avec lui Robert MacIlvray, Leroy FitzHugh et moi-même.

Quand il énuméra ces noms, un murmure parcourut l'assemblée, mais Morgan ne comprit pas pour quelle raison.

— Phineas voulait donner une bonne leçon à une fille. Il ne voulait pas lui faire de mal, mais simplement lui montrer à quel point elle se trompait. Quand nous sommes arrivés, il nous a dit qu'il voulait juste lui faire peur. Nous avons traversé le lac à bord d'une barque, puis nous avons accosté en silence et pénétré dans la maison.

» La vieille femme était la seule éveillée quand nous nous sommes glissés à l'intérieur, puis ils se sont jetés sur elle. Ils ne faisaient plus simplement peur. Ils violaient, ils punissaient alors que ce n'était même pas la fille à laquelle Phineas voulait donner une leçon. Je me souviens des cris. Je me souviens du sang. Je me souviens d'avoir reculé jusqu'à la porte et d'avoir vomi par terre. Phineas s'est moqué de moi. Puis il a vidé le contenu de son *sporran* sur la femme qu'ils avaient jetée sur la table et y a mis le feu. J'ose espérer qu'elle était déjà morte.

Morgan tremblait. Elle avait commencé par avoir de légers frissons, mais son corps était à présent agité de convulsions.

— Puis j'ai entendu des cris venir du fond de la maison. Le feu avait pris très rapidement. J'ignorais qu'un incendie pouvait se répandre aussi vite. Des explosions avaient propulsé des flammèches à travers les fenêtres. J'ai entendu des cris et fouillé la maison de fond en comble pour voir d'où ça venait.

Les tremblements de Morgan s'intensifièrent au point qu'elle se cogna contre l'arête du pied de l'autel. Platon la serra dans ses bras et se mit à lui caresser la main, mais ce geste ne lui procura pas le moindre réconfort.

—Là, j'ai repéré la fille que nous étions venus tourmenter. Elle était enceinte jusqu'aux yeux et elle réprimandait en hurlant un petit enfant qu'elle accusait d'être un assassin. Je me suis demandé pourquoi elle s'acharnait sur cet enfant avec autant de virulence, puis Phineas a fini par apercevoir la femme à son tour. Le cri qui sortit de sa gorge était indescriptible. J'ai deviné ce qu'il allait faire.

» J'ai prié pour que la petite se cache et, par miracle, elle l'a fait. Elle n'a pas vu ce que Phineas a fait subir à Elspeth. Quant à moi, j'étais pétrifié d'horreur quand je l'ai vu la violer et la rouer de coups, jusqu'à ce que Robert et Leroy le tirent en arrière et qu'ils se mettent à courir vers le bateau.

» J'ai failli les laisser partir sans moi car ils voulaient échapper à leur œuvre diabolique. Le seul fait d'avoir participé à cette expédition me rendait malade. Phineas nous a fait jurer le secret. Il était couvert de sang, son visage criblé d'écorchures, et il nous a fait jurer qu'on ne dirait rien de ce qu'il s'était passé. D'après lui, il ne restait plus un seul témoin. Il s'en était assuré personnellement.

» Je savais que c'était faux, car j'avais vu que la petite avait survécu, mais j'ai tenu parole. J'ai gardé le silence. Je n'ai jamais dit un mot sur les sombres événements de cette matinée, ni sur rien d'autre. J'aurai emporté ce secret dans ma tombe si les paroles de Zander ne m'avaient pas touché il y a deux jours.

Les tremblements de Morgan s'étaient vaguement calmés, mais elle convulsait toujours. Platon continuait à lui caresser les avant-bras de ses mains chaudes. Elle s'en rendait à peine compte.

— Raconte la suite, Ewan. Dis-leur toute l'histoire, commanda Zander au vieillard qui se tenait à côté de lui.

Le vieil homme inspira profondément et reprit son récit :

— Phineas a raconté à tous ceux qui le demandaient qu'une louve du clan KilCreggar l'avait eu. Il a donné cette excuse pour expliquer les griffures sur son visage et le sang qui maculait toujours son plaid alors qu'il l'avait lavé plusieurs fois. Il raconta une histoire invraisemblable, prétendant qu'il avait été encerclé et aucun d'entre nous n'osa le contredire mais, ça, vous le savez déjà.

» C'est Leroy qui a pris en premier. J'ignore si beaucoup d'entre vous s'en souviennent, mais Leroy FitzHugh en a pris pour son grade un beau matin, sa virilité tranchée net, une claymore plantée dans le cœur et enveloppé dans un plaid aux couleurs des KilCreggar. Ce n'était que le début. Les meurtres. La vague de représailles. Mais ce ne sont pas les KilCreggar qui l'ont provoquée. C'était un FitzHugh. Pis encore, c'était le nouveau chef du clan FitzHugh, Phineas FitzHugh.

Il régnait un silence de mort dans la foule. L'assemblée aurait pu être composée de statues.

— Dis-leur pourquoi maintenant, Ewan, ordonna Zander d'une voix douce, probablement à cause de la présence d'un homme en sanglots à côté de lui. Dis-leur. Vas-y.

Les tremblements de Morgan n'étaient plus que de légers frémissements. Platon la tenait toujours dans ses bras et lui caressait la main tout en lui soutenant le dos.

— Cinq ans plus tôt, alors que Phineas n'était pas encore le chef du clan, mais seulement l'héritier, il a vu une fille qui ressemblait pas mal à la fille que Zander a amenée ici ce soir pour se marier. Elle était charmante, elle était aussi grande et courageuse que lui. Il la courtisa mais elle ne voulut pas de lui. Elle repoussa les avances de ce riche héritier du clan FitzHugh pour accorder ses faveurs à un inconnu, sans terre et sans titre, répondant au nom de Richard Beams, qui en fit son épouse. Phineas a gardé cette histoire en travers de la gorge. Il a eu beau multiplier les conquêtes féminines, il était toujours obsédé par cette fille aux cheveux noirs qui avait renoncé à lui pour épouser un gars sans le sou.

Richard Beams. Morgan se souvenait de ce nom. Le mari d'Elspeth. Ses tremblements s'interrompirent, libérant son dos, cédant la place à un calme absolu. Puis Zander reprit la parole.

— Alors maintenant, vous savez, camarades. Maintenant, vous connaissez la vérité et je voudrais que vous sachiez aussi…

— Allons bon, tu mets en scène un pareil spectacle et tu n'invites même pas ton souverain et roi ? Il va falloir me dire pourquoi !

Morgan écarquilla les yeux en entendant la voix forte de Robert Bruce se répercuter contre les parois de la cathédrale depuis la porte. Puis, escorté par ses gardes, il remonta la nef à grandes enjambées.

— Votre Majesté.

Zander posa un genou à terre lorsque le roi Robert arriva à sa hauteur et qu'il posa une main sur son épaule.

— Nous nous sommes tant battus ensemble pour unifier l'Écosse et faire cesser ces querelles et à présent tu cherches à déterrer une vieille guerre de clans ? Que vais-je donc faire de toi, jeune FitzHugh ?

Zander se leva. Il était d'une telle stature qu'il donnait l'impression de surplomber une foule de nains.

— Je vous invite à rester et à assister à mon mariage, Votre Majesté.

— Et qui donc vas-tu épouser ?

Zander se tourna et tendit la main vers Morgan.

— Je vais épouser la belle Morganna KilCreggar, Votre Majesté.

Le roi la regarda et vit aussitôt la ressemblance familiale.

— Oui, reprit Zander de sa voix de stentor, pivotant sur lui-même pour s'adresser à la foule. J'épouse la sœur de mon écuyer et je veux que tout le clan FitzHugh rassemblé ici sache que mon écuyer n'est pas « sans nom et sans clan ». Son nom est Morgan KilCreggar. Il est le frère jumeau de ma future épouse. Vous avez déjà applaudi et accepté un KilCreggar parmi vous. Vous savez à présent que ce n'était que justice.

La réaction de la foule à cette nouvelle fut très vive et Zander dut lever la main pour réclamer le silence.

—Je demande ici et maintenant une faveur à mon roi. Je souhaite qu'un nom revienne sur cette terre. Je souhaite épouser une KilCreggar et voudrais être connu sous le nom de Zander KilCreggar-FitzHugh, et mon épouse sous celui de Morganna KilCreggar-FitzHugh. C'est pour cette raison que j'ai fait tisser ce tartan. Ce ne sont pas exactement les couleurs des KilCreggar, car ce n'est que justice qu'il y ait du bleu et du vert sur ce plaid. Voici les couleurs que je souhaite voir mon clan arborer, Votre Majesté. C'est le cadeau de mariage que je souhaite offrir à mon épouse.

—C'est un piètre cadeau de mariage, fit remarquer le roi.

Morgan en eut le souffle coupé et elle ne fut pas la seule.

—*Piètre ?* s'étrangla Zander.

—Oui. Quel clan pourrait-il survivre sans terre et sans titre ? À genoux, Zander KilCreggar-FitzHugh. À genoux que je puisse t'honorer du titre de comte et te doter de la moitié des biens du clan FitzHugh. C'est un bon cadeau, n'est-ce pas, Morganna ?

Robert Bruce tendit sa main vers elle et Platon l'aida à se relever et à garder l'équilibre sur ses jambes flageolantes. Quand elle arriva à leurs côtés et lui donna sa main, il s'inclina devant elle, puis la dirigea vers Zander, toujours agenouillé devant eux.

Ce dernier appliqua sa main sur son front. Il tremblait plus encore qu'elle ne l'avait fait quelques minutes auparavant et cela n'échappa à personne.

—Acceptes-tu de me prendre pour époux, Morganna KilCreggar? Resteras-tu avec moi pour m'aider à fonder et à faire croître le nouveau clan KilCreggar-FitzHugh? M'épouseras-tu maintenant, me seras-tu fidèle, jures-tu de m'aimer et de m'honorer tout comme je le fais?

Des yeux bleu nuit l'observaient et Morgan répondit du fond du cœur:

—Je ne suis pas satisfaite, mon seigneur.

—Tu n'es pas...?

Zander baissa soudain les yeux.

—Non, rétorqua-t-elle. Je n'accepterai pas ce nouveau plaid à moins qu'il ne comporte autant de bleu et de vert FitzHugh qu'il n'y a de gris et de noir KilCreggar. C'est ma condition.

Il se leva doucement et elle sut que l'agitation avait gagné la foule tout autour d'eux. Elle ne put distinguer un seul mot au milieu de ce vacarme.

Chapitre 29

— *O*h, bon Dieu! qu'est-ce que j'ai fait ?! s'exclama Zander en s'asseyant, se frappant le front d'une main.

Il fallut un peu plus de temps à Morgan pour se réveiller. Elle s'étira dans la lumière de l'aube.

— Qu'est-ce que tu as fait, mon amour? soupira-t-elle.

— Je refuse d'être un chef de clan! Je n'arrive même pas à organiser ma propre maison. Comment est-ce que je pourrais m'occuper d'un clan tout entier?

Sa remarque arracha un petit éclat de rire à Morgan.

— Pas étonnant que ma mère ait soutenu ce plan. Elle est même en ce moment chez moi pour s'efforcer de tout remettre en ordre… enfin, d'organiser un peu tout ça.

— Ne t'en fais pas, monsieur le comte, seigneur KilCreggar-FitzHugh, susurra Morgan. Je vais t'aider.

Zander regarda par-dessus son épaule.

— M'aider? Tu m'as tellement « aidé » cette nuit que je suis tout ramolli. Je n'ai même pas la force de coudre avec les femmes du clan.

Morgan gloussa. C'est elle qui avait été insatiable toute la nuit. C'était la stricte vérité. Ce qui n'était pas vrai, en revanche, c'est que Zander était tout ramolli.

—Laisse-moi voir ça, s'enquit-elle en soulevant la couverture.

Il la rabattit sur son torse pour se protéger.

—J'ai des obligations à remplir, madame. Je devrais m'occuper de mes hommes. Tu me déroberais mes dernières forces pour me détourner de mon devoir ?

—Sans hésitation.

Il sourit.

—Il va falloir que je commissionne des tisserands encore une fois. Tu te rends compte de ce que tu as fait ?

—Qu'est-ce que j'ai fait ? demanda-t-elle en aventurant une main le long de sa cuisse, puis sur son genou et sa cheville qui dépassaient du drap.

—Tu as causé la perte des *feile-breacan* que j'avais conçus et fait tisser et nous allons devoir tondre le peu qu'il reste sur le dos de nos moutons, carder et filer la laine, puis la teindre et la tisser encore une fois. Mes compagnons d'armes vont devoir marcher cul nu un bout de temps avant de pouvoir porter leurs nouvelles couleurs.

—Ils peuvent toujours continuer à porter les couleurs FitzHugh dans ce cas, suggéra-t-elle en faisant remonter son doigt. Ils n'avaient pas l'air trop inquiets hier soir.

—J'ai condamné à mort le chef du clan FitzHugh, annonça Zander solennellement. Je ne vais pas faire porter au clan les couleurs de l'homme que je dois exécuter.

—J'ai fait le serment de tuer Phineas et je le ferai, rétorqua Morgan, levant sa main de sa hanche.

—Oh non! certainement pas. Tu vas rester à la maison cet hiver. Tu vas faire grandir notre bébé et lui donner la vie. Je ne te permettrai pas de tuer qui que ce soit. Je pourrais même t'interdire de chasser. Oui, c'est si important que ça à mes yeux.

—Zander! je vis pour chasser!

—Alors il va falloir qu'on trouve des cibles qui aient l'air plus vivantes pour toi.

—Tu es en train de te transformer en tyran et nous sommes mariés depuis moins d'un jour. Ça ne me dit rien qui vaille.

—Nous sommes mariés depuis toujours, mon amour, mais seulement depuis une demi-journée dans cette vie. Je vais te faire une concession. Si un jour nous avons besoin de gibier, tu pourras m'accompagner à la chasse.

—T'accompagner? Oh! tu es insupportable, pompeux, surmusclé, orgueilleux, arrogant…

—N'oublie pas «magnifique» dans ton énumération, l'interrompit Zander.

Les lèvres de Morgan remuèrent et elle éclata de rire.

—Ah! ma femme se moque de moi, son tout nouvel époux. Je ne vais pas laisser passer ça!

Il la chatouilla, lui extirpant toutes sortes de sons incongrus, puis redevint sérieux.

—Tu as très peu ri depuis notre rencontre, Morganna, tu t'en rends compte? C'est un son très joyeux.

—Il n'y avait pas trop de quoi se réjouir, monsieur Zander KilCreggar-FitzHugh.

—Notre nouveau nom est un peu à coucher dehors, mon amour. Tu ne crois pas que ça fait trop?

Si tu préfères, je pourrais faire restaurer le nom de KilCreggar et le porter.

Elle ne riait plus. Elle avait du mal à combattre les larmes qui la menaçaient.

— Oh… Zander, bégaya-t-elle en essayant de reprendre son souffle

— Je peux aussi te faire pleurer. Je croyais que Platon était le seul capable de faire ça. Là, mon amour. Retiens tes larmes. Ils vont croire que je t'ai maltraitée plutôt que l'inverse.

Elle rit de nouveau.

— Je ne t'ai pas maltraité… toi.

— Ah bon ? s'étonna-t-il en se rallongeant et en s'étirant, faisant craquer le lit. J'ai été bien utilisé alors. Le roi ne pourra rien faire de moi jusqu'à ce soir. Peut-être même pas d'ailleurs.

— Et tes compagnons d'armes ? Je veux dire, les hommes de notre clan ? Que vas-tu pouvoir faire d'eux si leur nouveau seigneur traîne au lit toute la journée ?

Zander leva la tête et lui adressa un regard froid.

— Un homme portant le nouveau nom de KilCreggar-FitzHugh peut boire plus que n'importe quel homme. Il peut même ingurgiter un océan entier de whisky. Je crois qu'ils l'ont prouvé hier soir. Crois-moi, aucun d'entre eux ne voudra faire quoi que ce soit avant ce soir.

— Zander ?

— Oui ?

— Les hommes qui sont venus vers toi hier soir t'ont-ils prêté allégeance ? Ils vont tous nous suivre ? Qu'est-ce que le clan FitzHugh va devenir ?

— Ces hommes étaient déjà les miens, Morganna. Ils se sont battus à mes côtés et me suivent depuis que nous sommes devenus des hommes. Pas un seul ne voudrait me quitter. Si je prêtais allégeance au diable, ils me suivraient. J'aurais été profondément vexé s'ils avaient renoncé à me suivre.

— Tu as aussi des disciples, alors?

Il haussa les sourcils.

— Je suis un KilCreggar-FitzHugh, tu comprends? J'ai une grosse voix. Je fais des discours. J'ai des disciples.

— Je ne voulais pas t'insulter.

— Toi? grogna-t-il. M'insulter? Si je me souviens bien, tu as dit un jour que j'avais de toutes petites noix…

Elle gloussa encore.

— J'ai bien changé d'avis depuis, monsieur.

Zander sourit à son tour.

— Je pourrais me mettre à aimer ce petit rire, mon amour. Vraiment.

Il la maintenait en place, faisant de petits mouvements de son menton sur son omoplate. Ses mains parcouraient tout son corps. Morgan claqua la langue en l'attrapant sous le drap encore et encore.

— Mais qu'allons-nous faire de FitzHugh, Zander?

Il leva la tête et soupira.

— Tu ne connaîtras pas le repos tant que Phineas sera encore de ce monde, pas vrai? Très bien. Je porterai mes nouvelles couleurs et j'irai le combattre. Puis je reviendrai. Tu ferais bien de t'y préparer aussi. Quand je reviendrai, je n'accepterai pas que tu te contentes d'être docile. J'espère que tu m'attaqueras comme tu

449

l'as fait hier soir, mais plus longtemps. Tu peux me garantir ça à mon retour ?

— Je suis sérieuse, Zander, répliqua-t-elle.

Il soupira encore.

— Tu n'es pas exercée à l'art de la conversation badine du petit matin, Morganna, car permets-moi de te dire que tu n'as fait aucun progrès en la matière. Mon frère Ari et moi avons juré de traîner Phineas devant la justice. Je n'accepte pas la notion de justice d'Ari tant qu'elle ne correspondra pas à la mienne. Est-ce qu'on peut enfin redevenir de jeunes mariés ?

— Je veux dire… le clan FitzHugh va-t-il essayer de nous reprendre nos terres ?

— Pourquoi feraient-ils une chose pareille ? Tu parles de mes frères, Morganna. Ils se repentent autant que moi de la disparition du clan KilCreggar. Pas un seul d'entre nous n'a manqué la dernière bataille. Nous nous sommes battus. Nous avons tué. Nous avons célébré la victoire. Je n'ai pas cherché à te causer de peine, je veux seulement que tu comprennes la profonde tristesse, le remords et la culpabilité que nous ressentons. Nous ne savions pas que nous aurions dû être à genoux à supplier pour obtenir le pardon. C'est ce que nous faisons, maintenant.

Le cœur de Morgan se serra douloureusement, l'enfant bougea en son sein et son regard s'emplit de larmes. Elle cligna des yeux pour les chasser. Elle ne voulait plus passer un seul instant à regretter. Elle voulait se tourner vers l'avenir et, pour une fois, il était en vue.

—Tu es bien trop sérieux, Zander KilCreggar-FitzHugh. J'espère que tu ne vas pas continuer à parler comme ça toute la journée.

Il haussa les sourcils, puis sourit.

—Pourquoi tu poses toutes ces questions, dans ce cas ?

—Je demande juste si nous allons avoir des problèmes avec tes frères. Le roi nous a cédé la moitié des terres des FitzHugh. C'est amplement suffisant pour mettre le feu aux poudres et déclencher une guerre intestine, non ?

—Tu as besoin d'en savoir un peu plus sur l'homme que tu viens d'épouser. C'est ça. Tu ne le respectes pas vraiment. Je ne sais pas trop quoi faire pour changer tout ça. Ça, je n'en sais rien.

—Est-ce que je vais encore avoir droit à un discours sur le thème de « Je suis le plus beau, le plus grand, le plus fort, le mieux bâti, le mieux pourvu » ? le titilla Morgan.

—C'est une bonne chose que je le sois vraiment. Ton manque de respect piétinerait tout autre que moi. J'ai pitié du crétin qui essaiera de surpasser ma femme.

—Zander…, menaça-t-elle d'un ton sévère.

—Oh ! très bien, je vais répondre à ta question. Le clan FitzHugh ne s'inquiétera pas du fait que je possède ces terres. C'est moi qui les ai gagnées pour la plupart, femme. En fait, c'est mon bras armé qui nous a gagné une bonne partie de la vallée du North Pitt. Alors, en vérité, elles m'appartiennent déjà.

—Comment ça, elles t'appartiennent déjà ?

— Je ne me suis pas battu seulement par plaisir, mon amour. Je l'ai fait pour le butin. J'ai pris des terres. J'ai pris de l'or. J'ai pris des femmes.

Elle afficha une mine sévère.

— J'espère que tu racontes des histoires, Zander KilCreggar-FitzHugh.

— Le temps que tu prononces mon nom, j'ai trouvé une excuse. Oui, j'ai dit quelques mensonges, mais je n'ai pas menti sur toute la ligne. Je n'ai pas pris de femmes de force. Elles sont venues à moi de leur plein gré.

Elle assena un grand coup sur son abdomen musclé. Il se roula en boule, feignant d'avoir reçu un coup d'épée. Morgan s'assit en tailleur et l'observa.

Le roi les avait fait sortir de la cathédrale avec une célérité et une discrétion dignes des talents de metteur en scène de Zander. Ils n'avaient parcouru qu'une demi-lieue pour atteindre cette maison de pierre qui appartenait à un homme influent. Elle était bien chauffée et une myriade de joyeuses servantes se pressait de leur apporter à boire et à manger lorsqu'ils le demandaient tout en préservant leur intimité. Cette agréable retraite était encore un cadeau de Robert Bruce au nouveau seigneur du clan KilCreggar-FitzHugh. Un merveilleux cadeau.

— Ils nous laisseront vraiment en paix ?

— Ma mère est déjà chez moi. Tu n'écoutes donc pas ce que je dis ? La douairière FitzHugh règne sur la maison. Elle a déjà décrété que ce que je recevais n'était que justice. En plus, je dois t'avouer qu'une partie de mes terres appartenait autrefois aux KilCreggar.

—Oh !

—Dis pas ça comme ça. Quand je les ai reçues, j'ignorais qu'on les avait acquises à grands coups de meurtres et de trahisons. Ma mère ne rentrera pas au château des FitzHugh tant que Phineas en sera le maître. Elle tient à ce que tu le saches.

—Elle… survivrait à la mort de Phineas ?

—Phineas est certes son fils aîné, mais c'est aussi un meurtrier et un violeur. Elle s'en remet à la loi du clan. Tu as entendu Ari hier soir. Il va prendre la tête du clan à la place de Phineas, qui doit disparaître. Et te rappelles-tu ce que j'ai promis ?

—Tu as beaucoup parlé, Zander, et je ne me souviens pas de tout.

Il pencha la tête sur le côté et haussa encore les sourcils.

—Phineas est à moi, Morganna. Il n'ira nulle part, sauf en enfer quand je l'y enverrai. J'ai fait le serment d'obtenir justice pour le clan KilCreggar.

—Et le mien, de serment ?

Zander s'assit en tailleur et tendit les mains. En face de lui, Morgan mit ses mains dans les siennes et le regarda droit dans les yeux.

— Quand tu as prêté serment, Morganna KilCreggar, tu n'étais qu'une enfant. Il n'y avait plus un seul homme dans ton clan. Une grave injustice avait été commise et il n'y avait personne pour obtenir réparation. Tu as juré que justice serait faite. Tu as juré de tuer le chef du clan, n'est-ce pas ?

Elle hocha la tête.

—Maintenant, le clan KilCreggar a un chef, Morganna. Un homme qui fera en sorte d'obtenir justice. Il y a un homme qui s'est emparé de ton serment et l'a fait sien. Ton serment lui appartient dorénavant. Ta main sera la sienne. Ta cible sera la sienne. Tu comprends?

Elle plissa les yeux.

—J'essaie.

—Tu es une femme, Morganna. Une femme. Tu ne peux pas revenir sur ta naissance et moi, en tout cas, je ne voudrais pas qu'il en soit autrement. Tu portes aussi l'avenir du clan KilCreggar-FitzHugh. Tu apportes la vie à ce monde, pas la mort. L'enfant que tu portes est né de l'amour, il naîtra dans l'amour et il connaîtra l'amour. Tout ça, il l'apprendra de sa mère. Il y aura un temps où il apprendra la mort, la haine mais, à l'instant où il naîtra, mon fils connaîtra l'amour. Ce n'est pas un meurtrier qui lui transmettra l'amour, mais une femme. Sa mère. Toi.

Morgan n'y voyait plus rien, les larmes brouillaient sa vue.

—Phineas FitzHugh est à moi. J'obtiendrai justice. Une fois que le serment sera accompli, je reviendrai à cet amour que mon fils recevra. De toi. Tu comprends?

Elle hocha la tête.

—Je ne fais pas de serments à la légère non plus, Morganna, même si tu me l'as déjà reproché. J'ai toujours tenu parole, non?

Elle acquiesça derechef.

—J'ai juré de venger les KilCreggar. Je le ferai. Tu me fais confiance, n'est-ce pas?

Elle cligna des yeux, laissant quelques larmes rouler sur ses joues. Elle hocha encore la tête. Elle ne faisait pas confiance à sa voix.

—Tu ne mèneras pas une vie oisive, Morganna. Tu dois apprendre beaucoup de choses car j'ai besoin de toi pour certaines tâches, mon amour. J'ai besoin que tu apprennes à être plus joueuse. J'ai besoin que tu m'aides à organiser ma vie. J'ai besoin que tu aides Martin le scribe à dessiner notre nouvel emblème avec les dragons. Il n'arrive pas à coucher sur le papier l'idée que j'ai en tête. Je vois deux dragons… entrelacés pour toujours. Tu vois ce que je veux dire ?

Morgan hocha encore la tête.

—J'ai aussi besoin de ton aide pour concevoir le kilt dont tu as parlé à tout le monde. Est-ce que les quatre bandes de couleur doivent avoir exactement la même largeur ? Ne préfères-tu pas deux larges bandes de couleur avec de petites lignes ? Est-ce qu'il doit y avoir une couleur de fond et trois autres couleurs en bandes de la même largeur ? Tu ne sais pas à quel point tu fais régner le chaos autour de moi, hein ?

Morgan parvint simultanément à glousser, pleurer et grogner. La sensation fut aussi étrange pour elle que pour Zander.

—J'ai besoin de tout ça de ta part, Morganna, mon amour.

—Oh, Zander !

—J'ai besoin d'autre chose, Morganna.

—Quoi d'autre ?

—J'ai besoin que tu me dises que tu m'aimes. Tu ne l'as jamais fait. Je prends mon mal en patience, mais tu ne me l'as jamais dit. J'aimerais te l'entendre dire maintenant.

—Oh, Zander ! murmura-t-elle en rougissant.

Morgan n'en revenait pas. Les rayons du soleil filtraient par la fenêtre et elle était assise dans un vaste lit nuptial qui avait été le témoin d'une passion dévorante toute la nuit. Elle était nue en face de son sublime époux, lui-même dans son plus simple appareil, et elle rougissait ? Morgan déglutit.

—Je t'aime, Zander, murmura-t-elle. Je t'aime depuis… Je ne sais pas exactement quand en fait. Je crois que je t'aime depuis toujours.

Il sourit et la lumière qui se reflétait dans ses yeux avait le même éclat que le saphir que Platon lui avait offert.

—Quand est-ce que tu as commencé à m'aimer ? demanda-t-elle.

—Si j'avais eu le moindre soupçon et deviné que tu étais une fille, je dirais à l'instant où je suis sorti de l'eau et que tu m'as demandé comment tu avais pu manquer mes parties intimes. Ton visage exprimait une telle admiration, Morganna ! Je m'en suis quasiment pavané. Ou peut-être était-ce quand j'ai vu ta tête lorsque tu es tombée sur moi à la ferme des MacPhee. Ça aurait pu être à cet instant-là aussi. Mais je n'en suis pas sûr.

Elle leva les yeux au ciel et essuya ses larmes avant de le regarder de nouveau.

—Tu penses à rien d'autre, hein ?

—Si. Je pense à mon enfant. Ça me rend tout chose, juste là, dit-il en posant l'une de ses mains sur son cœur. Quand je me suis rendu compte que tu étais enceinte, je ne peux même pas te dire ce que j'ai ressenti. Je voulais danser, chanter et le crier sur tous les toits. Je suis vraiment étonné d'avoir réussi à me retenir.

—Quand est-ce que tu l'as su?

—Quand nous avons atteint Castlegate. Tu arborais une expression vraiment étrange à cet instant et, juste après, tu as posé ta main sur ton ventre. J'étais à cheval, et j'ai failli tomber à la renverse.

—Je m'en suis rendu compte au même moment.

—Comment l'as-tu deviné? Comment as-tu pu en avoir la certitude?

—Il bouge. Beaucoup.

—Notre bébé? Il bouge déjà?

—Oui, mais je crois que ça n'a rien d'anormal. Ça fait déjà près de quatre mois qu'il est dans mon ventre, Zander.

—Cette nuit dans la chambre? La nuit de Sally Bess? s'enquit-il sur un ton empreint d'une surprise non feinte.

—Je n'en suis pas sûre, Zander, mais je crois que ça remonte à cette nuit-là, répondit-elle en haussant les épaules.

—C'est tout ce que je souhaitais et ce pour quoi j'ai prié. Je ne devrais pas être surpris, mais je le suis.

—Je ne vois pas en quoi tu es surpris. Tu l'avais prévu. Tu l'as voulu. Tu ne cesses pas de me dire combien tu es viril, fort et à quel point les femmes te préfèrent à tes frères.

—À t'entendre, on dirait que je suis prétentieux.

Elle haussa les sourcils sans dire un mot. Elle le regarda rougir, ce qui lui allait à merveille. Il s'éclaircit la gorge.

— De toute façon, ça ne veut pas dire qu'on peut faire un bébé chaque fois, Morganna. C'est ce pour quoi j'ai prié et ce dont j'ai besoin, mais il n'y a aucune garantie derrière.

— C'est ce que tu avais prévu et tu as tout fait pour, Zander. N'essaie pas de me berner. Tu me l'as dit toi-même. Tu m'as même dit que c'était Ari qui t'avait indiqué comment faire. Tu savais très bien ce qu'on faisait, Zander. Tu m'as tendu un piège.

Son grognement reflétait tout le dégoût qu'il vouait à cette idée.

— Je t'ai traînée jusqu'au lit conjugal de la seule manière que j'ai pu trouver. Tu sais à quel point c'est difficile pour un FitzHugh de forcer un KilCreggar à marcher jusqu'à l'autel ? Tu crois que ça ne m'a pas coûté ?

— Tu aurais dû me dire plus tôt que tu savais qui j'étais.

Il sourit avec douceur.

— Ça, je l'ai compris quand tu m'as raconté ton histoire à Argylle. Mais je refusais de voir les choses en face.

— Mais tu as fini par me croire, non ?

— Morganna, tu portes sur toi un petit morceau de plaid. Je l'ai vu de nombreuses fois depuis notre première nuit. Je l'ai reconnu et j'ai compris. Ça m'a rendu malade, mais je savais que tu disais vrai, Morganna. Je me souviens même des griffures sur le visage de Phineas et du sang sur ses vêtements. Je savais aussi que mon clan aurait besoin de preuves. Je me suis souvenu d'Ewan. J'ai fini par dégotter la preuve qu'il me fallait. Il a fallu que je trouve le temps de faire tisser cette laine aux bonnes couleurs. Il m'a fallu du temps pour convaincre Ewan de faire ces révélations. Il a fallu que je demande à Platon de tout organiser parce que j'avais d'autres choses sur le feu, notamment aimer ma femme et concevoir un enfant. J'ai été très occupé, Morganna. Je ne suis pas resté à paresser à ton côté comme un conjoint.

— Je suis très impressionnée.

— Alors tu me pardonnes ? demanda-t-il en baissant la tête pour la regarder à travers ses cils.

— À quel sujet ?

— De t'avoir tendu un piège, de t'avoir fait un enfant, de t'avoir traînée de force jusqu'à l'autel.

— Tu implores mon pardon pour ça ?

— Oui. Maintenant, s'il te plaît.

— Je t'aime, Zander. Je t'ai tout pardonné à l'instant où j'ai vu ton plaid aux couleurs des KilCreggar. Je crois que je me suis évanouie.

— En effet, une réaction typiquement féminine ! Platon t'a rattrapée. C'était très impressionnant, ça aussi. Tu as réussi à détourner l'attention de mon clan suffisamment longtemps pour les empêcher de me trucider et de me laisser expliquer la situation. J'en suis ravi. C'est aussi une bonne chose que Platon ait eu de tels réflexes. Il a remboursé sa dette. Il peut retourner auprès de lady Gwynneth maintenant.

— Quelle dette ?

— Tu lui as rendu l'amour de sa vie pour qu'ils puissent se marier. Il t'en est éternellement reconnaissant. C'est pour ça qu'il t'a donné cette bague. Avant qu'il t'en fasse cadeau, elle n'avait jamais quitté son doigt. Je comprends. Je préférerais mourir que de te voir mariée à un autre. Il ne t'a pas fait mal en te rattrapant, dis-moi ?

— Platon m'a empêchée de me blesser.

— J'aurais préféré être à sa place.

— Tu avais un discours à prononcer. Tu t'en es très bien tiré. J'espère que tu transmettras ton don à notre enfant.

— Je préférerais qu'il ait la vue de sa mère et son incroyable maîtrise des armes. L'Écosse a besoin de gens comme ça.

— L'Écosse aura besoin des deux, Zander.

Il hocha la tête.

— C'est bien vrai. Viens par là.

Ça n'était pas une proposition, mais un ordre. Zander s'en assura en l'attrapant et la faisant pivoter jusqu'à ce qu'elle soit assise sur ses jambes, adossée à son torse.

— Pourquoi ?

— Pour que je puisse mettre mes mains à l'endroit précis où se trouve mon fils.

De ses deux mains, il encerclait la petite bosse sur le ventre de sa bien-aimée. Morganna sentit le tremblement de son souffle sur ses omoplates alors qu'il la tenait. Le bébé réagit à son tour et elle se demanda si Zander l'avait senti.

— Tu as trouvé un nom pour notre enfant, Morganna ? murmura-t-il enfin.

Elle secoua la tête.

— Il va falloir que tu y réfléchisses sérieusement. En revanche, ne laisse pas ma mère te faire changer d'avis. Elle a des idées bizarres.

Morgan s'esclaffa et l'enfant bougea.

— Tu devrais entendre le genre de noms qu'elle a mis dans la tête de la femme d'Ari pour baptiser mes neveux.

— Et si c'est une fille, Zander ?

— Les FitzHugh ne font pas de filles. Les KilCreggar-FitzHugh, peut-être. Si tu portes une fille, alors j'aurai réussi là où mes frères ont échoué. Ça a un certain mérite, Morganna. Ne laisse pas ma mère lui trouver de nom non plus dans ce cas-là. Elle a eu envie d'une Aphrotruc toute sa vie. Je ne veux pas que ma fille porte un nom imprononçable.

Morgan se mit à rire de plus belle.

— On pourrait lui trouver un nom en hommage à son père. Zandria. On pourrait aussi rendre hommage à l'un de ses oncles. Tu penses quoi de Caesara ?

Il grogna et se rallongea en l'entraînant dans sa chute jusqu'à recouvrir entièrement son corps.

— Il va lui falloir une grosse dot, alors.

Chapitre 30

Morgan et Zander purent profiter de la maison du dignitaire pendant deux merveilleux jours. C'était une expérience fantastique et l'occasion rêvée d'en apprendre plus l'un sur l'autre. Morgan déclara – en paroles et en actes – son amour à Zander, qui ne laissa pas planer l'ombre d'un doute sur ses sentiments.

Hélas, toutes les bonnes choses ont une fin, même si Zander prétendait le contraire. C'est Robert Bruce lui-même qui mit fin à leur charmante retraite. Il demanda à lord et lady KilCreggar-FitzHugh de se présenter dans la grand-salle et, entre deux gloussements et jeux de mains, ils se rendirent auprès de leur souverain.

— Je vois que la vie conjugale te sied à merveille, KilCreggar-FitzHugh ! déclara-t-il d'une voix tonitruante à travers la pièce.

— Oui, affirma Zander en s'inclinant.

— Quant à vous, madame, il me semble n'avoir jamais vu de mariée plus radieuse et comblée. Avez-vous apprécié ces quelques jours de répit ?

— Répit ? s'enquit-elle en lui faisant écho.

— Oui. Je ne peux pas vous en accorder davantage si je souhaite maintenir un semblant d'ordre dans les campements avec la tente des FitzHugh vide et aucune trace de la présence de l'écuyer. J'ai bien peur qu'il soit temps de repartir.

— Je suis prêt.

Morgan s'assura d'avoir ses poignards, la lame du dragon et toucha les bracelets d'argent à ses poignets. Zander l'avait aidée à s'habiller, elle savait donc que chaque chose était à sa place.

— Vous vous méprenez, madame.

Robert Bruce prit l'une de ses mains et s'agenouilla devant elle. Morgan écarquilla les yeux et chercha Zander du regard pour qu'il lui dise quoi faire. Il haussa un sourcil et les épaules.

Le roi se leva.

— Il est temps que Morgan l'écuyer retourne dans les brumes desquelles il est sorti. Morgan l'écuyer est une légende. Il est dans le cœur, le bras armé et l'adresse de chaque Écossais. Il y restera. Il ne peut pas survivre en tant que frère jumeau de la femme qui a épousé l'un de mes seigneurs. Vous n'aviez pas compris ?

Elle secoua la tête.

— Mon vassal, lord KilCreggar-FitzHugh, est désormais un homme riche. C'est un homme étonnant, très doué pour mener les hommes même s'il peine à l'admettre. On le remarque. Sa femme aura la même aura. Tout le monde remarquera à quel point elle est proche de Morgan l'écuyer, particulièrement si son frère légendaire se fait discret.

— Je n'aurais jamais cru… Je n'aurais pas dû… Je suis désolée, Votre Majesté.

— Ce n'est la faute de personne, Morganna. C'est simplement la vérité. L'Écosse doit unir ses forces. Nous avions besoin d'un champion capable de battre les Anglais. Nous avions besoin d'un élan pour rassembler les clans afin que je puisse leur parler. Vous avez permis tout ça. Je ne vous remercierai jamais assez pour tout ce que vous m'avez donné, même si je nourris de grands espoirs pour ces petites choses.

Il lui tendit une pochette en cuir qu'il tira de sa ceinture. Les mains de Morgan tremblaient lorsqu'elle la saisit et l'ouvrit, dévoilant ainsi une dizaine de poignards, chacun placé dans un emplacement cousu séparément avec des gardes en argent incrustées de joyaux. Ses yeux s'arrondirent d'émerveillement.

— Je ne peux accepter pareil cadeau ! affirma-t-elle d'une voix tremblante.

— Voyez à quel point ils sont équilibrés, fit-il remarquer en souriant. Lord KilCreggar-FitzHugh m'a révélé que c'était un atout crucial pour la précision du tir. J'ai fait confectionner ces poignards par le meilleur forgeron du pays. Essayez-les donc.

Morgan en fit glisser un hors de son fourreau brodé. Elle ferma les yeux et le soupesa, inclinant sa main de-ci de-là. C'était incroyable. La garde pesait exactement le même poids que la lame. Elle ouvrit les yeux.

— C'est parfait.

— Très bien. Je lui ferai part de votre satisfaction. Fabriquer des armes pour le légendaire Morgan lui a valu une réputation encore plus spectaculaire.

— Un grand merci, répondit-elle avec un grand sourire.

—Bien. Alors ce plan, FitzHugh ?

—KilCreggar-FitzHugh, le reprit Zander.

Le roi Robert sourit et secoua la tête.

—C'est un nom à coucher dehors, lord Zander.

—Je dois vraiment disparaître ? demanda Morgan.

—C'est dans l'intérêt de l'Écosse, répondit le roi.

—Mais est-ce que mes démonstrations attireront toujours les foules ?

—Ce que vous avez initié ne s'arrêtera pas, madame. J'en serai à jamais votre débiteur. Et soyez assurée que si d'aventure j'avais besoin de faire appel à Morgan l'écuyer, je le ferai quérir. Je ferai parvenir un message à mon loyal sujet, le comte KilCreggar-FitzHugh, et à sa charmante épouse. Mes sujets le sauront très bien. Si on a besoin de lui, Morgan l'écuyer viendra toujours à la rescousse.

—Morgan l'écuyer va disparaître, Morganna, affirma Zander. Pas lady KilCreggar-FitzHugh. Tu réapparaîtras comme mon épouse chez nous. Mon seul regret est de devoir me séparer de toi pendant quelques jours pour en finir avec Aberdeen.

Elle ne parvint pas à dissimuler sa confusion.

—Si le maître de Morgan l'écuyer disparaît aussi, alors vous serez assiégée aux portes de votre propre château. Ils sauront où vous trouver. Zander doit rester à mon côté. Je lui ai déjà fait part de ma décision.

—Pour combien de temps ? s'enquit Morgan en ravalant la boule dans sa gorge avant que quiconque ne distingue les larmes qui lui montaient aux yeux.

Cette femme qui se targuait de n'être que peu sujette aux émotions et d'être habituée à n'avoir qu'elle-même pour toute compagnie allait devoir réapprendre le sentiment de solitude. Elle se sentit complètement démunie, alors même que Zander ne l'avait pas encore quittée.

—Alors, voilà mon plan...

Morgan écouta Zander, mais ne prêta pas attention à ses paroles. Elle en était incapable. Elle était accablée sans savoir pourquoi.

Le plan de Zander fonctionna à la perfection, ce qui n'était guère surprenant. Il semblait être doué pour ce type de manigances. Morgan se tenait sur l'estrade, enveloppée dans la lumière des torches, drapée par la brume. Elle déposa ses poignards les uns après les autres aux pieds de Zander et du roi Robert Bruce. Ils disposaient de toutes ses anciennes lames, mais aussi des nouvelles, incrustées de pierreries. Elle se sentit quasiment nue avec seulement la lame du dragon sur elle, mais Zander lui promit que ses armes lui seraient restituées et il tenait toujours parole. Ça, elle le savait.

Puis elle glissa entre les poutres et rampa jusqu'au sol, s'évanouissant dans la forêt au son de la voix de Zander. Elle l'entendit faire le récit de sa rencontre avec Morgan l'écuyer. Comment il avait été mortellement blessé d'un coup d'épée au ventre infligé par un Anglais et qu'il était sur le point de se vider de son sang alors que, partout autour de lui, de bons Écossais périssaient aux mains des Sassenach. Puis elle entendit à travers la brume comment un jeune gars avait volé à son secours. Morgan l'écuyer avait retiré l'épée de son ventre, cautérisé la plaie et s'était retourné contre l'ennemi qu'il avait mis en déroute.

Les oreilles de Morgan brûlaient d'entendre cette histoire. La narration de cet épisode fit de son cœur un brasier. Soudain, les quatre frères FitzHugh – Ari, César, William et Platon – sortirent d'entre les arbres et s'avancèrent.

—Notre petit frère ne ferait pas confiance à une autre escorte, murmura Platon en s'approchant d'elle.

Elle eut un mouvement de surprise quand elle vit ce qu'il lui tendit. Il tenait une cape de laine noire bordée de fourrure. Morgan, bouche bée, ne put dire un mot.

Elle ne sut pas qui l'aida à se mettre en selle sur un cheval plus petit que le destrier de Zander, mais tout aussi stable. Elle ne sut pas non plus qui prit les rênes pour la guider. Toutefois, elle savait qu'Ari était à l'arrière du convoi. Platon l'en informa quand ils laissèrent loin derrière eux les dernières tentes du campement du roi.

—Ari ferme la marche. C'est un rôle qui revient au meilleur de nos bras armés, madame, murmura-t-il.

—Bras armé ?

—Claymore, précisa-t-il dans un soupir. Ari est le meilleur au maniement de la claymore. C'est ce que tu veux entendre ?

—Tu sais très bien ce que je veux savoir, Platon.

—En fait, si j'ai parlé d'épée et de talent, c'était une erreur. On a décidé au dernier moment qui chevaucherait à ton côté et qui prendrait la tête du convoi. Ari préférait fermer la marche. Le talent n'a rien à voir là-dedans. Toutes mes excuses.

—Ne me prends pas pour une idiote, Platon FitzHugh. Pourquoi un tel déploiement ?

—Je faisais juste la conversation pour agrémenter le voyage. Ari est très doué avec les armes, particulièrement à la claymore. C'était lui le meilleur, avant. Plus maintenant, mais je ne t'apprends rien. Morgan l'écuyer a remporté ce titre. On a tous appris à manier la claymore, d'ailleurs. On a bien appris, à une exception près, bien sûr.

—Et de qui parle-t-on ? Toi ?

—Moi ? Tes paroles m'écorchent le cœur, Morganna.

—Qui alors ? César ? Ça expliquerait qu'il soit à mon côté alors que William a pris la tête. C'est William, hein ?

—Oui, c'est bien César de l'autre côté. Le choix était facile. Il n'a pas le sens de l'orientation. S'il nous guidait, on serait dans de beaux draps.

—Alors lequel d'entre vous est une exception ? Qui est le pire au maniement de l'épée ? Eh bien ? Parle, Platon, voilà ma curiosité piquée à vif.

—Tu n'as pas deviné ? ricana-t-il. C'est ton seigneur, Zander.

—Tu te moques de moi. Zander est très doué. Il t'a même battu.

—Est-il aussi doué que toi ?

—Euh... je crois que sa force lui permet de contrebalancer ma vitesse et ma précision. S'il pouvait garder son épée, il me battrait certainement. Je ne sais pas trop. On ne s'est jamais battus comme ça.

—Seulement parce que je t'en ai empêchée.

—Platon !

—Ne parle pas si fort. Nous ne sommes pas seuls.

—Je sais. Je peux les voir.

—Pas mes frères, mon clan. Le clan FitzHugh est très grand. Il est puissant. Il est pétri de traditions. Nous sommes des milliers. Beaucoup ont entendu l'histoire racontée et ont accepté que justice soit faite. Beaucoup l'ont aussi entendu mais restent loyaux à leur seigneur parce qu'il en a toujours été ainsi. Beaucoup ne l'ont pas encore entendue. Ne t'en fais pas. Ils l'entendront tous et ils changeront d'avis en temps et en heure.

—On pourrait toujours être encerclés de FitzHugh ? C'est ce que tu es en train de dire ?

La voix de Morgan reflétait parfaitement sa consternation. Elle commençait seulement à se sentir femme et douce, et à faire confiance à la promesse qu'accordait chaque journée. Que tout lui soit repris pour qu'elle revienne à un état de vigilance constante ne lui semblait pas réel.

—Je n'ai rien dit de tel. Tu as le verbe haut. Je ne pensais pas que j'aimerais ça. Je suis très content que Zander t'ait épousée. Il a bien besoin de quelqu'un pour lui rabattre le caquet. Fais-le tous les jours, pour l'aider à redescendre sur terre.

Morgan ne put s'empêcher de glousser.

—Rappelle-moi de ne pas me disputer avec toi. Je ne voudrais pas prendre ça en pleine tête ! Les femmes n'ont pas leur pareille pour nous chercher querelle.

—Développe un peu cette idée, répliqua-t-elle d'un ton sarcastique.

—Eh bien, au début, quand une femme parle, les hommes écoutent. Je dirais même plus. Au début, quand les femmes parlent, même les enfants écoutent. Mais quelque chose se passe ensuite. Les femmes parlent, jacassent, racontent des choses et bavardent plus encore. Rapidement, plus personne n'écoute. Tout le monde en a assez d'écouter. Les femmes parlent encore. Trouve-moi une *vieille* femme, elle parlera encore. Trouve-moi un *vieil* homme, il sera sourd. Tu vois ce que je veux dire?

— Tu feras part de toutes mes condoléances à lady Gwynneth, je crois, répliqua Morgan.

— Tu peux t'assoupir si tu le souhaites. Une longue chevauchée nous attend, répondit-il en souriant.

— Zander m'a dit qu'il y avait cinq lieues. On y sera en milieu de matinée.

— Pas avec les précautions que nous devons prendre. Il va falloir nous cacher. Nous allons devoir rester au milieu des arbres et nous frayer notre propre chemin. On ne peut pas prendre de risque.

— Tu ne me taquinais pas, murmura Morgan, pleine de surprise.

Il jura dans sa barbe.

— C'est très bien organisé, Morganna. Ne t'en fais pas. Nous sommes accompagnés d'hommes du clan FitzHugh et du nouveau clan KilCreggar-FitzHugh. Ils sont répartis sur les chemins et dans la forêt pour détourner l'attention en faisant du bruit. Tu n'as donc rien entendu de ce que je t'ai dit?

— Entendu quoi? Vous, les FitzHugh, vous jacassez plus encore qu'une *vieille* femme ne le pourrait.

— Je ne sais même pas pourquoi je fais un effort. J'essaie d'apaiser tes craintes et tu retournes mes paroles contre moi. Je vais donc recommencer. Écoute bien cette fois-ci. Il y a beaucoup de chemin à parcourir avant d'atteindre ta nouvelle maison. Rien de plus. Tu vas avoir des courbatures à force de rester aussi longtemps sur le dos d'un cheval. Tu auras besoin d'une bonne lampée de whisky et d'une grande claque dans le dos pour reprendre tes esprits quand nous arriverons. Les arbres offrent un meilleur abri du soleil. C'est pour cette raison que nous chevauchons à couvert.

— De quel soleil parles-tu? s'enquit-elle en lui coupant la parole.

Il l'ignora et reprit de plus belle:

— On essaie aussi de garder ta présence secrète. C'est une question de sécurité. Quand ta beauté sera révélée au grand jour, les foules se déplaceront plus massivement encore que celles que ta gloire a créées. C'est tout ce que j'ai dit et tout ce que je voulais dire.

Morgan rit encore, puis elle s'assagit.

— C'est dangereux?

— Pas plus que de monter ma femme. Oups! pardon. J'ai oublié que tu étais une femme maintenant.

Morgan lui assena un bon coup de pied et William se tourna pour protester:

— Chut!

Platon fit un signe de tête à son frère et Morgan le regarda.

Au point de l'aube, une pause fut décrétée. La pluie menaçait; Morgan pouvait la sentir dans l'air. William mit pied à terre le premier, puis César en fit autant.

Le FitzHugh blond dénoua un baluchon de sa selle et le lui apporta.

— Ce sont des habits pour lady KilCreggar-FitzHugh, madame. Zander les a sélectionnés lui-même. Nous allons attendre que vous ayez le temps de vous changer.

— Je peux pas rester comme ça ?

— Trop risqué. L'écuyer des FitzHugh est très connu. On sait aussi que c'est un KilCreggar. Les haines sont tenaces, ici, dans les Highlands. Presque aussi profondes que nos lacs sans fond, madame. On ne peut rien y faire, intervint Ari.

— Ce qu'Ari essaie de dire, c'est que nous en avons assez de nous regarder en permanence et de n'avoir pour compagnie que des garçons. Une jolie fille rendrait le voyage bien plus plaisant. Les lieues nous paraîtrons plus courtes ainsi.

— Platon ! l'avertit Morgan d'un ton sévère.

— Quoi ? s'enquit-il en toute innocence.

— Platon prend à la légère ce qui ne l'est pas. Vous en connaissez la raison. Il nous reste encore quatre lieues à parcourir. Avec une fille parmi nous, nous aurons plus de chance d'arriver sans encombre. Je connais les miens. Je connais l'étendue de leur haine. Nous savons tous les risques que ça représente. Particulièrement Zander. C'est l'une des raisons pour lesquelles il a préparé ce baluchon pour vous, expliqua Ari.

L'humidité fit scintiller Ari lorsqu'elle le regarda. Puis elle hocha la tête.

— Il y a une autre raison, Morganna, ajouta Platon à son côté.

— Tu me taquines encore ?

— Non, même si on m'accuse de ça assez souvent, cette fois-ci, je dis la vérité. Mon frère veut que tout le monde sache que tu es son épouse légitime. Tu seras vêtue en conséquence. Tu ne comprends pas. Zander est le plus riche des FitzHugh. Ce n'était pas prévu ainsi. Il est né avec un tempérament de mercenaire dont nous sommes tous dépourvus. Il a relevé des défis, conquis, est entré en compétition contre tout le monde et a réussi avec succès tout ce qu'il a entrepris. Le butin entreposé dans sa maison t'émerveillera. Vraiment. Je ne plaisante pas. Pas cette fois, du moins.

— Il est aussi très doué pour la négociation, ajouta William. Si tu veux quelque chose qui lui appartient, il te le fait payer au prix fort. Même à ses frères. Surtout à ses frères.

— Le jour va bientôt se lever, reprit Ari. C'est le moment ou jamais pour vous changer. Allez-y. Nous vous attendons.

Morgan redoutait bien plus ses larmes que la pluie lorsqu'elle mit pied à terre, saisit le baluchon et s'enfonça dans les bois. Son émotion n'avait rien à voir avec leurs paroles. Elle n'était pas non plus liée à la somptueuse tenue que Zander lui avait préparée. Elle était due à l'appréhension. Morgan ôta ses bracelets d'argent, caressant le fermoir de chacun d'entre eux, et les larmes lui brouillèrent la vue. Elle avait l'impression de les laisser derrière elle pour toujours. Plus jamais elle n'enfilerait de *feile-breacan*, ne se mesurerait au lancer de couteaux contre quelqu'un, ni ne triompherait d'un adversaire. Elle soupira et croisa ses bras sur ses yeux pour les essuyer, puis haussa les épaules. Elle était ridicule. L'Écosse n'était pas encore libre et on aurait encore besoin de Morgan l'écuyer. Il était grotesque de faire tant de cas de ces habits.

Elle se dévêtit de la parure du champion FitzHugh et la plia solennellement, son sentiment se transformant en certitude. Morgan l'écuyer disparaissait et lady Morganna allait le remplacer. Ce n'était plus une supposition. C'était la vérité. C'était le cas depuis le jour de sa naissance. Elle était une femme. Elle serait toujours une femme et elle savait qu'elle ne pouvait plus revenir en arrière. Zander et le bébé l'avaient bien trop changée.

Elle dénoua les bandages qui lui enserraient la poitrine et retira le bout de plaid aux couleurs des KilCreggar. Avoir été porté tous les jours avait sérieusement endommagé le petit bout de tissu et il était effiloché de toutes parts. C'était sans importance. Elle ne l'en aimait pas moins. Morgan porta à ses lèvres le morceau d'étoffe et le baisa respectueusement avant de le poser sur les bandages.

Puis elle se pencha en avant pour sortir les longs bas finement tissés qu'il lui avait procurés. La lame du dragon ne tiendrait pas bien dans un vêtement si féminin. En tant que dague, la lame aurait dû être coincée dans une chaussette. Elle connaissait son rôle, mais elle connaissait aussi son pouvoir. La lame du dragon méritait mieux que d'être coincée dans une chaussette. Alors elle l'attacha directement sur sa cuisse avec un morceau de bandage, directement sur le bas que Zander lui avait fourni. Elle conférait à ses courbes féminines un caractère menaçant. Elle se demanda ce qu'il en penserait quand il la déshabillerait.

Un frisson la parcourut et il n'était dû ni à l'humidité, ni à la nuit, ni même à la fraîcheur de l'air, mais simplement à l'idée que Zander puisse la voir telle qu'elle était. Elle soupira bruyamment. Elle n'était pas Morgan l'écuyer, après tout.

La douce chemise de batiste et la tunique assortie étaient lacées de rubans roses. Les mains de Morgan tremblèrent lorsqu'elle noua les rubans en faisant de petits nœuds sous son sein. Sa poitrine lui posait un problème, d'ailleurs… Tant de sensations ! *Pas étonnant que les femmes portent toutes ces fanfreluches*, songea-t-elle. La sensation était délicieuse, pleine de liberté – et de polissonnerie.

Zander avait prévu une sous-robe de lin écrue. Elle lui arrivait aux chevilles. Il avait certainement passé une commande bien précise, se dit-elle en faisant courir ses mains sur le tissu, là où il caressait sa taille, puis sur ses hanches où il était un peu plus lâche. Le lin épousait parfaitement ses formes. C'était une sensation étrange, mais bien trop plaisante pour qu'elle veuille y mettre fin.

L'aube commençait à poindre dans la brume de la forêt qui l'entourait. Elle était bien contente de ce rai de lumière lorsqu'elle souleva la robe.

Zander lui avait offert un bliaud d'une étoffe d'un bleu si profond qu'il tirait sur le noir. Morgan savait que cette teinte s'apparentait à celle de ses yeux. Elle n'en douta pas un seul instant. Elle en eut le souffle coupé lorsqu'elle la déplia. Elle était brodée sur toute sa longueur. Avant même de l'enfiler, elle savait déjà de quoi elle aurait l'air.

Elle ne fut pas déçue.

Le bliaud était rehaussé d'une broderie qui longeait sa silhouette pour se retrouver tout autour de ses longues manches. Pour finir, Morgan attrapa la longue et fine ceinture d'argent qui venait ceindre sa taille et mettre ses formes en valeur. Grâce à de petits éléments en forme de fleurs, cet accessoire était étonnamment flexible. Zander avait également prévu un petit miroir en argent et un peigne. Les mains de Morgan tremblaient tant qu'elle eut du mal à attacher sa ceinture et à défaire sa tresse. Elle peigna ses cheveux et les laissa libres sur ses épaules avant de récupérer le miroir.

Zander avait dit d'elle qu'elle était la plus jolie des filles qu'il ait jamais vues. C'était peut-être la vérité. Morgan plissa les yeux. Ils étaient bel et bien gris, encadrés de sourcils et d'épais cils très noirs. Elle avait toujours pensé que sa mère et Elspeth avaient été de très belles femmes. C'est avec un indicible plaisir qu'elle prit conscience de sa propre beauté.

Zander avait mis dans le baluchon une paire de fins souliers, faits du cuir le plus souple et cousu sur toute la longueur à l'intérieur pour préserver ses pieds de l'humidité. Ils semblaient aussi délicats que fragiles. Elle faillit mettre ses bottes par-dessus mais s'arrêta juste à temps. Les bottes de Morgan l'écuyer étaient celles d'un homme. Ces nouveaux souliers appartenaient à lady KilCreggar-FitzHugh. Elle soupira et se leva, ses pieds chaussés de ses nouvelles chaussures, sachant qu'elle pourrait sentir chaque caillou sous la plante de ses pieds et probablement chaque brin de fougère aussi.

La dernière chose que Zander avait mise dans le baluchon était une étole si fine qu'entortillée on pourrait la passer dans son alliance. Morgan la secoua et s'en couvrit la tête.

Elle avait soigneusement replié son ancienne tenue et en avait fait un petit paquet quand elle s'approcha de l'endroit où les FitzHugh attendaient sur leurs montures dans la brume matinale.

— La dame revient enfin parmi nous. Platon mentait quand il disait que vous étiez rapide pour vous habiller ! la taquina César.

— Pas vraiment, rétorqua Morgan. Je m'assurais simplement que j'avais tout enfilé correctement. Je suis novice en la matière. Alors… est-ce que tout est bien comme il faut ?

L'homme en face d'elle fit mine de s'étouffer.

— Que se passe-t-il, Will ? demanda Ari.

Morgan leva les yeux et vit l'étonnement se peindre sur le visage de William. Même s'il était son beau-frère, elle en rougit.

— Je crois que vous avez rendu notre frère muet comme une carpe, lady Morganna. C'est pas le genre de chose qui arrive souvent à un FitzHugh, croyez-moi.

— On ne m'a pas rendu muet. Je cherche juste mes mots.

Platon se plaqua la main sur le front.

— Tu ferais mieux de remettre ta cape sur tes épaules, lady Morganna. Je crois que mon frère a besoin de répit.

—Pourquoi ? demanda Morgan.

—À cause de la beauté de ta présence. Je n'ai pas menti non plus, tout à l'heure. Tu es une véritable apparition et, grâce à toi, notre voyage me semblera infiniment plus court.

Morgan rougit plus encore et tendit le paquet de vêtements à César avant de retourner vers son cheval.

—Là. Laissez-moi vous aider. Mes frères ont perdu leur langue et l'esprit en vous voyant avec des habits de femme. Je ne peux pas dire que je ne vous trouve pas moins éblouissante moi-même. Notre voyage sera bien plus agréable, même si on risque à présent de nous attaquer pour d'autres raisons, maintenant que j'y pense, lança Ari en enserrant sa taille de ses mains pour la mettre sur sa selle.

Morgan ne l'avait même pas entendu approcher.

—Si vous n'arrêtez pas ce cirque, tous autant que vous êtes, je remets mon *feile-breacan*. Je vous préviens.

—Pas possible, c'est moi qui l'ai, maintenant ! fit remarquer César.

—Je crois que je vais la lui faire payer, celle-là, marmonna William.

—Quoi ?

Morgan était assise à califourchon sur son cheval et remua pour couvrir ses chevilles autant que possible. Elle portait plus de couches de tissu qu'à son habitude, et cela réveillait en elle des sensations étranges. Une fois installée sur sa selle, elle n'osa plus croiser leur regard et s'absorba dans la contemplation de ses mains.

—Eh bien, mon frère Will regrette de ne pas t'avoir vue en premier et de ne pas être plus grand, répliqua

Platon. Je peux te l'assurer, ma fille. Viens, un long voyage nous attend encore, il menace de pleuvoir et mon frère a perdu la raison en voyant ta beauté.

— J'ai pas perdu la raison, répondit William.

Les frères se mirent tous à rire et les joues de Morgan rougirent de plus belle.

Chapitre 31

L' attaque les surprit alors qu'ils entraient dans une petite clairière, juste assez grande pour leurs cinq chevaux.

Morgan avait commencé à sommeiller lorsque son cheval effrayé la fit verser d'un côté avant qu'elle ne puisse réagir. Puis elle eut la confirmation que ses souliers ne servaient effectivement à rien d'autre qu'à se pavaner dans un intérieur confortable. Les cailloux et les mottes de terre éraflaient la plante de ses pieds lorsqu'elle s'accroupit pour relever sa robe et saisir sa lame.

Morgan n'était pas la seule à avoir mis pied à terre. Les quatre FitzHugh étaient soit allongés par terre, debout, ou sur le point de se relever pour voir de plus près le corps qu'on avait jeté devant eux dans la brume. Morgan avait eu le temps de voir qu'il était enroulé dans un plaid KilCreggar. Elle en avait eu le souffle coupé. Puis des silhouettes couvertes de plaids bleu et vert étaient sorties des bois. Elle n'en entendit rien entre la brume qui tapissait le sol et ses oreilles qui bourdonnaient. Morgan vit les frères de Zander se faire déborder, vaincre, puis capturer, sans qu'un seul cri ne se fasse entendre.

Tout se termina aussi rapidement que l'assaut avait commencé et, mis à part un mince filet de sang s'écoulant du crâne de César, l'embuscade s'était déroulée sans le moindre incident. Les frères FitzHugh furent ligotés et suspendus par les pieds et les mains à de longues perches. Morgan les ignora pour s'agenouiller auprès du corps dont ils s'étaient servis comme projectile.

Tout autour d'elle semblait confus. Elle s'efforça de chasser cette sensation. Même l'enfant en elle se calma lorsqu'elle tenta de réprimer ses émotions pour mieux aiguiser sa vue et surtout son ouïe. Il n'existait qu'un seul plaid KilCreggar à sa connaissance. Il avait été porté moins de deux semaines auparavant à son mariage. Elle le savait. Les frères devaient aussi le savoir, car personne ne bougeait autour d'elle lorsqu'elle retira le tartan qui dissimulait le corps jeté par terre.

Ce n'était qu'un épouvantail.

Soulagée, des larmes perlèrent à ses yeux et Morgan les réprima de toutes ses forces, ignorant les vagues d'émotions qui l'assaillaient les unes après les autres. Ses mains tremblaient visiblement lorsqu'elle recouvrit le mannequin à l'aide du plaid.

— C'est pas lui ?

Morgan suspectait que c'était Ari qui posait la question. Elle ne regarda pas. Son visage trahissait encore trop d'émotions. Elle secoua la tête.

— Dieu merci !

— Non. Remerciez votre hôte, Robert MacIlvray. C'est lui que vous devriez remercier.

Le nom provoqua un écho dans sa conscience, tout autant que le ton mielleux sur lequel il avait été prononcé. Morgan décida que c'est lui qui tâterait en premier de la lame du dragon s'il continuait à parler.

—Le propriétaire de ce tartan voudrait voir la fille. On m'a envoyé pour l'inviter. C'était si facile, si je puis me permettre.

Morgan pencha la tête jusqu'à distinguer le visage de la personne qui parlait. Cette révélation ne la réconforta pas. Robb MacIlvray était aussi grand que Zander, extrêmement musclé, et portait une barbe flamboyante, assortie à ses cheveux. Sa mère n'avait eu aucune chance de s'en sortir face à lui, réalisa-t-elle.

Ari reprit la parole :

—Je peux pas parler avec le visage en sang. Détache-nous.

La montagne de muscles s'esclaffa de plus belle.

—J'aurai du sang KilCreggar sur les mains quand j'irai en enfer, Aristote FitzHugh. Je préfère éviter d'y ajouter du sang FitzHugh.

Aristote ? se demanda Morgan.

—Appelle-moi par mon nom, Robb, et arrête ton petit jeu. Tu retardes le convoi.

—Je connais ton nom de baptême. Je préfère ma version. Tu n'es pas en position de force pour négocier. Alors, c'est l'écuyer ?

Morgan laissa sa main lâche sur la petite bosse formée par la lame du dragon lorsque l'homme pivota sur lui-même et la toisa.

—Détache-nous, Robb. Nous ne faisons rien d'autre que d'escorter une dame.

Il rit encore.

—Bien sûr… C'est elle, l'écuyer. C'est une vraie beauté en plus. Elle ressemble vraiment à sa sœur. Enfin, quand elle était jeune. Ça alors !

Morgan caressa les deux dragons emmêlés qui ornaient la garde de sa dague avant de se lever. Elle se tenait parfaitement droite et n'aimait vraiment pas l'air mauvais qui se reflétait dans ses yeux.

—Alors… voici l'écuyer FitzHugh.

—Je suis sa sœur.

—Oh ! non. Je ne crois pas. Je sais exactement qui tu es et ce que tu représentes ! Phineas le savait, lui aussi. Il l'a su au moment même où il t'a rencontrée.

Morgan releva le menton.

—J'ai aussi entendu dire que tu étais enceinte. C'est vrai ?

—Détache-moi, Robb. Ou par tous les saints… !

MacIlvray leva une main et coupa la parole à Ari par ce geste. Morgan ne détourna pas le regard pour voir pourquoi. Elle prenait toujours la mesure de son adversaire.

—Eh bien, est-ce que c'est vrai ? demanda-t-il dans le silence qui s'était créé.

Elle hocha la tête.

—Excellent. Je ne pense pas qu'il y ait de meilleures nouvelles à apporter au chef. Venez, les gars. Montez les FitzHugh à Reaver Cave. Laissez-les mourir ou se libérer. Peu importe, j'ai un butin à ramener au chef. Il l'attend.

—Si tu touches à un seul de ses cheveux… !

Cette fois-ci, c'était la voix de Platon qui s'était élevée. Robb fit le même geste et il obtint le même résultat. Morgan déglutit la salive qui s'était accumulée dans sa bouche et espéra que son mouvement passe inaperçu.

— Si les FitzHugh veulent retrouver la liberté, ils feraient mieux de commencer par tenir leur langue. Il y en a encore deux à bâillonner ou à laisser s'échapper. C'est vous qui voyez, les gars.

Il s'adressait à César et William, mais il ne quittait pas Morgan des yeux.

— En plus, pourquoi voudrais-je lui faire du mal ? Elle a bien plus de valeur vivante. Particulièrement maintenant qu'elle est grosse d'un rejeton.

— Pourquoi ? murmura Morgan.

— Tu n'as toujours pas compris ? dit-il en éclatant d'un rire mauvais. Lord Phineas est un hors-la-loi maintenant dans les Highlands. Ça ne va pas très bien avec le concept de chef de clan tout-puissant. C'est ta faute, mais ce n'est pas le cas partout. Il n'est pas hors la loi en Angleterre. Et puis… là-bas, on l'accueillera à bras ouverts et on le mettra sur un piédestal.

Il marqua une pause pendant laquelle personne ne pipa mot avant d'ajouter :

— Encore plus s'il ramène ce que le roi Sassenach désire le plus.

— Qu'est-ce que tu entends par là ? demanda Morgan même si elle connaissait déjà la réponse.

— Eh bien, Phineas aura le champion de Robert Bruce avec lui. Il mettra en scène une démonstration des talents du gars, enfin de la dame. On sait tous ce qu'il se passera alors, non ?

Le cœur de Morgan s'emballa et elle comprit où il voulait en venir. Il allait ruiner tous les efforts de Zander et du roi Robert, voire pis encore.

— Et si je refuse ? s'enquit-elle d'une voix calme alors qu'elle bouillait intérieurement.

— Alors le sang du propriétaire de ce tartan sera sur tes mains, pas les miennes, affirma-t-il en désignant le mannequin à ses pieds.

— Si tu touches à un cheveu de Zander, ce sera… !

La menace de William fut suspendue en plein élan également. Morgan le regarda de l'air le plus détaché qu'elle put.

— J'ai l'impression qu'ils n'ont pas utilisé leur droit de parole pour se libérer. Bande de crétins, tu n'es pas d'accord ?

Elle le considéra longuement avant de se détourner.

— Remets-la en selle sur un cheval. N'importe lequel. J'ai l'impression que Phineas ne cracherait pas sur un bon cheval, particulièrement s'ils ont l'air de venir des écuries FitzHugh, dit-il en ricanant, fier de son trait d'esprit.

— Enlève leurs bâillons, exigea Morgan.

— C'est pas toi qui donnes les ordres, ma petite. C'est moi.

— Et, d'un seul coup, je me mets à très mal viser, répondit-elle. C'est peut-être à cause du bébé. Mes talents vont et viennent. C'est vraiment dommage.

Il la regarda avec une expression impassible qu'elle lui retourna directement.

—Je vais pas avoir besoin de grand-chose d'autre pour trouver une place en enfer, gamine. Trucider un traître de FitzHugh ne changera pas le cours des événements. Tu vois ce que je veux dire ?

—Tu sais, je ne me sens pas très bien ces derniers temps, rétorqua Morgan. Si ça se trouve, je ne suis même plus capable de tenir une arme correctement.

—Satanées bonnes femmes !

—Enlève leurs bâillons et détache-les, ordonna Morgan tandis que la tension montait.

—Si je fais ça, c'est comme si je les libérais !

Morgan attendit, soutenant toujours son regard, qui ne cilla à aucun moment.

—Je ne le ferai pas, morveuse. Ce sont des FitzHugh et ils sont sur leurs terres !

—Tu m'as déjà attrapée. Tu as déjà Zander. Détache les autres et laisse-les partir.

—Je ne marchande pas avec une gamine. Je passe rarement autant de temps avec une fille, du moins pour lui parler.

Il se détourna et aboya des ordres.

—Amenez les FitzHugh à Reaver Cave. Oui, détachez-les ! Prenez autant d'hommes que nécessaire. Je peux m'occuper de la fille. Je suis capable de me charger de n'importe quelle fille.

Morgan sentit ses épaules s'affaisser légèrement lorsqu'elle le vit obéir à ses ordres. Elle ne pensait pas qu'il le ferait. Elle attendit jusqu'à ce que les frères et tous les soldats quittent la clairière. Il ne restait plus que deux guerriers pour les accompagner.

— Maintenant, va chercher ce tartan KilCreggar dont vous n'avez pas su faire bon usage.

— J'obéis pas aux ordres d'une bonne femme.

— Je ne monterai pas docilement sur cette monture sans ce vêtement.

— Je suis à deux doigts de te faire tâter de mon poing, voilà ce qui va arriver.

— Et tu prendrais le risque d'endommager ma précision au tir ? demanda-t-elle d'un ton doucereux. Quel roi perdrait son temps avec une simple fille d'Écosse sans talent particulier, enceinte de surcroît ?

— J'ai bien l'impression que Phineas va regretter cette matinée. Il ne savait sûrement pas dans quel genre de pétrin il m'envoyait. Accepter les ordres d'une fille ? Du jamais-vu. Il faut le voir pour le croire.

Il déshabillait le mannequin du *feile-breacan* tout en pestant, tirant d'un côté puis de l'autre le plaid gris et noir. Il marmonnait encore qu'il y avait de quoi en perdre la raison lorsqu'il roula le vêtement en boule et le lui jeta dans les bras. Morgan l'attrapa prestement, l'enserra dans son étreinte et le porta à son visage, humant profondément l'odeur dont il était imprégné.

Elle ne perçut qu'une odeur de laine mouillée.

Ce qui avait commencé comme un voyage de cinq lieues se transforma en un périple d'une journée en territoire hostile. Morgan s'accrochait d'une main à la crinière de sa monture et tenait de l'autre le plaid roulé en boule. Il avait commencé à pleuvoir un peu avant midi et elle accueillait la pluie avec joie chaque fois que Robert MacIlvray pestait contre elle.

Elle l'entendit maudire les intempéries, la boue, les flancs de colline glissants. Il s'en voulait terriblement d'avoir laissé les frères FitzHugh détachés et s'en prenait surtout à elle. Morgan avait du mal à dissimuler son sourire lorsqu'il la regardait après une bordée d'injures particulièrement salées. Elle savait parfaitement où il l'amenait. Le seul endroit dans lequel Phineas serait toujours à l'abri. On la conduisait droit à la forteresse des FitzHugh, le seul et unique château noir. Ce château avait été le fief des seigneurs FitzHugh depuis des siècles. Elle l'avait vu lorsqu'elle était enfant. Elle l'avait gardé en mémoire. Elle avait prié pour avoir une chance d'aller exactement là où elle était conduite sous bonne garde. Elle en aurait presque remercié Robb MacIlvray si cela ne risquait pas de tout gâcher.

Zander avait tenté de la changer. Il y était presque parvenu.

Chaque parcelle de son corps la faisait souffrir lorsqu'elle pensait à lui. Morgan annihila toutes ses douleurs les unes après les autres, jusqu'à ce qu'il ne lui reste plus qu'une brûlure sous le cœur. Zander pouvait avoir perdu son plaid KilCreggar, cela ne prouvait en rien que Phineas l'avait pris en otage. Phineas pouvait lui aussi en avoir fait tisser un. Il aurait aussi pu le voler. Il y avait des centaines de raisons pour lesquelles il était entré en possession de ce tartan, autre que celles qui mettraient Zander à sa merci.

Ce dernier se trouvait peut-être au côté du roi, ignorant complètement le fait que son plan s'était mal déroulé. Plus ils s'approchaient du château, plus elle en avait la certitude. Sa douleur s'apaisa et elle en comprit la raison.

Un détail sur la tenue qu'elle avait entre les mains la troublait depuis le moment où elle l'avait attrapé. Quelque chose n'allait pas. Morgan comprit enfin de quoi il s'agissait. Pourquoi lui avait-il fallu tant de temps pour s'en apercevoir ?

Ce n'était pas le plaid de Zander. Impossible : la laine filée sous ses doigts était trop grossière. Elle avait beau avoir du mal à l'admettre, il sortait des métiers à tisser FitzHugh des tissus d'excellente qualité. Si Morgan avait recouvré ses esprits un peu plus tôt, elle aurait vérifié avec ses yeux ce que ses doigts avaient deviné. Il n'y avait pas la moindre trace de bleu ni de vert. Morgan savait que le tartan que Zander avait fait tisser en contenait.

Ce n'était pas le *feile-breacan* de Zander. Phineas ne détenait pas son frère en otage. Si tel avait été le cas, il aurait dansé avec la mort, car en franchissant ce cap il avait gagné une mort certaine. La lame du dragon contre sa cuisse la démangeait. Elle sentait son pouvoir, son but et comprit enfin pourquoi on la lui avait offerte.

Elle allait bel et bien tuer Phineas avec.

La tempête faisait toujours rage quand ils atteignirent les portes du château noir. Morgan leva la tête et l'observa à travers le voile de pluie. Elle leva ensuite les mains pour tenir le manteau trempé sur sa tête et pour y voir plus clair. Tout autour d'elle, des pierres noires s'élevaient d'un socle rocheux duquel elles semblaient avoir poussé naturellement. La terre regorgeait d'eau et les gouttes de pluie rebondissaient en atteignant le sol, provoquant de la condensation autour des sabots des chevaux. Elle écouta le bruit de leurs pas et les entendit ensuite traverser le pont-levis, le martèlement des sabots résonnant dans le vide.

Il n'y avait pas âme qui vive.

Le château noir, haut de deux étages, était doté de créneaux, d'une tour de guet et de porches voûtés à chaque passage qu'ils franchirent. Ils traversèrent la cour des écuries. Elle semblait être aussi vaste que celle du château d'Argylle, mais il n'était pas évident d'en évaluer précisément la superficie. Les éléments, la nuit, les fondations, tout semblait se confondre. Cette cour était peut-être plus grande que celle du château d'Argylle, en définitive.

Ils franchirent d'autres portes. Chacune était gardée d'une herse montée et abaissée au gré de leur progression par des mains invisibles. Les tremblements de Morgan cessèrent.

Le donjon se dressait au beau milieu de la forteresse, redoutable. Logé au milieu de l'enceinte intérieure, lui aussi semblait comporter deux étages. Il était en pierre noire également, même s'il était agrémenté de volets en bois au niveau des hautes fenêtres étroites et d'une bannière, suspendue au-dessus de la massive porte d'entrée en chêne. Les chevaux s'arrêtèrent devant. Morgan attendit. Robb MacIlvray mit pied à terre tout en lâchant une bordée de jurons. Puis il s'approcha d'elle. Il ne lui demanda pas si elle avait besoin d'aide, se contentant de tendre les mains vers elle et de la faire descendre.

490

Elle était toujours enveloppée dans la pièce de laine noire et tenait entre ses mains le plaid roulé en boule. Ses jambes se seraient sans doute dérobées sous elle sans l'aide de Robb MacIlvray, mais la sensation de ses mains sur elle était trop abjecte. D'autant plus que la cour était totalement vide. Elle rivalisait probablement avec celle d'Argylle, songea-t-elle, mais sans un seul serf en vue, elle paraissait beaucoup plus grande.

L'homme la mit sur ses pieds sur le pas de la porte et s'éloigna. Il n'alla pas très loin. Morgan regarda la porte en bois de chêne et trembla encore. Elle se dit que ce n'était rien et qu'il ne fallait pas tirer de conclusions hâtives. Sa cape trempée ne la protégeait plus du froid. Elle la détacha et la laissa tomber par terre. Robb MacIlvray ne chercha pas à l'en empêcher. Il ne fit que l'observer. Elle déploya le tartan aux couleurs de KilCreggar sans baisser le regard et s'en drapa, éprouvant une sensation de chaleur immédiate. Elle ignora la présence de l'homme à son côté, ne se souciant plus de savoir s'il la regardait. C'était une KilCreggar parée des couleurs de sa famille, et elle se tenait aux portes de la maison de son ennemi, prête à lui transpercer le cœur. Elle tenait promesse. Cette idée lui mit du baume au cœur.

Sur la bannière qui flottait au-dessus ne figurait qu'un dragon. Morgan y jeta un bref coup d'œil avant de baisser les yeux. La porte s'ouvrit des deux battants sur l'intérieur. Elle eut l'impression de pénétrer dans un espace immense, vertigineux, et elle fut escortée dans l'escalier qui menait à la grand-salle. MacIlvray la tenait fermement par le coude lorsqu'il la conduisit dans la pièce.

Morgan remarqua qu'on avait posté une servante de chaque côté de la porte, même si elles semblaient fatiguées, sales, épuisées et qu'elles avaient la tête basse. Morgan, quant à elle, garda la tête droite. La pièce était immense. Elle était traversée de deux énormes tables de banquet, munies de bancs de part et d'autre. Des torchères confectionnées avec des bois de gibier ornaient les murs, toutes éteintes. Une énorme chaise évoquant un trône présidait à chaque extrémité des tables, toutes parées de massacres de cerfs. Un brasier rougeoyait dans l'âtre sur le mur d'en face, rendant l'atmosphère trop chaude et moite après la pluie froide qu'ils venaient d'affronter.

Morgan observa la vapeur s'élever de ses propres vêtements trempés et essaya de discerner les silhouettes des personnes assises sur les chaises les plus éloignées. Puis elle repéra Phineas FitzHugh lorsqu'il se leva pour s'avancer vers elle. À son côté se trouvait sa sœur, Elspeth, la vieille peau.

Morgan tenta en vain d'éviter le choc – mais ce fut plus fort qu'elle. Elspeth avait l'air malade, ce qui en soi n'avait rien d'inhabituel. Sa peau était encore plus livide que d'habitude et les derniers cheveux noirs qu'il lui restait quelques semaines auparavant avaient blanchi. Ils pendaient par paquets emmêlés jusqu'à sa taille et elle semblait s'être fait violence pour les peigner. Elle était aussi squelettique qu'à l'accoutumée. Elspeth avait toujours le regard vide et hanté, mais il y avait quelque chose de plus. Elle semblait terrifiée. Morgan sentit un nerf se contracter dans sa joue.

—Bonjour, Morganna, la salua Phineas.

—Sors-la d'ici! cracha Morgan.

— Pourquoi ferais-je quelque chose d'aussi inhospitalier?

—Fais-la sortir d'ici sans quoi on ne marchandera pas. Tu vois ce que je veux dire?

—Morganna?

La voix d'Elspeth trembla en prononçant son nom. Ce son parut singulier à la jeune femme. Peut-être était-ce dû au fait que sa sœur n'avait pas prononcé son nom depuis de nombreuses années? La bouche de Morgan se figea en une grimace avant de laisser échapper un ricanement.

—On n'a rien à se dire, vieille peau. Et même moins que ça. Sors d'ici.

—Tu es bien, Morganna?

Morgan se raidit.

—Tu as gardé ces vêtements. Tu as conservé le *feile-breacan* cérémonial de notre père? Toutes ces années, c'est toi qui l'avais. Tu l'as caché. Tu l'as gardé sans me le dire. Il a fallu que je dépouille un mort pour m'en trouver un alors que tu l'avais en ta possession.

Elspeth hocha vigoureusement la tête.

—C'était un secret. De papa. Il m'a promis… Je n'arrive pas à me souvenir ce qu'il avait promis. Il reviendra pour venir le chercher, en revanche. Ça, il me l'a dit.

—Et tu l'as cédé à ce monstre?

La voix de Morgan s'était élevée malgré tous les efforts qu'elle faisait pour la contrôler. Elle plissa les yeux pour faire abstraction des émotions qui l'assaillaient.

— Monstre ? Non, Morganna. Il me fait des cadeaux, tu vois ?

Elspeth leva un bras pour montrer un bracelet d'argent qui semblait parfaitement incongru sur son bras décharné à peine couvert d'une manche en lambeaux.

— Tu es folle ! assena Morgan sans la moindre trace d'inflexion.

— Ah oui ? demanda Elspeth d'une voix tremblante qui se raffermit.

Morgan ne bougea pas.

— Mesdames, vous êtes sœurs… s'il vous plaît.

Phineas s'interposa à grand renfort de claquements de langue. Si Morgan avait pu se raidir davantage, elle l'aurait fait.

— Je ne vous ai pas invitées ici pour une réunion familiale, même si ce serait très divertissant si je l'autorisais, intervint-il. Nous devons nous préparer pour un voyage et nous n'avons pas beaucoup de temps.

— Encore moins que ce que tu crois, annonça Robb MacIlvray à côté de Morgan.

— Qu'est-ce que tu entends par là ? s'enquit Phineas.

— Elle voyageait escortée par tes frères.

— Lesquels ? demanda Phineas d'une voix tranchante.

— Tous.

— Tous ?

— Sauf Zander. Il est toujours dans le campement de Robert Bruce.

— Mes frères n'ont aucun sens de la loyauté, soupira-t-il. Tu connais sûrement ça, non ?

Il n'avait posé cette question à personne en particulier. Le nerf dans la joue de Morgan se remit à trembler.

— J'ai fait détacher tes frères quand je suis parti.

— Pardon ? Pourquoi ?

— Ils étaient sous bonne garde.

— Mes frères sont des forces de la nature pris séparément. Unis, ils sont imbattables. Je ne veux pas que du sang FitzHugh soit versé. Pas une goutte. Tu connais les ordres.

— Oui.

— Alors pourquoi as-tu désobéi ?

— Cette fille sait se montrer très persuasive. Très.

Phineas tourna vers elle son regard d'un bleu glacial. Morgan le lui retourna.

— Ça ne m'étonne pas.

Chapitre 32

*F*ais seller de nouveaux cheveux, Robb. Surveille l'opération toi-même. Et que ça saute! Si tu avais de l'avance sur mes frères, tu l'as perdue en voyageant avec une fille.

—C'est pas une simple fille et, si j'ai perdu du temps, c'est à cause de la pluie. Tes frères vont rencontrer les mêmes difficultés.

Phineas continua à la toiser.

—C'est faux, Robb. C'est une fille. Elle a beau être talentueuse, ce n'est rien qu'une fille. Tu verras. Elle est faible et idiote.

Morgan haussa les sourcils sans dire un mot.

—C'est indéniable, poursuivit-il. Une fille forte ne serait pas ici. Elle aurait préféré mourir plutôt que d'être enchaînée. Et idiote? Eh bien, une fille intelligente n'aurait pas quitté le campement de Robert Bruce escortée seulement par quatre hommes. Tu es en terre FitzHugh, tu es une ennemie des FitzHugh et moi le chef du clan FitzHugh. Je commande encore les forces et préside à la loyauté de mon clan. Je me répète pour que ça te rentre bien dans la tête. Tu es faible et stupide. On dirait que c'est de famille.

Morgan laissa son silence répondre pour elle. Il lui adressa un grognement et regarda par-dessus son épaule.

—Va faire seller les chevaux, Robb. Fais préparer des provisions. Rassemble les guerriers les plus loyaux, ils se cachent un peu partout dans le château. On part dès que possible. On a un cadeau à offrir au roi Sassenach… même si je déteste ce bâtard.

Morgan refusa de le gratifier d'une réponse lorsque MacIlvray quitta la pièce, repartant par là où ils étaient arrivés.

—Tu croyais que je m'agenouillais devant lui parce qu'il le méritait, non? Eh bien, rejoins les rangs des FitzHugh déloyaux, toujours à jacasser et à faire des suppositions. Je sais de quel côté est le pouvoir. Tout homme le sait. Ils savent aussi parfaitement ce qu'il se passe lorsqu'on désobéit. La mort. Ce n'est pas très beau à voir. Ce n'a rien de courtois. J'ai vu ce que ça donnait de près et j'ai fait mon choix, ajouta-t-il dans un haussement d'épaules. J'ai choisi le camp des Anglais pour une bonne raison. Je ne veux pas mourir. J'ai choisi la vie plutôt que la mort.

—Alors pourquoi me capturer? demanda doucement Morgan.

Elle aurait pu se mordre la langue pour ça, mais le bleu glacial des yeux de Phineas sembla se réchauffer l'espace d'un instant. Elle savait pourquoi, mais on l'avait poussée à répondre.

—Tu es mon atout pour obtenir ma liberté, fillette… Mon laissez-passer pour quitter ce pays et regagner le pouvoir. Ma tête a peut-être été mise à prix, mais quel highlander m'attaquerait alors que je suis accompagné de Morgan, l'écuyer du clan FitzHugh ? Et quel roi me tournerait le dos alors que j'ai de quoi ridiculiser son ennemi, Robert Bruce ?

Morgan lui répondit encore par le silence. Il eut un mince sourire.

— Nous perdons du temps à discuter alors que nous devrions nous préparer. Bois. Mange. Tu n'auras pas beaucoup de temps pour te restaurer en chemin, tu sais.

Il désigna l'une des tables près du mur. Morgan ne cilla pas.

— Tu ferais mieux de m'obéir, ma petite, car tu ne vas pas beaucoup m'aimer quand je t'y forcerai.

— C'est pas comme si je t'aimais beaucoup maintenant.

Cette réponse le fit rire.

— C'est pas bien grave. Un long voyage nous attend et tu as un enfant à faire grandir dans ton ventre. En plus, nous avons un roi à impressionner avec tes talents en fin de compte, dit-il en se frottant les mains.

— Laisse partir la vieille peau, rétorqua Morgan.

Le mouvement de ses mains s'interrompit puis il les garda serrées l'une contre l'autre devant son ventre.

— Mais pourquoi ferais-je une chose aussi stupide ?

— De temps en temps, il m'arrive de mal viser. Ça va, ça vient.

— Et je ne donne pas cher de la peau de ta sœur si jamais ça arrivait.

Morgan resta immobile, mais Elspeth eut un mouvement de recul. Elle regarda fixement Morgan, les yeux perdus dans le vague.

Morgan haussa très légèrement les épaules.

— Tu m'as moi. Tu n'as besoin de rien d'autre. Laisse-la partir.

— Je crois que je préfère quand elle est là.

— Pourquoi ? Pour pouvoir la violer une fois de plus ?

Morgan vit Elspeth froncer les sourcils du coin de l'œil mais elle n'osa pas tourner les yeux vers elle.

— Ah ! fillette, tu lui embrouilles l'esprit. Maintenant, elle fait payer pour ses faveurs. Ça n'a plus rien à voir avec un viol.

— Tu as couché avec elle ? Encore ?

L'expression d'Elspeth changea alors que Morgan continuait à parler d'une voix posée et dépourvue d'émotion.

— Battre, tuer, violer… Une fois, ça ne t'a pas suffi, FitzHugh ? Tu n'en as donc tiré aucune satisfaction, à l'époque ?

— Ne parle pas à ma place, morveuse. J'ai horreur de ça.

— Alors laisse la vieille peau partir. Tu n'as pas besoin d'elle.

— Ce n'est pas ce que j'ai dit.

— Tu as donc besoin d'elle ?

— Pas pour ce que tu crois. J'ai besoin d'elle pour te contrôler. Tu aurais pu deviner ça toute seule. Et, malgré tes paroles, je connais la vérité. Elle ne parle pas de grand-chose d'autre que de son bébé. Ça doit être toi, sans aucun doute. D'ailleurs, je n'ai pas touché ta sœur. Je n'aime pas me contenter des restes des autres. Cette fille vend son corps maintenant. J'attraperai des maladies.

— Laisse-la partir, alors.

— Elle n'a pas grand-chose vers quoi repartir.

Elspeth ne pâlit pas seulement à ces mots, son teint devint cireux. Morgan essaya de l'ignorer, mais le trouble qu'elle lut sur le visage de la femme qui se tenait à côté de Phineas l'atteignit en plein cœur.

— Qu'as-tu fait à sa ferme, Phineas ? Ce n'était pas grand-chose, mais c'est tout ce qu'elle possédait. Ne me dis pas que tu l'as fait détruire… aussi.

Morgan termina sa phrase en faisant claquer sa langue en signe de réprobation. Le silence s'installa. Lorsqu'elle vit les larmes monter aux yeux d'Elspeth et ruisseler sur ses joues alors qu'elle restait immobile, elle sut qu'elle avait atteint son but.

— Il y a eu un incendie, murmura Elspeth entre deux sanglots.

— Tu as mis le feu à sa ferme, alors ?

— Elle ne donne rien de son plein gré. On a dû arracher ce tartan que tu portes de ses mains après qu'elle fut retournée à l'intérieur en courant pour aller le chercher. Quelle idiote, risquer sa vie pour un bout de tissu ! On dirait que c'est un autre défaut des KilCreggar.

Morgan déglutit, mais il lui semblait avoir de la cendre au fond de la gorge. Elspeth avait bravé les flammes qui dévoraient sa ferme pour récupérer le *feilebreacan* de son père ? Elle faillit tourner son regard vers sa sœur mais elle savait qu'elle ne pourrait supporter la douleur qu'elle lirait sur son visage.

— Tu as intérêt à ce que tes chevaux te soient amenés rapidement, Phineas, murmura-t-elle.

— Et pourquoi ça ?

—Parce que tu es sur le point de découvrir que celui qui sème le vent récolte la tempête. Elspeth ?

—Salaud !

Elspeth réagit au bon moment. Son cri strident et le coup de poing qu'elle décocha à Phineas donnèrent à Morgan tout le temps dont elle avait besoin. Elle posa un genou à terre et chercha sa dague à tâtons sous sa robe.

Il était inutile de maudire les vêtements des femmes, ou ce caprice qui l'avait poussée à s'emmailloter dans le plaid des KilCreggar, mais elle le fit tout de même. Elle perdait un temps précieux à essayer d'attraper son arme et ne pouvait s'en prendre qu'à elle-même. Il ne lui restait plus que quelques secondes avant que Phineas ne maîtrise sa sœur et elle n'allait pas les gâcher. Puis elle sut que ses efforts avaient été vains lorsqu'un bruit retentissant fit vibrer les massacres d'animaux pendus au mur. Un fracas aussi brutal qu'assourdissant.

L'espace d'un instant, le silence s'installa. Puis Elspeth se remit à hurler. Le fracas se fit entendre encore une fois.

—Ils ont franchi le second mur d'enceinte ! cria Robert MacIlvray, qui se mit à courir et fit tomber un loquet de porte de la taille d'un tronc d'arbre.

—L'entrée n'était pas gardée comme je l'avais ordonné ?

—Si, elle l'était ! Mais ils sont arrivés par le côté où on ne les attendait pas. Ils sont passés par-derrière et j'avais pas assez d'hommes pour faire face à cet assaut !

—Ah, les fourbes !

L'exclamation de Phineas n'eut pour effet que de faire redoubler les cris d'Elspeth et Morgan eut à peine le temps d'attraper sa dague. Elle était quasiment debout quand le fracas fit trembler le plancher encore plus fort que les fois précédentes. Elle dut s'accroupir pour garder l'équilibre.

Ils enfonçaient les portes du château à coups de bélier. De ce qu'ils pouvaient entendre, ils étaient déjà arrivés aux portes du donjon. Morgan jeta un coup d'œil vers Phineas depuis sa position près du sol. Elle n'avait pas réussi à s'emparer à temps de sa lame. Phineas avait placé sa sœur devant lui.

— Attrape-la, Robb ! cria-t-il de derrière son bouclier.

Ses mots pleins de colère se mêlaient aux cris d'Elspeth qui se réverbéraient sur les murs.

— On va avoir besoin de l'écuyer ! Ils vont marchander pour la récupérer ! s'exclama-t-il encore.

Il s'étrangla à la fin de sa tirade. Le vacarme se fit assourdissant ; le sol trembla et des débris tombèrent du plafond. Morgan essuya ses yeux du revers de sa main, clignant des paupières pour en chasser la poussière. Les bras de Robb MacIlvray étaient aussi robustes qu'ils en avaient l'air. Elle s'en rendit compte lorsqu'il l'attrapa par-derrière et la souleva avec une aisance remarquable.

— Bien ! tu l'as attrapée ! Tiens-la bien !

Elspeth avait cessé de crier. Elle se débattait de toutes ses forces contre Phineas. Morgan ne pouvait pas lui venir en aide. Elle était suspendue au-dessus du sol et les bras de MacIlvray la serraient si fort qu'elle avait du mal à respirer. Elle lui planta sa dague dans le bras à l'aveuglette. Puis elle fut relâchée.

Phineas n'avait pas menti à propos de son statut et Morgan écarquilla les yeux en voyant des soldats armés jusqu'aux dents affluer dans la pièce par toutes les issues.

— Vous ne pouvez pas vous battre contre eux, espèce d'abrutis ! Ils sont trop nombreux ! Attrapez l'écuyer ! Attrapez-la ! Ils s'arrêteront si nous la gardons !

Elspeth se débattait tant et si bien que Phineas avait du mal à parler. Morgan sortit de son champ de vision. Elle se faufila entre les chaises, les tabourets et les hommes. Puis elle se mit à courir, se ruant sur le premier homme et se servant de la force d'inertie pour quitter la pièce au moment même où la dernière porte céda. Ce ne fut pas une victoire facile et elle perdit le *feile-breacan* des KilCreggar dans la bataille lorsqu'un homme essaya de la retenir en s'emparant du tissu. Derrière elle, elle entendit la porte voler en éclats, le bruit des claymores heurtant des boucliers et bien plus encore. Morgan n'hésita pas une seconde. Elle ne pouvait pas se le permettre. Elle n'allait pas servir d'appât à Phineas pour qu'il puisse marchander son sauf-conduit et gagner sa liberté.

Les portes s'ouvraient devant elle, l'attirant d'un côté puis de l'autre, et se refermaient aussitôt après son passage. En chemin, elle aperçut plus d'une servante. Zander ne lui avait-il pas dit un jour que Phineas maltraitait sa domesticité ? Tout en continuant à courir, elle pinça les lèvres d'un air farouche. Ses serviteurs semblaient tenir enfin l'occasion de se venger de lui.

— Ici !

Un autre murmure sifflé entre les dents, une autre porte ouverte et Morgan attendit qu'elle soit verrouillée derrière elle avant de reprendre sa course. Elle avait gagné du temps et de la distance, mais un point de côté commençait à la faire souffrir et elle semblait, hélas, avoir perdu tout sens de l'orientation.

Elle se retourna. La femme qui l'avait aidée venait juste de disparaître derrière une tapisserie. Un corps heurta la porte, faisant fléchir le loquet.

Morgan prit une profonde inspiration et se remit à courir. Le château était un véritable labyrinthe de couloirs, de recoins et de pièces communiquant entre elles. Une pièce débouchait sur une autre et de là sur une troisième. Toutes étaient différentes. Le cœur de Morgan battait la chamade. Elle s'arrêta, inspirant profondément. La poursuite semblait avoir cessé.

—Où est-elle, Phineas ?

La voix tonitruante de Zander, étouffée par la distance, semblait provenir d'une pièce au-dessus d'elle. Elle trouva une porte, entra dans un couloir et se demanda où aller.

—Si tu as touché à un seul des cheveux de ma femme… un cheveu… !

—Oh… tu es venu… pour me tuer… de toute façon. Qu'est-ce que… ça peut bien faire… ce que j'ai pu lui faire… ou à quel point… elle a aimé ça ?

Phineas soufflait entre ses mots, mais ils n'en restaient pas moins violents. Le cri que poussa Zander était empreint de désespoir. Il encouragea Morgan à courir de plus belle. Elle se moquait de savoir si elle courait dans la bonne direction ; il fallait qu'elle retrouve Zander coûte que coûte.

— Où est-elle, Phineas ? hurla de nouveau Zander.

Morgan tritura la poignée de la porte à deux mains et se retrouva dehors dans la tempête. Elle les repéra aisément. Ils étaient sur un rempart entre deux tours, et grimpaient toujours plus haut en se livrant un duel à l'épée. Morgan était juste en dessous d'eux, mais un étage les séparait. Elle se déplaça vers le mur rocheux, regarda vers le haut, puis vers le sol noyé dans la brume. Il n'y avait ni escalier ni échelle pour accéder aux remparts. Il ne semblait y avoir aucun moyen de les rejoindre sans voler.

Elle caressa la lame du dragon qu'elle portait encore du bout des doigts, en retirant l'étrange pouvoir qu'elle possédait avant de relever les yeux. Les combattants n'étaient plus visibles. Elle recula à tâtons de quelques pas pour les avoir de nouveau dans son champ de vision. Il lui était impossible d'entendre ce qu'il se passait pour savoir qui avait le dessus. Elle ne savait pas non plus où étaient passés les soldats des deux clans. Elle ne pouvait distinguer que Phineas et Zander.

Elle avait du mal à respirer, mais son souffle lui revint en observant Zander combattre. C'était un guerrier, contrairement à Phineas. L'issue de ce combat ne faisait aucun doute, surtout lorsque Zander accula Phineas contre un rempart, assenant de grands coups de claymore, bosselant tant le bouclier de Phineas qu'il en devint concave. Mais il n'avait toujours pas eu son compte.

Morgan observa Zander faire pleuvoir les coups les uns après les autres sur Phineas, utilisant son bras gauche pour lui infliger les plus violents. À un moment, il sembla l'avoir achevé, mais le chef du clan s'en tira en esquivant d'une pirouette, fuyant le long des créneaux pour échapper à sa punition.

Puis Morgan vit Robb MacIlvray s'approcher. Il était dans tour au-dessus de Phineas et de Zander, et disposait d'une vue dégagée. Son arc était déjà bandé, prêt à décocher sa flèche sur Zander. Morgan prit ses appuis et visa l'œil de Robb.

Elle ne sut pas ce qui trahit sa présence ni pourquoi Zander pivota sur lui-même, mais elle ouvrit grand les yeux d'horreur lorsque sa lame ricocha sur son bouclier à l'instant où son regard rencontra le sien.

—Zander! Non!

Elle criait quand Robb envoya sa flèche de l'autre côté du mur où elle ne pouvait pas voir ce qu'il se passait. Phineas et Zander disparurent, et Robb se volatilisa en même temps. Morgan se mit à paniquer. Son cœur s'emballa, son souffle s'accéléra et sa respiration se fit saccadée.

Elle se remit à courir. Elle devait trouver un passage pour les retrouver et la multiplicité des trajectoires ne l'aidait pas. Morgan courut aussi vite qu'elle le put, égratignant la plante de ses pieds dans ses souliers féminins, se heurtant de toute sa hauteur contre chacune des portes, avant d'en attraper les poignées à deux mains pour les secouer frénétiquement et les ouvrir puis continuer sa course effrénée. Elle était perdue. Il n'y avait plus de servante anonyme pour la guider, plus de main invisible pour ouvrir et fermer les portes. Les larmes l'aveuglaient, ses poumons la brûlaient et son nez coulait. Pourtant, elle courait toujours à en perdre haleine.

Elle trouva des doubles portes, les mêmes que celles de l'entrée. C'était ridicule. Son esprit niait cette possibilité même si ses yeux prétendaient le contraire. Elle n'était pas dans la grand-salle avec les tables de banquet, elle n'était pas non plus à l'extérieur sur la terrasse. Le château noir avait une autre porte identique à celle de devant. Elle attrapa la poignée, l'abaissa, tira. Rien.

La porte s'ouvrit en grand et Morgan tomba à la renverse. C'est alors qu'elle aperçut Zander, qui la rattrapa de justesse avant qu'elle ne s'effondre, déstabilisée par la charge de ce dernier contre la porte.

—Morganna!

Sa voix de stentor avait des accents stridents, mais elle s'en moquait. Elle était dans ses bras, contre son torse, ses jambes encerclant sa taille, et elle passait ses mains sur ses épaules et dans son dos pour vérifier qu'il n'était pas blessé tout en faisant pleuvoir des baisers sur son visage.

—Oh Zander… Oh, mon amour! Zander!

Elle ne put plus dire un mot car il plaqua sa bouche contre la sienne. Il riait et pleurait en même temps alors que Morgan tentait de s'assurer qu'aucune flèche n'avait percé son dos. Cependant, il ne la laissait pas prendre suffisamment de recul pour qu'elle puisse en avoir la certitude. Lui aussi l'enserrait dans ses bras, les mains sur sa nuque, et emprisonnait ses lèvres entre les siennes.

—Je suis navré de t'importuner, lord Zander KilCreggar-FitzHugh. Il fait un temps épouvantable et tu bloques la porte. Euh… pardon! je vois que tu es en compagnie de ta dame. Je vais juste braver la tempête alors et attendre. Pas vrai, les gars?

Robert Bruce est là? se demanda-t-elle. Morgan gloussa et son mouvement arrêta Zander dans son élan.

Il leva la tête. Ses yeux bleu nuit cherchèrent quelque chose et le trouvèrent. Il se mit à frissonner, puis enfouit son visage dans le creux de son épaule et eut du mal à ne pas sangloter. Morgan s'agrippa à lui, le rassura en fredonnant et attendit.

—Bon Dieu! Morganna… j'ai eu peur d'arriver trop tard.

—Tu es arrivé à temps, murmura-t-elle en retour.

—Phineas… c'est un monstre. Il détruit tout! Après le serment que j'ai prêté! Après les horreurs que tu as vécues pendant ton enfance. Je n'ai jamais eu aussi peur que lorsque mes frères sont revenus sans toi. Jamais.

—Je n'ai pas été blessée, Zander.

Il inspira profondément et renifla bruyamment. Il ne frissonnait plus, mais tremblait de tous ses membres. Il releva la tête. Morgan l'attendit.

—Juré?

—Promis, répondit-elle en inclinant sa tête sur le côté.

—Dieu soit loué!

Il la plaqua de nouveau contre lui et elle ne vit plus rien d'autre que la peau de son cou et de son oreille.

—Tu n'es pas blessé non plus ?

Il secoua la tête et ses cheveux châtains lui chatouillèrent le visage.

—Alors, comment ? Qui ? J'ai vu la flèche partir, commença-t-elle avant d'être interrompue.

—C'est Morgan l'écuyer que vous avez vu, madame ! Morgan l'écuyer a obtenu justice pour son clan ! Nous l'avons tous vu ! N'est-ce pas, les gars ? lança le roi de toute sa voix pour que tout le monde puisse l'entendre à la ronde.

Zander pivota sur lui-même à cet instant et Morgan leva la tête de son épaule. Derrière la porte se trouvait un groupe de guerriers FitzHugh attendant patiemment qu'ils dégagent le passage. Morgan sourit largement et remit son nez dans le creux de l'épaule de Zander en entendant les cris de joie de l'assistance.

—Oui ! Quel tir ! Depuis la tour, là-bas ! Notre Morgan a stoppé le *vieux* seigneur FitzHugh, une flèche plantée directement dans le cou de ce lèche-bottes à la solde des Anglais. Jamais rien vu de pareil ! Pas vrai, les gars ?

Il y eut une bonne réponse à cette question, mais les cris que l'on pouvait entendre à l'étage inférieur rendaient sa compréhension difficile. Le roi fit un geste du bras.

—Et puis il y a ce MacIlvray ! On a tous entendu qu'il était coupable aussi, non ? Ce n'était que justice que Morgan l'écuyer l'ait épinglé, lui aussi ! Eh bien, il est toujours face contre terre dans la cour en dessous.

C'était un très bon tir aussi. Qui d'autre que Morgan l'écuyer aurait pu tirer un coup pareil? MacIlvray a une dague avec la garde ornée de deux dragons plantée dans la poitrine et on sait tous qui est le propriétaire de cette arme! Morgan l'écuyer! Camarades, voyez-vous? Il ne nous a pas abandonnés! Il accourt dès qu'on a besoin de lui. Il sera toujours là pour nous!

Morgan chercha Zander du regard.

—C'est toi qui as lancé la dague? Toi? répéta-t-elle.

—Tu doutes tout le temps de ton mari. Je suis bon tireur. Je sais tirer. La lame du dragon m'a appartenu bien avant que je ne t'en fasse cadeau. Tu te rappelles? En plus, j'ai lancé de la main gauche... comme un fourbe. Je me suis entraîné, ajouta-t-il en haussant les sourcils.

—Conduis-nous à la grand-salle KilCreggar-FitzHugh. J'ai bien envie d'essayer l'hydromel du nouveau chef de clan! Mieux encore, trouve-moi Ari FitzHugh!

—Ari? murmura Morgan.

—Oui, répondit Zander. Tous. Ils ont perdu peu de temps, à part pour nous retrouver. C'était aussi une bonne chose. Ils n'auraient pas pu prendre le château à eux tout seuls. On a eu besoin d'une vingtaine d'hommes rien que pour soulever le bélier qui a défoncé les portes.

—Avance-toi et jure fidélité à ton roi! Je suis béni de t'avoir à la tête du redoutable clan FitzHugh! J'accepte ton allégeance à l'Écosse! Où est-il, le bougre?

Ari était porté par la foule depuis le balcon. Il soufflait d'épuisement en passant par la porte et s'agenouilla aux pieds du roi.

— En tant que chef du redoutable clan des FitzHugh, je jure fidélité au nom de mon peuple à mon véritable roi, annonça-t-il solennellement avant de se relever et de faire face à la foule. Les FitzHugh à la solde des Sassenach n'existent plus. Un véritable FitzHugh est un véritable Écossais. Maintenant et à jamais !

Un autre cri de liesse ponctua son discours.

— Alors viens par ici, FitzHugh. Fais preuve d'hospitalité. Sers-nous ton hydromel qu'on vide un peu tes réserves. Prépare-nous un dîner ! Nous sommes affamés après cette cavalcade et nous n'avons pas eu le temps de nous ravitailler en route. Mes hommes ont soif ! Mes hommes ont faim !

Le roi passa son bras autour des épaules d'Ari et ils prirent la tête du cortège qui traversa les couloirs sans fin du château. Toutefois, Zander ne les suivit pas. Il s'adossa contre le mur, tint Morgan contre lui et, avant que tous les hommes ne défilent devant eux, ses frères César, Platon et William formèrent un demi-cercle protecteur pour leur garantir un peu d'intimité.

Morgan ne le remarqua même pas.

Épilogue

An 1323

— *R*aconte-nous l'histoire de Morgan l'écuyer, papa. S'il te plaît ?

— Je vous l'ai déjà racontée la semaine dernière. Demandez à votre mère.

— Mais maman n'a pas la même voix que toi. Elle ne raconte pas bien. Dans sa version, Morgan l'écuyer est une *fille*, se plaignit Robert, le cadet des fils KilCreggar-FitzHugh, d'une voix empreinte de dégoût.

Morgan dut se mordre les lèvres pour s'empêcher de rire.

— Et qu'est-ce qu'il y aurait de mal là-dedans ? demanda une belle et grande jeune fille aux cheveux noirs en soulevant avec grâce ses jupes et s'avançant vers la cheminée. Une femme peut lancer un poignard aussi bien qu'un homme. Je parierai que maman peut battre n'importe quel homme. Même papa.

Zander leva la main en signe de défaite.

— Aucune compétition dans cette histoire. Aphrodite, sache que ta mère me bat toujours. Elle a la main plus sûre.

— C'est quand même une fille, se plaignit Robert.

513

—Bien vrai et j'en suis ravi, avoua Zander avant de s'arrêter et de s'éclaircir la gorge. Je vous ai déjà raconté l'histoire de Morgan, l'écuyer qui m'a aidé à sauver votre mère de l'infernal chef du clan FitzHugh, lord Phineas le lécheur de bottes anglaises ? Asseyez-vous. Je vais vous la raconter.

—Je préférerais celle sur la querelle entre les Killoren et les Mactarvat, lorsque Morgan l'écuyer a planté une flèche dans les boucliers de tous les guerriers.

Zander leva les yeux au ciel ses yeux bleu nuit et Morgan ricana. Mais elle s'arrêta dès qu'ils se rivèrent aux siens.

—Oh non ! se plaignit Robert. Voilà qu'ils recommencent. On ne va jamais avoir notre histoire.

—Chut ! l'interrompit la jeune fille en donnant un coup de coude à son frère. Ils sont amoureux. Un jour, moi aussi, je trouverais peut-être un amoureux comme ça.

Zander reprit ses esprits et se tourna vers sa fille aînée. Morgan vit son expression s'adoucir.

—Oh ! tu as ma parole, ma chérie. Il y a un homme qui t'attend quelque part. Un homme fait pour toi. Fais-moi confiance. Je sais de quoi je parle.

—Il va falloir qu'il soit grand, ricana Robert.

—Bien vu ! répliqua Zander. Il devra être grand, fort et vertueux. Il faudra aussi qu'il soit écossais.

—N'oublie pas qu'il doit être beau, ajouta Morgan.

—Il faudra qu'il soit plus que beau s'il veut la main de ma belle Aphrodite. Ça, c'est certain.

Morgan observa son aînée rougir sous le compliment de son père. Cette expression rendit la jeune fille encore plus belle. Elle approchait les treize ans, svelte et aussi grande que sa mère. Elle brodait aussi à la perfection des points minutieux sur ses tapisseries, avait un talent pour la peinture et la main très sûre quand il s'agissait de diriger la maison KilCreggar-FitzHugh.

—Pendant ce temps-là, tu ne nous racontes pas l'histoire de Morgan l'écuyer, se plaignit Robert.

—Je t'assure que tu ressembles de plus en plus à ta mère quand je l'ai rencontrée. À une époque, elle ne souriait même pas. Jamais. Elle était toujours sérieuse, toujours à penser à un sujet, un seul et unique sujet. C'était impossible de lui faire changer d'avis… enfin, presque impossible.

—C'était quoi ? demanda Garrick, leur second fils, qui levait la tête de ses livres de compte.

—Moi, bien sûr ! répondit Zander.

—Zander…, avertit Morgan sur un ton faussement sévère.

—Oh ! très bien. Elle ne pensait qu'à la guerre des clans. Elle n'avait pas une once de douceur en elle. Elle ne soupçonnait même pas qu'elle avait rencontré l'homme qu'il lui fallait. J'ai dû lui montrer. Elle était vraiment bornée sur la question, je t'assure.

Robert soupira ostensiblement.

—Quand est-ce que tu vas raconter l'histoire de Morgan l'écuyer ?

Zander rit et s'éclaircit la gorge. Morgan l'observa et ne put réprimer un sourire. Il aimait toujours autant faire valoir ses talents d'orateur. Elle retourna au parchemin sur lequel elle saupoudrait du sable pour en absorber l'encre.

Elle fit tourner la grande bague retenue à son cou par une chaîne. Elle inclina sa bougie et fit couler un peu de cire. Puis elle souffla dessus jusqu'à ce qu'elle ait la consistance nécessaire pour marquer le sceau composé de deux dragons entremêlés. Elle appellerait un messager plus tard. Ils venaient d'avoir des nouvelles. L'enfant qu'elle portait n'allait pas attendre plus d'une semaine avant de venir au monde et la mère de Zander ne voudrait pas rater ça.

Cette femme avait fait promettre à Morgan qu'elle nommerait toutes leurs filles. Morgan secoua la tête. La mère de Zander semblait toujours obtenir ce qu'elle voulait en se contentant de sourire gentiment, de parler d'une voix douce et de serrer les gens dans ses bras.

— Les enfants, j'ai une histoire à vous raconter et, dans celle-ci, il est question de sang, de douleur, de guerre et de victoire. C'est une histoire qu'on racontera pendant des siècles. C'est l'histoire de Morgan l'écuyer.

Garrick posa sa plume, Robert se pencha en avant sur sa chaise, Aphrodite attrapa son nécessaire à couture et s'assit à côté de son père, et même le bébé, Rory, se mit à ramper vers eux. Morgan regarda Zander attraper l'enfant et l'asseoir sur ses genoux avant de retourner dans son fauteuil. Il était dans son élément.

— C'était par une nuit de brume, il y a bien longtemps, avant même votre naissance. À l'époque, l'Écosse n'était pas encore un pays indépendant. Nous vivions sous la férule des Anglais. C'était une époque bien sombre. Une époque de souffrance. Il n'y avait pas un seul Écossais sur cette terre qui n'ait pas peiné pendant des années sous la tyrannie des Sassenach.

—C'est quoi, la tyrannie? demanda Garrick.

—Tais-toi, intervint Robert.

—Les lois anglaises. Les tyrans ne nous permettaient même pas de porter des armes. Je sais pourquoi ils nous l'interdisaient, clarifia Zander.

—Pourquoi? s'enquit de nouveau Garrick.

—Ils avaient peur de nous. Un bon Écossais armé d'un arc est plus redoutable que dix Anglais. Un Écossais armé de poignards en vaut six avec une épée. Ils le savaient, alors ils ont fait en sorte que ça n'arrive pas. Ils ont fait en sorte que nous restions pauvres. Ils avaient même promulgué des lois nous interdisant de porter nos couleurs. Ils s'enrichissaient en nous faisant payer des impôts et prenaient nos femmes. Ils nous ont placés sous la domination d'un roi anglais. C'était bien plus que ce qu'un bon Écossais pouvait supporter.

—Alors que s'est-il passé par cette nuit de brume? demanda Robert.

Zander soupira et Morgan sourit de nouveau. Même s'il était probablement le portrait craché de son père au même âge, de caractère, il ressemblait beaucoup à Morgan. Il était aussi redoutable avec n'importe quelle arme qu'on lui mettait entre les mains. Il l'avait toujours été. Mieux encore, il avait déjà rattrapé la taille de sa sœur et allait être au moins aussi grand que Zander, voire davantage. Ce fait suffisait à faire fondre le cœur de n'importe quelle mère.

Morgan craignit que le sien ne fonde sur-le-champ.

—Ce garçon a autant de patience qu'un cerf en plein rut. Il a été trop gâté.

Elspeth était intervenue depuis le fauteuil dans lequel elle était confortablement installée. Un châle drapait ses frêles épaules et elle laissait refroidir une tasse de bouillon entre ses mains. Morgan lui sourit de l'autre côté de la pièce. À son âge, Elspeth n'avait plus trop envie de bouger, ce qui n'était guère étonnant.

—Et à qui la faute, je me demande ? l'interpella Zander au milieu des enfants.

Les lèvres d'Elspeth remuèrent. Morgan dut détourner le regard. Tout le monde savait que leur tante adorait le petit garçon. C'était le cas depuis sa naissance. Elspeth les adorait tous les uns plus que les autres et elle avait dit à Morgan qu'elle avait hâte de tenir un autre bébé dans ses bras.

—Oui, Zander, j'avoue. Je l'ai trop gâté. Je l'ai tenu dans mes bras pendant qu'il pleurait, je l'ai bercé pendant qu'il dormait. Je le ferais encore s'il n'était pas si grand. Tu ne peux pas savoir à quel point ça fait du bien.

—Si Elspeth, on comprend.

Les deux sœurs échangèrent un sourire dans un geste de communion et d'acceptation.

Zander s'éclaircit la gorge.

—Alors… où en étais-je ?

—La nuit brumeuse, la bataille, la blessure ! s'exclama Robert.

—Oui, bien… Je venais de prendre un coup d'épée et j'étais en train de me vider de mon sang quand un garçon surgit hors de la brume, aussi fort que téméraire. Il retira l'épée et fit cesser les saignements en un seul geste. Puis il se retourna vers les Anglais en poussant un cri effroyable. Il brandissait la lame du dragon dans une main, le pendant de celle que votre mère a fait accrocher au mur à côté du plaid KilCreggar.

Ils tournèrent tous la tête pour regarder l'endroit que Zander désignait. Il marqua une pause avant de reprendre son récit pour en maintenir l'intensité dramatique. Un léger tremblement parcourut les lèvres de Morgan. Quand il s'agissait de raconter une histoire, Zander n'avait pas son pareil.

— Alors, Morgan l'écuyer saisit sa lame et se tourna vers les Sassenach et les prit en chasse. Tous. Je n'avais jamais rien vu de tel.

— Zander, l'interrompit Morgan.

Tout le monde se tourna vers elle, à l'exception de Rory, qui s'était déjà endormi dans les bras de son père.

— Le roi raconte la même histoire, répondit-il, sur la défensive.

— Ne brode pas trop.

Il sourit et, même si elle déplorait les fils d'argent qui parsemaient sa chevelure et les petites rides qui soulignaient son regard bleu nuit, son cœur chavira comme d'habitude. Zander KilCreggar-FitzHugh était toujours bel homme et le resterait à jamais.

— Loin de moi cette idée, mon amour.

Son regard croisa celui de Morgan et le soutint. Elle reconnut la sensation et elle se mit à rougir plus encore que sa fille avant que Robert ne se plaigne sur le même ton de dégoût qu'il avait utilisé :

— Et voilà, ils recommencent !

5

PEMBERLEY

Achevé d'imprimer en avril 2013
par CPI Brodard & Taupin - La Flèche (France)
N° d'impression : 72935
Dépôt légal : mai 2013
Imprimé en France
81121037-1